HEYNE
BÜCHER

JILL BARNETT

WILDES GLÜCK

Roman

Aus dem Amerikanischen
von Beate Darius

WILHELM HEYNE VERLAG
MÜNCHEN

HEYNE ROMANE FÜR ›SIE‹
Nr. 04/366

Titel der Originalausgabe:
WONDERFUL

Deutsche Erstausgabe 5/2001

Printed in France 2001
http://www.heyne.de
Umschlagillustration: Pino Daeni/Agentur Schlück
Umschlaggestaltung: Nele Schütz Design, München
Satz: Prechtl, Passau
Druck und Bindung: Brodard & Taupin

ISBN 3-453-18486-6

Für Chris

Lied des Harfenisten

Ich küsse sie
Mit geöffneten Lippen,
Und ich bin trunken
Ohne ein Bier.

– Aus der Kapelle des Pharaos Antef,
Ägypten, Mittleres Reich

Die vergessene Legende

In alter Zeit, lange vor Adelsstand und Schlössern, Rittern und Barden, Kreuzzügen und Turnieren, gab es einen Trank, ein sagenumwobenes Bier, das auf geheimnisvolle Weise übernatürliche Kräfte verlieh.

Man nannte es *Heidebier.*

Die Schöpfer dieses goldfarbenen Gerstensafts waren wilde, heidnische Krieger, die im schottischen Hochland lebten und ihre nackten Körper blau bemalten. Diese kriegerischen Pikten tranken Heidebier, bevor sie in die Schlacht zogen, und waren solch grausame Kämpfer, dass sogar Julius Caesar sie nicht zu unterwerfen vermochte.

Das Rezept für diesen Trank war ein wohlgehütetes Geheimnis, man munkelte, dass die wirkungsvollen Bestandteile Wiesenkräuter und Nachtschattengewächse, magische Kristalle und eine gewisse blutrote Heideart umfassten.

Manche behaupteten, dass der Zauber nicht von der Rezeptur ausginge, sondern von den Braumeistern – den Kobolden, die in dieser zerklüfteten Bergwelt lebten. Es hieß, die Wirkung des Biers hing von seinem Brauer ab, seinen Empfindungen, Träumen oder Sehnsüchten.

Niemand wusste, wie und warum das Bier diese Kraft ausübte.

Aber es hatte sie.

Das geheimnisvolle Rezept verlor sich genauso im Dunkel der Zeit wie die alten Pikten. In späteren

Jahren versuchten viele, den Trank abermals herzustellen. Manche gruben tief in den Bergen, auf der Suche nach den sagenumwobenen Truhen, die dereinst den ›Bemalten‹ gehört hatten. Andere wiederum bereiteten in riesigen schwarzen Kesseln ein seltsam anmutendes grünes Kräutergebräu und sangen Weisen, die niemand verstand.

Die Kräuterweiblein warfen funkelnde Kristalle in ihre Braugefäße. Sie mischten Gifte und Elixiere in ihre Bierfässer und behaupteten, es wäre der sagenumwobene Trank. Viele wurden des Giftmordes an arglosen Biertrinkern verurteilt.

Mehr als achthundert Jahre lang blieb das Rezept verschollen. Skeptiker meinten, es wäre nichts anderes als eine romantische Legende. Ihrer Ansicht nach hatte es das Bier nie gegeben.

Aber viele glaubten daran. Manch einer behauptete sogar, das sagenumwobene Bier gekostet zu haben, in den dunklen Neumondnächten, wenn die legendären Winzlinge auftauchen sollten – Kobolde und Elfen, Dämonen und Geister. Das waren jene geheimnisvollen Nächte, in denen sich Wasser in funkelnden Wein verwandelte, Stroh in gesponnenes Gold und Herzen in verlockende Diebesbeute. Zauberhafte Nächte, in denen die Liebe ach so herrlich sein konnte.

1

Burg Camrose, 1269

Lady Clios Vater behauptete, ihr silberblondes Haar sei ihr größter Vorzug … vielleicht aber auch sein größter, wenn man berücksichtigte, dass er vor der Aufgabe stand, ihre Vermählung mit irgendeinem arglosen, armen Tropf herbeizuführen.

Wenn man Lady Clio von Camrose betrachtete, konnte man den Eindruck gewinnen, dass sie der Inbegriff dessen war, was sich jeder Mann, ob Ritter oder Landjunker, Bauer oder Kaufmann als Gattin wünschte – ein sanftmütiges Geschöpf, das einem Mann Tapferkeit und Stärke verlieh. Eine Gemahlin, die so gefügig war, dass der Mann sich als der Herr im Hause fühlte. Eine Frau, deren blonder Schopf keinen hellen Kopf zierte, was ihm die Gewissheit gab, dass er der Gescheitere und Überlegenere war.

Den Theologen zufolge offenbarte die Haarfarbe einer Frau ihr wahres Naturell. Der Klerus stützte diese Theorie auf die Feststellung, dass das Haar unmittelbar über dem Gehirn spross.

Feuerrotes Haar warnte Männer vor einem teuflischen Temperament. Da zwei Drittel Englands von Wäldern bedeckt waren, hielt man braunes Haar für alltäglich und Brünette für wenig geistreich.

Haar von der Schwärze der Mitternacht, der allgemein gefürchteten Geisterstunde, schmückte die Häupter von zu klugen und durchtriebenen Frauen.

Dieselben Geistlichen behaupteten sogar, dass auch Evas Haar schwarz wie die Sünde gewesen sei.

Eine Frau mit hellem Haar hingegen war vollkommen.

Unseligerweise kannten diese Kirchenmänner Clio nicht. Wie ein Feld voller goldgelber Butterblumen einen stachligen Igel verbirgt, verhüllte Lady Clios Haar ihr wahres Naturell.

Sie war eigenwillig und entschlossen, Charakterzüge, die bei Männern bewundert wurden, bei Frauen jedoch verpönt waren. Ihr Vater schwor, dass ihr dieser Eigensinn in die Wiege gelegt worden sei.

Vor Clios Geburt hatte ihre Mutter fünf Fehlgeburten erlitten. Auch bei Clio hatten ihre Wehen weit vor der Zeit eingesetzt. Deshalb erblickte Clio zwei Monate zu früh das Licht der Welt. Als der Priester ihrem winzigen, blau angelaufenen Körper die Letzte Ölung erteilen wollte, hatte sie seine Hand fortgetreten und, laut ihrem Vater, die Lippen geöffnet und geschrien, dass die Wände des Schlosses erzitterten.

Zur größten Verwunderung aller lebte Clio.

Vom ersten Atemzug an hatte sie allen Unbilden getrotzt. Lady Clio war die geborene Kämpferin, die ihr Schicksal selbst in die Hand nahm.

Gewiss, im Grunde ihres Herzens war sie nicht eigensinnig. Eher hartnäckig. Aber was wäre sie, wenn sie bei ihrer Geburt aufgegeben hätte?

Tot, genau das.

Und deshalb glaubte Clio, entschlossen sein zu müssen. Sie würde nicht zulassen, dass jemand ihr Dasein bestimmte, denn sie allein besaß die Macht über ihren weiteren Lebensweg.

Sie glaubte, dass mit der Hartnäckigkeit der Erfolg käme. Wenn einer ihrer wunderbaren Pläne fehlschlug, wartete sie sogleich mit einem neuen auf.

Sie war klein, aber sie hatte das Herz einer Löwin. Ihr Verstand arbeitete gelegentlich zu schnell, was ihr nicht immer gut bekam. Hatte sie sich einmal eine ihrer wahnwitzigen Ideen in den Kopf gesetzt, dachte sie nur selten an die Folgen, die für gewöhnlich zahlreich waren.

Allerdings hätte niemand behaupten können, dass sie aus ihren Missgeschicken nicht lernte. So töricht war sie nicht. Nur selten beging sie denselben Fehler zweimal.

Dafür machte sie andere Fehler.

Was ihr nichts ausmachte, schließlich war sie diejenige, die ihre Zukunft selbst bestimmte – auch wenn der Pfad von Fehltritten gesäumt war. Wenigstens waren es *ihre* Fehleinschätzungen.

Auch Unkenntnis ließ Clio bei ihren Handlungen nicht gelten. Sie glaubte fest daran, dass Übung den Meister mache. Natürlich hatte sie keine logische Begründung, die diese Überzeugung stützte. In der Tat: die Umstände, der gesunde Menschenverstand und ihre gesellschaftliche Stellung hätten genau das Gegenteil erwarten lassen.

Aber sie liebte die Herausforderung, zog sie an, ließ sich von ihr mitreißen. Wer sie kannte, bezeichnete ihren unermüdlichen Tatendrang als vergebliche Liebesmüh. Dennoch gab Clio nicht so leicht auf. Sie entwickelte einfach einen neuen Plan – eine neue Idee.

Clio hielt Ideen für etwas Wundervolles. Wer einige ihrer Misserfolge miterlebt hatte, erkannte die Warnzeichen. Ihr unvermittelt stilles und kleinlautes Verhalten. Die winzige Falte zwischen ihren Augenbrauen. Das nachdenkliche Nagen an der Unterlippe oder das nervöse Drehen des von ihrer verstorbenen Mutter geerbten, juwelenbesetzten Rings an ihrem Finger. Ihr Wesen wurde sanft. Friedfertig.

Doch wann immer Lady Clio ein solches Verhalten an den Tag legte oder, schlimmer noch, laut und deutlich zum Ausdruck brachte, dass sie wieder eine ihrer ›wundervollen Ideen‹ habe, war es um den Frieden ihrer Mitmenschen geschehen.

Aus gutem Grund.

An ihrem zehnten Namenstag zahlte ihr Vater eine hohe Summe an die Benediktiner-Mönche, um, wie er es umschrieb, ›Abbitte zu leisten‹. Monate später räumte er ein, dass es die Sache wert gewesen sei, all die billigen, zähen Hammelbraten verspeisen zu müssen, obschon es nur bis zum Fest des heiligen Thomas dauerte, ehe man die neue Steinschleuder aus dem Burggraben ziehen musste.

Als dem Wagen des Kesselflickers zwei Jahre zuvor selbiges Schicksal zuteil wurde, hatte es doppelt so lange gedauert, bis Clios Vater sich wieder erholte, und es hatte ihn wesentlich mehr gekostet.

Im Alter von zwölf Jahren griff Clio zu Nadel und Faden, um die Jagdverletzung eines zu Besuch weilenden Bischofs zu nähen. Daraufhin gab ihr Vater einem vorüberziehenden Pilger all das Gold in seinem schweren Beutel, um Buße für sie zu leisten.

Was ihr Vater nicht wusste, war der Umstand, dass der lüsterne Bischof Clio eine Woche lang nachgestellt und sie törichterweise im Treppenhaus überrumpelt hatte, wo er ihr einen Kuss abpresste und ihre kleinen Brüste drückte. Als er schließlich einen Arzt benötigte, hatte sie hold gelächelt und seine Wunde in Form von drei Sechsen vernäht – dem Zeichen des Teufels.

Mit fünfzehn war Clio nach nur zwei katastrophalen Tagen bei Hofe von der Königin verbannt worden, und ihr Vater schickte dem Papst einen juwelengeschmückten Goldbecher, in der Hoffnung, den päpstlichen Segen für seine Tochter, sein einziges Kind, zu erlangen.

Gott war ihm gnädig, denn eine Woche später erreichte ihn der Heiratsantrag von Merrick de Beaucourt. Der Ritter weilte gerade im Heiligen Land, und unter dem Deckmantel, die Ungläubigen bekämpfen zu müssen, mehrte er den Reichtum des englischen Königs und der Kirche.

Sie bat ihren Vater, ihr Sir Merrick näher zu beschreiben. Ihr Vater erwiderte, er sei ein berühmter Krieger.

Das war nicht unbedingt die Antwort, die Clio sich erhofft hatte.

Sie wollte etwas anderes wissen. War er stattlich und liebenswürdig und hatte er ein anziehendes Gesicht? Konnte er Laute spielen und Liebeslieder singen? Würde er ihr sein Herz schenken und sie auf Händen tragen?

Ihr Vater wies sie lachend darauf hin, dass Sir Merrick sie beschützen werde und dass es keine Rolle spiele, ob sie ihn mochte oder nicht, da sie keine Wahl habe. Das Verlöbnis wurde wenige Tage später auf Befehl König Heinrichs, seines Lehnsherrn, geschlossen.

Aber de Beaucourt war noch vier weitere Jahre fort, und ihr Vater erkrankte eines rauen Wintertages so schwer an einer Lungenentzündung, dass er wenige Tage später verschied.

Lady Clio wurde ein Mündel von Heinrich III. Königin Eleonore verbannte sie weiterhin vom Königshof – einmal hatte gereicht, verbindlichen Dank – und schlug vor, dass der König seine junge Schutzbefohlene an einen ihrer Feinde verschachern solle, vielleicht an den aufrührerischen walisischen Prinzen.

Heinrich lehnte ab. Er war nicht bereit zu einem weiteren Krieg.

Also schickte der König Lady Clio bis zu de Beaucourts Rückkehr aus dem Heiligen Land in einen entlegenen Konvent, wo sich ihr Leben in weiten Teilen so fortsetzte wie zu Lebzeiten ihres Vaters: eine ›wundervolle Idee‹ jagte die nächste.

2

England, 1275

Merrick de Beaucourt sah sein Heimatland mit anderen Augen als in seiner Jugend, er war gereifter und weiser. Alles erstrahlte in lebhaften Farben. Die sattgrünen Wälder waren so dicht, dass kein Sonnenstrahl durch das Blätterdach drang.

Bläuliche Nebelschleier erhoben sich von der regennassen Erde wie Rauch von einem glimmenden Lagerfeuer. Die Feuchtigkeit auf seiner Haut und seiner Kleidung war angenehm, denn es war nicht sein Schweiß, sondern die feuchte Kühle Englands.

Nicht Sand, wohin das Auge reichte. Keine trockenen, heißen Winde. Keine allgegenwärtige, sengende Sonne, die einen Mann genauso leicht ausdörrte wie das Land.

Die Luft roch nach Moos und Flechten und schmeckte grün. Sie war feucht und kühl und ihm fremd geworden.

In einiger Entfernung nahm er das plötzliche Aufblitzen eines Harnischs wahr, den aufgrund des weichen Bodens gedämpften Hufschlag. Er warf einen raschen Blick über die Schulter, drehte sich erneut um und spähte über die Anhöhen zu den ausgedehnten Weiden.

Er gab seinem Pferd die Sporen und ritt davon. Im Galopp beugte er sich dicht über das Tier und feuerte es an. Der Wind zerrte an seinem schwarzen Schopf und blähte seinen dicken Umhang auf. Er sog den frischen Duft des fruchtbaren Ackerlands ein, und es war ihm, als hätte er eine Wüstenoase gefunden. Genau diese einfachen Dinge des Lebens hatte er am meisten vermisst.

Schnelles Reiten war ihm genauso vertraut wie der kraftvolle Pferdeleib zwischen seinen Schenkeln. Der laute Klang der Hufe ließ sein Herz schneller schlagen.

Er spürte das Donnern der Hufe hinter sich. Die Hatz.

Er lauschte; es war nur ein Pferd.

Geschmeidig galoppierte sein Ross voran. Sie sprangen über eine niedrige Steinmauer und bogen scharf nach links, ritten über grasbewachsene Hügel in ein Tal hinab.

Sie preschten durch einen reißenden Bach, polterten im fliehenden Galopp über eine Holzbrücke und nahmen dann einen weiteren Abhang, als jagten sie die Wüstenstürme.

Während er auf eine kleine, in der Ferne stehende Baumgruppe zustrebte, spürte er den Verfolger so dicht hinter sich wie zuvor. Er bog nach rechts und passierte die Bäume.

Er blickte nach links, bemerkte eine Lichtung, wendete sein Pferd erneut und ritt auf sie zu.

Mit einer flinken Bewegung zückte er sein Schwert, sprang zu Boden und federte in den Knien, den Knauf mit beiden Händen umfasst.

Er war bereit.

Kein Geräusch vom Rand der Lichtung. Es war, als wäre der Reiter vom Erdboden verschluckt.

Merrick blieb in Deckung und schärfte seine Sinne. Die Tautropfen auf den Blättern. Der feuchte Geschmack der nasskalten Luft.

Der schwache Duft eines Damenparfüms.

Hinter ihm ein kaum hörbares, aufgrund des wilden Rittes raues Atemrasseln.

Merrick richtete sich auf und drehte sich um. »Zeig dich, Roger. Du riechst immer noch nach Elizabeth de Clares betörendem Parfüm.« Er steckte sein Schwert in den Boden und stützte sich darauf, dann setzte er lässig einen Lederstiefel über den anderen. Seine Sporen klirrten zusammen, er stemmte seine freie Hand in die angewinkelte Hüfte und wartete.

Grinsend tauchte Roger FitzAlan hinter einer riesigen Ulme auf. »Elizabeth hat einiges andere aufzuweisen, was betörender ist als ihr Duft, mein Freund.«

Merrick steckte sein Schwert in die Scheide. »Eine so betörende Frau werde ich noch kennen lernen müssen.«

»Und das nur, weil du so wenig Zeit den Frauen widmest.«

»Oder weil keine mehr übrig ist, nachdem du sie alle beglückt hast.«

»Ich kann teilen.« Roger wischte sich ein unsichtbares Stäubchen von seinem Wams. »Außerdem finde ich im Gegensatz zu dir Frauen faszinierender als Kriege.«

»Ein Schlachtfeld ist kein Ort für eine Frau.«

»Merrick, ich kenne dich lange genug. Du ziehst den Kampf auf dem Schlachtfeld vor, ich hingegen den in den Betten.«

Ihn nicht weiter beachtend, drehte Merrick sich um und pfiff durchdringend. Sein Araberpferd wandte sich von einem Grasbüschel ab und trabte neben ihn.

Roger streichelte die Nüstern des prachtvollen Tiers. »Kaum zu glauben, dass aus dieser gottverfluchten Wüstenei, die sie für das Gelobte Land halten, solch hervorragende Pferde stammen.«

Merrick wusste, dass er ein außergewöhnliches Pferd besaß, genau wie sein früheres Streitross Aries. Diese kleinere, schlankere Rasse war wie die meisten Araber hervorragend, und sein Reittier war das Geschenk eines Maroniten-Führers. Merrick lobte und achtete seine Pferde, schätzte sie mehr als alles andere.

Er blickte zur Sonne, dann schwang er sich in den Sattel. »Du wirst dich verspäten.«

»Elizabeth war erfreut, mich zu sehen.« Roger schlenderte zu seinem Ross, das hinter einem Baum angebunden war, und führte es auf die Lichtung. »Ich wusste nicht, dass du in Eile bist.«

»Ich muss ein Heiratsversprechen einlösen, und ich habe eine Burg im Grenzland, die ihren neuen Lehnsherrn erwartet.«

»Der berühmte Rote Löwe beabsichtigt sich niederzulassen, um nichts anderes zu werden als ein fetter Landjunker, der lediglich seine Dienerschaft befehligt. Warum klingt das so unglaubwürdig?«

»Komm. Lass uns aufbrechen.«

»Aha.« Roger nickte vielsagend. »Deine Verlobte wartet.«

Merrick beachtete ihn nicht weiter.

»Und wartet. Und wartet.«

»Sitz auf, Roger.«

Rogers Gesichtsausdruck spiegelte den eines Mannes wider, der soeben einen guten Witz gemacht hat.

Merrick schwang sich in den Sattel und wartete darauf, dass Roger ihn nicht länger angrinste.

Sobald Rogers Feixen nachließ, spornte Merrick sein Pferd an. Als er die Lichtung hinter sich ließ, ritt Roger an seiner Seite.

Nach einigen Minuten des Schweigens bemerkte Merrick: »Das ist die Lebensaufgabe einer Frau. Auf einen Mann zu warten.«

Roger prustete, dann brach er in schallendes Gelächter aus. »Das verspricht eine interessante erste Begegnung zwischen euch beiden zu werden. Nicht einmal für die betörende Elizabeth würde ich mir das entgehen lassen.«

Merrick liebte Roger wie einen Bruder, dennoch gab es Augenblicke, da er ihm, genau wie einem leiblichen Bruder, liebend gern ins grinsende Gesicht geschlagen hätte. Jetzt war ein solcher Augenblick.

Zum Glück für Rogers schmale, edle Nase hörte Merrick seine bewaffneten Männer, die lärmend über die Anhöhen preschten: das Klirren der Harnische, das Knarren des Leders, dröhnendes Gelächter, den einen oder anderen schlüpfrigen Scherz. Er ritt aus dem Wäldchen und ins Blickfeld; dann hob er den Arm und bedeutete seinen Truppen, nach Westen abzudrehen.

Roger und Merrick plauderten über Pferde und zurückliegende Schlachten, während sie Seite an Seite weiterritten. So ritten sie seit Jahren, und jeder hatte dem anderen schon mehr als einmal das Leben gerettet. Trotz ihrer unterschiedlichen Auffassungen waren sie die engsten Freunde.

Zufrieden mit sich und seinem Leben galoppierte Roger neben Merrick. Zweifellos war die betörende Elizabeth de Clare dafür verantwortlich.

So manches Mal beneidete Merrick ihn. Roger passte sich jeder Situation an, begegnete selbst Fremden mit ungezwungener Freundlichkeit. Für Merrick war das nicht so einfach. Er war es gewohnt, Verantwortung zu tragen. Er war ein Anführer und ein Krieger. Wo immer sie gemeinsam auftauchten, beeindruckte Roger mit seiner Liebenswürdigkeit, während Merrick Befehle erteilte und handelte.

Eine Zeit lang ritten sie schweigend weiter; schließlich gestand Merrick: »Ich habe genug von Kreuzzügen und Wüsten und dem Orient. Eduard will, dass unsere Heimatgrenzen gesichert werden. Und ich will etwas Frieden in meinem Leben.«

Einen Arm auf seinen Sattelknauf gestützt, grinste Roger ihn auf so verwirrende Weise an, als wüsste er mehr als Merrick. »Du willst Frieden, und deshalb heiratest du und verteidigst eine Burg im walisischen Grenzgebiet?«

Merrick knurrte irgendetwas Unverständliches.

Roger warf ihm einen süffisanten Blick zu. »Weder das eine noch das andere wird dir Frieden bringen.«

»Lady Clio wird eine fügsame Frau sein. Vermutlich werde ich sie aus der Gebetsbank zerren müssen, um sie zu verführen. In den vergangenen sechs Jahren hat sie in einem Konvent gelebt.«

»Ja, zwei Jahre länger als vorgesehen.«

Schweigend ritten sie weiter.

Dann wandte Roger sich erneut zu ihm. »Was weißt du von ihr? Wie sieht sie aus?«

»Ihr Aussehen interessiert mich nicht.« Merrick spürte förmlich, wie sein Freund ihn fassungslos anstarrte.

»Und wenn sie wie dein Pferd aussieht oder in deine Rüstung passt?« Roger lehnte sich im Sattel zurück. »Oder ein Rasiermesser braucht?«

Merrick musterte seinen Freund. »Dann werde ich ihr beibringen, wie man damit umgeht.«

Roger lachte schallend. »Im Ernst, was weißt du von ihr? Ist sie dunkelhaarig oder blond?«

Er hatte keine Ahnung, wie seine Verlobte aussah.

Er wusste nur, dass sie eine Schutzbefohlene König Heinrichs war, Eduards Vater. »Ich habe mich nie danach erkundigt. Sie besitzt Burg Camrose und ist die Tochter eines Adligen. Mehr brauche ich nicht zu wissen.«

Roger stieß einen leisen Pfiff aus.

Aus seinem Augenwinkel bemerkte Merrick, dass sein Freund den Kopf schüttelte.

Schließlich hub Roger an: »Elizabeth hat schwarzes Haar. Dunkel wie eine sternenlose Nacht … Schwarz wie matt polierter Onyx. So finster wie die Tiefen des Ozeans, so …«

»So finster wie mein Zorn, wenn du nicht augenblicklich mit diesem hirnlosen, romantischen Geschwätz aufhörst.«

Roger lachte lediglich erneut, eine unangenehme Angewohnheit, die Merrick gelegentlich aufbrachte. Wie jetzt. »Du könntest eine Überraschung erleben, wenn du feststellst, was du wirklich von einer Ehe willst, mein Freund.«

»Ich weiß, was ich will. Ich will meinen Seelenfrieden und ein ruhiges Leben.« Merricks Blick schweifte zu den vor ihnen liegenden Anhöhen, wo er einen Flecken leuchtendes Heidekraut entdeckte. Abermals wandte er sich zu Roger. »Meinetwegen könnte Lady Clios Haar violett sein.«

»Interessant. Violettes Haar. Ich frage mich, was die Kirche dazu sagen würde.«

»Warum sollte sich die Kirche für die Haarfarbe meiner zukünftigen Gemahlin interessieren?«

»Die letzte päpstliche Verfügung. Während meines Aufenthalts in Rom habe ich von nichts anderem gehört.«

»Verständlich, da du deine Tage mit den Damen verbracht hast.«

»Nur die Nächte.«

»Gewiss, in den wenigen Tagen deines Aufenthalts musstest du vermutlich eine ganze Reihe von gehörnten Ehemännern abwehren.«

»Wenige Tage?« Roger warf ihm einen spöttischen Blick zu. »Sicherlich hast du nicht vergessen, wie lange ich fort war.«

»Ich habe es nicht vergessen. Es war eine ruhige Zeit. Keiner bedrängte mich mit Fragen über meine zukünftige Frau.«

»Aha, du hast mich vermisst«, fiel Roger ihm ins Wort.

»Berichte mir von dieser päpstlichen Bekanntmachung oder was immer es war.«

»Die Kirche ließ ein päpstliches Rundschreiben verkünden hinsichtlich der weiblichen Haarfarbe.«

Merricks Züge spiegelten leichte Entrüstung. Die Kirche und ihr Bemühen, das Leben aller Menschen zu bestimmen, hatte ihn schon immer verärgert. Nach seinem Dafürhalten verwendeten die Theologen ihre Zeit besser darauf, für die Seele des Menschen zu beten, statt ihn zu bevormunden. »Haben sie nichts Besseres zu tun?«

Roger zuckte die Achseln. »Scheinbar nicht.«

»Und? Welches göttliche Wissen wurde ihnen zuteil, das sie uns armen, verdammten Seelen nahe bringen müssen?«

»Mir scheint, dass blondes Haar in Italien sehr begehrt ist, genau wie im Orient. So begehrt, dass die Damen Tage darauf verwenden, ihr Haar von der Sonne bleichen zu lassen. Manche trugen keine

Kopfbedeckung oder rieben sich Zitrone oder Urin ins Haar. Die Kirche verkündete, dass solche Praktiken den weiblichen Verstand und die Seele schädigen.«

Merrick hörte den spöttischen Unterton aus der Stimme seines Freundes heraus.

»Lady Clio mit der unbekannten Haarfarbe hat vielleicht schon eine geschädigte Seele oder, schlimmer noch, einen Dachschaden, weil sie ihren Kopf zu oft in den Nachttopf taucht.«

Bei dieser Vorstellung musste sogar Merrick lachen.

»Fragst du dich denn nicht, wen du da heiratest, mein Freund?«, erkundigte sich Roger, während sie über eine weitere Lichtung ritten.

Merrick spähte zu ihm. »Ich heirate eine Frau und nehme an, dass sie sich auch so verhalten wird.«

Roger hörte ihm gar nicht mehr zu. Gedankenverloren starrte er in die Ferne. »Clio«, murmelte er gedehnt, als ließe er den Namen auf der Zunge zergehen.

Stirnrunzelnd blickte Merrick zum Horizont. Er war sich nicht sicher, ob es ihm gefiel, dass Roger ständig von seiner Verlobten redete.

»Merrick, ich glaube, *Clio* klingt wie der Name eines hübschen Mädchens mit hellem Haar.«

Merrick schwieg.

»Hast du keine Meinung?« Roger musterte ihn.

»Ihr Haar interessiert mich nicht.«

»Vielleicht doch. Sie könnte wie eine ägyptische Königin aussehen, mit Haaren so schwarz wie die Sünde. Oder …« Roger hielt inne und unterdrückte ein Lachen. »… sie könnte einen Bart haben so schwarz wie die Sünde. Dann könntet ihr einander morgens rasieren.«

»Ein weiterer Scherz, und ich werde dir eine andere Verwendungsart für mein Rasiermesser zeigen.«

»Aber mein Freund, ich bin doch nur froh, dass wir wieder daheim sind. Das versetzt mich in gute Laune.«

»Du bist immer guter Laune.«

»Ja. Dem Himmel sei Dank. Wenn es sich anders verhielte, würde man uns zum Packen schicken, sobald du anfängst, jeden herumzukommandieren, der dir über den Weg läuft.«

»Manche sind zum Führer geboren.«

Roger lachte laut und ausgelassen.

»Und andere«, bemerkte Merrick süffisant, »sind dazu geboren, ihre Mitmenschen zu verärgern und zu plagen und jede Frau zu verführen, die ihnen über den Weg läuft.«

»Nicht jede Frau, mein Freund. Nur die mit vollständigem Gebiss.«

»Was Kinder und Großmütter ausschließt.«

»*Ur*großmütter.« Roger grinste.

Daraufhin musste Merrick lachen. Er liebte diese kleinen Wortgeplänkel. Sie hoben auch seine Stimmung. Er lenkte sein Pferd über einen schmalen steilen Pfad, der von Farnen, Stechginster und knorrigen Eichen gesäumt war. Auf dem höchsten Punkt der Erhebung angelangt, blickte er über ein so grünes Tal, dass es seine Augen fast schmerzte.

Merrick stand beinahe in den Steigbügeln und betrachtete das vor ihnen liegende Land so lange, dass der Horizont verschwamm und er nur noch die Bilder wahrnahm, die vor seinem geistigen Auge vorüberzogen.

Diesmal war es anders als bei seiner letzten Heimkehr. Vor Jahren. Damals war er noch jung gewesen, obschon er das selber nicht empfunden hatte. Im Nachhinein wusste er, dass er ein unerfahrener Jüngling gewesen war. Die Jahre hatten ihn gelehrt, wann die Jugend endete: in dem Augenblick, in dem man sich nicht mehr danach sehnte, älter zu sein.

Aber damals war er jung gewesen. Es war zu Anfang des Winters und die Äste bereits kahl, die Dämmerung hüllte alles in ein violettes Licht.

Der Boden war vereist, das Laub unter den Hufen seines Pferdes lag feucht und welk, bedeckt von einer dünnen Schneeschicht, und der Himmel und das Land wirkten grau und trist.

Er war nach England zurückgekehrt, nachdem er in Frankreich ein Turnier nach dem anderen gewonnen und genug Gold und Pferde bekommen hatte, um den Sold seiner Männer zu zahlen. Und dort hatte sein Leben eine Wendung genommen. Er und Prinz Eduard wurden Freunde, eine Freundschaft, die Hofintrigen und Turniere, politische Krisen und Kreuzzüge überdauert hatte. Eine Freundschaft, die ihn weit fortbrachte von seiner Heimat.

Eduards Vater, König Heinrich, hatte kein Verständnis aufgebracht für die Verbindung seines Erben mit einem de Beaucourt, einer Familie, die nach wie vor in Ungnade stand. Die Plantagenets und die de Beaucourts verachteten einander, vermutlich deshalb, weil irgendein Ahnherr de Beaucourt dummerweise die falsche Seite unterstützt hatte.

Dennoch konnte der Zorn des Königs der Freundschaft zwischen Eduard und Merrick nichts anhaben; sie beruhte auf dem beiderseitigen Respekt und Vertrauen zweier starker, unabhängiger Persönlichkeiten, die einander loyal verbunden waren.

Und dieses Bündnis hatte sein Leben verändert. Obschon es ihn dazu zwang, seine Heimat oft und für längere Zeit zu verlassen, musste Merrick jetzt nicht mehr den Sold für seine Truppen aufbringen.

Er hatte ein gutes Pferd, ein hervorragendes Schwert, er würde bald heiraten, und er war – genau wie Roger und die meisten seiner Männer – endlich wieder zu Hause.

Das genügte ihm für den Augenblick. Er hatte keine Ahnung, was die Zukunft für ihn bereithielt. Allerdings wusste er, dass er jetzt nicht darüber nachsinnen würde, denn heute würde er nichts tun können, um irgendetwas daran zu ändern.

Er hatte seine Pferde, sein Schwert, Ländereien und einen Titel und die beste seiner Kriegstrophäen – Burg Camrose und alles, was dazu gehörte, eine Zukunft, die Frieden und Ruhe verhieß, und das unerschütterliche Wissen, dass eine Frau, seine Frau, auf ihn wartete.

Heidebier

Der Sommer ging ins Land,
Rot war die Glockenheide,
Doch die Kunst des Brauvorgangs
War keinem mehr bekannt.
In Gräbern, Kinderleichen gleich,
Auf vielen Bergeswipfeln,
Die Brauer dieses Heidebiers
Sie lagen totenbleich.

Robert Louis Stevenson

3

Der Konvent Unserer Lieben Frau von den Quellen, Somerset, England

Auf Händen und Knien kroch Clio durch den klösterlichen Kräutergarten, ihre weißblonden Flechten zeichneten unregelmäßige Schlangenlinien in den Schmutz, während sie ihre Nase in den Pflanzen vergrub. Sie bewegte sich langsam durch die Reihen, schnupperte an den duftenden Blättern, Blumen und den riesigen, dunklen Beeren, auf der Suche nach dem richtigen Kräutlein.

Ein fetter orangefarbener Kater mit nur einem Auge huschte über den gepflasterten Hof und ließ sich auf einem Paar dicker Holzpantinen nieder. Gähnend streckte er seine Pfoten aus und zeigte seine langen, gekrümmten Krallen; dann zog er eine Pfote ein, putzte sie und verschränkte beide unter seiner flauschigen Brust. Kurz darauf wandte er sein zusammengekniffenes Auge langsam von der nebelverhangenen Sonne zu einem graubraun gefleckten Hühnerhabicht, der auf dem Griff eines Weidenkorbs hockte.

Weder Katze noch Vogel rührten sich.

»Da!« Mit einem lauten Knacken riss Clio einen grünen Schössling von einer der Pflanzen und ließ sich auf ihre nackten Fersen zurücksinken. »Das ist sie!« Sie hielt den Zweig ins Sonnenlicht.

Die vom Morgentau feuchte Erde hinterließ kühle, nasse Flecken auf dem grob gewebten Gewand, das sie unter ihre Knie gezogen hatte. Für einen langen Augenblick betrachtete sie den Zweig, dann murmelte sie: »Vielleicht ist es doch nicht die richtige.«

Nachdenklich runzelte sie die Stirn. Sie hätte Schwester Amice eifriger zuhören sollen, als diese ihre Entdeckungen schilderte. Die Blätter dieser Pflanze waren nicht unbedingt herzförmig und das Innere des Stiels keineswegs leuchtend grün, sondern strohartig und blass. An ihrer Unterlippe nagend, musterte sie die Gartenbeete und drehte verunsichert den Zweig in ihrer Hand.

Keine hatte die herzförmigen Blätter, die sie für ihr neuestes Bierrezept brauchte. Nach einigen langen Sekunden betrachtete sie den Zweig erneut, warf ihn in den Weidenkorb und kniete am Boden, gedankenverloren den Ring ihrer Mutter drehend.

Clios Erzieherin, Klosterschwester Amice, war davon überzeugt gewesen, dass der griechische Seefahrer Pytheas um die Mitte des dritten vorchristlichen Jahrhunderts ein Heidebier erwähnt hatte, also hatte es existiert, denn Pytheas brachte keine Unwahrheiten zu Papier. Leider verstarb die herzensgute Schwester, bevor sie das Rezept fertig gestellt hatte.

Trotzdem war Clio fest entschlossen, dieses Bier zu brauen. Denn wer das Glück hatte, die geheimnisvolle Rezeptur herauszufinden, war im Handumdrehen reich. Das Rezept für dieses Heidebier zu entdecken war Clios bislang letzte ›wundervolle Idee‹.

Außerdem mochte es ihr zur Unabhängigkeit verhelfen. Eine Frau durfte Bier brauen und verkaufen, ohne ihren guten Ruf zu schädigen. In der Tat waren die besten Brauer im Land Frauen, die meisten davon Nonnen. Für Clio lag der Schlüssel zu Unabhängigkeit und Selbstbestimmung in Schwester Amices unvollständigen Aufzeichnungen zu dem verloren gegangenen Rezept.

Unverdrossen kroch Clio durch die Kräuterbeete, pflückte von jeder Pflanze einen Schössling und warf alles in den Korb, bis dieser gefüllt war. Als sie sich umdrehte, bemerkte sie den Hühnerhabicht, der über den Griff hüpfte.

Für Sekundenbruchteile beäugte er sie. Sie warf ihm den letzten Kräuterzweig zu. Blitzschnell stieß er herab, pickte ihn auf und flatterte wieder auf den Korbgriff.

Kopfschüttelnd lachte Clio. »Pfiff, was willst du damit anfangen?«

Pfiff krächzte, schlug mit den Flügeln und hüpfte von dem Korb, den Zweig wie Beutegut im Schnabel. Dann plusterte er sich vor dem Kater auf, dass er eher wie eine Mastente und nicht wie ein bedrohlicher Raubvogel aussah.

In der Tat hatte Pfiff mehr von einer Ente als von einem Habicht. Er jagte nicht. Soweit Clio wusste, war er noch nie geflogen; er schlug lediglich mit den Flügeln, hüpfte und flatterte und versuchte Zyklop, ihren einäugigen Kater, zu ärgern.

Der Habicht war auf der Schulter eines fahrenden Gauklers ins Kloster gelangt, und dieser hatte erzählt, dass er auf dem Jahrmarkt einen wertlosen Vogel gekauft habe. Zufällig hatte Clio mit angehört, wie er den Habicht für ein paar Heller an den Pastetenbäcker verkaufen wollte.

»Verarbeite ihn zu einer schmackhaften Pastete.

Er ist keinen Pfifferling wert!«, hatte der Gaukler erklärt. So war Pfiff, Pfifferling, zu seinem Namen gekommen.

»Lady Clio! Lady Clio!« Ein Bursche mit feuerrotem Haar, das ihm wie Riedgras vom Kopf abstand, rannte über den Hof und brüllte, als wäre ihm der Leibhaftige auf den Fersen.

Der Junge lief durch den flachen Fischteich und stolperte über seine riesigen Füße.

Er stürzte in den kelchförmig angelegten Springbrunnen. Wasser klatschte über den Rand, traf auf den weichen Erdboden und verteilte sich wie ein schmutziger Sprühregen.

Er schlingerte bäuchlings weiter und landete vor ihren Knien.

Sie war voller Schlamm. Sie wischte sich die Augen, stand auf und funkelte ihn an. Sein Name war Thud – vielleicht deshalb, weil er in jedes Fettnäpfchen trat. Keiner hatte je gefragt, wie er zu diesem Spitznamen gekommen war. Wer ihn kannte, wusste warum.

Er hob den Kopf und schaute zu ihr auf. Seine Augen schimmerten wie zwei Vollmonde durch den Schmutz; er sah aus, als hätte man ihn hineingetaucht. Er spuckte einen Mund voll Lehm aus, dann nieste er mehrmals.

»Hast du dir wehgetan?« Clio beugte sich über ihn.

Heftig schüttelte er den Kopf. Dreckklumpen stoben aus seinem Haar.

Sie wich zurück und wischte den Schmutz von ihrem Kleid, dann trat sie zu dem Kater und stieß ihn mit ihrer nackten Zehe an. »Steh auf, Zyklop.«

Der Kater blieb ungerührt liegen.

»Geh runter von meinen Schuhen.«

Er öffnete sein Katzenauge und warf ihr einen vernichtenden Blick zu. Sie schob einen Fuß unter seinen dicken Leib und glitt in den Holzschuh. Schließlich erhob er sich mit lässiger Eleganz und hoch erhobenem Schweif. Dann drehte er sich um, musterte sie verärgert und schlich zu dem Korb.

Thud, der sich vom gröbsten Schmutz befreit hatte, trat aufgeregt von einem Fuß auf den anderen.

Sie warf ihm einen Blick zu, der besagte: Halt still!

Er erstarrte.

»Warum bist du so aufgeregt?«

»Ein Bote war hier.« Erneut zappelte er herum. »Gäste werden den Konvent besuchen.«

Clio schlüpfte in den zweiten Holzschuh und musterte Thud über ihre Schulter. »Solange es nicht der König persönlich ist, brauchst du dich wirklich nicht so aufzuregen.«

»Aber er wird kommen! Ein Reiter hat die Botschaft überbracht. Gerade eben. Er saß auf einem Pferd mit schimmernden goldenen Glöckchen am Zaumzeug.«

Daraufhin versteifte sie sich, wusste sie doch, dass nur der König und die reichsten Adligen Kuriere hatten, deren Pferde mit goldenen Glöckchen geschmückt waren. »Der König kommt hierher?«

Für Augenblicke überlegte Thud. »Der König? Er auch? Keiner hat mir gesagt, dass er kommt.«

»Ich sprach von dem berittenen Boten.«

»Oh.« Stirnrunzelnd kratzte Thud sich den Kopf. »Er war der Bote des Königs? Das wusste ich nicht.«

Seufzend fragte sich Clio, wie lange es noch dauern würde, bis sie herausfand, wer tatsächlich seinen Besuch angekündigt hatte.

Der tollpatschige Thwack, Thuds Bruder, schlenderte zu ihnen. Wo Thud war, ließ Thwack nicht lange auf sich warten, allerdings mit der ihm eigenen Geschwindigkeit – gemächlich und keinen Schritt zu schnell.

War Thud stets in Eile, so hatte Thwack alle Zeit der Welt. Er wandte sich an Thud. »Der Bote des Königs war hier?« Er sah sich um. »Wo?«

Thud zuckte die Schultern. »Ich weiß nicht. Lady Clio meinte, der König würde kommen.«

»Und ich habe ihn verpasst?« Thwack seufzte enttäuscht auf. »Zwei berittene Boten an einem Tag?«

Clio blickte von einem Jungen zum anderen. »Ich bin ziemlich ratlos.«

»Ich auch«, bekräftigte Thud mit todernster Stimme. »Wir wussten nichts von einem Besuch des Königs.«

Clio zählte bis zehn, dann bis zwanzig. Als sie bei fünfzig angelangt war, sagte sie: »Erzähl mir von dem Kurier.«

»Ich habe den Kurier des Königs nicht gesehen«, erwiderte Thud; dann blickte er über seine Schulter und klopfte sich fieberhaft den Schmutz von seinem Rücken.

Sie ließ ihn einen Augenblick gewähren, dann versuchte sie es aufs Neue. »Wer kommt?«

»Der König. Ihr habt es doch selbst gesagt.« Er starrte auf seine schmutzigen Hände und wischte sie schulterzuckend an seinem Gewand ab.

»Thud ...«

Mit schiefgelegtem Kopf blickte er zu ihr auf. »Ihr scheint verwirrt, Mylady.«

»Ich bin verwirrt.«

»Zu viele Kuriere«, murmelte er.

Sie atmete tief ein, dann legte sie ihren Arm um die schmächtigen Schultern des Knaben. Sie beugte sich zu ihm hinunter und fragte mit Engelsgeduld: »Was wolltest du mir mitteilen?«

»Dass der Kurier hier war.«

»Und was noch?«

»Dass sein Pferd mit goldenen Glöckchen geschmückt war.«

»Das sagtest du bereits. Was noch?«

»Er trug das Banner des Roten Löwen.«

»Der Rote Löwe?« Clio hielt den Atem an.

»Gewiss, Merrick de Beaucourt, der Rote Löwe.«

Ihr Verlobter. Nach all der Zeit hatte sie fast verdrängt, dass er tatsächlich existierte. Sie war sich sicher, dass er sie vergessen hatte. Vier Jahre lang sollte er fort sein.

Aber aus den vier Jahren waren sechs geworden, mit lediglich einer Depesche im Vorjahr, und diese war kränkenderweise an die Äbtissin gerichtet gewesen und nicht an sie, seine rechtmäßige Verlobte. Sie atmete tief ein und fragte: »Wie lautete die Botschaft?«

»Dass man sich auf seine Ankunft vorbereiten soll. Er und seine Männer sind nur noch wenige Tagesritte entfernt.«

Clio schwieg. Ihr fehlten die Worte. Ihre Gefühle schwankten zwischen Verärgerung und Furcht, Wut und Neugier.

Thud und Thwack musterten sie, und ihre Gesichter spiegelten ähnliche Empfindungen wider – Erstaunen, dann Verwirrung. Thwack zupfte an ihrem Gewand und blickte sie mit einer Ernsthaftigkeit an, die nicht zu einem Zehnjährigen passte. »Wir dachten, Ihr würdet Euch freuen. Habt Ihr nichts dazu zu sagen, Mylady?«

»Gewiss doch.« Sie drehte sich um und blickte in östliche Richtung. Schweigend dachte sie darüber nach, wie ihre sehnsüchtigen Träume mit jedem Tag, der verstrichen war, mehr und mehr verblassten.

»Doch, ich habe etwas dazu zu sagen.« Sie nahm Haltung an, versteifte sich wie jemand, der mit einem Hieb rechnet. Sie starrte auf die Ostmauer, und ihre zu Schlitzen verengten Augen verhießen nichts Gutes für ihren zukünftigen Gemahl.

Dann sagte sie lediglich: »Es wird Zeit.«

Das kleine Kloster mit seinen weiß getünchten Wänden lag versteckt in der englischen Hügellandschaft. Vor mehr als einem Jahrhundert gegründet und der Heiligen Jungfrau, Unserer Lieben Frau von den Quellen, geweiht, standen die Worte *Benedictus locus,* ›der gesegnete Ort‹, über dem Eingangstor.

Im Gegensatz zu den meisten anderen Tagen brauchte der Konvent heute jeden nur erdenklichen göttlichen Segen.

»Ehrwürdige Mutter.« Merrick de Beaucourt legte seine Hände auf den Schreibtisch der Äbtissin, beugte sich vor und musterte sie mit dem finsteren Blick, der seine Verärgerung unverhohlen preisgab. »Es muss sich um ein Versehen handeln. Lady Clio kann das Kloster unmöglich verlassen haben.«

Die Äbtissin blieb hartnäckig. »Sie ist einen Tag nach dem Eintreffen Eurer Nachricht abgereist.«

Nervös schritt Merrick vor ihrem Schreibtisch auf und ab und blickte stirnrunzelnd zu Boden. »Sie ist abgereist«, wiederholte er, dann blieb er erneut vor der Äbtissin stehen. »*Abgereist*? Sie ist einfach abgereist? Sie ist eine Frau. Eine Frau kann nicht einfach losreiten, wenn ihr der Sinn danach steht.«

»Ihr kennt Lady Clio nicht.«

»Nein, gewiss nicht. Aber ich weiß, dass sie hier bis zu meiner Rückkehr unter dem Schutz des Königs stand.«

»Sie stand unter seinem Schutz, das ist richtig. Aber er war mit dem französischen Monarchen beschäftigt, und wir sind weit weg von London, Mylord.«

»Großer Gott!« Merrick schlug mit der Faust auf den Schreibtisch.

»Flucht hier nicht, Sir Merrick.«

Er richtete sich zu seiner vollen Größe auf. »Sie ist nur eine Frau!«

Aus seinem Augenwinkel bemerkte er Rogers süffisantes Grinsen.

Die Äbtissin setzte sich kerzengerade auf und musterte ihn so überheblich, als wäre sie die Königin persönlich. »*Nur* eine Frau? Genau wie ich.« Ihre Stimme war noch unterkühlter als seine. »Genau wie die Heilige Jungfrau und unsere Königin, *und* ich darf hinzufügen, Eure eigene Mutter.«

Merrick fuhr sich mit der Hand durchs Haar. Für Augenblicke musste er sich zur Besonnenheit gemahnen, tief einatmen. »Zurück zum Ausgangspunkt, Ehrwürdige Mutter. Zu Lady Clio, die hier unter Euren Schutz gestellt wurde und jetzt Gott weiß wo ist.«

»Ich habe nie behauptet, nicht zu wissen, wo sie sich aufhält. Ich habe lediglich gesagt, dass sie abgereist ist.«

Die Frau hätte Königin werden sollen, dachte Merrick, während er ihren hochmütigen, gebieterischen Blick erwiderte. Tapfere Ritter ängstigten sich vor seinem Blick. Seine Feinde flehten um Gnade. Doch diese Frau sprach mit ihm, als wäre er nichts weiter als ein Ärgernis. Betont langsam und ruhig fragte er: »Und wo ist sie?«

»Werdet Ihr sie schlagen?«

»Ich habe noch nie eine Frau geschlagen.« Er hielt inne, dann funkelte er die Vorsteherin des Klosters an. »Allerdings gibt es Augenblicke, da ich den Wunsch unterdrücken muss.«

Roger stöhnte auf und schlug sich mit der flachen Hand an die Stirn.

»Obschon ich nur eine Frau bin, Mylord, bin ich eine Ordensfrau, die über eine gewisse Macht verfügt. Ich schlage meine Schlachten für das Heil unserer Seelen und ich bin die Vorsteherin dieses Konvents *und* seiner Ländereien.«

»Wie ich bereits erwähnte, habe ich noch nie eine Frau geschlagen, und das habe ich auch zukünftig nicht vor, weder Euch noch Lady Clio.« Erneut legte er seine Hände auf die Schreibtischplatte. »Werdet Ihr mir *jetzt* sagen, wo sie ist?«

»Ihr werdet sie nicht schlagen?«, wiederholte die Äbtissin. Seufzend legte sie einen Finger auf ihre gespitzten Lippen. »Vermutlich würde es Euch nicht gut bekommen, wenn Ihr es tätet.«

Merrick und Roger tauschten verblüffte Blicke aus.

»Mylady Clio hat Burg Camrose aufgesucht.«

»Endlich«, zischte Merrick und wirbelte herum.

»Wartet!« Die Äbtissin erhob sich.

Eine Hand am Türknauf drehte er sich um und sah zurück.

»Ich habe versucht, sie von diesem Vorhaben abzubringen.«

»Offensichtlich nicht hartnäckig genug.«

Daraufhin lächelte die Äbtissin spöttisch. »Lady Clio neigt dazu, das zu tun, was sie für richtig hält, Mylord.«

»Nicht mehr lange«, erwiderte Merrick schroff und stob davon.

4

Burg Camrose,
Glamorgan, im walisischen Grenzland

Die alte Gladdys beteuerte jedem, der es hören wollte, dass sie eine Druidin sei. Und das trotz der Tatsache, dass der Druidenkult schon seit Jahrhunderten ausgelöscht war. Die alte Waliserin behauptete, Hellseherin zu sein; sie hatte das *zweite Gesicht*.

Als zwei Raben in einer Ulme nahe der Hütte des Küpers nisteten, erklärte die alte Gladdys der kinderlosen Witwe des Schnapsbrenners, dass sie Zwillinge gebären werde. Alle hatten gelacht, bis die unfruchtbare Witwe den Michaelis-Jahrmarkt besucht und dort einen Schmied aus Brecon geheiratet hatte.

Noch ehe drei Sommer vergangen waren, hatte sie zweimal Zwillinge geboren: vier gesunde, kräftige Söhne. In den Wochen danach waren die Dorffrauen in Scharen zu Gladdys gepilgert, um ihren allumfassenden Weissagungen zu lauschen – von Kindergeburt bis hin zu Liebesangelegenheiten.

Allerdings waren die Dorfbewohner ein launisches Völkchen, und die alte Gladdys und ihre Prophezeiungen gerieten schon bald in Vergessenheit. Hätte man sie jedoch gefragt, wer das hässlichste Mädchen im Tal sei, hätte jeder Dorfbewohner geantwortet, das sei Gerdie, die Gänsemagd, die das große Pech hatte, wie ihre Gänse auszusehen.

Was keiner wusste, war, dass Gerdie die alte Gladdys in einer Vollmondnacht aufgesucht hatte. Bald darauf stand die Gänsemagd frühmorgens auf und wusch ihr Gesicht mit dem Tau der rosafarbenen Arnikapflanze, die auf einem Felsen im Fluss Wye wuchs, um dann zum Frühstück eine Suppe aus weißen Rüben zu sich zu nehmen.

Zwei Wochen darauf zog ein junger, bildhübscher Barde durch das Dorf Clawdd, verliebte sich unsterblich in Gerdie, die Gänsemagd, und schwor, dass er sein Leben und seine Lieder allein ihrer Schönheit widmen werde. Das Letzte, was die Dorfbewohner nach beider Vermählung sahen, waren ein singender Barde und eine strahlende Gerdie, die in seinem Wagen abreisten; ihre sämtlichen Gänse in den Karren gepfercht, verschwand das Paar am Horizont.

Danach fanden die Prophezeiungen der alten

Gladdys fast immer Gehör. Wenn sie auf sechs schwarze Schwäne deutete und diese als Omen wertete, fragten alle, ob es ein gutes oder ein schlechtes sei. Drehte sich plötzlich der Wind, betraten die Frauen ihre Hütten durch die Hintertür. Hatte der Mond einen Hof, legten alle eine Spatzenfeder unter ihre Kopfkissen, um bösen Träumen vorzubeugen, die sich vielleicht bewahrheiteten.

Doch für Bruder Dismas, den Mönch auf Burg Camrose, war die alte Gladdys eine Ketzerin. Und nicht richtig im Kopf. Falls jemand irrtümlich die seherischen Fähigkeiten der verrückten Alten erwähnte, bekreuzigte er sich, murmelte mehrere Vaterunser und dehnte die Mittagsandacht um eine Stunde aus. Er duldete sie aus gnädiger Nachsicht mit ihrem schwachen Verstand, aus Mitleid und Wohlwollen … und weil Gott es so wollte.

Es schien, als redete der Allmächtige mit Bruder Dismas. Tag für Tag.

So kam es, dass an jenem Abend, als jemand nach Mitternacht die Glocke am Burgtor läutete, die alte Gladdys von ihrem Feldbett hochschreckte und kreischte: »Ungemach! Das gibt Ungemach! Viermaliges Läuten bedeutet Ungemach!«

Keiner hätte sich darum geschert.

Außer Bruder Dismas. Die mächtige Stimme des Herrn befahl ihm zu öffnen.

Die Torglocke läutete und läutete, als würde das Metall mit einer Lanze bearbeitet. Bruder Dismas nahm eine dicke Talgkerze aus einer seiner Truhen und entzündete sie an einem Kienspan neben der Kapellenwand. Er schlurfte durch den Hof, näherte sich dem inneren Torhaus und fragte sich, warum der Allmächtige ihm seinen Schlaf missgönnte.

Gähnend trat er über einige schlafende Hunde, während er nach den Wachen Ausschau hielt. Er vernahm lautes Schnarchen. Statt den Eingang zu bewachen, kauerte der Wachtposten in einer dunklen Ecke auf einer Steinbank, einen leeren Bierkrug in seiner erschlafften Hand.

Die Glocke läutete erneut, noch lauter als zuvor. Aufgrund des durchdringenden Geräuschs stöhnte Bruder Dismas auf. Er hielt den Talgstumpen an das Guckloch, schob es zögernd auf und blinzelte hindurch. Dann hielt er die Kerze höher und riskierte einen weiteren Blick.

Augenblicke später bekreuzigte er sich und schaute gen Himmel. »Gnädiger Gott, ich glaube, du hast mir etwas verschwiegen.«

Clio befand sich auf dem Söller von Burg Camrose, wo sie vor einem hölzernen Pfeiler stand, dessen Schnitzarbeiten Wilhelm den Eroberer zeigten. Die Waliser, welche die Burg bis vor kurzem besetzt hielten, hatten die Eichensäule als Aufbewahrungsort für ihre Dolche benutzt. Am Tag ihrer Ankunft hatte sie vier der gefährlich wirkenden Waffen aus dem Holz gezogen.

Sie trat zurück und begutachtete ihr Werk.

Jetzt hatte Wilhelm der Eroberer Sommersprossen.

Sie drehte sich um und schlenderte unschlüssig auf und ab, die abendlichen Warnungen der alten Gladdys hallten noch immer in ihren Ohren.

»Brennt heute Nacht Kerzen ab«, hatte die Alte ihr

geraten. »Bei Sonnenaufgang haben drei Adler die Burg umkreist, heute Morgen war Ostwind, und der Koch hat Würmer im Mehl gefunden.«

Clio erkundigte sich, was diese Zeichen bedeuteten, doch die alte Gladdys erwiderte lediglich, dass sie es wisse und Clio es herausfinden müsse. Ihr zu schmeicheln war zwecklos gewesen. Die Alte war auf eine nahe gelegene Anhöhe gegangen, hatte ein Freudenfeuer entzündet und es laut singend umtanzt, woraufhin Bruder Dismas aufgeregt in die Kapelle eilte. Dort verbrachte er den Großteil des Tages kniend im andächtigen Gebet.

Als nun Clio während des Nachtmahls das Brot herumreichte, vermutete sie in jedem Laib Mehlwürmer. Deshalb hatte sie nur ein kleines Stück Käse und einen Teller grüne Erbsensuppe gegessen. Jetzt rumorte ihr Magen, und selbst die frische warme Milch mit Honig hatte sie nicht schläfrig gemacht.

Erschöpft und verängstigt schritt sie durch ihr Zimmer. Als sie am Kerzenstumpf vorüberging, warf die im Lufthauch flackernde Flamme seltsame Schatten auf die Steinwände. Clio betrachtete sie sekundenlang, dann raffte sie ihr Gewand und wirbelte herum.

Auf der Wand bewegte sich eine glockenförmige Silhouette, die genauso aussah wie Bruder Dismas, wenn er lachte und sein fülliger Leib wie Aalgelee vibrierte.

Sie ließ ihr Kleid los und drehte sich erneut um, die Hände hoch über ihrem Kopf schwebend. Der Schatten an der Wand schien sich frei und leicht wie ein Habicht zu erheben. Sie erinnerte sich daran, dass sie diese Vögel vom Fenster ihres kleinen, düsteren Klosterzimmers beobachtet und sich gewünscht hatte, ein Habicht oder ein Falke oder gar eine Lerche zu sein und davonzufliegen.

Eine Adlige besaß keine Freiheit. Von Geburt an hatte sie sich den Wünschen der Männer zu beugen. Zum hundertsten Male überlegte sie, wie sich ihr Leben gestaltet hätte, wäre sie nicht als Mädchen geboren.

Clio schlenderte zu dem tief eingelassenen Fensterschlitz und öffnete den fest verriegelten Holzladen. Sie blickte in den dunklen Nachthimmel und fragte sich, wie es wäre, so frei wie ein Mann zu sein. Wie würde es wohl sein auf einem Kreuzzug, wenn man unter den Sternen im fernen Morgenland lag, Orte und Menschen und Länder weitab der Heimat sah?

Wie war das Leben eines Ritters, und was hatte ihr Verlobter in all den Jahren gemacht? Sie versuchte sich vorzustellen, wie er wohl aussah.

War sein Kinn wie ein Hauklotz, seine Hände ungeschlacht, sein Körper von Narben übersät? Nannte man ihn den Roten Löwen, weil sein Haar so leuchtend rot war wie das des Burgschmieds? Sie hoffte nicht. Dem Schmied wuchs das Haar aus Ohren und Nase, und es hing wie Lauch von seinem Haupt.

Ihr schossen so viele Fragen durch den Kopf, dass sie keinen Schlaf fand. Auch wenn sie sich redlich bemühte. Sie hatte lediglich dagelegen, hellwach, wie in allen Nächten seit ihrer Rückkehr auf die Burg, die früher einmal ihr Zuhause gewesen war.

Aber Camrose war nicht mehr das Heim, das sie

in ihrer Jugend gekannt hatte. Kurz nach dem Tod ihres Vaters war das Anwesen von den Walisern eingenommen worden. Und sie hatte gedacht, es wäre für immer verloren.

Diese Burg wirkte nicht mehr wie eine Heimat. Sie war ihr fremd geworden, kalt und düster selbst am helllichten Tag. Die Wehrmauern waren höher als früher und inzwischen aus dickerem, härterem Stein, Mauern, die ihr das Gefühl vermittelten, in einen Turm gesperrt zu sein.

Die dünnen Ledervorhänge, bestickt mit Falken, Efeu und Rosen und befestigt an polierten Hornpaneelen, waren durch massive Fensterläden ersetzt worden. Ihre Zofe hatte ihr einmal erzählt, dass ihre Großmutter diese Portieren selbst bestickt und zu diesem Zweck den Waffenrock ihres Großvaters und den ihrer eigenen Familie verarbeitet hatte. Clio hatte diese Ledervorhänge und die Paneele geliebt, da sie stets das Sonnenlicht einließen.

Aber jetzt war die Kammer selbst am Morgen düster und stank nach Rauch und Moder. Die Möbel waren riesig und grob gezimmert. Nichts erinnerte mehr an den Besitz ihrer Familie.

Keine Wandbehänge. Keine Fellteppiche. Keine Truhen oder feine Leinendecken oder Federbetten. Das Bett war aus klobigem Holz und dicken Seilen und hatte eine kratzige Strohmatratze. Die dicke Wolldecke juckte – selbst nachdem sie die Flöhe entfernt hatte.

Bei ihrer Ankunft hatten Spatzen und Tauben in den Fenstersimsen genistet, die, nach dem Vogelkot auf den Böden zu urteilen, in allen Räumen herumgeflogen waren. Clio und die wenigen Bediensteten, die in die Burg zurückgekehrt waren, hatten Tage damit zugebracht, den Schmutz zu beseitigen.

Es gab nur wenig, worauf eine Frau stolz sein durfte. Auf ihre Kinder, vielleicht auch auf ihren Mann und natürlich ihr Heim. Ihren weiblichen Vorfahren zuliebe wollte sie, dass Camrose wieder so aussah wie früher. Es sollte hübsch sein. Aber das war es nicht, und deshalb hielt sie sich die meiste Zeit in ihren früheren Zimmern auf und versuchte sich zu beschäftigen, während sie auf die Ankunft ihres Verlobten wartete.

Sie versuchte die tief empfundene Angst zu verdrängen, die sie bei dem Gedanken beschlich, letztlich dem Mann gegenüberzustehen, der als der Rote Löwe bekannt war. Mit diesem Namen verband man keine anziehende und angenehme Persönlichkeit.

Doch trotz aller Bemühungen vermochte sie ihre Bedenken nicht zu zerstreuen. Sie waren eindeutig da und verfolgten sie wie ein böser Traum, dem man entfliehen will, um zu vergessen. Aber sie vermochte weder zu verdrängen noch zu vergessen, dass ihr Leben und ihre Zukunft in den Händen eines ihr völlig fremden Mannes lagen.

Also beschloss sie, ihm unerschrocken entgegenzutreten. Sie wollte mit derselben schwanengleichen Anmut auf ihn zuschweben, wie es die Damen am Königshof taten, furchtlos und selbstbewusst. Ihr Stolz verlangte von ihr, dass sie ihm deutlich vermittelte, was er so gedankenlos mit Missachtung gestraft hatte.

Sie legte den Zeigefinger an ihren Mund, schloss die Augen und dachte an jene eleganten Damen. Sie versuchte sie sich in Erinnerung zu rufen, um sich ein genaues Bild zu machen.

Augenblicke später trat sie zwei Schritte zurück, dann zwei weitere. Ein tiefer Atemzug, und sie hob ihr Kinn, legte selbstsicher und leicht arrogant den Kopf schief, dann übte sie ›das Gleiten‹, eine Bewegung, die an einen Schwan auf einer spiegelglatten Wasserfläche erinnerte.

Nach wenigen Schritten seufzte sie inbrünstig. Die Sohlen ihrer Schuhe knirschten auf dem Steinboden wie Metall auf einem Schleifstein. Das Geräusch ging ihr durch Mark und Bein.

Anmutig raffte sie das in ihrer Fantasie spitzenbesetzte Kleid, neigte den Kopf und sagte: »Willkommen, werter Ritter.« Sie versuchte einen Hofknicks, schoss hoch und schnippte ungeduldig mit den Fingern. »Nein, nein, so nicht«, murmelte sie stirnrunzelnd. Abermals straffte sie die Schultern, streckte ihre Hand aus und ließ sie wieder sinken – was ihr die Aura weiblicher Zerbrechlichkeit verlieh –, ehe sie langsam vortrat.

»Sir Merrick. Es ist wundervoll, einen Ritter von solcher Berühmtheit kennen zu lernen.« Sie machte ihren Hofknicks, dann erhob sie sich mit überraschender Anmut. »Sir, berichtet Ihr mir, was Euch die vergangenen vier Jahre beschäftigt hat? Habt Ihr Köpfe abschlagen?« Ihre Hand deutete eine unmissverständliche Geste an ihrem Hals an, sie verzog das Gesicht und ließ ihre Zunge aus einem Mundwinkel heraushängen.

»Gegner mit Pech übergossen?« Sie nahm einen Wasserkrug und schüttete Wasser über den Fenstersims, dabei grinste sie verschlagen.

»Oder ...« Beide Hände hoch über dem Kopf, als hielte sie eine unsichtbare Waffe, wirbelte sie herum; dann holte sie zum Schlag aus und zog eine schauerliche Grimasse. »... habt Ihr« – laut brüllend schwang sie ihre Arme – »die armen Ungläubigen mit Eurer Streitaxt niedergemetzelt?«

Erneut nahm sie höfische Haltung an, musterte die Säule und lächelte huldvoll. »Eine Keule, sagt Ihr? Mit eisernen Spitzen? Aber nein, etwas Derartiges habe ich noch nie gesehen.« Ein koketter Augenaufschlag schloss sich an. »Was verlangt Ihr da von mir?« Wie zum Gebet faltete sie die Hände und legte sie an ihre Wange. »Gewiss, Sir. Ich sehe Euer prachtvolles Muskelspiel.«

Sie hielt inne und riss verwundert die Augen auf. »Ob ich Euch gern berühren würde? Gewiss, aber dann werdet Ihr knien müssen, da ich Euren feisten Schädel von hier unten nicht erreiche. Ich bin nur eine kleine, schwache Frau, die zu nichts anderem taugt als dem Warten auf den Bräutigam.«

Übertrieben seufzend warf sie ihre Hände vor die Brust. »Das Warten auf einen Mann stellt mich auf eine harte Probe. Sagt mir, werter Ritter, wann habt Ihr beschlossen, mir die Gnade Eures Kommens zuteil werden zu lassen und mich zu ehelichen?«

Flehentlich betrachtete sie die Säule. »Vielleicht wart Ihr besorgt, dass ich das gebärfähige Alter überschreiten könnte.« Sie nickte, hob ihren Zeigefinger hoch in die Luft, als wollte sie es der ganzen Welt beweisen; dann wirbelte sie herum. »Ja, so ist das. Ein Mann braucht einen Erben, nicht wahr? Einen männlichen Erben, versteht sich. Und was, bitte, habt Ihr mit Euren Töchtern vor?«

Sie ruderte mit den Armen, als verscheuche sie eine lästige Fliege. »Zweifelsohne werdet Ihr diese nutzlosen Geschöpfe in den Burggraben werfen, bis Ihr einen Sohn habt, den Ihr zu einem ebenso gefühllosen Tölpel erziehen könnt, wie Ihr einer seid.«

In gespielter Besorgnis legte Clio eine Hand auf ihre Wange. »Ach du meine Güte, ich vergaß. Wie töricht von mir. Natürlich werdet Ihr Eure Söhne irgendeinem anderen ungehobelten Grobian anvertrauen, um ihnen die Mutterliebe zu versagen. Denn das würde sie nur zu feigen Nichtsnutzen und sicherlich nicht zu wahren *Männern* heranreifen lassen.«

Mit beiden Händen raffte sie ihr wollenes Gewand. »Wir Frauen sind so oberflächliche und nutzlose Kreaturen, die kaum etwas anderes vermögen, als Kinder zu gebären und ihre Weiblichkeit zur Schau zu stellen.« Sie stellte sich auf Zehenspitzen, drehte sich im Kreis und hielt ihr Kleid, als wäre es eine Robe aus Seidendamast, dann sank sie in einen tiefen Hofknicks.

In diesem Augenblick vernahm sie den Beifall.

Lauten Beifall.

Sie schoss hoch und drehte sich so schnell um, dass einer der Kienspäne erlosch und der andere diffuse Schatten auf die Wände zauberte.

Zwei hünenhafte Ritter standen auf der Schwelle zu ihrer Kammer. Einer lehnte am Türrahmen. Er lachte.

Der andere erweckte den Eindruck, als wäre Frohsinn etwas Verwerfliches.

Zur Salzsäule erstarrt, stand sie da. Sie spähte von

einem zum anderen, bis sie schließlich beschloss, sich auf den attraktiven Hünen mit dem rötlich schimmernden Haar zu konzentrieren, der lachend auf sie zutrat.

Er nahm ihre Hand und verbeugte sich galant. »Sir Roger FitzAlan of Wells, Mylady.« Er richtete sich auf und zwinkerte ihr durchtrieben zu. »Und mein Begleiter ...« – mit einem Kopfnicken deutete er auf den anderen Mann – »der Graf von Glamorgan.«

Wenn sie sich im Nachhinein diesen Augenblick vergegenwärtigte, glaubte sie, bei dem Titel ›Graf‹ einen Hofknicks angedeutet zu haben, sicher war sie sich allerdings nicht. Denn es war ein ausgesprochen entsetzlicher Augenblick, den sie lieber vergaß. Ihr Blick hatte weiterhin auf dem anziehenden, rothaarigen Ritter geruht.

Immer noch lächelnd wandte er sich zu seinem Begleiter und murmelte: »Sie wird dein Rasiermesser nicht brauchen.« Daraufhin grinste er.

Der andere Ritter war keineswegs erheitert.

Sie versuchte ihre Beunruhigung zu verbergen. Sie wusste nicht, wer diese Männer waren und was sie hierher geführt hatte. Unfähig, den Blick abzuwenden, musterte sie das harte, unnahbare Gesicht und die eisblauen Augen des schwarzhaarigen Hünen, auf der Suche nach Antworten, nach irgendwelchen Aufschlüssen.

»Ihr seid der Graf von Glamorgan?«, erkundigte sie sich und stöhnte innerlich auf, als ihre Stimme leicht zitterte. Sie glaubte, ängstlich zu klingen, deshalb reckte sie ihr Kinn, um erhaben und furchtlos zu wirken.

»Im vergangenen Jahr habe ich die Grafschaft erhalten.«

Als er sich endlich äußerte, war seine tiefe, schneidende Stimme genauso unterkühlt wie sein Blick. Langsam schlenderte er zu ihr, und mit jedem Schritt schien er hünenhafter und gebieterischer. Sie rührte sich nicht, obschon ihre Instinkte ihr rieten, um ihr Leben zu rennen.

Als sie kaum mehr als eine Elle trennte, blieb er stehen.

Alles schien vor ihren Augen zu verschwimmen. Der Raum war plötzlich schwül und stickig, als wären die Läden geschlossen und sämtliche Luft entwichen.

Sekundenbruchteile später bewegte sich etwas an der Tür. Der Graf drehte sich so abrupt um, dass sie beinahe gestürzt wäre. Eine Hand umklammerte den Schwertknauf, die andere hatte einen Dolch gezogen.

In ein wollenes Nachthemd gehüllt, tauchte Thud in seiner ganzen tölpelhaften Grazie auf. Seine dünnen Beine und die knochigen Knie wirkten wie die eines Hühnchens, seine riesigen, nackten Füße wie Schierlingsblätter.

Er erstarrte und streckte seine knochige Brust heraus. »Ich soll Euch beschützen, Mylady.« Er schwenkte eine Fackel, als handelte es sich um ein Schwert.

Sir Roger hob die Hand. »Es besteht kein Anlass, uns in Brand zu setzen, Bursche. Niemandem wird etwas geschehen.«

Sekundenlang glaubte sie, ein leises Fluchen des Grafen vernommen zu haben, und sie blickte zu ihm auf. Seine Augen ruhten auf Thud, allerdings hatte er den Dolch in die Scheide gesteckt.

Skeptisch musterte Thud die beiden Ankömmlinge. »Warum sollte ich Euch glauben?«

»Der Graf von Glamorgan lügt nicht.« Zum zweiten Mal meldete er sich zu Wort.

»Ein Graf?« Bislang hatte Thud lediglich einmal einen Ritter gesehen, ein Ereignis, von dem er ständig sprach. Er musterte den Grafen mit dem gleichen Gesichtsausdruck, den ein Pilger beim Anblick seiner ersten heiligen Reliquie annehmen würde.

»Gewiss«, erwiderte Sir Roger. »Aber das ist ein neuer Titel, Bursche.«

Thud starrte den dunkelhaarigen Ritter weiterhin an. »Habt Ihr den Titel für Eure Tapferkeit erhalten, Mylord?«

Roger streckte seine Hand aus und strich über Thuds braunes Haar. »Das hat er. Der König lässt Feiglingen nur selten Grafschaften zukommen, mein Junge.«

Diesmal äußerte sich der Graf nicht, sondern richtete seinen frostigen, unergründlichen Blick auf den Knaben.

Der Augenblick schien ewig zu währen.

Wenn er den Jungen schlug, würde sie ihn treten und dann schleunigst hinter dem freundlich wirkenden Sir Roger Schutz suchen. Sie bezweifelte, dass er sie beide töten würde. Er wäre nicht hier, wenn er nicht irgendetwas im Sinn hatte. Er wirkte wie ein Mann, der sich freimütig nahm, was immer er wollte.

Sie zweifelte nicht daran, dass dieser dunkelhaarige Hüne in der Lage war, sich zehn Grafschaften auf dem Schlachtfeld zu erkämpfen. Wenn sie ihn ansah, wollte sie fliehen. Sie konnte sich nur zu gut vorstellen, wie es wäre, wenn man ihm gegenüberstand, während er ein riesiges Streitross ritt, die gezückte Waffe in der Hand.

Sie sank in einen anmutigen Hofknicks, den Kopf tief gesenkt. Dann erhob sie sich und sah zu ihm auf. »Was führt Euch nach Camrose, Mylord?« Als er ihr nicht antwortete, murmelte sie: »Schutz?«

Er nickte knapp.

»Verstehe.« Sie hielt inne, doch er schwieg. »Proviant?«

Ein weiteres Nicken.

Sie war sich nicht im Klaren darüber, ob sie wollte, dass er redete oder einfach verschwand. »Ich bin erst seit wenigen Tagen auf Burg Camrose, Mylord. Ich weiß nicht, was wir an Vorräten eingelagert haben.« Als sie sich zum Gehen anschickte, fasste er ihren Arm.

Er blickte zu ihr hinunter. »Das hat keine Eile. Wir werden eine ganze Weile hier bleiben.«

Sie spähte zu seiner Hand auf ihrem Arm, dann musterte sie ihn aus zusammengekniffenen Augen. Sie schob ihr Kinn vor, entzog sich ihm jedoch nicht. »Was führt Euch zu der Annahme, dass Ihr hier willkommen seid, Mylord?«

Er gab sie frei und verschränkte seine Arme vor der Brust. Er blickte von ihr zu Sir Roger, dann abermals zu ihr. »Diese Burg gehört mir.«

»Diese Burg gehört dem Baron von Camrose und folglich meinem Verlobten. Ich glaube, dass weder Sir Merrick noch der König gestatten werden, dass Ihr Camrose einnehmt, Mylord.«

In seine Augen trat ein Glitzern, das sie nicht zu deuten vermochte. Sie wusste nur, dass er sein Schwert ziehen und ihr augenblicklich den Kopf abschlagen konnte.

»Ich bin Merrick de Beaucourt.«

Thuds Augen weiteten sich. »Der Rote Löwe? *Leibhaftig*?«

»Gewiss.« Er wandte sich von Thud ab und fixierte Clio mit stechendem Blick. »Der Rote Löwe mit dem ›feisten Schädel‹.«

Am liebsten wäre sie im Erdboden versunken.

Er trat einen Schritt auf sie zu.

Instinktiv wich sie zwei Schritte zurück.

Er folgte ihr.

Sie schrak zurück, doch er verfolgte sie wie ein Jäger seine Beute.

Nach einem weiteren Schritt stieß sie an die kalte Steinwand neben dem Fenster. Sie legte ihre Hände gegen den Stein und zwang sich, zu ihm aufzusehen.

Er hob seine Hand.

»Schlagt mich nicht.«

Sie hörte, wie Sir Roger ein Lachen unterdrückte, und ihr Blick wanderte zu ihm. Seine Miene war freundlich, nicht grausam, und er schüttelte unmerklich den Kopf, deutete mit dieser Geste an, dass Merrick ihr nichts zuleide tun würde.

Ihr Verlobter musterte sie schweigend, seine Hand war nahe ihrer Wange. »Ich schlage keine wehrlosen Frauenzimmer.«

Statt sie zu beruhigen, verärgerten sie seine Worte, ließen sie schwach und töricht und hilflos wirken. Für einen kurzen Augenblick wünschte sie fast, er hätte sie geschlagen. Eine Backpfeife erschien ihr weniger schlimm als seine kränkende Äußerung.

Mit seinen Fingerknöcheln hob er ihr Kinn an, so dass ihr keine andere Wahl blieb, als ihn anzusehen. Er war kein anziehender Mann. Er war ein Krieger. Ein Mann, dessen Leben von Rüstung, Waffen und Kampf bestimmt war. Und ein Blick sagte ihr, dass seine männliche Ausstrahlung zweifellos auf dem Schlachtfeld geprägt worden war.

Sein Haar war schwarz wie die Raben aus den Prophezeiungen der alten Gladdys, seine Brauen wirkten wie finstere Balken auf seiner breiten, wettergegerbten Stirn. Seine Nase war lang und gerade, Kinn- und Wangenpartie wie aus Stein gemeißelt. Eine dünne Narbe verlief von der Braue zu seinem Ohrläppchen und war um Nuancen heller als seine Haut, die von der Wüstensonne braungebrannt war.

Alles an ihm wirkte düster. Von seiner Haut- und Haarfarbe bis hin zu dem finsteren Gesichtsausdruck. Mit Ausnahme seiner Augen. Sie waren blau. Nicht das tiefe Blau des Sommerhimmels. Nicht das Blaugrau der morgendlichen See. Sondern hellblau und glasklar wie die Eiszapfen, die während der kalten Wintermonate vom Dach der Stallungen herabhingen.

In ihrer Kindheit hatte sie einmal durch einen langen, spitzen Eiszapfen geschaut, der sich am First der Speisekammer gebildet hatte. Durch das Eis hatte sie alles verschwommen wahrgenommen. Verzerrte Bilder, welche die Dinge verformten.

Also, was hatte es mit diesem Mann auf sich, in dessen Hände sie ihr Leben und ihre Ländereien legen musste? Ganz offensichtlich war er ein furchteinflößender Mann. Krieger wie ihn hatte sie schon zuvor gesehen, aber nie näher kennen gelernt. Er schien mit Leib und Seele Soldat zu sein, kalt wie sein Harnisch, grausam wie seine Streitaxt und ohne jede menschliche Regung. Sie fragte sich, ob sie ein Herz in seinem Körper aufspüren oder lediglich ein verschwommenes, verzerrtes Bild dessen wahrnehmen würde, was einen Menschen auszeichnete.

Er trat zu ihr und legte seine Hände auf das Mauerwerk, presste sie zwischen zwei Arme von den Ausmaßen eines Schmiedehammers.

Mit dem Rücken an der kalten Wand stand sie da, unfähig sich zu rühren, während sie fieberhaft auf eine Entgegnung sann.

»Ihr steht beim Fenster, Frauenzimmer.«

Ihr Verstand schien einfach auszusetzen.

»Stellt Euch nicht so nah an die Öffnung.« Er bedachte sie mit einem grimmigen Lächeln und fuhr mit einer rauen Fingerspitze von ihrer Schläfe zu ihrem Kinn. »Bislang habe ich noch kaum Erfahrung, wie man nutzlose Geschöpfe in den Burggraben wirft.«

5

Er warf Clio nicht in den Burggraben, obschon sein Mienenspiel andeutete, dass er den drängenden Wunsch verspürte. Stattdessen teilte er ihr hochmütig mit, dass er für den nächsten Morgen einen Rundgang durch die Burg geplant habe. Und er erwartete, dass sie ihn begleitete.

Ihr blieb keine Gelegenheit zur Zustimmung oder Ablehnung. Als ihre Stimme ihr schließlich wieder gehorchte und sie erkannte, dass die Sache mit dem Burggraben lediglich ein Scherz gewesen war, hatten er und Sir Roger den Söller so rasch und geräuschlos verlassen, wie sie gekommen waren.

Von daher erschien es vielleicht merkwürdig, dass Clio am nächsten Morgen beschwingten Schrittes den Rittersaal betrat. Sie hatte den letzten Bissen Käse vertilgt und summte mit vollem Mund, während sie zu der Wasseruhr blickte, die sie auf dem Jahrmarkt von einem venezianischen Kaufmann erstanden hatte.

Die Zeit schleppte sich dahin.

Sie schloss die Tür zu ihrer Kammer und strebte zur Treppe. Sie tänzelte die Steinstufen hinunter, drei Schritte vor, einen zurück ... drei Schritte vor und einen zurück, bis sie am Fuß der Wendeltreppe angelangt war.

Dann summte sie aus dem Stegreif ein fröhliches Lied, wirbelte herum und warf einen leuchtend roten Apfel in die Luft. Spielerisch fing sie ihn wieder auf und nahm einen großen, saftigen Bissen.

Hmmm. Einfach köstlich.

Sie spähte zu einem der hohen Fenster in der Wand, dessen Eisengitter geöffnet war. Die Sonne zauberte helle Lichtreflexe auf die grauen Bodenfliesen und ließ sie schimmern wie pures Gold.

Dieser Morgen war einer der wenigen, an denen die Welt völlig in Ordnung schien. Ja, es war ein ausgesprochen gelungener Tag.

Denn sie hatte sich um zwei Stunden verspätet.

Während ihrer schlaflos verbrachten Nacht hatte

sie die wundervollsten Ideen entwickelt! Sozusagen ihre eigene Version der Hinhaltetaktik von Fabius dem Zauderer. Nur dass Clios Hannibal ihr Verlobter war, Graf Isegrim, der sie zwei Jahre länger im Konvent hatte schmachten lassen als versprochen.

Um die Sachlage ein für allemal zwischen ihnen zu klären und um ihr eigenes Machtverständnis darzulegen, entschied Clio, dass sie nicht nach seiner Pfeife tanzen müsse. Nach ihrem Dafürhalten konnte sie sich die nächsten zwanzig Jahre lang tagtäglich um zwei Stunden verspäten, und dennoch wäre seine Kränkung nicht gesühnt. Obschon sie sich gewiss Mühe geben würde.

Sie wollte das Gesicht des Grafen sehen, wenn sie den Saal betrat. Sie schlenderte durch einen düsteren Steinflur, wo nur ein Talgstumpf brannte, und passierte eine Nische, die früher einmal ein flämischer Wandbehang geschmückt hatte. Inzwischen war dort nur noch das kahle Mauerwerk mit den verrosteten Eisenringen, an denen der Teppich befestigt gewesen war. Löcher wie die in dem Abbild des Eroberers bedeckten die glatte Wand, als hätten die plündernden Horden Camrose mit ihren Streitäxten bezwungen.

Es tat ihr Leid um den Wandbehang, auf den ihre Großmutter so stolz gewesen war. Niemand wusste, wie der Teppich abhanden gekommen war, dennoch hatte sie sich geschworen, dass sie ihr Anwesen aufs Neue mit den schönen Dingen ausstatten würde, die es stets zu einem Heim gemacht hatten, in dem Stil, den die Frauen in ihrer Familie so geschätzt hatten.

Und falls sich herausstellte, dass Sir Merrick ein Geizkragen war, so scherte sie das nicht. Sie würde den Gewinn aus dem Verkauf ihres walisischen Biers dazu verwenden und keinen Mann um die Dinge anbetteln, die sie sich wünschte. Sollte es ihr gelingen, die Rezeptur für das Heidebier herauszufinden, nun, dann brauchte sie ihren Gatten um gar nichts zu bitten.

Sie strich die Käsekrümel von ihrer safrangelben Tunika; die Farbe machte sie so blass, dass die Äbtissin sie irgendwann einmal gefragt hatte, ob sie krank sei. Am frühen Morgen hatte sie ein Netz aus struppigem Riedgras gesponnen, ihre Flechten darunter verborgen und ihr Haar nach der Mode der Hofdamen frisiert.

Clios Haar war so prachtvoll, dass zwei riesige Haarschnecken ihre Ohren krönten. Sie zupfte an ihren viel zu langen Ärmeln, die sie zierlicher und zarter wirken ließen.

Sie war die Verkörperung einer ›wehrlosen Frau‹.

Schließlich nahm ihr Gesicht den Ausdruck naiver Unschuld an, ihr Blick schien zu besagen: *Was? Ich zu spät?* Ausgesprochen lässig trippelte sie um die Ecke und spähte in den Rittersaal.

Wie vom Donner gerührt blieb sie stehen.

Der Raum war leer. Keine lärmenden Soldaten. Keine gedeckten Tafeln. Keine Diener, die geschäftig hin und her eilten. Kein Tellerklappern, keine umgestürzten Wein- oder Bierkrüge. Kein aufgebrachter, zornesroter Graf.

Die Hände in die Hüften gestemmt, blickte sie sich um. Nicht einmal ein Hund schnarchte am Kamin. Scherte sich denn niemand um sie und ihre Pläne? Hmhm!

Augenblicke später marschierte sie durch den

großen Saal und die Treppe hinunter, dann trat sie durch die riesigen Holztore in den Innenhof. Gänse und Hühner pickten am Boden, während ein Hahn mit einem roten Kamm krähte und sich aufplusterte und sein Gockelgebaren an den Tag legte. Die Hennen beachteten ihn nicht.

Sie bemerkte Zyklop, der hinter einer baufälligen Holzhütte lag, und Pfiff thronte auf seinem Katzenkopf wie der geschmückte Helm einer heidnischen Gottheit.

Sie fragte sich, was die beiden im Schilde führten. Da sie ständig auf Mäusefang waren, hatte sie sie seit ihrer Rückkehr kaum gesehen. Allerdings wirkten ihre beiden Lieblinge bereits gesättigt, denn ihre Augen hatten den trägen, zufriedenen Blick der Jagdhunde nach einem Weihnachtsschmaus.

Im Hof war niemand. Sie schlenderte entlang der Außenmauern, und auch dort war es menschenleer. Es schien fast, als wäre sie allein auf dieser Welt.

Das Fallgitter war hochgezogen worden, von draußen drang Lärm zu ihr. Sie trat durch das Tor und über die langen Holzplanken, die den Burggraben überspannten.

Sämtliche Burgbewohner, alle Einwohner des Dorfes, jeder Leibeigene und eine riesige Horde von Soldaten hatten sich wie Gefechtseinheiten auf der ausgedehnten Wiese versammelt, wo ein riesiges Zelt als Feldlager diente.

Zu beiden Seiten des Zelts flatterten seidene Banner mit dem beeindruckenden Wappen des Grafen von Glamorgan – ein schwarzes Feld, ein weißes Kreuz und ein kauernder, blutroter Löwe. Wann immer der Wind die Flaggen aufblähte, schienen die roten Löwen zum Sprung anzusetzen.

Sie versuchte sich einen Überblick zu verschaffen, dann erspähte sie Sir Merrick, der entlang der Reihen schlenderte. Er trug weder Helm noch Kampfrüstung, sondern lediglich einen Brustpanzer unter einer langen schwarzen Tunika, die von silberbeschlagenem Leder gegürtet wurde. Schwert und Schild flankierten seine Hüften.

Ein Sonnenstrahl fiel auf das dichte schwarze Haar, das ihm bis in den Nacken reichte. Für Sekundenbruchteile schimmerte es wie Silber im hellen Sonnenlicht; dann spiegelte sich das Licht in dem silbernen Schild.

Es schmerzte ihren Augen, und sie musste sie mit den Händen bedecken. Seine Arme waren auf dem Rücken verschränkt, während er die Reihen abschritt und mit jedem Anwesenden redete. Die Dienerschaft schien sich nicht vor ihm zu fürchten … noch nicht. Sie knieten weder, noch warfen sie sich ihm zu Füßen.

Während Clio auf sie zuschritt, fühlte sie die Blicke einiger Dorfbewohner auf ihr ruhen, und sie bemerkte, dass der eine oder andere seiner Männer in ihre Richtung spähte. Sie beachtete das nicht weiter, sondern hielt in der Menge Ausschau nach Sir Rogers rotgoldenem Schopf, doch er war weit und breit nicht zu sehen.

Soviel zum Thema Fels in der Brandung, dachte sie im Stillen.

Schließlich blieb sie ein paar Schritte von Sir Merrick entfernt stehen und harrte seiner Reaktion. Einem Schnauben. Einem unterkühlten Blick wie am Abend zuvor. Vielleicht passte gar ein Brüllen noch besser zu jemandem, den man den Roten Löwen nannte.

Sie wartete.

Sie hatte keinesfalls damit gerechnet, dass er sie nicht beachtete. Doch genau das tat er.

Aus einer törichten Eingebung heraus wäre sie am liebsten zu ihm marschiert und hätte ihn getreten, aber so dumm war sie nicht, lediglich verärgert, weil ihre wundervolle Idee sich nicht wie erwartet verwirklichen ließ.

So verharrte sie unendlich lange, bis die Leute sie bereits mitleidig und peinlich berührt musterten, was sie noch mehr erniedrigte und kränkte. Soeben sprach ihr Verlobter mit Thomas dem Pflüger, der die größte Ackerfläche bewirtschaftete und Jahr für Jahr Gerste, Weizen und Heu einfuhr. Thomas berichtete seinem Herrn von den Ländereien, von Bewässerung, Bodenbeschaffenheit und dem besten Saatgut.

Sie wartete und wartete. Sie verlagerte ihr Gewicht von einem Fuß auf den anderen, schob energisch ihr Kinn vor, da niemand ihre Seelenqual bemerken sollte.

Selbst einer Fliege hätte Lord Merrick mehr Beachtung geschenkt.

Sie versuchte an etwas anderes zu denken, an irgendetwas. Sie stellte Berechnungen an, wie sie es im Konvent gelernt hatte, allerdings nach anderen Vorgaben. Wenn sie zwei Keulen hätte, vier Streitäxte und einen Eisenhammer, wie oft müsste sie ihm dann auf den Kopf schlagen, um die Aufmerksamkeit des Grafen Isegrim auf sich zu lenken?

Wenn sie einen Sack lästiger Flöhe oder einen Topf klebrigen Honigs hätte, was würde sie ihm lieber in die Rüstung schütten?

Wenn sie drei Frösche oder eine Mistharke hätte …

»Lady Clio, Mylord.« Thomas der Pflüger erwähnte ihren Namen, und alle Blicke ruhten auf ihr. Alle mit Ausnahme Merricks.

Sie sah, wie er Haltung annahm, dennoch verhielt er sich nicht so, als sei sie zugegen. Vielleicht vermochte er es nicht. Möglicherweise war er taub aufgrund seiner Schlachten. Oder begriffsstutzig von zu vielen Schlägen auf seinen Helm. Oder …

»Welchen Bedarf hat *meine* Lady Clio an Eurem Getreide?«

»Nicht an jedem Getreide, Mylord.« Thomas blickte von dem Grafen zu ihr und dann erneut zu dem Grafen.

Ach du meine Güte! Bald schon würde Merrick herausfinden, dass sie Bier braute. Sie schüttelte den Kopf, doch Thomas sah sie nicht an.

»Lady Clio benötigt lediglich die Gerste«, fuhr Thomas fort, ohne sie eines weiteren Blickes zu würdigen. »Sie hat Vereinbarungen mit den Dorfbewohnern getroffen, dass sie deren Ernteerträge kauft, um ihr Bier zu brauen, Mylord.«

»Ihr Bier?« Jetzt drehte Lord Merrick sich um und sah sie direkt an. So viel zu der Überlegung, er hätte nichts von ihrer Anwesenheit gewusst.

»Ja, Mylord. Lady Clio erzählte uns, dass sie im Konvent die Kunst des Brauens erlernt habe und dass ihr Bier etwas ganz Besonderes sei. Dass es auf Camrose Bier im Überfluss geben werde, selbst für diejenigen von uns, die sich bislang nur Apfelwein oder Met leisten können.«

Es war keine leichte Aufgabe, einfach nur dazustehen, ruhig und gefasst, trotz seiner stechenden blauen Augen und seines frostigen, unnahbaren Benehmens.

»Unsere Herrin hat große Pläne für die Burgbrauerei«, enthüllte Thomas stolz.

»So so, hat sie das?« Merrick nickte und beobachtete sie mit unergründlichem Blick.

»Ja, das hat sie.«

Clio wünschte, Thomas der Pflüger möge endlich schweigen.

»Kommt, Mylady.« Merrick streckte ihr seine Hand entgegen. Sein Tonfall ließ ihr eindeutig keine Wahl.

Ihre Füße verselbstständigten sich, obwohl ihr Verstand aufbegehrte: *Wo ist dein Stolz? Bleib stehen und beachte ihn genauso wenig wie er dich!* Dann stand sie vor ihm, ihr Stolz war dahin. Ihr Verstand schalt sie eine Närrin, ihre Gefühle rieten: *Trau ihm nicht über den Weg!*

Sie legte ihre Hand in die seine, da ihr nichts anderes übrig blieb. Als seine Finger die ihren umschlossen, spürte sie seine schwieligen Handflächen, Schwielen vom Halten des Schwertknaufs, der Zügel seines Streitrosses und der Lanzen und Streitkeulen und anderem Kriegsgerät.

Es war eine schlichte Geste, eine Ehrbezeugung gegenüber den Damen des Adels, die Hochachtung vermuten ließ. Schon oft hatte ihr ein Mann seine Hand gereicht – ihr Vater, der König und andere.

Doch bei diesem Mann wirkte die Geste vertraulich und gebieterisch. Als könnte er ihre Gedanken lesen, drehte er sich um und zog sie mit sich, um der Menge gegenüberzutreten, ihrer beider Hände für alle sichtbar gehoben. Hand in Hand standen sie beieinander, als wären sie eine Einheit. Dieser Fremde und sie.

Seine Hand umschloss ihre Finger mit eisernem Griff, wie die Ketten, die Gefangene an die Kerkerwände schmiedeten. Und düster wie die Prophezeiungen der alten Gladdys beschlich Clio die grässliche Ahnung, dass ihre eigene Persönlichkeit in tausend Scherben zerschellte.

6

Merrick begleitete seine Verlobte zur Burg. Sie ging neben ihm, als führte er sie zum Galgen, schweigend, gefasst und mit Leichenmiene. Sie hatte kaum noch Ähnlichkeit mit dem ausgelassenen Geschöpf, das er anmutig tanzend und schwingend auf dem Söller beobachtet hatte.

Heute fiel ihr silberblondes Haar nicht bis zu den Knien. Kein dunkelgrünes Gewand ließ ihre Augen wie funkelnde Turmaline erstrahlen. Kein naiv durchtriebenes Glitzern in jenen grünen Tiefen, kein reizendes, feenhaftes Lächeln auf ihren Lippen.

Ihr Gesicht war bleich, beinahe aschgrau. Sie trug eine Tunika, deren Farbe an einen Abwassergraben erinnerte. Ihr Haar war streng zurückfrisiert und zu zwei Haarschnecken geflochten, die ihrem Gesicht das Aussehen eines Eis verliehen … mit Henkeln.

Ihr Haarnetz wirkte wie Gestrüpp; sein erster Gedanke war der an eine Dornenkrone gewesen. Schlimmer noch: es thronte auf einem Stück Seide von einem so hässlichen Graublau, dass selbst Motten es verschmäht hätten.

Ein unglaublicher Gedanke bemächtigte sich seiner: Vielleicht war sie wie diese Elfen aus den Legenden und Sagen, eines jener bezaubernden Geschöpfe, die nur im Mondlicht erblühten. Er musterte sie aufs Neue.

Das Sonnenlicht jedenfalls übte keine Wirkung aus.

Er wartete darauf, dass sie sich äußerte, Fragen stellte, irgendetwas sagte. Was auch immer. Doch er hörte lediglich ihre Schritte und von fern das geschäftige Treiben in den Burgmauern.

Sie blieb stumm wie ein Stein.

Er blickte starr geradeaus und murmelte: »Berichtet mir von dem Bier.«

Ihr Kopf schoss hoch. »Da gibt es nicht sehr viel zu erzählen.« Sie presste die Worte in einem Atemzug hervor. Dann blickte sie ins Leere. »Im Kloster wurde Bier verkauft. Da ich so lange dort war, bat mich eines Tages die Äbtissin, Schwester Amice in der Brauerei zu helfen. Sie hatte ein besonderes Bierrezept.«

»Was für ein Rezept?«

»Oh, nur für ein Starkbier. Es war sehr beliebt und verkaufte sich gut.«

»Da Ihr so vertraut mit der Herstellung seid, werde ich es Euch zur Aufgabe machen, einen Brauer einzustellen.«

»Nein!«

Er erstarrte. Bislang hatte er sie noch nie so aufbrausend erlebt.

»Ich würde das Bier gern selber brauen.« Sie legte ihre Hand auf seinen Unterarm, und er spähte verwirrt dorthin.

»Warum solltet Ihr Euch dieser Aufgabe widmen wollen?«

»Ich möchte es, Mylord. Bitte. Ich habe es gerne getan. Schwester Amice und ich arbeiteten an einer neuen Rezeptur, doch dann starb sie.«

»Was für eine Rezeptur?«

»Mit Kräutern und Gewürzen. Nichts Außergewöhnliches.« Ihre Hand verharrte auf seinem Arm; dann sah sie ihn direkt an.

»Hier werdet Ihr viele Pflichten haben.«

»Ich weiß, aber ich verspreche Euch, dass Camrose das beste Bier im ganzen Land bekommt. Und Ihr habt mein Wort, dass ich meine anderen Pflichten nicht vernachlässigen werde.«

Er bemerkte den Stolz in ihrer Stimme und glaubte für Augenblicke, sie zu verstehen. Er sah auf ihre Hand und hörte sich zu seiner eigenen Überraschung sagen: »Meinetwegen dürft Ihr weiter brauen.«

Sie stand vor ihm und senkte demütig den Kopf.

Der Einfluss der Nonnen, dachte er bei sich.

»Habt Dank, Mylord.«

Scherzhaft bemerkte er: »Versucht ja nicht, meinen Männern Heidebier einzuflößen.«

»Heidebier?« Sie zog ihre Hand fort und bedachte ihn mit einem Blick, der weder demütig noch unterwürfig war, sondern im höchsten Maße verdutzt.

»An Eurer Miene erkenne ich, dass Ihr noch nie

von der Legende gehört habt. Es wird behauptet, dass die Pikten ein sagenumwobenes Bier brauten, das ihnen sogar half, Julius Cäsar zu trotzen. Natürlich kann es einen solchen Trank nicht geben, aber der eine oder andere Narr versucht noch immer, es herzustellen, und dieser wahnwitzige Versuch endet für gewöhnlich damit, dass unschuldige Biertrinker vergiftet werden.«

Sie schien Magendrücken zu haben; ihr Lächeln wirkte gequält. »Ich gebe Euch mein Wort, dass ich Eure Männer niemals vergiften werde, Mylord.«

»Ich habe lediglich gescherzt, Clio. Und ich glaube, Ihr solltet mich Merrick nennen.«

Sie sagte nichts. Schweigend schritten sie weiter, in eine Burg, die ihnen und ihren Kindern gehören würde, dennoch waren sie in diesem Augenblick zwei Fremde.

Er musterte sie und überlegte, was sie wohl dachte. Dann blickte er betont geradeaus und erklärte: »Es war töricht, die schützenden Klostermauern zu verlassen.«

»Es war keine weite Reise.«

»Die Entfernung hat mich nicht beschäftigt.«

»Genauso wenig wie mein Wohlergehen in den letzten zwei Jahren.« Die Worte sprudelten aus ihr hervor, ehe sie sich besann.

Für eine lange Weile sagte er nichts, sondern betrachtete sie nur, als versuche er, ihre Gedanken zu lesen. Auch sie schwieg, das Gesicht abgewandt, um ihm keine Gelegenheit zu geben, ihre Züge zu deuten.

»Ihr seid verdrießlich, weil ich nicht wie vereinbart gekommen bin und Euch geheiratet habe.«

Sie antwortete ihm nicht, sondern schritt weiterhin neben ihm, als ob er nichts gesagt hätte.

»Ihr seid so still. Wollt Ihr nicht fortfahren?«

»Ich habe genug gesagt.«

»Ich denke, Ihr habt nicht einmal ansatzweise zum Ausdruck gebracht, was Ihr mir vermitteln wolltet.«

»Das ist vergangen und vergessen.« Ihre Stimme klang schneidend.

»Gewiss. Das ist es. Es gibt kein Zurück. Ich kann Geschehenes nicht ändern.«

»Ich weiß.« Sie vermochte ihre Verärgerung nicht zu verbergen, also versuchte sie es erst gar nicht. Sie klang unhöflich und schnippisch, denn sie verstand ihn keineswegs.

Allmählich begriff er, dass sie auf seine Erklärung wartete. Auch wenn sie es selber nicht wahrhaben wollte. Tief in ihrem Innern wollte sie, dass er ihre Verärgerung spürte. »Ich bin ein Mann des Krieges, Clio.«

Als er ihren Namen nannte, trafen sich ihre Blicke.

»Ich bin schon seit langem ein Ritter, seit fast fünfzehn Jahren. Davor wurde ich zum Krieger erzogen und ausgebildet. Etwas anderes kenne ich nicht. Ich leiste meinem Lehnsherrn, dem König, in jeder Hinsicht Gehorsam. Er hatte Vorrang. Das ist eine Sache der Ehre. Hätte ich nicht an seiner Seite gekämpft, wäre er heute ein toter Mann. Hätte er mir andererseits nicht beigestanden, würde ich in irgendeiner glutheißen Wüste verwesen, und Ihr wäret mit einem Haufen verwitterter Knochen verlobt.«

Er bemühte sich, weder Zorn noch Bedauern in

seine Worte zu legen. Sein Tonfall sollte eindeutig zum Ausdruck bringen, dass er nicht um Verzeihung oder um ihr Verständnis bat.

Er beschönigte nichts. Er redete mit ihr wie mit seinen Männern und der Dienerschaft – sachlich und keinen Widerspruch duldend legte er die Fakten dar.

Sie schien seine Schilderung nachzuvollziehen, da sie nickte, dennoch schwieg sie weiterhin beharrlich.

Er blickte auf ihr Haupt mit der grässlichen Kopfbedeckung. »Ich habe Neuigkeiten, die Euch vielleicht erfreuen. Eduard hat mir die Befugnis erteilt, Camrose mit Zinnen zu versehen.«

Sie blieb stehen und starrte verwirrt zu ihm auf.

»Das bedeutet, dass ich die Burg instand setzen soll. Aufgrund der Befugnis erhalte ich eine hohe Zuwendung für die Maßnahmen.«

»Wollt Ihr damit sagen, dass der König Euch Geld für den Wiederaufbau der Burg gegeben hat?«

»So ist es.«

Ihr Verhalten änderte sich so rasch, dass er zweimal hinschauen musste. Sie trottete nicht mehr über die Brücke, als trüge sie die Last der Welt. Ihr Schritt war plötzlich beschwingt, und sie straffte ihre Schultern.

Aber es war ihr Gesicht, das ihn beinahe den Blick abwenden ließ. Freude und Erleichterung und etwas, das er nicht zu deuten wusste, spiegelten sich in ihren Zügen.

Etwas Derartiges hatte er noch nie gesehen, und es berührte ihn auf seltsame Weise, dass sich die Stimmung zwischen ihnen so rasch veränderte. Fasziniert fuhr er fort, sie zu betrachten. Und fassungslos, denn er traute seinen eigenen Augen nicht.

Wie hatte er denken können, dass sie bei Tageslicht unscheinbar wirkte?

Ihr Lächeln war wie der helle Tag.

Trotz seiner Verwirrung tief berührt, sinnierte er, dass er dieses Lächeln auf ihr Gesicht zu zaubern vermochte, ein Lächeln, dem er, wie er feststellte, nicht widerstehen konnte.

Augenblicke später wurde sie erneut nachdenklich, wankelmütig wie jede Frau. Als ihr verwunderter Gesichtsausdruck schwand, war sein erster Gedanke, dass er abermals dieses Lächeln sehen wollte.

Vor dem Burgtor blieb er stehen, um die Holzplanken zu begutachten. »Dort muss etwas erneuert werden, seht Ihr?« Er deutete auf die Stellen, wo das Holz barst und splitterte. »Die Brücke muss verstärkt werden. Ich werde sie durch eingemauerte Steinblöcke ersetzen, vielleicht aber auch durch eine eisenverstärkte Zugbrücke.«

»Gewiss.« Zustimmend nickte sie.

Ein Wunder.

»Ich sehe es.« Sie trat zurück und betrachtete den Durchgang.

Eine Zugbrücke wäre das Beste zur Verteidigung, entschied er bei sich. Um einen Angriff abzuwehren, konnte man sie hochziehen.

»Stein wäre hervorragend.«

Sie hat Recht, dachte er abwesend. Eine Steinbrücke hatte Vorteile, da sie nicht brannte.

Sie lehnte sich über das alte Holzgeländer und verzog angewidert das Gesicht. »Das Wasser im

Burggraben ist schmutzig. Er sollte geleert und neu gefüllt werden.«

»Gewiss. Auch das wird erledigt.« Sie war ein praktisch veranlagtes Frauenzimmer, und er war zufrieden mit ihr und mit sich, dass er sie sechs Jahre zuvor auserwählt hatte. »Der Burggraben sollte um einiges vergrößert werden.«

Gedankenversunken stellte er sich die entsprechende Größe vor. Der Graben müsste breit und tief sein, so tief, dass man nur unter Schwierigkeiten einen Tunnel durchtreiben könnte. Kein Befestigungsturm würde die Außenmauern dieser Burg verteidigen können.

Bei einem breiteren Graben wäre es weitaus schwieriger, die Brücke in Brand zu setzen. Ihm gefiel die Vorstellung einer neuen Zugbrücke. Und der Gedanke, den Eingang gezielt überwachen zu können.

»Dann könnten wir Schwäne halten«, begeisterte sie sich.

Schwäne?

Sie schritt bereits vor ihm.

Er folgte ihr und runzelte die Stirn, als er bemerkte, dass sie beflügelten Schrittes vor ihm das Tor passierte. In diesem Burggraben würde es keine Schwäne geben. Es sei denn, sie konnten Gift speien oder den Feind verschlingen.

Unter dem Vorwerk blieb sie stehen und blickte stirnrunzelnd nach oben, als er näher trat.

»Es ist entsetzlich«, murmelte sie, die Hände in die Hüften gestemmt.

Er richtete den Blick nach oben.

»Das sind Pechnasen, nicht wahr?«, fragte sie.

»Ja.« Auch wenn er es nicht glauben wollte. Es war entsetzlich. Es gab nur zwei Pechnasen im Mauerwerk, und diese waren klein, schmal und ziemlich nutzlos. Ungläubig schüttelte er den Kopf. Und das bei einer Burg im Grenzland, die ständigen Plünderungen ausgesetzt war. Zwei winzige Löcher. »Ich stimme Euch zu. Es ist irrwitzig.«

Er würde einen massiveren, höheren Turm errichten und diesen mit vielen Brustwehren ausstatten lassen, von wo aus sie den Feind mit Wurfgeschossen und Pfeilen angreifen konnten. Keinem würde es gelingen, seine Zugbrücke zu bezwingen.

Im Verlauf der nächsten Stunde machten sie einen Rundgang durch die Burg. Sie beharrte darauf, ihm zu zeigen, wo sich jeder einzelne Wandbehang befunden, wo Teppiche gelegen hatten, und sie erwähnte die glänzend polierten Tische. Er lauschte ihr, wusste er doch, wie schwierig es für sie war, in diese Burg zurückzukehren und ihre frühere Heimat als einen Ort der Verwüstung zu erleben.

Außerdem war sie eine Frau. Er nahm an, dass sie andere Maßstäbe setzte und vieles mit anderen Augen sah als er.

Als er schließlich von Schießscharten sprach und sie Fenster aus Glas wollte, schwieg er. Als er die Errichtung weiterer Rauchfänge erwähnte und sie von den wunderschönen Kaminen der Königin schwärmte, ging er einfach weiter. Seine Zukünftige hatte keine Ahnung vom Krieg. Deshalb sah er über ihre Begeisterung für Möbel und Glasfenster und wunderschöne Kamine hinweg.

Grundsätzlich stellte Merrick sich eine Erweiterung vor. Er beschloss, den Hauptturm um das Doppelte zu vergrößern und das Dach mit Eisenschindeln zu bedecken. Sie hielt das für eine großartige Idee, bis er ihr darlegte, dass die Eisenschindeln, die der Schmied würde fertigen müssen, zum Schutz gegen die Feuerpfeile dienten und nicht, um auf dem Söller dem Prasseln des Regens zu lauschen.

Als sie schließlich an der Tafel im Rittersaal saßen und ihren Durst mit verdünntem Wein stillten, verlor er allmählich die Geduld. Sie weigerte sich, von dem Brot zu essen, und schob den Teller aus seiner Reichweite, während sie über Unwichtiges plauderte.

»Ich kann mir den Außengraben gut vorstellen, Merrick. Schwarze Schwäne und Wasserlilien, vielleicht auch Ringelblumen und ein kleines Boot.«

»Ein was?«

»Ein Boot.«

»Möchtet Ihr, dass die walisischen Grenzräuber bei Schwanengesang und Blütenduft über den Graben rudern? Warum gebt Ihr nicht gleich ein Fest für sie und lasst die Zugbrücke zum Klang der Fanfaren herunter?«

Sie funkelte ihn an, nicht im Geringsten demütig und ergeben. »Ihr müsst mich nicht zum Narren halten. Ich dachte an die Schönheit der Umgebung und nicht an die Waliser.«

»Eine Burg dient der Verteidigung. Sie bietet ihren Bewohnern Schutz.«

»Ich habe lediglich laut gedacht«, versetzte sie schnippisch.

Er beugte sich über den Tisch und nahm sich ein Stück Brot, bevor sie den Teller abermals seinem Zugriff entzog.

»Ich verstehe Euch sehr gut, Mylord.«

»Tagträumerei«, schnaubte er. »Ein törichter, weibischer Zeitvertreib.« Er biss in das Brot und kaute herzhaft.

Sie beobachtete, wie er schluckte, und ein triumphierender Ausdruck trat in ihre Züge. Holdselig reichte sie ihm den Teller. »Noch etwas Brot, *Mylord*?«

»Nein«, knurrte er, da ihm weder ihre plötzliche Sanftheit gefiel noch die betonte Erwähnung seines Titels statt seines Namens. Augenblicke zuvor hatte sie ihn noch Merrick genannt.

Für Augenblicke schwieg sie, als ließe sie etwas Köstliches auf ihrer Zunge zergehen, dann stellte sie den Brotteller ab. »Ihr wollt also behaupten, dass Männer keine Tagträume haben?«

»Gewiss. Wir haben Besseres zu tun.«

»Oh? Und was ist mit Euch, Mylord?«

Er sah auf. »Was soll mit mir sein?«

»Ihr haltet Tagträume für töricht und weibisch.«

»Ja.« Fast musste er lachen. »Männer haben diese Schwäche nicht.«

»Ha!«

»Was soll dieses Ha! zum Ausdruck bringen?«

»Nur dass Ihr keine Frau seid und dennoch genauso abzuschweifen wisst wie ich.«

Er vermochte sich nicht mehr zu beherrschen und lachte schallend. »Ich und Tagträume? Welch ein Unfug. Ein Krieger, dessen Gedanken abschweifen, ist ein toter Krieger.«

Sie legte ihre Handflächen auf die Tischplatte und beugte sich zu ihm vor. »Wenn es sich so verhält, dann muss ich mit einem Geist reden.«

»Was meint Ihr damit?«

»Sollen wir die Zugbrücke herunterlassen und die Waliser zu einem Fest einladen?«, wiederholte sie genauso unduldsam wie er und verärgerte ihn damit umso mehr.

Er erhob sich, denn er lehnte es entschieden ab, sich mit ihr auseinanderzusetzen. Sie war eine Frau. Sie sollte sich ihm in jeder Hinsicht unterordnen. Auch er stützte seine Hände auf dem Tisch ab, lehnte sich vor und funkelte sie an.

»Ihr müsst am helllichten Tag geträumt haben, *Mylord.*«

»Ich glaube nicht, *Mylady.*«

»So? Ha!«

Er fing an, dieses Wort zu hassen.

»Wir haben nämlich gar keine Zugbrücke«, verkündete sie, dann sprang sie auf und wirbelte stolz erhobenen Hauptes herum.

Augenblicke später war sie verschwunden, ihre wütenden Schritte hallten auf den Steinstufen wider. Wie benommen stand er da, die Hände weiterhin auf der Tischplatte. Einen langen Moment fragte er sich, was, zum Teufel, eigentlich vorgefallen war.

Er richtete sich auf und wurde das Gefühl nicht los, dass er hüfthoch in einem Sumpf steckte und tiefer und tiefer einsank. Kopfschüttelnd leerte er noch einen Becher des mit Wasser versetzten Weins.

Es half nichts.

Er massierte seine verspannte Nackenmuskulatur und stöhnte auf, als er zu fest zupackte. Insgeheim dachte er an einen anderen Hals, den er liebend gern umklammert hätte.

Da dämmerte es ihm, dass er den so lange gehegten Gedanken an ein geruhsames und friedvolles Leben schlichtweg zu Grabe tragen durfte.

Vor ihm lag seine Zukunft, eine Zukunft mit einer kleinen Frau. Lady Clio von Camrose. Und in diesem Augenblick kam er zu der unerschütterlichen Gewissheit, dass sie mehr Schwierigkeiten heraufbeschwor als jeder rebellische Waliser im ganzen Land.

Starkbier

Reinigt Gerste und lasst sie keimen,
Röstet sie bis zum Malz,
Versetzt sie zum Maischen mit Hopfen und Wasser.
Gebt in die Maische:
Honig, Zimt und Ingwer,
Nelken, Pfeffer, Heidekraut und Galgant.

– Walisisches Bierrezept aus dem Mittelalter

7

Die burgeigene Brauerei hatte einen entsetzlichen Anblick geboten. Schmutz und Unrat auf den Böden und Ratten in den ausgestreuten Binsen. Die Bottiche waren alt, verrostet und mit abgestandenem, übelriechendem Bier gefüllt, die Kupferrohre, die der in einer Ecke angebrachten Zisterne Wasser zuführten, wurden nicht aus der Burgquelle gespeist, sondern aus dem schmutzigen Außengraben.

Das Reinemachen bedeutete für Clio, Thud, Thwack und die alte Gladdys einige Tage harter Arbeit. Doch am Mittag des dritten Tages roch man nur noch den würzigen Duft von Kräutern und getrockneten Blüten, sofern man zufällig an den geöffneten Läden vorüberkam.

Im Innern hockte Lady Clio auf einem wackligen Holzschemel vor einem Eichentisch mit ungleich langen Beinen. Pfiff, der Hühnerhabicht, hatte die Spitzen ihrer langen blonden Flechte im Schnabel. Er hatte die Flügel ausgebreitet, als wolle er zum Flug ansetzen, und wann immer der Schemel schwankte, wiegte er sich hin und her, während der einäugige Zyklop ihn beobachtete und mit seiner Pfote sanft nach ihm schlug.

Der schmutzverkrustete Steinboden war mit einem langen, dichten Reisigbesen gesäubert worden, den Bruder Dismas der alten Gladdys irgendwann einmal zum Zwecke der Fortbewegung geschenkt hatte, als sie drohte, Camrose seinem Schicksal zu überlassen.

Ein schmutziger Boden in einer Brauerei war wahrlich keine gute Sache. Die erste Probe ihres selbst gebrauten Biers war voller Schmutz und Sand gewesen, und sie würde das Malz mit Tüchern abdecken müssen.

Daraufhin hatten Clio und ihre Gehilfen am Vortag den Steinmetzen, die für den Grafen arbeiteten, Schieferplatten für die Böden stibitzt. In der vergangenen Woche hatte auf der Straße nach Camrose geschäftiges Treiben geherrscht: Steinmetze, Schmiede, Zimmerleute und andere Handwerker trafen in der Burg ein.

Es gab so viele Steinplatten, dass Clio entschied, dass die wenigen, die sie für den Brauereiboden benötigten, nicht vermisst würden.

Wie die meisten strohgedeckten Hütten innerhalb der beiden Mauern war diese im inneren Burghof lang und schmal und musste unbedingt ausgebessert werden. Aber der Innenraum war mittlerweile benutzbar. Die getrockneten Kräuter und die Gewürzsäckchen, die sie vom Konvent mitgebracht hatte, lagen wahllos in einer Ecke neben dem Fenster verstreut.

Bündel mit Sauerampfer, Gartenraute, Lein- und Eisenkraut lagen auf Säckchen, die Weidenrinde und Ebereschenblätter, Eicheln und Walnüsse enthielten. Fingerhut, Schilfrohr und Ehrenpreis standen in riesigen Krügen, kleine Lederbeutel bargen Schätze wie Muskatnüsse und Zimtstangen, schwarze Nelken und safranfarbene Senfsaat.

Mörser und Stößel aus gebranntem Ton, Hartholz und glasierter Keramik stapelten sich in allen erdenklichen Ausmaßen – von handtellergroß bis hin zum Fassungsvermögen einer Waschschüssel. Es gab drei Pfefferhörner und zwei Messingstreuer mit kleinen Löchern, je einen für den kostbaren hellen Zucker und für die feinen, reinweißen Salzkristalle.

Clio überflog das Pergament – Schwester Amices Kräuterliste. »Hmmmm. Was kommt als Nächstes?«, murmelte sie und fuhr mit einem Finger über die Auflistung. »Wolfsmilch? Nein … die habe ich bereits hinzugefügt. Fenchelpulver. Nein, das habe ich auch schon. Aha! Da ist es.«

Sie gab Weidenrinde und Blätter in einen Steinmörser und zerrieb diese zu einem feinen Pulver.

Die alte Gladdys hatte im Verlauf der letzten Stunde heimlich sämtliche Kräuter, Öle und Tinkturen so gestellt, dass sie dem augenblicklichen Stand des Mondes und der Sterne entsprachen.

Bruder Dismas hatte nur einmal hereingeschaut und sich hinter seinem Kruzifix verschanzt, das er mit getrockneten Stechpalmenzweigen umwickelt hatte. Scheinbar hatte der Allmächtige ihn in seiner göttlichen Umsicht dazu ermahnt, da Hexen sich vor Stechpalmen fürchteten, und Bruder Dismas wollte der alten Druidin keine Handhabe geben, ihn mit dem bösen Blick zu verzaubern.

Die alte Gladdys erweckte in der Tat den Anschein, als hätte sie den bösen Blick. Ihr krauses weißes Haar bedeckte ihren Kopf wie geschorene Schafswolle. Ihre Nase war so gekrümmt, dass Thomas der Pflüger einmal behauptet hatte, er könne diese zum Mähen benutzen, falls er seine Sense nicht fände. Ihre Augen waren scharf, lebhaft und dunkel, fast schwarz, und sie wirkten noch finsterer, da sie ständig schwarze Kleidung trug.

Als Bruder Dismas ihr schließlich gegenüberstand und zögernd um sein erhobenes Kreuz spähte, wirbelte die alte Gladdys herum, schob ihr knochiges Kinn vor und kniff eines ihrer dämonischen Augen zu. Plötzlich ruderte sie heftig mit ihren dürren Armen in der Luft, deutete auf den Mönch und sang:

Eena, meena, mona, mite,
Basca, tora, hora, bite,
Hugga, bucca, baus,
Eier, Butter, Käse, Brot,
Stab, Stock, Stein tot!
R-A-U-S … Raus!

Sämtliche Farbe wich aus dem rosigen Gesicht des Mönchs. Empört blickte er zu Clio. »Was sagt sie da? Einen Fluch? Hat sie von Warzen gesprochen? Werde ich morgen früh mit Warzen aufwachen?«

Die alte Gladdys beugte sich vor und reckte ihren faltigen Hals wie ein Geier. »Es sind altüberlieferte Worte.«

Sie wies mit ihren knochigen Fingern auf ihn. »Alle Druiden bedienen sich dieser Worte« – sie hielt inne – »um ihre Opfer auszuwählen.«

Er rang nach Luft.

Sie bedachte ihn mit einem langen, abschätzigen Blick.

Er hielt das Kruzifix so dicht vor sein Gesicht, dass sich seine Nase an das Holz presste, und wich langsam zurück. An der Tür polterte er: »Lady Clio! Lord Merrick sucht nach Euch!«

Augenblicke später verschwand er mit den Worten: »Heilige Mutter Gottes.«

Clio schüttelte den Kopf. »Schande über dich, Gladdys.«

»Wie wahr«, murmelte die Alte mit einem verräterischen Glanz in den Augen, der ihre Erheiterung widerspiegelte.

»Du weißt genau, dass er sich bis zur Abendmesse nicht mehr blicken lassen wird«, seufzte Clio.

»Gewiss.« Die alte Gladdys schlenderte zu einem riesigen schwarzen Bottich mit der Biermaische. Ihr Gesichtsausdruck ähnelte dem Zyklops, wenn er eine Taube erbeutet hatte.

Was Graf Dickschädel anbelangte, so kümmerte es Clio nicht im Geringsten, ob er sie suchte oder nicht. Mit jedem Stampfen des Stößels stellte sie sich ihren Verlobten vor, der seine Zeit vergeudete, indem er nach ihr Ausschau hielt, so wie sie die ihre im Warten auf ihn vertan hatte.

Clio kicherte leicht durchtrieben. Ihr Vater hatte stets behauptet, dass sie es nie lernen würde, mit Anstand zu siegen. Allerdings hatte sie sich in diesem Fall einen hübschen Vergeltungsschlag überlegt. Auf sie zu warten war eine Erfahrung, die der Graf würde machen müssen. Dieser Umstand würde für lange, lange Zeit sein Leben bestimmen.

Sie lachte laut auf, dann bemerkte sie Gladdys schiefen Seitenblick.

»Es ist nichts.« Clio winkte ab.

Zyklop nutzte die Gunst des Augenblicks, um mit seiner Pfote nach Pfiff zu schlagen, dann umkreiste er den Schemel, schmiegte sich an ihren Fuß und kreiste weiter. Clio sah zu ihrem Kater hinunter. Das erste Mal seit Tagen erlebte sie ihn so ausgelassen.

Abermals rieb er sich schnurrend an ihren Füßen. Sie beugte sich zu ihm herab und kraulte seine Ohren.

Der fette Teufel versuchte, sie zu beißen.

Sie zog ihre Hand zurück und musterte ihn strafend. »Was ist denn los mit dir?«

»Eine aufgeregte Katze.« Die alte Gladdys nickte wissend. »Ein sicheres Zeichen, dass sich ein Unwetter zusammenbraut.«

Clio spähte aus dem kleinen Fenster. Der blaue Himmel war wolkenlos, und das Sonnenlicht zauberte bernsteinfarbene Streifen auf den Boden.

Gewiss braute sich kein Unwetter zusammen.

Kopfschüttelnd machte sie sich wieder an die Arbeit. Minuten später war sie wieder in ihr Rezept vertieft.

Thud hatte den Küfer aufgesucht, um einige neue Bierfässer zu holen, und Thwack machte sich an der Zisterne in der Ecke zu schaffen.

»Thwack?«, murmelte sie abwesend, während sie über dem riesigen schwarzen Braukessel lehnte. »Ich brauche deine Hilfe.«

»Ja, Mylady?« Der Bursche drehte sich um.

»Du musst etwas für mich besorgen«, fuhr sie fort und blickte auf.

In diesem Augenblick tat Thwack einen Schritt – mitten auf eine umgestürzte Schaufel. Der Stiel schoss hoch und prallte ihm genau vor die Stirn. Ein merkwürdig hohles Geräusch erscholl im Raum.

Der Junge schwankte unmerklich, dann rieb er sich benommen den Kopf.

Clio glitt von ihrem Schemel und eilte zu ihm, während Pfiff weiterhin an ihrem Zopfende schaukelte.

Sie blickte in Thwacks zusammengekniffene Augen.

Er erwiderte ihren Blick.

»Bist du verletzt?«

Er blinzelte, als sähe er doppelt. »Nein. Ich bin Thwack. Harte Arbeit in den Stallungen, Mylady.«

Sie versuchte es erneut. »Wie geht es deinem Kopf?«

Er schien verwirrt. »Ich weiß nicht. Wir haben das Bier doch noch nicht gebraut, oder? Bin ich vor das Fass gestoßen?«

»Deine Stirn, Thwack.«

»Habe ich Schaum auf der Stirn?« Er reckte Nacken und Kinn in dem Versuch, seine eigene Stirn zu begutachten.

»Wir haben das Bier noch nicht gebraut«, erklärte sie ihm behutsam.

»Gut. Ich dachte, ich hätte das Brauen verpasst, als ich auf die Schaufel trat und einen Schlag an die Stirn bekam.«

Clio untersuchte ihn, um festzustellen, ob seine Augen glasig wirkten. Nun, zumindest glasiger als sonst. »Und deinem Schädel fehlt nichts?«

»Nein, aber mein Kopf tut weh.«

Sie verspürte den unbändigen Drang, ihren eigenen Kopf in den Händen zu vergraben und langsam bis zehn zu zählen. Doch mittlerweile kannte sie Thud und Thwack gut genug, um zu wissen, dass sie die Langmut eines Heiligen auf die Probe stellen konnten, aber nicht im Geringsten böswillig waren. Sie waren nette und einfache Burschen.

Beide Jungen waren im zarten Alter von sechs Jahren in den Konvent gebracht worden. Ein Wanderprediger hatte sie im königlichen Forst gefunden, wo sie wie die wilden Tiere lebten.

Die barmherzigen Schwestern hatten sie aufgenommen, gebadet, gefüttert und ihnen das Leben unter ihresgleichen näher gebracht. Die Nonnen hatten sie auf die Namen Peter und Paul getauft, doch die Jungen hörten nur auf ihre Spitznamen – Thud und Thwack.

Thud war so ängstlich darauf bedacht, es jedem recht zu machen, dass er sich flink wie ein Wiesel zu bewegen versuchte, allerdings waren seine Füße dermaßen riesig, dass sie seine diesbezüglichen Bemühungen vereitelten. Es war beinahe so, als hätte er vergessen, dass seine Füße zu seinen Beinen gehörten. Von daher war der eine oder andere tollpatschige Sturz unvermeidlich.

Thwack war genau das Gegenteil; er hatte es nie eilig. Er handelte langsam und bedächtig und konnte sich immer nur mit einer Sache auseinandersetzen. Und das war sein Problem. Er war so in Gedanken versunken, dass er nicht darauf achtete, wo er ging und stand, und geradewegs ins Unheil rannte.

Auch er bemühte sich, allen zu Diensten zu sein, ließ sich indes leicht verunsichern. Wenn er mehr als einen Auftrag zu verrichten hatte oder abgelenkt wurde, dauerte es Stunden, bis sich seine Verwirrung legte.

Einmal hatte Schwester Margaret, die fürs Kerzenziehen zuständig war, ihn gebeten, einen Eimer Quellwasser zu holen, damit sie die Talgstumpen kühlen konnte. Auf seinem Weg zum Brunnen hatte Schwester Anne ihm aufgetragen, ihr Gebetbuch zu suchen. Am Tag darauf fanden sie das Gebetbuch im Wasserkübel, und als die Äbtissin den Kerzenschrank öffnete, stand dieser unter Wasser.

Im Verlauf ihrer Klosterjahre hatte Clio sich die Zeit genommen und die beiden Lesen und Schreiben gelehrt. Daraufhin folgten ihr die Jungen auf Schritt und Tritt, wie zwei Schutzengel, die voller Dankbarkeit jede ihrer Bitten zu erfüllen versuchten.

Thud und Thwack waren brave Burschen, freundlich und aufrichtig. Sie dachten und verhielten sich nur einfach nicht so wie der Rest der Welt.

Clio strich eine kräftige braune Locke aus Thwacks geröteter, angeschwollener Stirn. »Möchtest du mir bei meinem neuesten Bierrezept behilflich sein?«

»Ja.« Er nickte heftig.

»Gut. Dann bring mir die Honigwabe dort auf dem anderen Tisch.«

Unschlüssig stellte sich der Junge auf Zehenspitzen und kratzte sich den Kopf, als überlege er, welchen Tisch sie meinte. Das kann doch nicht so schwierig sein, dachte sie im Stillen, da nur zwei Tische im Raum standen.

»An welchem Tisch arbeitet Ihr, Mylady?«, fragte er, die Stirn in tiefe Falten gelegt. »An diesem Tisch?«

»Ja.«

»Die Schale mit den Waben steht auf jenem Tisch.« Sie saß wieder auf ihrem Schemel und zählte Zimtstangen ab. Sie sah nicht auf, sondern deutete in die Richtung des einzig anderen Tisches im Zimmer.

Es herrschte völliges Schweigen. Als sie das bemerkte, spähte sie zu dem Jungen. »Stimmt irgendetwas nicht?«

»Ich bin verwirrt. Ihr sagtet ›auf dem anderen Tisch‹. Wo ist der ›andere‹ Tisch?«

»*Jener* ist der andere Tisch.«

»Aber Ihr sagtet, dass das ›jener‹ Tisch und nicht der ›andere‹ Tisch sei, und ihr sitzt an ›diesem‹ Tisch und nicht an ›jenem‹ oder an dem ›anderen‹ Tisch.«

»Thwack.« Sie bemühte sich um einen ruhigen Tonfall.

»Ja?«

»Wie viele Tische stehen in diesem Raum?«

Er deutete auf ihren Tisch, hob den Daumen und murmelte »einer«. Dann blickte er zu dem anderen, hob den Zeigefinger, und seine Lippen formten *zwei*. Für einen langen Augenblick starrte er nachdenklich auf seine Hand, dann wanderte sein Blick zu ihr. »Zwei.«

»Ganz recht. Nun … wenn ich an *diesem* Tisch arbeite« – Clio legte ihre Hände auf die Tischplatte – »und die Honigwabe benötige, wo könnte sie deiner Ansicht nach sein?«

Angestrengt überlegte er; dann hellte sich sein Gesicht auf. »Im Bienenstock?«

»Ich sprach davon, dass ich eine Wabe aus einer Schale auf einem Tisch brauche. Denk noch einmal darüber nach.«

Thwack runzelte die Stirn, dann hob er seinen Zeigefinger und antwortete zögernd: »In der Küche?«

Sie schüttelte den Kopf.

Die alte Gladdys mischte sich ein und raunte dem Jungen etwas zu. Er musterte die Alte, dann zuckte er die Achseln, als könnte er es nicht glauben. Sein Blick schweifte von einem Tisch zum anderen und zurück zu Clio. Sekundenlang nagte er an seiner Unterlippe, dann murmelte er: »Auf jenem Tisch?«

»Ganz recht. Auf jenem Tisch.« Lächelnd wandte Clio sich abermals ihrer Arbeit zu und sortierte Gewürze und Kräuter.

Er musste eine ganze Weile dagestanden haben, denn einige Zeit später berührte er behutsam ihre Schulter. »Mylady?«

»Ja?«

»Warum habt Ihr mich gebeten, auf dem ›anderen‹ Tisch zu suchen statt auf ›jenem‹ Tisch?«

Clio blickte von einem Tisch zum anderen und seufzte. »Gräm dich nicht, Thwack. Es ist meine Schuld. Ich war zerstreut.«

»Gewiss.« Er nickte zustimmend. »Das wart Ihr, Mylady, das wart Ihr.« Im Schneckentempo schlenderte er zu dem Tisch, dann brachte er eine ganze Weile damit zu, in die einzelnen Krüge, Schalen und sonstigen Behältnisse zu spähen.

Jeder Gegenstand genoss minutenlang seine ungeteilte Aufmerksamkeit. Schließlich fand er die Schale, betrachtete sie von allen Seiten und schlurfte zurück über den Steinboden.

Er reichte ihr die Schale mit den goldgelben, klebrigen Waben. »Was meint Ihr, ob jemand den ›anderen‹ Tisch gestohlen hat?«

Clio schüttelte den Kopf.

Als Thwack davonschlenderte, murmelte er: »Vielleicht hat Sir Merrick den ›anderen‹ Tisch durch ›jenen‹ Tisch ersetzt.«

Bald schon würde er die Sache mit den Tisch vergessen haben. Einerlei, sie hatte anderes zu tun. Sie vermischte das Pulver mit Thymian und etwas zerriebenem Heidekraut und rührte es in die Maische, die in einem der riesigen schwarzen Bottiche kochte, welche die Ostwände säumten. Unter dem Schwenktopf prasselte ein Feuer, dessen Rauch durch eine Öffnung in dem Strohdach abzog.

Einige Zeit später köchelte und blubberte das Bier. Inzwischen war es feucht und warm in der Hütte. Der aus den Bottichen aufsteigende Duft roch nach Kräutern und Malz.

Clio nahm eine Holzkelle und tauchte sie in das Bier. Sie ließ die Flüssigkeit leicht abkühlen, dann prüfte sie mit dem Daumen die Temperatur. Sie drehte ihren Daumen und beurteilte die Beschaffenheit anhand der leichten Schaumbildung auf ihrer Haut.

Das Bier war fertig.

Sie nippte an der Kelle und schluckte. Einem platzenden Schaumbläschen vergleichbar, entwich ihrem Mund ein leises Kichern. Erstaunt leckte sie sich die Lippen, dann begriff sie, dass sie einfach glücklich war, weil sie ihr erstes Bier auf Camrose gebraut hatte.

Deswegen durfte sie gewiss ausgelassen sein. Stolz nahm sie einen weiteren Schluck und kicherte abermals.

Es schmeckt wundervoll, dachte sie, hob die Kelle an ihre Lippen und leerte den Rest.

Als sie das hämische Glucksen der alten Gladdys vernahm, senkte Clio die Kelle.

»Ich habe Euch davor gewarnt, dass sich ein Sturm zusammenbraut«, verkündete die Alte, dann stürzte sie mit wehenden weißen Haaren und flatterndem schwarzem Wollgewand aus der Tür.

Clio bedeckte ihren Mund, um ein weiteres Kichern zu unterdrücken, dann drehte sie sich um.

Ihre Heiterkeit schwand so rasch, wie sie von ihr übermannt worden war.

Merrick stand im Türrahmen, und sein Gesichtsausdruck war finsterer als jede Gewitterwolke.

8

»Die Wasserversorgung ist zusammengebrochen«, schnaubte Merrick und war in zwei Schritten in der Brauerei, um nach dem Auslöser des Malheurs zu forschen.

Er fand die Ursache.

Lady Clio hatte ihm den Rücken zugewandt und stand kichernd vor einem Braukessel.

Merrick musterte sie mit einem finsteren Blick, der seiner düsteren Stimmung entsprach.

Schlagartig wirbelte sie herum und sah ihn an. Ihre Heiterkeit schmolz augenblicklich dahin, und das ärgerte ihn. Noch mehr erzürnte ihn allerdings die Tatsache, dass ihn etwas so Törichtes wie ihr Lächeln berührte.

Er löste seinen Blick von ihrem Gesicht und durchquerte den feuchtwarmen Raum mit wenigen langen Schritten, um zu der Zisterne mit ihren alten Kupferrohren zu gelangen.

Entlang der Wand nahe der Rohre standen riesige, mit Flüssigkeiten gefüllte Braukessel, von denen einige über kleinen Holzkohlenfeuern köchelten. Aber selbst in den erkalteten Bottichen schwammen leuchtende Blütenkelche, dunkelgrüne Blätter und erdfarbene Pulver auf der Oberfläche, wie im Bad eines Wüstenscheichs.

Er wandte sich der Zisterne zu. Augenblicke später hatte er das Übel erkannt. Der Durchmesser der Rohre war zu groß für eine kleine Zisterne, und sie hatten solche Mengen Quellwasser abgeleitet, dass die Mauern des Brunnens eingebrochen waren und die Burg ohne einen Tropfen Wasser dastand.

Er bedachte Clio mit einem durchdringenden Blick. »Ich habe Euch mein Einverständnis zum Brauen gegeben, aber nicht zum Trockenlegen der Quelle.« Abermals betrachtete er kopfschüttelnd die Zuleitungen. »Liebend gern würde ich dem unfähigen Tor das Fell über die Ohren ziehen, der diese Rohre angebracht hat.«

Als er sich seiner Verlobten zuwandte, hatte sie jene widerspenstige Haltung angenommen, die ihm allmählich vertraut wurde und die ihn maßlos erzürnte.

Sie strich sich eine weißblonde Haarsträhne aus der Stirn. »Im Brunnen gab es genug Wasser.« Ihr herausfordernder Tonfall trug keineswegs dazu bei, seine Stimmung zu heben.

»Es *gab* Wasser. Bis die Brunnenmauern einstürzten. Jetzt gibt es nur noch ein Schlammloch.«

Unmerklich erbleichte sie.

Er trat einen Schritt auf sie zu. »Auf Camrose weilen Hunderte von Menschen. Die Burgarbeiter, Baumeister und Zimmerleute, und meine eigenen Truppen. Sie alle sind hier, und die Burg hat kein Wasser.«

Ihr Blick wanderte von ihm zu ihren dampfenden

Kesseln. »Bis ein neuer Brunnen gegraben ist, können die Männer Bier trinken. Ich habe genug für alle.« Sie deutete auf die Gefäße. »Seht Ihr?«

»Soll ich den Pferden und Ochsen, Hühnern und Schweinen ausrichten, dass sie ihre Bierkrüge bereithalten? Sollen die Kühe Milch mit Malzgeschmack geben?«

Ihr Gesichtsausdruck vermittelte ihm, dass sie an das Vieh nicht gedacht hatte.

Er verschränkte die Arme vor der Brust. »Was denn? Keine gescheite Antwort, Clio? Und was glaubt Ihr, wie die Handwerker den Mörtel für die neuen Burgmauern anrühren sollen? Sollen sie Euren Gerstensaft verwenden? Womit sollen die Zimmerleute ihre Sägen kühlen? Die Steinmetze ihre Meißel, die Schmiede ihre Hämmer?«

Schweigend nagte sie an ihrer Unterlippe und drehte den Ring am Finger. Dann hellte sich ihr Gesicht so unvermittelt auf wie ein strahlender Frühlingsmorgen. »Sie können das abgestandene Wasser aus dem Burggraben nehmen«, sagte sie mit einem selbstgefälligen Blick in seine Richtung.

»Der Burggraben wurde heute Morgen in die Felder geleert.«

»Oh.« Sie senkte den Kopf.

Zum ersten Mal bemerkte er ein Anzeichen weiblicher Schwäche an ihr. Auch er sah zu Boden, wo er die flachen Steinplatten wahrnahm, die der Steinmetzmeister als gestohlen gemeldet hatte. Wegen der fehlenden Platten hatte er am Morgen einer Auseinandersetzung der Steinmetze und der Maurer beigewohnt.

Hinter ihm räusperte sich jemand, und er drehte

sich um. Einer dieser unfähigen Tölpel, die seiner Verlobten wie zwei Wachhunde folgten, stand wenige Schritte von ihm entfernt und trat aufgeregt von einem nackten Fuß auf den anderen. Es schien, als müsse er sich unbedingt zu Wort melden oder den Drang unterdrücken, den Abort aufzusuchen.

Der Anblick des Jungen verunsicherte ihn. »Sag, was du zu sagen hast, Bursche, oder steh still.«

»Ich habe eine Frage an Euch, Mylord.«

Merrick nickte.

»Habt Ihr einen Tisch von hier weggeholt?«

Er vernahm Clios leises Gemurmel und musterte sie forschend. Kopfschüttelnd winkte sie dem Jungen ab.

»Ich habe keine Ahnung, wovon du da redest. Welcher Tisch fehlt denn?«

»Nicht ›welcher‹, sondern ›jener‹ Tisch.« Stirnrunzelnd überlegte der Junge, dann murmelte er: »Oder war es der ›andere‹ Tisch?«

Unvermittelt war Clio zu dem Jungen getreten und führte ihn zur Tür. »Kümmere dich nicht um die Tische, Thwack. Geh zum Küfer und sieh nach, ob du Thud helfen kannst.«

Augenblicke später huschte ein brauner Schatten in die Hütte, und Merrick stürmte mit gezücktem Dolch darauf zu.

Ungelenk blieb der andere Junge vor seiner Herrin stehen, die seine Schultern fasste, um seinen Sturz zu verhindern.

»Mylady! Mylady! Ihr seid in Schwierigkeiten! Ihr müsst Euch vor dem Roten Löwen verbergen, denn es heißt, dass sein Zorn grausam ist. Die Rohre, die Ihr bis in den Burgbrunnen verlegt habt …« Als der

Junge Merrick bemerkte, brach er so plötzlich ab, dass seine Worte wie ein Echo verhallten.

Merrick sagte keinen Ton. Er blickte lediglich von einem bleichen Gesicht zum anderen, dann drehte er sich um und starrte aus dem Fenster, als flehe er um irgendetwas. Um Geduld. Weisheit. Eine himmlische Eingebung.

Stattdessen nahm er ein Haupt mit gekräuseltem weißem Haar wahr; wie eine riesige Pusteblume erhob es sich vorsichtig hinter dem Fenstersims. Ein zusammengekniffenes, dunkles Augenpaar funkelte ihn an. Die verrückte alte Hexe, die Freudenfeuer auf den nahe gelegenen Anhöhen entzündete. Der Himmel über diesem Hügel ähnelte bereits dem über London, wo die brennenden Holzkohlenfeuer die Luft in grauen Dunst verwandelten.

Während Merrick dastand, übermannte ihn ein seltsames Gefühl der Niederlage; und diese Empfindung war ihm fremd. Er durchquerte den Raum, trat zu einem der Braugefäße und füllte ein Bierhorn.

Ohne ein weiteres Wort verließ er die Brauerei. Als er hinaustrat, spürte er förmlich, wie die erstaunten Blicke von Clio und den Jungen auf ihm ruhten. Er hatte keine Vorstellung, was sie erwarteten. Vielleicht hatten sie tatsächlich damit gerechnet, dass er ihr das Fell über die Ohren zog.

Was er in der Tat wollte, war, diesen Tag von Neuem zu beginnen. Oder vielleicht ein neues Leben anzufangen. Nein. Er betrog sich selbst. Was er in Wahrheit wollte, war, dass Clio ihn abermals anlächelte, als hätte er ihr soeben die Welt zu Füßen gelegt.

Verdrossen fuhr er sich mit der Hand durchs Haar, als er ziellos durch den Burghof stapfte. Sein Kopf war wie benommen, und er durchquerte das Gelände, ohne stehen zu bleiben oder ein Wort zu wechseln.

Als er den neu errichteten Teil der Innenmauer erreichte, hielt er sich im Schatten des Gemäuers und wich aus, als ein mit Holz beladener Karren an ihm vorüberrumpelte. Nach wie vor verwirrt und fassungslos, setzte er das Bierhorn an seine Lippen und nahm einen tiefen Schluck, dann wischte er sich mit dem Handrücken über den Mund.

Das Bier war gut, erstaunlicherweise. Er starrte auf das Füllhorn und trank erneut. Der eigentümliche Geschmack war ihm nicht vertraut, selbst nach seinem Aufenthalt im Orient, wo Getränke mit Gewürzen und Ingredienzen angereichert wurden, die fremdländisch, köstlich und außergewöhnlich waren.

Mit dem Rücken ans Mauerwerk gelehnt, trank er weiter, bis das Horn geleert und sein Durst gestillt war. Und obschon er im Schatten verweilte, erschien ihm die kühle Luft schwül und stickig, als würde die Sonne ihre Strahlen allein auf ihn richten.

Merrick nahm einen tiefen, staubgeschwängerten Atemzug. Er fühlte sich unwohl. Vielleicht litt er an einem Fieber.

Sekundenbruchteile später empfand er etwas ausgesprochen Sonderbares. Als bemächtigten sich Scharen von flatternden Vögeln seiner Magengegend.

Mehrere Male schüttelte er den Kopf, um dieses eigentümliche und ungewohnte Gefühl der Beschwingtheit zu verdrängen, das ihn unversehens beflügelte.

Als er sich kurz darauf glücklicherweise wieder besser fühlte, trat er zu einer Gruppe von Männern, die einen neuen Brunnen aushoben. In seine Beobachtungen versunken, stand er da, dann öffnete er die Lippen, um einem seiner Männer etwas zuzurufen.

In diesem Augenblick geschah etwas ausgesprochen Merkwürdiges.

Merrick de Beaucourt, seines Zeichens Graf von Glamorgan und ein berühmter Ritter, weithin bekannt als der Rote Löwe, tat etwas nie Dagewesenes in seinem kampferprobten Leben: Er kicherte.

9

Die Tage im Kloster hatten mit harmonischem Glockengeläut begonnen, das zum Morgengebet rief. Dorf- und Stadtbewohner wurden von dem ersten Hahnenschrei geweckt. Doch auf Camrose begann der neue Tag mit dem durchdringenden Lärm des Schmiedehammers, dem Knirschen des Steinmetzmeißels und dem gelegentlichen Kichern von Graf Merricks bewaffneten Truppen.

Clio setzte sich auf ihrer Strohmatratze auf, reckte sich, streckte ihre Arme hoch in die Luft und gähnte. Zyklop schmiegte sich friedlich schlummernd an ihre Hüfte und schnarchte leise. Pfiff kauerte auf einem Arm des Kerzenleuchters, der neben ihrem Bett stand, eine seiner gelben Krallen erhoben, als wollte er hüpfen wie ein Kind, den gesprenkelten Kopf unter seinem linken Flügel verborgen.

Als sie sich bewegte, fauchte der Kater, dann rollte er sich auf den Rücken und fuhr spielerisch seine Krallen aus. Sie kraulte seinen dicken Bauch, woraufhin er so laut schnurrte, dass es an einen Bienenschwarm erinnerte.

Nach einer Weile zog sie ihre Hand fort. Er riss sein Auge auf und musterte sie verärgert, weil sie seine Rechte missachtete. Beinahe wie ihr Verlobter.

Der Hoflärm hallte wie Donnergrollen durch den Turm. Sie spähte zu dem bogenförmig gemeißelten Fensterschlitz, von wo aus zwei weiße Tauben sie zu beobachten schienen.

Sie warf die Wolldecke zurück und stand auf, dann schlenderte sie barfuß zum Fenster und setzte sich auf einen grob gezimmerten Holzschemel. Die Tauben gurrten und flatterten, als wären sie gezähmt, dann erhoben sie sich wie zwei behäbige, weiße Pfeile in die Lüfte.

Sie waren ein schönes Paar, wie die beiden Turteltäubchen, die sie in einem goldenen Käfig bei Hofe gesehen hatte: das Geschenk eines ausländischen Diplomaten an Königin Eleonore. Obschon Clios höfische Erfahrung kurz und unerfreulich gewesen war, hatte sie diese Vögel nicht vergessen. Erneut erinnerte sie sich, dass sie sich ihre Heirat wie das Zusammenleben dieser Tauben vorgestellt hatte: eine Ehe, erfüllt von Turteln und Zärtlichkeit und liebevoller Schmeichelei.

Clio beugte sich aus dem Fenster, die Arme auf den Sims gelegt. Sie stützte ihr Kinn auf, ließ sich von diesen Mädchenträumen treiben, die sie längst verdrängt geglaubt hatte, und dachte an die Zeit, als sie sich einredete, dass Träume in Erfüllung gingen.

Eine Heirat hatte Merrick mit keinem Wort erwähnt. Er wohnte nicht in der Burg, sondern in einem Lager außerhalb der Mauern, und leitete den Wiederaufbau von Camrose. Dieser Umstand vermittelte ihr den Eindruck, dass ihm die Burg ungleich mehr bedeutete als eine Vermählung. Und das schmerzte sie tief, wenngleich sie ihre Empfindungen zu verdrängen suchte.

Ihr Stolz untersagte es ihr, ihrerseits die Eheschließung zu erwähnen. Sie beschloss, sich so zu verhalten, als kümmere es sie nicht.

Aber das tat es.

Sie verzehrte sich nach tiefen menschlichen Regungen. Verspürte eine innere Leere, weil sie geachtet und geliebt werden wollte. Sie wünschte sich einen Gemahl, der sie schätzte und ihr ein Freund war. Sie wollte einen Gatten, dem sie ihre geheimen Träume anvertrauen konnte, ohne befürchten zu müssen, dass er sie für leichtfertig oder töricht hielt. Sie sehnte sich nach der Geborgenheit einer Familie. Der Tod ihrer Eltern und ihrer Großeltern ließ sie den Verlust umso schmerzlicher empfinden.

Wenige Jahre nachdem Clio ins Kloster gegangen war, war auch ihre alte Kinderschwester verschieden, und sie hatte sich innerlich verdorrt gefühlt. Wie eine ausgerissene Feldblume. Thud und Thwack waren ihr treu ergeben, und sie erwiderte deren Zuneigung, doch das war nicht dasselbe. Sie sehnte sich nach einem unerschütterlichen Treuebund, einer Liebe, die Geben und Nehmen bedeutete.

Tief in ihrem romantischen Herzen wünschte sie sich einen Ritter, der ihr zu Gefallen Butterblumen trug. Denn wenn ein Ritter ein Abzeichen aus zwei dieser miteinander verflochtenen Blüten trug, erklärte er vor aller Welt, dass er verliebt war und dass die Dame seines Herzens diese Liebe erwiderte.

Versonnen seufzend wandte sie ihre Aufmerksamkeit dem unter ihr liegenden Burghof zu. Dort herrschte geschäftiges Treiben. Obschon die Sonne soeben erst über den östlichen Anhöhen aufging, wo die Bäume wie geschwärzte Sägezähne aussahen und der Rauch von einem der Feuer, welche die alte Gladdys entfacht hatte, in den Wipfeln hing.

Sie bemerkte Thud und Thwack auf dem Weg zum Stall. Thud stürmte zum Eingang, stolperte lediglich einmal und riss das Holzgatter auf, dann wartete er aufgeregt zappelnd.

Thwack bewegte sich mit der ihm eigenen Muße. Hinter ihm trottete eine Herde Schweine, und ihre Nasen suhlten sich im Dreck. Sie lächelte. Sie verfolgten den Burschen wie abgerichtete Hunde.

Auf ein leises Ächzen der schweren Kammertür drehte Clio sich um und bemerkte die junge Zofe, die einen Krug mit frischem Wasser auf einen kleinen Ecktisch stellte. Wortlos durchquerte das Mädchen den Raum und wandte sich zum Gehen.

»Dulcie?«

Die Magd drehte sich um.

»Hat Lord Merrick nach mir gefragt?«

»Nein, Mylady.«

Clios Stirn legte sich in Falten. Nun, das war merkwürdig. Bislang hatte er jeden Morgen jemanden geschickt, der sie holen sollte. Sie wertete diese

Aufforderung als morgendlichen Auftakt zu ihrem wundervollen Plan. Ein Fingerzeig, anhand dessen sie ihre Verspätung bemaß. Als sie aufblickte, stand Dulcie weiterhin wartend an der Tür.

»Heute Morgen ist er noch nicht in der Burg gewesen.«

»Ach.«

»Soll ich jemandem nach ihm schicken?«

»Nein!«, versetzte Clio. »Ich meine, nein, ich brauche nichts mehr. Du kannst jetzt gehen.«

Dulcie schloss die Tür.

Clio wusch sich rasch und kleidete sich in ein graues Gewand, das ihrem Gesicht dieselbe Farbe verlieh. Ihre Flechten wand sie zu den riesigen Ohrschnecken, dann bedeckte sie ihr Haar mit einem hässlich erbsengrünen Schleier, durchwirkt mit blutroten und silbernen Fäden. Ausgesprochen verdrießlich und unansehnlich eilte sie die Stufen hinunter.

Als sie durch den Rittersaal strebte, vernahm sie Gelächter und blieb stehen. Einige von Lord Merricks Söldnern saßen an einer nahe gelegenen Tafel, nahmen ihr Frühstück ein und gackerten wie dumme Gänse. Sie war zu dem Schluss gelangt, dass Merricks Truppen zu viel tranken. Sie schienen sich zunehmend rascher in lärmende Trunkenbolde zu verwandeln.

Die Männer nicht weiter beachtend, eilte sie über den Hof und in die Küche, wo der Querbalken über der Tür an vergangene Zeiten erinnerte. Ihre Großmutter hatte die Zimmerleute einst angewiesen, Rosen in die Balken zu schnitzen, weil diese Glück bringen sollten.

Das Anwesen Camrose, wie Clio es einst gekannt hatte, war mehr oder weniger ausgelöscht. Ihr Leben schien aus der Bahn geworfen. Erst als sie die kunstvoll geschnitzten Rosen bemerkte, beschlich sie das Gefühl, wieder zu Hause zu sein.

Beschwingteren Schrittes und besserer Stimmung verließ sie den Küchentrakt, in den Händen ein Kohlblatt gefüllt mit Walderdbeeren, deren sattes Tiefrot ihr stets das Wasser im Munde zusammenlaufen ließ.

Gänse umflatterten den Saum ihres Kleids, als sie über den Hof eilte, die süßen, köstlichen Beeren verspeisend. Der Karren eines Kesselflickers rumpelte auf dem Weg zur Küche vorbei, wo die Köche handeln und feilschen würden, bis der arme Mann seine schimmernden Pfannen und Töpfe für weniger hergab, als er auf dem Jahrmarkt für ein stumpfes Messer bekommen hätte.

Als sie in die Wagenspuren trat, vernahm sie ein Quieken und wirbelte herum. Zwei der burgeigenen Schweine standen, eingepfercht in Weidenkörbe, auf dem Karren.

Irgendetwas stimmte da nicht. Sie vermochte sich nicht vorzustellen, dass Thud oder Thwack zwei ihrer Ferkel hergaben.

Umgehend strebte sie zu den Stallungen. Sie passierte das Gatter und einige der Verschläge. Merricks Pferde standen dort und fraßen Heu und Hafer aus den an den Trennlatten angenagelten Holztrögen.

Vom nahe gelegenen Turnierplatz, dem beliebten Treffpunkt der Knappen, drangen laute Stimmen und das metallische Klirren von Schwertern.

Sie marschierte entlang der Streitrösser und spähte um die Ecke.

Ihr Blick fiel auf Thud, den eine Gruppe von älteren Burschen umringte. Er hatte einen Blecheimer aufgestülpt wie einen Helm, nur dass der Griff über seinem linken Ohr baumelte und ihm das Behältnis bei jeder Bewegung über die Augen rutschte. Statt eines Panzers bedeckten zwei eiserne Backbleche Brust und Rücken, und seine Hand umklammerte einen langen Bratspieß, mit dem er das glänzende Schwert eines Knappen abzuwehren versuchte, der ihn um zwei Köpfe überragte.

Das Schwert des Knappen sauste kraftvoll auf den Bratspieß nieder, und das metallische Klirren dröhnte so qualvoll in ihren Ohren, dass sie verschreckt zusammenzuckte.

Sie war nicht die einzige. Thwack lag, gepanzert mit Lederriemen und Backblechen, am Boden. Er hielt sich die Ohren zu und blinzelte. Neben ihm auf dem Boden lag ein ähnlicher Blecheimer, nur der ebenfalls verbeult war.

Die Knappen johlten und feuerten die armen Jungen so laut an, dass keiner Clios Schimpftirade vernahm. Sie stapfte in den Kreis, schnappte sich den verbeulten Eimer und drosch unvermittelt auf den Grobian ein, der mit Thud kämpfte.

Der Knappe blinzelte verwundert und duckte sich.

Der Eimer verfehlte ihn.

Der Zeitpunkt war ungünstig gewählt, denn just in diesem Augenblick kam der Graf um die Ecke.

Der Eimer prallte ihm geradewegs an die Stirn.

10

Jemand rief seinen Namen.

»Merrick?«

Ah, es war seine Verlobte. Sie klang wie aus weiter Ferne. Hatte er sie tatsächlich in den Turm eingesperrt?

»Mylord?«

Tobin, sein Knappe.

»Dominus vobiscum.«

Wer redete da? Ein Priester. Latein. Die Letzte Ölung? Wer war denn verschieden?

Merrick schlug die Augen auf.

Es regnete.

Er blinzelte, und sein Blick klarte auf.

Bruder Dismas sprenkelte Weihwasser über ihn und betete für seine gepeinigte Seele.

»Großer Gott!«, schnaubte Merrick. »Ich bin nicht tot, alter Narr!« Er wollte sich aufsetzen, doch Tausende winziger Kerzenflammen flackerten vor seinen Augen, und sein Schädel dröhnte, als hätte man ihn zu spalten versucht.

Unflätig fluchend legte er sich wieder hin. Aufgrund seiner Kopfschmerzen stöhnte er auf.

Wasser tropfte auf sein Gesicht.

Er öffnete ein Auge. »Solltet Ihr es wagen, mir noch ein einziges Mal Wasser ins Gesicht zu gießen …«

»Gott der Herr sagt, dass das Weihwasser Euer Herz läutert und Eure sündige Seele errettet.«

Schnaubend vor Wut versuchte Merrick, den Mönch mit seinen riesigen Händen zu packen, doch irgendeiner zog den eigensinnigen Geistlichen vorsichtshalber aus seiner Reichweite.

Das Nächste, was er wahrnahm, war Clios Antlitz. Leichenblass musterte sie ihn.

Er ließ seine Arme sinken, spürte den festgebackenen Schmutz. Er lag auf dem harten Erdboden.

»Was ist geschehen?«, fragte er sie.

»Ich habe Euren Kopf mit einem Eimer getroffen.«

Das erstaunte ihn keineswegs. Er hatte das aufgeregte Flüstern seiner Männer gehört. Die Knappen und viele seiner Soldaten umringten sie.

Lady Clio nagte an ihrer Unterlippe und musterte sein Gesicht, als suche sie etwas.

Ihre Blicke trafen sich. »War ich gut?«

Verwirrt runzelte sie die Stirn. »Gut? Worin?«

»Was auch immer es war, weswegen Ihr einen Eimer nach mir geworfen habt.«

Seine Männer lachten. Sie jedoch nicht. Sie schien wütend. Sie hatte ihn mit einem Eimer traktiert und zeigte nicht die Spur von Reue.

Sie war weder zerknirscht, noch entschuldigte sie sich. Stattdessen nahm sie die ihm bereits vertraute hochnäsige Haltung an, reckte ihr Kinn vor und kniff eigensinnig die Lippen zusammen.

Lange und unverhohlen starrte er auf diese Lippen, den einzigen Farbtupfer in ihrem blassen Gesicht. Sie waren dunkelrot und wirkten süß und einladend, als hätte sie sie bemalt, um ihn zu quälen.

Es war an der Zeit.

Seine Hand schoss hoch und zerrte ihren Kopf so unvermittelt zu sich hinunter, dass sie auf seine Brust sank. Sein Mund umschloss den ihren, wild und unnachgiebig, und seine Arme umklammerten sie, hielten sie gnadenlos fest.

Sie setzte sich zur Wehr, wand sich und stieß unterdrückte Laute hervor, also drehte er sich um und rollte sie unter sich in den Schmutz.

Die Luft erzitterte unter dem Pfeifen und Johlen seiner Männer. Als sie den Mund zu einem Aufschrei öffnete, bezwang er diesen mit seiner Zunge.

Sie wehrte sich nicht mehr, sondern erstarrte zu Stein. Er öffnete die Augen, als er sie küsste, streichelte ihren Mund mit seiner Zunge.

Verwirrt erwiderte sie seinen Blick. Und in ihren Augen bemerkte er Begehren und Leidenschaft und mehr.

Dann biss sie zu.

Clio stemmte sich gegen Merricks Schultern, und er ließ leise fluchend von ihr ab. Im Hintergrund vernahm sie das verhaltene Lachen der Männer.

Sie richtete sich auf und funkelte zu ihm herab. »Ihr hattet kein Recht, das zu tun.«

Unter ihren Blicken richtete er sich zu seiner beachtlichen Größe auf. Dann stand er vor ihr, hünenhaft und furchteinflößend und wahrhaft zornig. Kaum ein Schritt trennte sie.

»Kein Recht?«, fragte er gefährlich ruhig.

»So ist es.« Ihre Antwort war knapp und entschieden und sollte ihn verletzen.

»Ihr gehört mir, Clio.« Seine Stimme klang maßvoll und ruhig und duldete keinen Widerspruch. »Das scheint Ihr vergessen zu haben.«

»Nein. Ich habe es nicht vergessen, Mylord. Ihr habt es vergessen.« Sie brach ab, dann sprach sie genau das aus, was ihr auf den Lippen brannte. »Sechs Jahre lang.«

Minutenlang war es still. Totenstill. Ihre höhnischen Worte hingen in der Luft. Seine Männer zogen sich unter leisem Gemurmel zurück. Sie hörte, wie jemand ehrfürchtig den Roten Löwen und seinen Ruf erwähnte. Ein anderer Mann schalt sie eine Närrin.

Aber sie würde nicht nachgeben. Sie hatte bereits so vieles verloren. Ihr Heim, ihren Stolz und jetzt auch noch ihre Würde.

Die Männer zerstreuten sich.

»Tobin!« Er rief seinen Knappen, den Blick weiterhin auf sie geheftet. »Ich wünsche dich zu sprechen.«

Der Knappe, der zuvor auf Thud eingedroschen hatte, blieb in der Nähe der Stallungen stehen. Sämtlicher Schneid hatte ihn verlassen. Thud und Thwack hatten sich in dem Augenblick davongemacht, als Merrick die Augen aufschlug.

Merricks Blick löste sich von ihr und wanderte zu seinem Knappen.

Sie atmete auf.

Er blieb stehen und sah sich zu ihr um. »Wartet hier.«

Als sie sich einige Schritte von ihr entfernt hatten, murmelte sie: »Ihr scheint einen Hang dazu zu haben, mich warten zu lassen.«

Wie angewurzelt blieb er stehen.

Unwillkürlich wollte sie ihre Worte zurücknehmen.

Er drehte sich gefährlich langsam um und musterte sie durchdringend. »Ich wusste nicht, dass es Euch so aufbringen würde, hier einen Augenblick auf mich zu warten.«

Da sie ohnehin schon in einem tiefen Abgrund versank, dem sie nur schwer wieder entkommen würde, entschied sie sich für die Fortführung ihrer Auseinandersetzung. »Ich bin es sehr wohl gewöhnt, auf Euch zu warten. Es behagt mir nicht.«

Sein langer Blick war durchdringend und schien Dinge wahrzunehmen, die sie lieber verbarg. Er verschränkte die Arme. »Warum werde ich das Gefühl nicht los, dass Ihr jeden Augenblick mit dem Fuß aufstampfen könntet?«

Sie spürte, wie sie vor Scham errötete. Als sie noch ein kleines Kind gewesen war, hatte ihr Vater Ähnliches behauptet. Es verärgerte sie maßlos, dass er Recht hatte; sie verhielt sich töricht.

Dennoch war es alles andere als einfach, den eigenen Stolz aufzugeben, zumal dieser tief verletzt worden war, indem er sie so schmählich vernachlässigte.

Jene beiden Jahre waren ihr wie ein ganzes Leben erschienen. Die ständigen Blicke derjenigen, die wussten, dass man sie vergessen, vielleicht auch abgewiesen hatte. Das Mitleid in deren Augen hatte ihrem Stolz mehr zugesetzt als jede Kränkung.

Sie hatte kühne Träume vom Wesen der Liebe und der Ehe. Doch diese waren allmählich zerronnen, von Stunde zu Stunde, bis jeder Tag des Wartens sich wie eine lange, endlose Straße ins Nichts vor ihr erstreckte.

»Es ist ohne Bedeutung.« Gleichmütig winkte sie ab. »Geht nur ruhig Euren Geschäften nach, Mylord. Ich werde warten.« Sie schwieg, doch irgendeine teuflische Eingebung ließ sie hinzufügen: »Es gelingt mir immer besser.«

In wenigen langen Schritten war er bei ihr. »Vergesst, was ich gesagt habe«, stieß er zwischen zusammengebissenen Zähnen hervor.

Er umklammerte ihren Arm so unnachgiebig, dass sie aufstöhnte.

»Ich habe meine Meinung geändert. Ich wünsche mir Eure Gesellschaft, *Mylady*.«

Er wirbelte sie so rasch herum, dass ihr schwindelte; dann strebte er in Richtung Haupthaus.

Sie musste sich beeilen, um mit ihm Schritt zu halten. Als sie neben ihm herstapfte, rutschten Seidenschleier und Reif, die ihre Flechten bedeckten, zur Seite.

Wütend rückte sie ihren Kopfputz zurecht und bemühte sich, zu ihrem Verlobten aufzuschließen – dem Grafen Sauseschritt.

11

Merrick kümmerte es nicht, an seine Fehler erinnert zu werden, aber nicht vor allen Burgbewohnern und keinesfalls von Clio, die in ihm den Hausherrn sehen sollte. Nicht, dass sie ihn zur Weißglut gebracht hätte. Allerdings schien sie alles daranzusetzen, genau das zu bewirken. Er konnte sich des Eindrucks nicht erwehren, dass sie ihn aufzustacheln versuchte.

Er wusste nicht, was sie damit bezweckte. Schon immer hatte er Frauen als widersprüchliche Wesen wahrgenommen, deren Denken völlig anders war als das seine. Er war es gewöhnt, sich offen und aufrichtig zu äußern, da man von einem Mann Unverblümtheit erwartete.

Frauen hingegen schienen eine Sache vorzubringen und handelten, als wollten sie etwas völlig anderes. Es bereitete ihm allergrößte Schwierigkeiten, sie zu verstehen. Er war sich nie darüber im Klaren, ob er ihre Äußerungen für bare Münze nehmen oder ihre Verhalten beobachten sollte.

Missgestimmt zerrte er sie beinahe mit sich in den Rittersaal, verhielt sich wie der Grobian, zu dem sie ihn erklärt hatte. Er sank in den riesigen, hochlehnigen Sessel, der für den Burgherrn bestimmt war. Dann deutete er auf den daneben stehenden, kleineren Stuhl und blickte zu Clio. »Setzt Euch.«

Sie tat es nur zögerlich – im Gegensatz zu seinem Knappen. Der Bursche ließ sich auf einer der niedrigen Bänke nieder.

»Du nicht, Tobin!«, wies Merrick den jungen Mann zurecht, der jählings aufsprang.

Groß und blond und muskulös, war Tobin de Clare ein anziehender Junge von sechzehn Jahren, ein Neffe des Grafen von Chester, einem der einflussreichsten englischen Adligen. Der Bursche würde einen guten Ritter abgeben, wenn er jemals lernte, Ehrerbietung zu zeigen.

Clio stand weiterhin neben Merrick. Er wandte sich zu ihr und bedachte sie mit einem Stirnrunzeln, woraufhin seine Beule schmerzte. Schließlich setzte sie sich inbrünstig seufzend, um ihrer Entrüstung Luft zu machen.

Für einen kurzen Augenblick meinte er, die Männer zu verstehen, die ihre Gemahlinnen in einen Turm sperrten. Vermutlich diente das nicht dem

Schutz der Frauen vor feindlichen Widersachern, sondern vor dem Zorn ihrer Gatten.

Eine Zeit lang musterte er seinen Knappen, ein Schachzug, um den Jungen zu verunsichern.

Das Schweigen schleppte sich dahin, bis Merrick schließlich das Wort ergriff. »Mir ist von einem Kampf zwischen dir und diesen naiven jungen Burschen zu Ohren gekommen. Deshalb kam ich um die Ecke, als die werte Dame hier versuchte, mir den Schädel zu spalten.«

»Um diesen Felsklotz, den Ihr als Kopf bezeichnet, zu spalten, bedarf es mehr als eines Blecheimers«, grummelte Clio.

Er funkelte sie an. »Was war das?«

»Ach, nichts«, versetzte sie scheinheilig. »Ich habe lediglich ein Gebet gesprochen.«

»Umso besser, falls Ihr tatsächlich gesagt haben solltet, was ich vermute.« Sein Tonfall hätte sie zum Schweigen gemahnen müssen. Erfahrungsgemäß wusste er indes, dass sie sich nicht würde einschüchtern lassen.

»Während all der Jahre im Kloster blieb mir kaum etwas anderes als das Gebet.«

Nachdem er bis fünfzig gezählt hatte und dafür Sorge trug, dass er auf seinen Händen saß, gelang es ihm, sie mit Nichtachtung zu strafen. Abermals wandte er sich an seinen Knappen. »Weißt du nichts dazu zu sagen, Tobin?«

Clio fuhr hoch, stemmte ihre feingliedrigen Hände auf die Tischplatte und funkelte Tobin an. »Er vermag nichts vorzubringen, was sein Verhalten rechtfertigt. Aus reinem Vergnügen hat er auf diese beiden armen Jungen eingedroschen.«

»Das ist nicht wahr!« Tobin sah Merrick erschrocken an, dann wandte er sich zu Clio und deutete eine Verbeugung an. »Verzeiht mir, Mylady, aber sie wollten kämpfen. Es war ihre Idee.«

»Verstehe.« Merrick stützte einen Ellbogen auf den Tisch und rieb sich sein Kinn. »Zwei junge Waisenknaben, die keine entsprechende Ausbildung besitzen, die Küchengerät als Waffen benutzen und deren Verstand an Dürftigkeit kaum zu übertreffen ist, fordern dich, einen erfahrenen Schwertkämpfer, zu einem Schaukampf heraus, und nur aufgrund deiner Gutherzigkeit hast du die Entscheidung getroffen, ihnen die Seele aus dem Leib zu prügeln?«

Tobin wurde blass.

Merrick brüllte nach der Wache. Hastig verließ der Mann seinen Posten an der Tür und verbeugte sich knapp. »Ja, Mylord.«

»Bring mir diese beiden Burschen.« Merrick überlegte. »Thump und Thwart.«

»Thud und Thwack«, warf Clio ein, und in ihrer Stimme schwang der gereizte Unterton, der ihre Unterhaltung zu bestimmen schien.

»Bring sie her«, wiederholte Merrick. »Sofort.«

Der Wachtposten eilte aus dem Rittersaal. Von draußen drang der Lärm der Handwerker und Hundegebell zu ihnen. Dann schlossen sich die schweren Türen, und die Geräusche verebbten.

Die eingetretene Stille im Rittersaal kam Merrick gerade recht. Er und Clio saßen schweigend, während Tobin vor ihnen stand.

Merrick hatte den jungen Mann nicht dazu aufgefordert, Platz zu nehmen. Er wollte, dass er zerknirscht und reumütig stehen blieb.

Neben ihm bewegte sich Clio unmerklich; aus seinem Augenwinkel bemerkte er, dass sie zu ihm aufblickte. Sie wollte etwas sagen, denn er spürte ihre Erregung. Gütiger Himmel, sie war die Hartnäckigkeit in Person.

»Was habt Ihr mit ihnen vor?«, erkundigte Clio sich schließlich.

Er wandte sich zu ihr. »Das lasst meine Sorge sein, Mylady. Es gibt anderes, worum Ihr Euch kümmern solltet.«

»Als da wäre?«

»Allem voran um Euer Mundwerk.«

»Es schien Euch nicht zu stören, Mylord, als Ihr mich geküsst habt.«

Tobins Lippen entwich ein gepresster Laut, und Merricks Kopf fuhr zu ihm herum. Sein Knappe hatte sich abgewandt, die Arme hinter dem Rücken verschränkt, und musterte versunken die Dachbalken.

Knarrend öffneten sich die Saaltüren, und der Wachtposten kam mit den beiden Jungen zurück. Er trat vor Merrick und hielt die beiden am Kragen gepackt.

Clio sprang auf. »Lasst sie los.«

Ungerührt blieb der Blick des Wachtpostens auf Merricks Gesicht geheftet, als hätte sie keinen Laut von sich gegeben. Seine Männer waren hervorragend ausgebildet und ihm treu ergeben.

Merrick legte eine Hand auf die ihre. »Setzt Euch. Ich werde das klären.«

Sie versuchte, ihre Hand fortzuziehen, doch er hielt sie fest. Sie wollte etwas erwidern, schwieg dann jedoch und setzte sich.

»Sagt mir, Burschen, warum habt ihr die Knappen herausgefordert?«

Thud straffte sich und holte tapfer Luft, woraufhin sich sein schmächtiger Brustkorb wie der einer Taube aufplusterte. »Wir möchten Ritter sein, Mylord. Wir möchten kämpfen, der Übung willen.«

»Für heute habe ich genug vom Kämpfen, Thud.« Thwack tastete nach der Beule an seiner Stirn. »Mein Kopf tut weh.«

Thud packte den Burschen am Ellbogen. »Wir *beide* möchten Ritter sein, Sir. Wir möchten mit den Pagen und Knappen üben.«

Tobin lachte lauthals, als erheitere ihn diese Vorstellung über die Maßen. »Die zwei? Ritter?«, prustete er.

Clios Finger verkrampften sich unter Merricks Griff.

Er wartete, bis sich Tobin wieder gefasst hatte. »Du findest das lustig?«

»Gewiss.« Tobin, dieser aufgeblasene Narr, grinste weiterhin.

Nachdenklich schwieg Merrick für eine ganze Weile; dann blickte er zu den Jungen. Thuds Schopf war zerzaust, seine Nase wie die eines Spaniels – breit und von braunen Flecken übersät.

Thwack hatte eine Stupsnase, weiche Lippen und ernste braune Augen. Beide Jungen waren schmutzverkrustet, ihre Gesichter voller Schrammen und Beulen. Ein bemitleidenswertes Gespann, und doch strahlten sie eine solche Begeisterung aus, dass er lange und ausgiebig darüber nachdachte, was er mit ihnen anstellen sollte.

»Ich vertrete eine eherne Regel, wenn meine Männer miteinander kämpfen. Und ihr alle wisst darum.«

Schlagartig starrten ihn alle drei furchterfüllt an.

»Wenn ich euch nicht bestrafe, werden andere glauben, dass sie meine Befehle missachten können.« Merrick erhob sich und reichte Clio seine Hand. »Kommt, Mylady.«

Sie blickte auf seine Hand, als hätte sie eine zusammengerollte Schlange vor sich.

»Ich würde es nicht wagen, Euch noch einmal warten zu lassen«, fügte er in schneidendem Ton hinzu, dann wandte er sich zu den Burschen. »Ihr werdet uns folgen.«

Sie verließen den Rittersaal. Clio schritt an seiner Seite. Als sie den Innenhof erreichten, fühlte sie seinen forschenden Blick.

»Was habt Ihr mit ihnen vor?«

»Ihr werdet sehen.«

»Ich wünsche nicht, dass man ihnen wehtut. Ich werde nicht zulassen, dass Ihr sie schlagt.«

»Ich schlage keine kleinen Jungen.« Er stockte. »Einzig Frauen, die nicht wissen, wann sie den Mund halten müssen.«

»Ich habe keine Angst vor Euch, Merrick.«

Sie nannte ihn beim Vornamen. Endlich. Er verharrte vor einem der Wehrtürme und erteilte einer Wache einige Anweisungen.

Tobin und die jüngeren Burschen blieben stehen und versuchten, sich tapfer zu geben. Merrick spürte beinahe körperlich ihre Anspannung, und das war Teil der Lektion, die er ihnen erteilen wollte.

Der Wachtposten kehrte mit einem Karren und Schaufeln zurück.

Merrick baute sich vor den Jungen auf, dann deutete er auf die hölzerne Falltür in Bodennähe des Turms. »Ihr werdet diese Latrine säubern.«

Entsetzen spiegelte sich auf ihren Zügen.

»Und alle anderen Latrinen. An jedem Wehrturm und an den Toren.«

»Jede Latrine?«, wiederholte Tobin. »Aber Mylord, das sind zehn Gruben.«

Merrick verschränkte die Arme vor der Brust. »Ich weiß, wie viele es sind.«

Die Gesichter der Burschen hatten eine grünliche Färbung angenommen. Unter diesen Umständen ernst zu bleiben fiel wahrlich schwer. »Ich schlage vor, ihr fangt unverzüglich damit an. Wenn ihr hart und gemeinsam arbeitet, wird es nur einige Tage in Anspruch nehmen.« Er führte Clio zurück durch den Hof, und sie blickte sich mehrmals um.

»Das haben Thud und Thwack nicht verdient«, wandte sie ein, als sie durch das innere Tor schritten.

»Sie haben gegen die Regeln verstoßen und müssen bestraft werden.«

»Aber es war Euer aufgeblasener Knappe, der mit ihnen gekämpft hat. Er ist älter, gescheiter und erfahrener. Er hätte sie verletzen können. Ernsthaft verletzen sogar.«

Er blieb stehen, lehnte sich gegen das Mauerwerk und sah auf sie herab. »So wie ein Schlag vor den Kopf mit einem Eimer?«

Sie wusste nicht, was sie darauf entgegnen sollte. »Es sind doch nur Knaben. Bedauernswerte Knaben. Wisst Ihr, wo man sie fand?«

»Unter einem Felsen in einer Vollmondnacht?«

»Das ist keinesfalls erheiternd, Mylord. Man hatte

sie im Wald ausgesetzt. Als sie gefunden wurden, konnten sie kaum sprechen. Sie ernährten sich von rohem Fleisch und krochen schnüffelnd über den Boden.«

»An ihrer Vergangenheit vermag ich nichts zu ändern.«

»Ihr könnt nachsichtiger mit ihnen sein. Sie brauchen Wärme und Fürsorglichkeit.«

»Und was wird aus ihnen, wenn sie wie gehätschelte Knirpse heranwachsen? Glaubt Ihr, das wird ihnen helfen?«, spottete Merrick. »Ihr tut ihnen keinen Gefallen, wenn Ihr sie verzärtelt.«

»Aber Ihr, indem Ihr sie züchtigt?«

»Ich werde tun, was ich für richtig halte.« Er bot ihr seine Hand. »Kommt jetzt.«

Sie rührte sich nicht, sondern funkelte ihn an.

Für Augenblicke schweifte sein Blick ab. Ihm schoss der Gedanke durch den Kopf, dass er vielleicht doch einen der Burgschmiede bitten sollte, ein massives Schloss für den Westturm zu fertigen.

Er zählte bis zehn. Als er abermals zu ihr blickte, hatte sie ihm den Rücken gekehrt. Empört stieß er den Atem aus und trat zu ihr. »Dreht Euch um, Clio.«

Sie rührte sich nicht. Ja, sie schien nicht einmal mehr zu atmen.

Er fasste sie bei den Schultern und drehte sie um.

Hochmütig und eigensinnig sah sie zu ihm auf. Sein Blick wanderte von ihren Augen zu ihren zusammengepressten Lippen, die ihm vermittelten: *Ich werde nicht zulassen, dass Ihr meinen Willen brecht.*

Er war mit seiner Geduld am Ende. Er zog sie an seine Brust. »Ihr verlangt zu viel von mir. Das lasse ich mir von einer Frau nicht bieten. Ich werde Euren Ungehorsam nicht dulden!« Er fasste ihr Kinn und zwang sie, zu ihm aufzusehen.

»Untersteht Euch!« Sie wand sich in seiner Umklammerung, trommelte mit ihren Fäusten auf seinen Brustkorb.

Insgeheim schwor er sich, ihr keinen weiteren Kuss abzuringen. Er wollte, dass sie aus freien Stücken auf ihn zukam. Er gab sie frei und trat so rasch zurück, dass sie stolperte. Stützend packte er ihren Arm.

Zornfunkelnd blickte sie auf seine Hand. »Rührt mich nicht an.«

Diesmal ließ er sie nicht los, stattdessen blieb er stehen und hielt ihren Arm umklammert. Ihre Blicke trafen sich kampfeslustig, und mit jeder Sekunde, die verstrich, ging beider Atem schneller und aufgebrachter.

Sie forschte in seinen Zügen, als erwarte sie etwas, als rechne sie beinahe mit seiner Reaktion.

»Ich werde Euch nicht zu nahe treten, Clio.«

Sie musterte ihn lange und forschend, dann schob sie ihr Kinn vor. »Und warum nicht?«

Wie vom Donner gerührt stand er da. Sicherlich hatte er sich verhört. »Was habt Ihr da gesagt?«

»Ich fragte Euch, warum nicht?« Sie stemmte ihre Hände in die Hüften, wie schon häufiger von ihm bemerkt, und fügte hinzu: »Gefalle ich Euch nicht, Mylord?«

Er fuhr sich mit der Hand durchs Haar und blickte gen Himmel, flehte um Geduld mit dieser Frau, was dem Wunsch gleichkam, den Heiligen Gral zu finden.

Sie stand nur eine Handbreit von ihm entfernt, ihr Kinn gereckt, die Haltung gestrafft – eine energische, kleine Person.

In ihren Augen las er ihren seelischen Aufruhr: *Das wird mir eine merkwürdige Ehe, wenn Ihr es nicht einmal ertragen könnt, sie zu vollziehen.* Sie schüttelte den Kopf, genau wie sein Streitross, wenn er die Zügel zu locker ließ.

»In solchen Fällen wird die Eheschließung für nichtig erklärt«, fuhr sie törichterweise fort, denn sie hatte keine Ahnung, welch gefährlichen Pfad sie mit ihren Worten beschritt. »Vielleicht ist es gut, dass ich Euch nicht gefalle, werter Graf.«

Ihre Stimme klang so beiläufig, als ginge es um so lästige Dinge wie Fliegen, Feuerholz oder Küchenangelegenheiten und nicht um seine Mannhaftigkeit oder etwas dermaßen Bedeutsames wie ihren ewigen Treuebund. Betont ruhig und langsam – mit äußerster Beherrschung – erwiderte er: »Ich habe weder von Eurem Aussehen noch von meiner persönlichen Einschätzung gesprochen.«

»Diese Tatsache ist mir bewusst. Gewiss wünscht Ihr mich nicht um meiner selbst willen zu heiraten, sondern wegen Camrose und um dem König einen Gefallen zu erweisen.«

»Meine Beweggründe für diese Eheschließung sollen Euch nicht kümmern.«

Sie lachte freudlos.

»Sorgt Euch nicht um die Vollziehung dieser Ehe, Mylady. Ich gebe Euch mein Wort: diese wird so häufig stattfinden, dass den Bediensteten keine Zeit bleibt, die Laken zu wechseln.«

»Ha!«

Da war es wieder. Dieses eine Wort, das sein Blut zum Sieden brachte. Sein Zorn war so maßlos, dass es ihm fast die Kehle zuschnürte. Er musterte ihr betont hochnäsiges Gesicht mit finsterem Blick. »Noch ein Wort, mein Fräulein, und ich werde unsere Vereinigung vor dieser Burgmauer vollziehen.«

12

»Wie froh ich doch bin, dich umgeben von Frieden und Ruhe vorzufinden, mein Freund.«

Beim Klang von Roger FitzAlans spöttischer Stimme riss Merrick seinen düsteren Blick von Clio.

Roger stand im Schutz eines Torbogens, eine Schulter an die Turmmauer gelehnt, einen Fuß lässig auf die Steinstufen gesetzt, die zur Brustwehr führten.

Er trat aus dem Schatten und musterte Merrick mit einem durchtriebenen Glitzern in den Augen und einem schadenfrohen Grinsen, das sein adrett gestutzter roter Bart kaum verbarg.

Merrick sah an Clio hinunter. Sie stand auf Zehenspitzen neben ihm und erwiderte seinen wütenden Blick. Auf den zufälligen Beobachter wirkten sie wie zwei kampfbereite wilde Stiere.

Von Verärgerung übermannt, hatte er keinen Gedanken darauf verwandt, wo sie sich befanden und wer in der Nähe war. Er war unsäglich wütend gewesen.

In der Tat waren sie umgeben vom Lärm und der Betriebsamkeit der Burghandwerker. Die Männer brüllten einander Anweisungen zu, die Aufseher überwachten den reibungslosen Nachschub von Baumaterial, das fortwährend zur Burg geschleppt wurde.

Die Schmiedehämmer hallten von fern wie klirrende Kampfschwerter auf einem Schlachtfeld. Seilwinden ächzten, während sie die schweren Mörtelbehältnisse zu den Zinnen hochzogen, wo frisch verfugter, von hohen Holzgerüsten umgebener Stein das neue Mauerwerk von Camrose zu einem stärkeren Bollwerk machte als jede andere Trutzburg im Grenzland.

Nachschubkarren rumpelten quietschend durch die Tore, Männer trieben die Ochsengespanne an. Riesige, mit Arbeitern beladene Wagen schafften die flachen Steinplatten herbei, die die neuen Schießscharten auskleiden sollten. Als diese über die alte Holzbrücke rollten, die den frisch geleerten Burggraben überspannte, knackten und ächzten die Räder unter ihrer Last.

Roger trat zu ihnen und klopfte Merrick auf die Schulter. »Jetzt fehlen dir nur noch die Waliser.«

Manchmal konnte sein Freund verflucht ätzend sein – wie beispielsweise jetzt.

Roger wandte sich zu Clio, nahm höflich deren zierliche Hand und verbeugte sich tief, während er ›die Schönheit ihrer rosig überhauchten Wangen‹ pries. Sie mit seinen Blicken verzehrend, hob er behutsam ihre Finger an seine Lippen, drehte ihre Hand und küsste deren Innenfläche.

Schon des Öfteren hatte Merrick festgestellt, dass sein Freund sich dieser Geste bediente, wann immer ihm der Sinn nach galanter Schmeichelei stand. Darüber hinaus kannte er Roger gut genug, um zu wissen, dass er damit eine bestimmte Absicht verfolgte. Und das hatte nichts mit Clio zu tun, sondern einzig mit der Tatsache, dass er Merricks Eifersucht schüren wollte.

Es funktionierte.

Merrick verspürte den drängenden Wunsch, seinen Stiefel in Rogers lederbedecktes Hinterteil zu stemmen und zuzutreten – fest, versteht sich.

Clio strahlte so zauberhaft, wie sie ihn kaum je anstrahlte, völlig in Rogers romantischen Bann gezogen, was keineswegs dazu beitrug, Merricks Mütchen zu kühlen.

Dann lud sie Roger liebenswürdig ein, sie zur Abendmesse zu begleiten und das Nachtmahl mit ihnen einzunehmen.

Über ihren weißblonden Schopf hinweg zwinkerte Roger Merrick zu.

Seit Merricks erstem Abend auf der Burg hatten sie keine weitere Mahlzeit gemeinsam eingenommen. Sie kam nie nach unten, selbst nachdem er zum Ausdruck gebracht hatte, dass er sie zu sehen wünsche. Unfähig sich zu beherrschen, musterte er sie zornfunkelnd.

Sie entschuldigte sich rasch, dass sie den geschätzten Grafen mit seinem defekten Brunnen allein lassen müsse, und ehe Merrick sie aufhalten konnte, eilte sie in Richtung Haupthaus.

Rogers Blick ruhte auf ihm. »Was ist denn mit eurem Brunnen geschehen?«

»Nichts, was sich nicht leicht beheben ließe.«

»Bist du sicher? Ich kann dir helfen. Es macht mir nichts aus, meinen Teil dazu beizutragen.«

»Das bezweifle ich nicht«, knurrte Merrick. »Du scheinst zu glauben, dass du an allem teilhast.«

Roger lachte. »Nicht an allem, mein Freund. Nur insoweit, als du zu dickköpfig bist, die Gunst der Stunde zu nutzen.«

Merrick hörte ihm nur mit halbem Ohr zu, da er entrückt beobachtete, wie sie sich wiegenden Schrittes einen Weg durch das emsige Treiben bahnte, vorbei an stämmigen Gäulen, schnatternden Gänsen, die ihn in den Knöchel gezwickt hatten, und Hunden, die die ratternden Karren ankläfften.

Er war sich sehr wohl bewusst, dass Roger sie ebenfalls betrachtete, und er spürte den forschenden Blick, mit dem sein Freund ihn bedachte. Und Merrick vermochte diesem genauso wenig auszuweichen wie dem Sonnenlicht. Also stand er schweigend da, verunsichert und aufgewühlt wie vor einer Schlacht.

Sie passierte einen Ochsenkarren, der riesige Mühlsteine und Eisenstäbe für die neue Zugbrücke geladen hatte. Neben dem gewaltigen Fuhrwerk wirkte sie zerbrechlich und weit entfernt, beinahe unerreichbar für ihn.

Nachdem der Wagen weitergerollt war, verlor Merrick sie aus den Augen. Doch aus seinen Gedanken konnte er ihr Bild ebenso wenig verscheuchen wie den starken Eindruck, den diese kleine Person bei ihm hinterließ. Er stellte sich ihre schmalen, gestrafften Schultern vor, das stolz erhobene Haupt und den langen blonden Zopf, der bei jedem ihrer Schritte vorwitzig hin und her wippte.

Für Augenblicke dachte er abermals an jenen ersten Abend auf Camrose, als er und Roger ihre Kammer auf dem Söller aufgesucht hatten. Im Licht der brennenden Kerze hatte sie ihr übermütiges Possenspiel zum Besten gegeben.

Als er Roger erklärte, dass ihn ihr Aussehen nicht kümmere, hatte das der Wahrheit entsprochen. Doch bei ihrer ersten Begegnung hatte er seine Meinung schlagartig geändert.

Sie war klein. Ihr Schopf reichte ihm nicht einmal bis zur Schulter. Und doch faszinierte ihn ihre Gegenwart mehr, als er sich selber eingestehen mochte. Als ob ein Riese den Raum betreten und die Wände zum Erzittern bringen würde. Ein erhebendes Gefühl, das er nicht zu ergründen vermochte.

Während er in dem Halbrund des Türrahmens stand, war ihm als Erstes ihr Haar aufgefallen. Es hatte ihre Knie umschmeichelt, seidenweich und von einem silbernen Schimmer, wie er ihn nur einmal zuvor gesehen hatte – als er unter dem violetten Nachthimmel der Wüste gelegen und einer Schlacht im Morgengrauen geharrt hatte.

Der nächtliche Himmel war von Hunderten von Sternschnuppen übersät gewesen. Noch nie hatten seine Männer etwas Vergleichbares wahrgenommen. Einige sanken auf die Knie, legten ihre Beichte ab, da sie den Weltuntergang befürchteten.

Andere tranken zu viel Wein und vermochten sich späterhin nicht mehr des Naturschauspiels zu erinnern. Merrick hingegen hatte fast die gesamte Nacht auf einer Pritsche vor seinem Zelt verbracht und den glitzernden Sternenregen bewundert.

Genau wie jetzt, da er das Traumbild einer kleinen Frau bewunderte.

13

An jenem Abend saß Clio flankiert von Merrick und Sir Roger an der Ehrentafel im Rittersaal und musste gegen ihre Müdigkeit ankämpfen, um nicht vornüber auf ihren Teller zu sinken.

Das pikant gewürzte Kaninchen und die wilden Trüffel waren zusammen mit dampfendheißen Wachteln am Spieß aufgetragen worden. Doch die beiden Männer nahmen keine Notiz davon. Stattdessen erörterten sie, wie viele Felsbrocken von einem Katapult geschleudert werden müssten, um ein Loch in die ein Meter dicke Burgmauer zu sprengen.

Der Duft goldbrauner Zwiebeln und gedünstetem Gemüse erfüllte die Luft, draußen ertönte der Hörnerklang der Burgherolde, während Sir Merrick und Sir Roger die günstigsten Maße für die neuen Schießscharten besprachen – breiter auf der Innenseite, so dass der Schütze sein Ziel ins Visier nehmen konnte, länger als früher für die Langbögen – waagerechte Schlitze waren erforderlich für einen wirksameren Beschuss, und schließlich einigten sie sich zusätzlich auf runde Öffnungen für die größeren Armbrüste.

Einige hübsche Glasfenster oder das früher verwendete, polierte Horn hätten keinen praktischen Nutzen für die Befestigung von Camrose, meinte Merrick. Die beiden lachten über den törichten Vorschlag. Schließlich wusste jeder, dass sie zerschellten, sobald sie ein feindliches Wurfgeschoss traf.

Clio stellte fest, dass ihre Gedanken verdächtig oft um Wurfgeschosse kreisten.

Ihr Kinn auf die geballte Faust gestützt, stellte sie sich insgeheim vor, wie ihr Verlobter wohl mit goldbraun gebratenen Zwiebelringen im Haar aussähe.

Als Sir Rogers Knappe aufstand, um die Laute zu spielen, marschierten die Bediensteten aus der Küche, beladen mit Obstplatten und Mandelcreme mit Honigbirnen. Doch die beiden Männer an Clios Seite schenkten dem Dessert keine Beachtung.

Unbeirrt setzten sie ihre Diskussion fort, tauschten sich über die unterschiedlichen Katapulttypen aus, die neuesten Techniken der Tunnelgrabung und die richtige Stärke und Länge von Baumstämmen für die besten Rammböcke.

Clio starrte auf den Bissen Pudding auf ihrem Silberlöffel mit dem falkenförmigen Griff. Wenn sie den Löffelstiel mit der Faust umklammerte, dann die andere Hand nahm und diesen zurückbog, würde die Creme durch die Luft sausen …

»Vielleicht möchte Lady Clio ein Lied für uns singen«, schlug Sir Roger unvermittelt vor und wandte sich ihr zu.

Sie ließ den Löffel in ihren Schoß fallen. »Ich? Singen?« Sie hob den Löffel auf und wischte die Creme von ihrem Kleid.

Als sie aufblickte, sah sie, dass Bruder Dismas fluchtartig den Saal verließ, sein Gesicht bleich und verkniffen. Wie aus heiterem Himmel musste er Kerzen entzünden und Gebete sprechen, die keinen Aufschub duldeten.

Thud brach mit der ihm eigenen Hast auf – ›um die Schweine zu füttern‹ –, und selbst Thwack bewegte sich flinker, als Clio ihm zugetraut hätte. Aus ihrem Augenwinkel bemerkte sie, dass einige der ihr bekannten Anwesenden sich rasch entschuldigten, und auch die Dienerschaft zog sich behutsam zurück.

Sie kannten sie gut. Zu gut.

Der Gesang war Clio nicht in die Wiege gelegt worden. In der Tat hatte ihr Vater ihr das Singen untersagt, nicht einmal summen durfte sie in seiner Gegenwart.

»Ich kenne keine Kriegsballaden.« Sie sah Merrick durchdringend an.

»Es ist doch nur zu unserer Unterhaltung, Mylady.« Sir Roger lächelte. »Sicherlich werdet Ihr uns mit einem Lied erfreuen. Einerlei mit welchem.«

Merrick musterte sie so aufmerksam, als hätte er sie gerade erst bemerkt. Sie wollte ablehnen; doch dann zogen die vergangenen, sich endlos dahinschleppenden Stunden des Nachtmahls an ihrem geistigen Auge vorüber.

Geschah ihnen ganz recht, wenn sie sang. Als ihre Augen forschend durch den Raum glitten, bemerkte sie die erwartungsvollen Blicke der Knappen. In der Tat, jetzt, da sie bewusst darauf achtete, hatte jeder Mann im Saal diesen Ausdruck männlich überheblicher und stolzgeschwellter Erwartung angenommen – als wollten sie ihr zu verstehen geben: *Jetzt bin ich bereit, mich von dieser Frau erfreuen und unterhalten zu lassen.*

Sie spürte, wie sie ein köstliches Gefühl der Genugtuung durchströmte. Langsam und ausgesprochen würdevoll erhob sie sich, dann deutete sie einen Hofknicks an. »Es wäre mir ein Vergnügen, solch tapfere Ritter zu unterhalten.«

Sie schlenderte zu einer Bank nahe dem Kamin, wo der Lautenspieler saß und eine getragene Melodie anstimmte. Sie beugte sich zu ihm hinunter und nannte ihm ihr Lied. Dann hub sie an:

Drei Männer kamen von Kent daher
Zu säen fruchtbare Ähren …

Die Männer saßen zu Stein erstarrt, den Mund geöffnet wie Dorftrottel. Sie hörte ihre eigene Stimme, so schrill und kratzig wie eine Metallsäge. Jedes ihrer Worte hallte von den hohen Deckengewölben des Saals wider. Aus ihrem Augenwinkel bemerkte sie, dass der Lautenspieler sein Gesicht verzog, sobald sie ihre Stimme erhob.

Und diese drei Männer taten den Schwur:
John Barleycorn solle sterben.
Mit einem Pflug erschlugen sie ihn
Dann wollten sie ihn begraben
In der Erde, wo nimmermehr er sich rührte …

Sir Roger sah aus, als wolle er sich die Ohren zuhalten, dennoch gelang ihm ein schwaches, gequältes Lächeln, als sie zu ihm trat und eine besonders hohe Note anstimmte.

Draußen flogen Scharen von Vögeln von Camrose fort. Die Schweine im Stall verbargen ihre Schnauzen im Heu, grunzten und schnaubten kläglich. Das Vieh wurde unruhig, die scheuenden Pferde rammten die Gatter in dem Versuch, dem Lärm zu entfliehen.

Drinnen war Clio hinter ihren Verlobten getreten,

und ihre Darbietung wurde zunehmend höher, schriller und lauter.

Erstaunlicherweise verzog der Mann keine Miene. Vermutlich bedurfte es mehr als ihres Gekrächzes, um diesen Dickschädel zu einer Regung zu bewegen. Aber Clio würde nicht aufgeben.

Unbekümmert stimmte sie den fünften Vers an.

Wenn sie sich recht besann, war es das längste Lied, das sie kannte.

Beim zehnten Vers – ein oder zwei Männer hatten inzwischen qualvoll aufgestöhnt, ein mutiger Bursche seinen Kopf auf die Tischplatte gelegt – stand sie inmitten des Rittersaals und schmetterte aus vollem Hals:

Barleycorn ist die beste Saat
Die jemals gesät im Land.
Denn es täte dem Herzen ach so gut
Zu nehmen des Menschen Hand.

Clio beendete den letzten Vers. Der Lautenspieler hatte bereits zwei Verse zuvor aufgegeben.

Sie bedachte die Anwesenden mit einem unschuldigen Lächeln, dann machte sie eine tiefe Verbeugung. »Nachdem Ihr nun die gewünschte Unterhaltung hattet, werde ich mich zurückziehen.«

Sie drehte sich um und rauschte hoch erhobenen Hauptes aus dem Saal.

Betretenes Schweigen legte sich über den Rittersaal, einzig die auf den Steinstufen verhallenden Schritte von Lady Clio und das Knistern der dicken Holzscheite im Kamin untermalten das dumpfe Rauschen in den Ohren der Männer. Alle Anwesenden trugen das gleiche Mienenspiel zur Schau – tiefe Verwirrung … gepaart mit Pein.

Ein plötzliches Klappern vor dem Saal, und die Tür flog mit einem lauten Knall auf – ein erlösendes Geräusch für diejenigen, die der Gesangsdarbietung beigewohnt hatten. Drei der Turmwachen, die Späher, stürmten herein.

Der Größte von ihnen baute sich vor dem Grafen auf. »Es gibt Schwierigkeiten, Mylord.« Der Mann war völlig außer Atem.

»Was?«

»Die Burgmauern, Mylord.«

Roger beugte sich zu Merrick vor und flüsterte, weil er vermutlich seine eigene Stimme nicht hörte. »Vielleicht hat die Stimme von Mylady die Ringmauer zum Einsturz gebracht.«

»Das würde mich nicht überraschen.« Merrick stöhnte auf, da sein eigenes Gehör immer noch in Mitleidenschaft gezogen war. »Ich denke, ich habe einen Gehörsturz erlitten.« Erneut blickte er zu den Wachen. »Was ist passiert?«

»Wölfe, Mylord.«

»Wölfe?«

»Ganz recht.« Nacktes Entsetzen spiegelte sich in den Zügen des Wachtpostens. »Vor den Mauern sind Wölfe.«

Für Augenblicke schwiegen Merrick und Roger; schließlich lachte Roger schallend, und Merricks Lippen verzogen sich zu einem angedeuteten Grinsen.

»Rudel von Wölfen, Mylord.«

Lauthals lachend trommelte Roger mit den Fäusten auf den Tisch.

Mit todernstem Gesicht sah der Wachtposten zu Merrick und fügte hinzu: »Die Wölfe heulen an der Burgmauer, als bellten sie den Mond an.«

Tags darauf vereitelte Graf Zankapfel Clios Vorhaben, einen Kräutergarten anzulegen, stattdessen wollte er einen Lagerraum für Pfeilköcher und leere Pechgefäße einrichten. Sie stand am Fenster ihrer Kammer und starrte auf das Zeltlager in der Ferne. Es erstaunte sie, dass keine Rammböcke aus den Zelten lugten, nur um eine wirkungsvolle Verteidigung zu gewährleisten.

Er traf sich mit Meister James von St. George, dem Architekten und Baumeister, und hatte einen Diener zu ihr geschickt, der sie hinzuholen sollte. Vermutlich besprachen die beiden Männer soeben, wie sie mit Hilfe von Clios Kleiderhaken den Walisern die Köpfe abschlagen konnten.

Sie stützte ihre Arme auf den Fenstersims und betrachtete den Himmel. Keine Regenwolke in Sicht.

Zyklop schlummerte friedlich in einer Ecke. Weit und breit keine herumstromernde Katze. Pfiff thronte auf seinem Kopf.

Tief seufzend blickte Clio zu dem Zelt und stellte es sich überschwemmt vor. Entsetzlich, dass die Sonne heute so herrlich schien. Regen hätte sie weitaus fröhlicher gestimmt.

Sie sank auf die weiche Strohmatratze in ihrem Bett und spielte eine Zeit lang mit ihrem Rosenkranz. Gelangweilt legte sie diesen irgendwann beiseite, schlenderte durch ihre Kammer und wiederholte das griechische Alphabet: Alpha, Beta, Gamma, Delta …

Lediglich zum Zeitvertreib murmelte sie das französische Alphabet. Sie tanzte die Kapriole, während sie französische Verben konjugierte, dann brachte sie einige Verse aus dem Johannes-Evangelium in Latein zu Papier.

Mehr als zwei Stunden nachdem der Diener sie hatte abholen sollen, verließ Clio ihre Kammer.

14

»Sir Merrick ist aufgebrochen, Mylady.«

Clio stand Sir Isambard gegenüber, einem kräftigen Mann mit langem, lockigem braunem Haar, einer breiten Nase und bernsteinfarbenen Augen, die sie an einen Wolf erinnerten. Sein gestrenges Gesicht gab keine seiner Regungen preis; er wirkte stets ernst und unnahbar.

Er war verantwortlich für Merricks Soldaten, und obschon kein Hüne wie Merrick oder Sir Roger, war er so stämmig wie ein Preisbulle und schien es mit einer ganzen Armee aufnehmen zu können.

»Er ist aufgebrochen?« Clio stellte sich auf Zehenspitzen, um an Sir Isambard vorbei über das Feld spähen zu können. Das Zelt war genauso verschwunden wie einige Männer und Pferde. »Wohin?«

»Er hat es mir nicht gesagt, Mylady.« Kerzengerade und fest wie eine alte Eberesche stand der massige Ritter vor den Burgtoren. Sein langes Schwert riegelte den geöffneten Teil des Tores ab, um sie am Passieren zu hindern.

Sie trat zurück und fragte: »Wo ist Meister James?«

»Er sieht sich die Ringmauer an, Mylady.«

»Gut, dann werde ich mich selbst auf die Suche begeben.« Sie raffte ihre Röcke und wollte an dem Schwert vorbeitreten.

Der Ritter stellte sich ihr in den Weg.

Sie bedachte ihn mit dem gleichen Blick, der ihr von Eleonore, mittlerweile Königinmutter, und der Äbtissin, Eleonores Cousine, zuteil geworden war. »Lasst mich passieren.«

»Der Graf hat den Befehl erteilt, dass Ihr die Burg nicht verlassen dürft.«

»Was hat er?«

»Er befahl, dass Ihr in den Burgmauern bleiben müsst.«

»Das muss ich gewiss nicht.« Sie wollte unter dem Schwert hindurchschlüpfen, doch der Ritter senkte es. »Nehmt diese Waffe beiseite.« Clio fuchtelte mit der Hand, als wollte sie eine lästige Fliege verscheuchen.

»Tut mir Leid, Mylady, aber das darf ich nicht. Ich habe meine Befehle.«

»Ich habe Euch soeben einen Befehl erteilt.«

»Gewiss.«

Sie machte einen Schritt in Richtung Tor.

Er bewegte das Schwert. »Bedaure, aber ich darf Euren Befehl nicht befolgen.«

Clio blickte zu ihm auf. Sie hätte ebenso gut gegen eine Wand reden können. Sie wartete einen Augenblick, da sich aber keine wundervolle Idee einstellen wollte, wirbelte sie herum und marschierte davon, unzählige Überlegungen schwirrten ihr durch den

Kopf. Schließlich verlangsamte sie ihre Schritte und verschränkte die Arme auf dem Rücken. Sie blieb stehen und drehte sich wie zufällig um. »Mögt Ihr Bier, Sir?«

»Gewiss«, antwortete er mit unbeteiligter Miene.

»Gut.« Sie lächelte. »Ich werde eine der Mägde anweisen, Euch einen Krug zu bringen.«

»Ich weiß es Euch zu danken, Mylady.«

Aha! dachte Clio und verkniff sich ein äußerst zufriedenes Lächeln. Manchmal konnten Männer so einfach sein. Man musste lediglich ihre Schwachstelle finden.

»Sobald meine Wache endet«, fügte Sir Isambard hinzu.

Insgeheim stöhnte sie auf, dann versuchte sie es abermals. »Habt Ihr denn keinen Durst, Sir?«

»Gewiss.«

»Gut, dann hole ich ...« Sie drehte sich um.

»Aber nicht auf Bier, Mylady. Nicht, solange ich Wache halte.«

Sie blieb stehen. Der Mann war unbestechlich. Verblüffend. Verdrießlich trat sie den Rückweg an.

»Mylady?«

Sie verharrte und spähte über ihre Schulter zu ihm.

»Ein Becher Wasser wäre mir willkommen.«

»Wasser«, wiederholte sie mürrisch.

»Ganz recht. Wasser aus Mylords neuem Brunnen.«

Sie nickte. Wasser, sinnierte sie. Aus Mylords neuem Brunnen. Sie schlenderte zum Haupthaus zurück und wies einen Diener an, Sir Isambard Wasser zu bringen.

Kurz darauf befand sie sich im Rittersaal und stieg die Stufen zu den oberen Kammern hinauf. Auf dem Treppenabsatz blieb sie stehen und blickte hinunter zum Tor. Der alte Ritter hielt weiterhin Wache, starr und unbeweglich wie die Wehrtürme hinter ihm.

Also erteilte seine Lordschaft Befehle, dass sie die Burg nicht verlassen durfte. Stirnrunzelnd blickte sie durch die Fensteröffnung. Sie war eine Gefangene.

Keine erbauliche Vorstellung. Und sie verabscheute die hochnäsige Art, mit der er sie bevormundete. Es gab keinen Grund, warum sie das Tor nicht passieren sollte. Für gewöhnlich verbrachte sie viele Stunden in den Wäldern und sammelte dort Kräuter und Wurzeln. Was erwartete er eigentlich? Eine Horde von Ungläubigen, die um die Burgmauern schlichen und sie entführten?

Das hier war nicht das Heilige Land. Er hatte sich zu lange unter sengender Sonne und auf dem Schlachtfeld aufgehalten. Glaubte er, dass überall Feinde lauerten?

Inbrünstig seufzend verschränkte sie ihre Arme auf dem Fenstersims und stützte ihr Kinn auf. Sie starrte zu der Torwache. Unter gar keinen Umständen würde er sie passieren lassen.

Verdrossen trommelte sie mit ihren Fingern auf den Steinsims. »Was wäre, wenn ich auf dem Wehrgang direkt über dem Wachtposten stehen und einen Kübel … hmmmm … frischer Aale über ihm ausleeren würde? Nicht übel. Oder einen Eimer mit stinkenden Flunderschwänzen? Vielleicht …«

Wie sich herausstellte, musste Clio das Haupt des

getreuen Ritters nicht mit Fischabfällen martern, um ihre Freiheit zu erlangen.

Stattdessen kam ihr eine ausgesprochen wundervolle Idee!

Sie verbarg ihre Flechten unter einem dicken Leinentuch und wand dieses wie einen Turban um den Kopf. Gesicht und Hände rieb sie sich mit dem färbenden Mark von Walnüssen ein, die in der Kornkammer lagerten.

Als sie fertig war, sah sie aus wie ein Türke. Beinahe. Sie vervollständigte ihre Tarnung mit einer langen, gestreiften Robe, die sie in der Burgwäscherei stibitzte.

Dann galoppierte Clio auf Lord Merricks geliebtem Araberhengst durch die Burgtore.

Niemand schöpfte Verdacht. Sie wollte sich schon zu ihrem ausgesprochen gelungenen Plan gratulieren, als sie einen Blick über ihre Schulter warf.

Pfiff kauerte auf dem Schweif des Pferdes. »Pfiff!«, zischte sie. »Verschwinde.«

Doch er klammerte sich mit Schnabel und Krallen fest und wippte so vergnügt hin und her wie sonst an ihrem Zopf.

Sie blickte nach vorn. Das Außentor lag direkt vor ihr. Das Glück war ihr hold gewesen, dass keiner den Habicht bemerkt hatte, da die Männer sich des Öfteren über ihre Lieblinge lustig machten.

Sie glitt vom Pferd, bückte sich, als untersuche sie einen Huf, dann richtete sie sich auf und schlenderte zum Schweif des Tieres. Sie schob ihr Gewand auseinander und flüsterte: »Versteck dich hier!« Daraufhin packte sie Pfiff und verbarg ihn unter ihrer weiten Robe.

Als sie erneut aufsaß, lenkte sie das Pferd vorwärts, Pfiff kauerte sich an ihre Seite. Gemächlich ritt sie durch die Tore und mischte sich in das bunte Treiben.

Es ist beinahe zu einfach, überlegte sie. Sobald sie außer Sichtweite war, sprang sie vom Pferd und öffnete ihr Gewand. Pfiff hüpfte auf ihre Schulter, und gemeinsam schlenderten sie über die sanften Hügel und das so sattgrüne Gras, dass es ihre Schritte beflügelte.

Pfiff trippelte von ihrer Schulter auf ihren Arm. Dann flatterte er auf den Kopf des Arabers und blieb vergnügt dort hocken. Sie lachte. Pfiff schien die Schönheit der freien Natur ebenso zu genießen wie sie.

Augenblicke später raffte sie ihr Gewand und rannte mit entblößten Beinen durch den herrlichen Sonnenschein.

Frei! Endlich frei!

Aus reiner Lebensfreude streifte sie ihre Schuhe ab und umkreiste ausgelassen das Araberpferd, das ihr gefolgt war und in einem lauschigen kleinen Tal zwischen zwei grünen Anhöhen graste.

Der Tau lag noch auf dem satten Gras; er war kühl und kitzelte ihre nackten Fußsohlen. Jauchzend wirbelte sie herum und warf spielerisch ihre Arme hoch.

Ihr Lachen klang heiter und befreit und schien die Luft zu erfüllen wie zarter Blütenduft. Sie blickte auf zum Himmel hoch über ihr, schloss die Augen und genoss ihre Freiheit in vollen Zügen.

Es war ein ruhiger, friedvoller Tag. Der Himmel war tiefblau, die Wolken zogen dahin wie Herden weißer Schäfchen. Die Luft war klar und rein und roch würzig. Hier und da ein leises Geräusch: das Klingeln eines Schafglöckchens, der Flügelschlag der wilden Schwäne, der entfernte Schrei eines Regenpfeifers.

Sie schritt über den nächsten Hügel, und das Pferd folgte ihr wie Thud die schnüffelnden Schweine. Hier, in der Nähe des Waldes, waren die frisch gemähten Weiden noch dichter, noch satter und von Glockenblumen übersät.

Am Saum des Forsts hockten Spechte in den Jahrhunderte alten Eichen, Spatzen und Lerchen flatterten von Ast zu Ast. Aus den Tiefen des Waldes drang das unermüdliche Summen und Brummen der Insekten, vergleichbar geheimnisvollem Sirenengesang, der ihr zuraunte: »Komm, komm … komm … komm …«

Sie band Lord Merricks prachtvolles Araberpferd an den Ast einer riesigen Kastanie.

Einer Rosskastanie.

Das fand sie ausgesprochen lustig. Sie streckte Pfiff ihre Hand hin, doch er beachtete sie nicht. Er war überglücklich, auf dem Pferderumpf herumhüpfen zu können. »Gut, mein gefiederter Freund. Dann bleib hier.«

Sie streichelte zuerst ihn, dann die Nüstern des Arabers, und trat in den Wald hinein, ihre Robe gerafft und beschwingten Schrittes, während sie aus dem Stegreif ein Lied über die durchtriebene Schläue einer Frau trällerte.

Die feuchte Kühle des Waldes umfing sie; die Moose und Flechten dufteten so frisch und würzig, als könnten sie ihrem Bier die geheimnisumwitterte

Kraft verleihen. Unter einem knorrigen Baumstamm fand sie einige aromatische Schösslinge und Wurzeln, die sie in einem Lederbeutel sammelte, der an einer zierlichen Silberkette an ihrem Gürtel befestigt war.

Dann ging sie weiter, tiefer in den Wald hinein.

Hier standen die Bäume so dicht, dass sie das Sonnenlicht abschirmten. Im dunklen, feuchten Dickicht des Waldes wuchsen wilde Pilze unter Eichen, Buchen und den riesigen Baumkronen der Ulmen, die alles in nächtliche Finsternis hüllten, obschon es erst Mittag war.

Als sie eine Lichtung erreichte, auf der wilde Stiefmütterchen und weiße Reseda wuchsen, blieb sie stehen. Sie bückte sich, und während sie einen hübschen Strauß Geißblatt pflückte, dachte sie einzig an ihre romantischen Träume von Sir Merrick, dem berühmten und tapferen Ritter, der sie im Sturm erobern sollte. Sie hatte in der Tat gedacht, dass er ein Mann der Dichtkunst und der feinsinnigen Worte wäre, ein Mann, der ihr sein Herz zu Füßen legte.

Hätte sie doch nur geahnt, dass er weder schmeichelte noch galant war. Seine Äußerungen beschränkten sich auf Befehle oder Fragen. Er war nicht grausam, aber auch nicht höflich, liebenswürdig und aufmerksam.

Er öffnete ihr nicht sein Herz, noch offenbarte er sich ihr. Sie wusste nicht, wer er war. Ihr war lediglich bewusst, dass er so entsetzlich anders war als sie. Mittlerweile fragte sie sich, ob er überhaupt ein Herz hatte.

Seufzend sann sie darüber nach, wie alles hätte sein können, dachte an die Träume, die auf so erschreckende Weise Wirklichkeit geworden waren, und an ihre Ängste vor der Zukunft, die manchmal so tief waren wie diese finsteren Wälder.

Schließlich hörte sie auf zu grübeln und ging weiter. Bald schon wich die Finsternis, der Pfad zwischen Bäumen und Büschen wurde lichter, die Luft wärmer und angenehmer. Die Sonne funkelte durch die Zweige. Schlanke Weiden, umschlungen von Klematis und wilden Kletterrosen, bogen sich über dem schmalen Weg.

Golden brach sich das Sonnenlicht in den Ranken, Blütenblätter schwebten durch die Lüfte wie ein Elfenreigen. Die Natur schien verzaubert.

Sie beschritt den Pfad, als wäre er ein Brautgang. Dieser führte zu ausgedehnten Auen, durch die sich ein Fluss schlängelte, herab von den fernen glutroten Bergen, deren Gipfel von ewigem Eis bedeckt waren.

Im Schatten einer Weißdornhecke ließ sie sich nieder und lauschte dem Rauschen des Wassers.

Sie zog ihre Knie an und umschlang sie mit ihren Armen, bohrte ihre nackten Zehen in das sattgrüne Gras, während sie eine kleine braune Wasserratte beobachtete, die am Ufer entlang huschte und im Farndickicht verschwand.

Das Gurgeln des Wassers war so erquickend wie ein Becher kühles Quellwasser an einem heißen Sommertag. Helle Sonnenstrahlen fielen durch das Geäst und wärmten ihre Schultern. Ihr Gesicht der Sonne zugewandt, erinnerte sie sich wieder an den färbenden Walnusssaft.

Sie lachte über das Gelingen ihres Plans, löste ihr Haar und kniete sich ans Ufer. Als eine hell gesprenkelte Forelle die Wasserfläche durchbrach und eine Fliege fing, beflügelte sie der Gedanke an eine köstliche Forelle zum Nachtmahl.

Clio beugte sich über das moosbewachsene Ufer und wusch ihr Gesicht und ihre Hände in dem kalten, glasklaren Wasser. Die Augen fest zusammengekniffen, tastete sie die feuchte Böschung nach dem Leinentuch ab, um ihr Gesicht von Nussschalensaft und Wasser zu befreien.

Auf Händen und Knien drehte sie sich um und krabbelte zu der Stelle, wo sie das Tuch hingeworfen hatte. Ihre Hand packte das Leinen, dann kroch sie zurück und beugte sich über den Fluss, umschmeichelt von ihrem gelösten Haar.

Während sie unmelodisch eine Ballade von einem geheimnisvollen Ritter mit grünem Pferd summte, der seine Herzdame eroberte, schrubbte sie sich energisch ihr Gesicht, dann warf sie das Tuch beiseite und legte ihre Handflächen auf die Uferböschung. Sie beugte sich vor und musterte ihr Spiegelbild auf der silbrigen Wasserfläche. Ihr Haar war im Weg, also strich sie es hinter die Ohren und spähte dann aufs Neue in die glasklaren Tiefen.

Über ihrer rechten Schulter tauchte schemenhaft das Gesicht eines Mannes auf.

Clio holte tief Luft und schrie.

15

Wie furchteinflößende Dämonen stürmten Waliser aus dem Gebüsch und hinter den Bäumen hervor.

Sie waren ein wilder Haufen, stämmige, raue Gesellen ohne Helm, deren Haar über den Waffengurten hing, die ihren Rücken bedeckten. Sie hatten beinahe mannshohe Langbögen geschultert, und keiner von ihnen trug einen Schutzpanzer.

Ihre ledernen Westen und Hosen waren von Wind und Wetter gegerbt, schmutzverkrustet und den Farben des Waldes entsprechend – braun und dunkelgrün. Die Männer trugen keine Sporen, saßen nicht hoch zu Ross, sondern waren barfuß wie die wilden Barbaren in den Heldengesängen der Barden, ihr Blick leer wie der eines soeben Verschiedenen.

Sie starrten sie an und lachten verächtlich, ein unangenehmes Lachen, das darauf hindeutete, dass sie keineswegs freundlich gesinnt waren.

Abermals schrie sie.

Es war jedoch nicht ihr Äußeres, das sie entsetzte, obschon sie wild und räuberisch wirkten. Drohungen ausstoßend kam die Horde näher, wie Verfolger, die langsam zum vernichtenden Schlag ausholen.

Der Mann, dessen Gesicht sich in der Wasserfläche gespiegelt hatte, packte sie bei den Schultern. Ein weiterer hatte ein walisisches Krummschwert mit doppelter Klinge gezückt.

Als sie die beiden Klingen bemerkte, erstarrte sie. Der Mann hinter ihr lachte siegesgewiss.

Unvermittelt überrumpelte sie ihn, indem sie sich ihm entwand, einmal fest zutrat und mitten durch zwei seiner Leute davonrannte.

»Rhys! Schnapp sie dir!«, brüllte einer.

Sie schaute nicht zurück. Ihr Gewand fest umklammernd, hetzte sie durch Wald und Flur. Aufgeschreckte Vögel erhoben sich in den strahlend blauen Himmel, vermittelten den Männern nur zu deutlich, wo sie sich befand.

Ihre Füße sanken in Laub und Tannennadeln, und ihr Atem ging in raschen, keuchenden Stößen; genau wie die Vögel verriet er die Richtung, in die sie lief.

Ihr Herzschlag dröhnte in ihren Ohren. Rasselnd rang sie nach Luft. Sie hörte sie hinter sich, wie schnaubende, wilde Tiere auf Beutejagd.

So nah.

Wie nah?

Ein Mann brüllte. Es klang, als wäre er dicht hinter ihr. Er rannte, rief, dass die anderen ihm folgen sollten. »Ihr dürft sie nicht verlieren! Owen! Nach Westen! Dort!«

O Gott …

»Lasst sie nicht entkommen!«

Ihre Brust drohte zu zerspringen, und ihre Füße schienen schwer wie Blei.

»Tötet sie!«, gellte einer von ihnen.

Sie töten?

Ihre Angst verlieh ihr die Kraft, in riesigen Sätzen voranzupreschen.

Aufgrund ihrer zierlichen Statur konnte sie durch das dichte Unterholz schlüpfen, das die stämmigen Männer umrunden mussten. Sie lief und lief, schneller und immer schneller.

Ein Pfeil surrte an ihrer Schulter vorbei und bohrte sich in einen Baumstamm.

Sie duckte sich und pirschte voran. Dann erreichte sie eine zweite Lichtung, sie kroch weiter und bog scharf nach links, als sie in der Ferne den Fluss und das offene Feld wahrnahm.

Ein weiterer Pfeil sauste haarscharf an ihrem Kopf vorbei, ein dritter vor ihre Füße. Sie spähte über ihre Schulter. Das war ein Fehler.

Sie stolperte und richtete sich wieder auf, um ihr Gleichgewicht zu halten.

Ein Pfeil traf ihr Schulterblatt. Schmerzhaft. Stechend.

Mit einem Aufschrei musterte sie ihre Schulter, sah das dicke Pfeilende, das aus ihrem Rücken herausragte.

Es war überaus seltsam. Es schmerzte entsetzlich, gleichzeitig jedoch fühlte sie sich weit entrückt, als wäre jemand anderem etwas zugestoßen und sie lediglich ein unbeteiligter Beobachter.

Beinahe mechanisch lief sie weiter. Sie würden sie überwältigen. Sie durfte nicht stehen bleiben. Dann musste sie sterben. Sie spähte zu dem Pfeil in ihrem Schulterblatt. Vielleicht starb sie allein aufgrund dieser Verletzung.

Ihre Schritte wurden schleppender, als verließe sie sämtliche Kraft. Sie hatte den festen Willen weiterzulaufen, doch ihr Körper schien ihr nicht mehr zu gehorchen. Ihr Atem ging kurz und schnell. Sie hörte sie nicht mehr hinter sich, doch vielleicht lag das an ihrem Herzrasen; es dröhnte in ihrem Kopf, in Brust und Ohren.

Blieb ihr nur noch ihr Mut. Ihr Körper hatte aufgegeben. Sie hatte keine andere Wahl, als diesen Männern gegenüberzutreten.

Sie würde ihnen mit einem Blick begegnen, der sie in die Tiefen der Hölle verdammte, selbst wenn es das Letzte wäre, was ihr zu Lebzeiten noch vergönnt war. Sie blieb stehen und drehte sich stolz erhobenen Hauptes um. Erhaben.

Dann vernahm sie ein lautes, grauenvolles Geräusch, das alles um sie herum in Erstarrung zu versetzen schien. Wahrhaftig, es war ein Schlachtruf, lauter als das Horn eines jeden Herolds.

»Ein de Beaucourt!«

Da war es wieder, es hallte von den Baumkronen wider, als gellten Tausende von Kriegern.

In Wahrheit war es indes nur eine dröhnende Stimme. Und sie erkannte diese, obschon der Klang von weither zu ihr zu dringen schien, als ob sie auf einer Klippe stünde, einzig umgeben von Wind, Wasser und Wogen. Ein errettender Schrei in Zeiten der Bedrängnis und Hoffnungslosigkeit.

Pferdehufe donnerten über den Waldboden, die Erde schien zu erzittern.

Ein Mann brüllte: »*Er cof am Gwent*!« Dann war er seltsam still, seine letzten Worte ein Flehen an eine alte keltische Gottheit.

Clio stand da wie eine Traumwandlerin.

Ein riesiges graues Schlachtross tauchte am Rand der Lichtung auf. Der Reiter war ein Ritter in voller Rüstung. Ein weiterer Schlachtruf, und er zog ein langes, glänzendes Kampfschwert, das Ross und Reiter eine grässliche, todbringende Aura verlieh.

Auch ohne den Schlachtruf hätte sie sofort erkannt, dass der Rote Löwe auf dem gewaltigen Streitross saß.

Merrick war hier.

Augenblicke später stürmte er mit tödlicher Entschlossenheit durch die Reihen der Waliser. Sein

Schwert funkelte im Sonnenlicht, als er es hoch über seinem Haupt schwang, um es dann auf ihre Angreifer niedersausen zu lassen.

Ein Mann schrie auf und ging zu Boden, ihm folgten zwei weitere. Pfeile prallten von seinem Brustpanzer ab und fielen zu Boden, wo sie von den riesigen, bedrohlichen Hufen seines Streitrosses zermalmt wurden.

Schwankend zwischen Ehrfurcht und Entsetzen beobachtete sie, wie er es mit den Geächteten aufnahm. Mit allen. Bis die letzten wenigen Waliser sich in den Wald flüchteten und um ihr Leben rannten, so wie sie nach dem ihren getrachtet hatten.

Dann waren sie allein, völlig allein auf der kleinen Lichtung. Er lenkte sein Pferd in ihre Richtung und gab ihm die Sporen.

Sie war sich der schlagartig eingetretenen Stille bewusst. Dem Schweigen des Mannes, der sie gerettet hatte. Die Luft um sie herum schien sie in einen Zustand der Schwerelosigkeit zu versetzen.

Ihr Verstand schien auszusetzen, ihre Sinne zu schwinden. Sie schloss die Lider, da die Welt vor ihren Augen verschwamm. Sie konzentrierte sich auf ihr Gehör. Das Knarren seines Sattels, das Klirren von Harnisch und Sporen, die Atemgeräusche der schäumenden Pferdenüstern.

Sie wusste, dass er auf sie zuritt. Sein Pferd kam mit jedem donnernden Hufschlag näher; es klang wie ein dumpfes Pochen. Genau wie ihr Herzschlag.

Schließlich gab sie sich einen Ruck und schlug die Augen auf.

Das Pferd war kaum eine Länge von ihr entfernt, er straffte die Zügel und rührte sich nicht, sondern verharrte schweigend und musterte sie durch die dunklen Schlitze in seinem Visier. Wie ein dünner Nebelfaden entwich sein rasselnder Atem durch die kleine Helmöffnung.

Noch immer hielt er sein Schwert umklammert.

Blut tropfte von der Klinge auf die besudelten Spitzen seines Panzerhandschuhs. Sie begriff das damit verbundene Ansinnen. Sie sollte sein blutiges Schwert verinnerlichen, ehe er es zurücksteckte. Als wollte er ihr eine Lektion erteilen: eine grauenvolle, unauslöschliche Erinnerung.

Sein Vorhaben zeigte Wirkung.

Er hatte keine Vorstellung, wie schmerzlich es sie berührte. Sie vermochte den Blick nicht abzuwenden, obschon es das Grässlichste war, was sie jemals geschaut hatte.

Wie angewurzelt blieb sie stehen, sie konnte sich weder rühren noch wegsehen.

Sie hatte ein wohlbehütetes Leben geführt, und die ihr bekannten Kriegslegenden waren von Romantik verklärt – stimmungsvolle Balladen, in denen Tapferkeit und Ritterlichkeit von Barden besungen wurde, die selber noch nie dem Tod ins Angesicht geblickt hatten.

Was sie soeben mit ansehen musste, barg nichts Ruhmvolles. Keine Romantik. Eine plötzliche Übelkeit bemächtigte sich ihrer, sie schluckte.

Er schob das Visier hoch und musterte sie mit einem Blick, der nichts Gutes verhieß. Eisig und stahlblau, seine Verärgerung kaum verhehlend.

Sein freier Arm ruhte scheinbar lässig auf dem Sattelknauf. Dennoch bemerkte sie seine innere Anspannung, die ihn beinahe zu zerbersten drohte.

»Ich bin kaum ein paar Stunden fort, und schon schafft Ihr es, Euch beinahe umbringen zu lassen.« Seine Stimme klang unangenehm hohl und schleppend.

Sie wollte etwas erwidern, fand jedoch keine Worte. Also stand sie nur da, erstarrt, verschreckt, schützend die Arme vor der Brust, den Blick auf das blutige Gemetzel gerichtet. Schließlich schloss sie die Augen und verharrte steif und benommen.

Augenblicke später sank sie auf die Knie und beugte sich vor, so dass ihr Haar ihre brennenden Wangen vor ihm verbarg.

Da erst bemerkte er den Pfeil in ihrem Schulterblatt.

Sie vernahm sein heftiges Fluchen, wusste aber nicht um den Grund. Zitternd, geschwächt und geschunden verharrte sie in kniender Haltung, verborgen von ihren Haarmassen. Dann tat sie das einzige, wozu ihr noch die Kraft blieb.

Sie schrie.

16

Merrick barst fast vor blindem, ohnmächtigem Zorn. Wie gebannt starrte er auf den tödlich scheinenden Pfeil. In diesem Augenblick wusste er, dass, selbst wenn der Teufel ihn holte und im Fegefeuer schmoren ließ, dies als Buße für seine Verfehlung bei weitem nicht ausreichte.

Er hatte ihr gegenüber versagt.

Auf leichten Druck seiner Schenkel und ein kurzes Straffen der Zügel knickte sein Ross ein. Ungelenk glitt Merrick aus dem Sattel, da die schützende Rüstung ihm jede Bewegung erschwerte.

Nichts und niemand hatte sie beschützt. Und genau das war seine vordringliche Aufgabe.

So rasch er konnte, eilte er zu ihr; die Rüstung klirrte und klapperte bei jedem seiner Schritte. Das Geräusch war unangenehm, aber beileibe nicht so quälend wie ihr unterdrücktes Schluchzen. Er spielte mit dem Gedanken, seine Rüstung herunterzureißen, um so schutzlos dazustehen, wie sie es gewesen war.

Neben ihr sank er auf ein Knie und schlang seine Hände um ihre Taille. Trotz der Panzerhandschuhe spürte er ihren bebenden, kleinen Körper. Er zog sie auf sein angewinkeltes Bein. »Beruhigt Euch. Beruhigt Euch, Clio. Jetzt bin ich hier.«

Verschämt schluchzte sie seinen Namen, dann verbarg sie ihr Gesicht an seiner Schulter. Er musste die Augen schließen, um ein ihn plötzlich überwältigendes Gefühl zu verdrängen, das Herz und Seele zu verzehren schien.

Für Sekundenbruchteile hielt er sie umschlungen, denn etwas anderes vermochte er nicht zu tun.

Er war ein Krieger, und doch fühlte er sich gleichzeitig schwach und feige und ohnmächtig vor Zorn. Mit ihr in den Armen erhob er sich. Sie hatte einen schlanken Arm um seinen Nacken geschlungen, der andere Arm, aus dem Blut sickerte, baumelte schlaff herab. Steif trat er zu Aries. Als sein Arm unbeabsichtigt den Pfeil streifte, stöhnte sie gepresst auf.

Auf seinen Befehl hin sank sein Streitross abermals in die Knie, Merrick saß auf und lehnte sie sanft vor seinen Brustkorb. Als Aries stand, sah Merrick zu Clio hinunter. Sie hatte aufgehört zu schluchzen, doch ihr Atem war so geschwächt wie sein Stolz.

»Holt tief Luft«, flüsterte er mit rauer, ihm befremdlich klingender Stimme. Er blickte auf den langen Pfeil, der aus ihrem Schulterblatt ragte, und umfing sie mit seinen Armen.

Dann umklammerte er das lange Pfeilende mit beiden Händen und brach es ab.

Sie stöhnte auf.

Dieser Klagelaut ging ihm durch Mark und Bein.

Gequält rang sie nach Atem. Dann wimmerte sie, und es brach ihm fast das Herz.

Fürsorglich bettete er ihr Haupt an seine Brust. »Ich bringe Euch nach Hause, Clio. Jetzt seid Ihr in Sicherheit.« Er stockte, dann fuhr er gepresst fort: »Ihr seid in Sicherheit. Das schwöre ich Euch.«

An seine Halsbeuge geschmiegt, murmelte sie etwas, was er nicht verstand; dann spürte er, wie sie entkräftet an seine Brust sank. Er spornte sein Pferd mit leichtem Schenkeldruck an, und es trabte mit ihnen davon.

Sie ritten aus den dunklen Wäldern auf die sonnigen Weiden, strebten in Richtung Camrose, das in der Ferne auf einer Anhöhe lag, friedvoll, erhaben und weiß schimmernd vor dem Horizont. Als könnte diesem stolzen Gemäuer keine Gefahr etwas anhaben.

Er ballte die Fäuste, wollte den Himmel für diese Ironie des Schicksals verfluchen.

Jahrelang hatte er auf Schlachtfeldern gekämpft und mit Leichtigkeit die besten Angriffspunkte ausgemacht. Er hatte ein feines Gespür für das Anrücken des Feindes entwickelt, selbst wenn dieser sich nicht zeigte. Er vermochte jeden Hinterhalt auszuloten, und die Beurteilung, ob ein Mann ein guter Soldat war, fiel ihm durchaus nicht schwer.

Doch als er in dem bewaldeten Tal vor dieser Frau gestanden hatte, war er so völlig hilflos gewesen – als hätte man ihn mitten im Schlachtgetümmel seines Pferdes und seiner Waffen beraubt.

Jetzt, hoch zu Ross, versuchte er seinem inneren Aufruhr Herr zu werden. Ihr entwich kein Laut, kein Lebenszeichen. Er spürte keine Körperwärme. Nicht die geringste Berührung. Allerdings trug er seine Rüstung, so dass kaltes, starres Metall sie voneinander trennte.

Während er noch grübelte, begann ihr Körper zu zittern, zuckte wie ein Pfeil, der ins Ziel trifft. Sein Blick glitt zu ihr, und obschon sie den Kopf gesenkt hielt, bemerkte er die Tränen, die über Wangen, Mund und Kinn strömten.

Sie weinte aufs Neue. Stumme Tränen, die auf seine Rüstung fielen. Als er seinen Arm beschwichtigend um ihren biegsamen Körper schlang, schmiegte sie sich enger an ihn. Unversehens musste er nach Atem ringen.

Aries erkletterte eine sanfte, frisch gemähte Anhöhe, und ihr Kopf sank zurück an seine Schulter. Augenblicke später fielen ihre Tränen auf seinen Brustpanzer, von wo aus sie sich allmählich einen Weg zu seinem Herzen bahnten.

Behutsam hob Merrick den Kopf und spähte voraus, die Zähne fest zusammengebissen, als rechne er mit einem vernichtenden Schlag.

Lange Zeit starrte er ins Leere. Ihm erschien es wie eine Ewigkeit, zumal seine Gedanken verwirrt abschweiften.

Sonderbar, dass seine Rüstung Pfeile und Schwerthiebe abwehrte. Sie trotzte dem Schlag einer Keule oder einem Dolchstich. Ungezählte Male hatte sie ihm das Leben gerettet. Fürwahr, seine Rüstung hatte ihn stets beschützt.

Bis jetzt.

In diesem Augenblick, einer Zeitspanne, die nicht länger währte als ein Augenwink des Schicksals, machte er eine Erfahrung, die sein gesamtes Leben verändern sollte. Einerlei, wie dick und kunstvoll geschmiedet das Metall, wie viele Männer er auch befehligen und wie viele Waffen er zücken mochte, nichts und niemand würde ihn vor dieser kleinen Frau beschützen können.

Clio saß auf der dicken Strohmatratze in ihrer Kammer, wohin Merrick sie getragen hatte. Sie erinnerte sich nur schwach an den Ritt zur Burg, wusste jedoch um seine fürsorgliche Umarmung und ihre Tränen, die ihr im Nachhinein peinlich waren.

Noch ehe sie die Burgtore passiert hatten, brüllte er Anweisungen. Sie war sich nicht sicher, was lauter gewesen war: seine Befehle oder das Klirren seiner Rüstung, als er sie ungelenk die Stiege hinaufgetragen hatte. Einmal stolperte er und fluchte unablässig, bis er ihre Kammertür aufgetreten und sie auf ihr Bett gelegt hatte.

»Bewegt Euch nicht«, befahl er und musterte sie durchdringend, als rechne er damit, dass sie ihm den Gehorsam verweigerte.

Mit einem schwachen Lächeln erwiderte sie seinen finsteren Blick. »Glaubt Ihr, ich habe vor, die Stufen mehrmals auf und ab zu rennen?«

Ihr Humor verfehlte seine Wirkung, stattdessen schüttelte er nur den Kopf. »Es würde mich nicht überraschen. Der Allmächtige allein weiß, was Ihr als Nächstes im Schilde führt, Mylady.«

»Einen Ausritt nach London.« Sie bemühte sich um einen launigen Tonfall, doch ihre Stimme klang matt und erschöpft, selbst für ihre Ohren. Sie sank auf die Matratze zurück, verzog gequält das Gesicht, als sie unbeabsichtigt mit der Pfeilspitze auftraf.

Vor ihren Augen tanzten Sterne, und sie biss die Kiefer so fest zusammen, dass ihre Zähne knirschten.

»Hier«, meinte er unerwartet fürsorglich. »Legt Euch auf die Seite.« Er half ihr, sich auf die unverletzte Schulter zu drehen. »Bleibt ruhig liegen.« Er wandte sich ab, polterte klirrenden Schrittes über den Steinboden und stützte sich am Türrahmen ab. »De Clare!«

Minutenlang vernahm Clio lediglich Merricks wiederholtes Rufen nach seinem Knappen und die Befehle, die er jedem zubrüllte, der sich zufällig in der Nähe aufhielt.

Sie vermochte sich den Aufruhr im Untergeschoss beinahe bildhaft vorzustellen. Vermutlich liefen die Bediensteten wie aufgescheuchte Tauben hin und her. Und seine Männer versuchten sieben Befehle gleichzeitig zu befolgen.

»Du da! Bleib stehen!« Merricks laute, tiefe Stimme hallte von den Steinwänden wider.

Unmerklich seufzend spähte Clio zur Tür. Dort war der bedauernswerte, kleine Thwack.

Der Junge schrak zusammen und starrte mit schreckgeweiteten Augen in Merricks Richtung. »Ja, Mylord?«

»Komm her … Thump.«

Der Bursche trat aus Clios Gesichtsfeld. »Ja, Mylord?«

»Bring mir auf der Stelle heißes Wasser und Tücher! De Clare! Tobin! Wo, zum Teufel, steckt mein verfluchter Knappe?« Merricks Stimme erfüllte den Turm wie eine dröhnende Kirchenglocke. »*Einerlei wer. Irgendeiner.* Verflucht, hol Wasser und frische Leinentücher, und zwar *sofort*!«

»Oh!« Thwack trat ein Stück vor. Er spähte in den Raum und erbleichte. »Ich werde das Wasser holen, Mylord! Gewiss doch.«

»Dann beweg dich, mein Junge, und spute dich!«

»Gewiss, Mylord. Ihr könnt mir vertrauen.«

»Wo, zum Teufel, hast du gesteckt, de Clare? Nimm mir diese Rüstung ab!«

»Gewiss, Mylord«, entgegnete Tobin mit verunsicherter Stimme.

Leises Fauchen drang von der Tür her, als Merricks Helm auf den Steinboden schepperte und in eine Ecke rollte, wo Zyklop tief und fest geschlafen hatte.

Der Kater öffnete sein verbliebenes Auge und funkelte die Rüstung an, dann streckte er sich, stand auf und schlich sich fauchend an. Er beschnüffelte das Metall, dann miaute er laut.

Sekundenlang schlug er mit seiner Pfote darauf ein, als rechne er fest damit, dass seine Beute flüchten würde. Doch der Helm bewegte sich nicht, also stemmte er sich mit seinem beleibten Hinterteil dagegen. Sein langer Schweif zuckte mehrmals; dann gähnte er aufs Neue, sank auf das Metall und döste weiter.

Weiterhin brüllend verharrte Merrick im Gang.

»Bitte, Mylord.« In Tobins Stimme schwang ein gereizter Unterton. »Könnt Ihr nicht stehen bleiben, statt ungeduldig auf und ab zu gehen? Ich bin fast …«

»Großer Gott, de Clare! Was, in drei Teufels Namen, hat dich so lange aufgehalten? Befreie mich aus dieser verdammten Rüstung. Und hör auf zu lamentieren! Lady Clio könnte verbluten, ehe du noch einen Finger gerührt hast.«

Ein Panzerhandschuh flog durch den Gang.

Lady Clio könnte verbluten. Gott sei Dank neigte sie nicht zur Hysterie, ansonsten wäre sie nach seiner taktlosen Äußerung in Ohnmacht gefallen.

Um sein Fluchen zu übertönen, legte sie ihre Hände trichterförmig um den Mund und rief: »Mir geht es hervorragend, Mylord.«

Merricks eisenummantelte Füße schlurften geräuschvoll zur Tür. Er spähte um die Ecke, seine Stirn so bedrohlich in Falten gelegt, dass seine Brauen fast zusammenstießen.

Man hatte ihm Helm und Halsberge abgenommen. Sein schwarzer Schopf stand zu Berge, als hätte er sich unablässig die Haare gerauft. Finster blickte er von ihrem Gesicht zu ihrem Oberarm.

»Mir geht es hervorragend«, wiederholte sie und nickte ihm zu. »Wirklich.«

Sein Gesichtsausdruck bewies ihr, dass er ihr

nicht glaubte. Er grummelte irgendetwas, was sie nicht verstand, dann verschwand er erneut.

»Mylord, bitte …«, ertönte Tobins verzweifelte Stimme. »Wenn Ihr doch nur einen Augenblick still stehen könntet.«

»Zur Hölle, Mann, mach schnell!«

Ein weiteres Krachen. Clio vernahm Tobins unterdrücktes Fluchen. Dann das klirrende Geräusch von Metall auf Stein und der Stoßseufzer des Knappen: »Gott sei Dank.«

»Verdammt noch mal, wo bleibt das Wasser?« Merrick brüllte so laut, dass man ihn selbst in London hätte hören können. Er schritt vor ihrer Tür auf und ab. Hin und her, fluchend und murrend.

Unvermittelt fasziniert betrachtete sie ihren Verlobten.

Er trug lediglich einen Lendenschurz.

Clio hatte einige entblößte Männer gesehen. Ihren Vater beim Baden und einmal auch einen bei ihnen weilenden Gesandten. Aber weder sie noch die nackt im Fluss badenden, schmächtigen Burgburschen und Dorfbewohner hatten Merrick de Beaucourt auch nur im entferntesten ähnlich gesehen.

Arme und Brust waren kräftig und durchtrainiert. Seine Haut war dunkler als ihr heller Teint. Im Gegensatz zu ihm wirkte sie blass und farblos. Unter seinem schwarzen Körperflaum zeichnete sich das Muskelspiel von Brust und Bauch bis zum Rand seines Lendenschurzes ab.

Dieses kleine, fein gegerbte Stück Leder bedeckte seine männlichen Blößen, die, so stellte sie fasziniert fest, wie riesige, geballte Fäuste wirkten.

Als er sich von ihr abwandte, bemerkte sie helle

und dunkle Narben auf seinem Rücken, dem rechten Arm und der Schulter.

Sein Gesäß schien unglaublich fest, fester als das ihre, dachte sie leicht entrüstet. Seine kräftigen Beine strotzten vor Muskeln, und es verwunderte sie nicht, dass er sein Pferd mit leichtem Schenkeldruck lenken konnte.

Seine Worte beachtete sie nicht weiter, da es sich ausschließlich um leises Fluchen und Männergespräche handelte. Ihn zu betrachten war wesentlich aufschlussreicher.

Während sie ihn unaufhörlich musterte, übermannte sie ein leichtes Schwindelgefühl. Sie schüttelte unmerklich den Kopf, doch das änderte nichts. Der Raum schien sich zu drehen, als hätte sie zu viel Wein getrunken. Sie nahm einen tiefen Atemzug, doch das verschlimmerte lediglich ihren Schulterschmerz, so dass sie ihre Augen schließen musste, um ihre peinvollen Tränen zu unterdrücken.

Wahrlich, es war ungerecht. Sie mochte ihre Lider nicht vor dem Anblick verschließen, der sich ihr in so anregender Weise bot.

Da sich das Schwindelgefühl nicht legen wollte, bettete sie ihre Wange auf eine Hand und versuchte, die Augen offen zu halten. Ihre Lider wurden zunehmend schwerer, bis ihr bewusst war, dass sie nur noch einen winzigen Spalt geöffnet waren.

Einen Moment später schloss sie ermattet die Augen.

Das war das Letzte, woran sie sich erinnerte.

17

Wie schwarze Unglücksraben auf einem Baum hockten sie in Lady Clios Kammer. Mit schreckgeweitetem, besorgtem Blick musterten Thwack und Thud ihre Gönnerin, die völlig reglos auf ihrem Bett ruhte. Tobin und Sir Isambard standen nahe der Tür, zusammen mit drei Dienstmägden, zwei älteren und dem jungen, drallen Dorfmädchen namens Dulcie, das gegen seine Tränen ankämpfte.

Bruder Dismas stand neben dem Bett, betete in lateinischer Sprache und tupfte Öl in Form eines Kreuzes auf ihre Stirn. Unvermittelt wechselte er die Sprache. »Allmächtiger Gott! Errette diese bedauernswerte Evastochter!« Er sprenkelte Weihwasser über Clio, das Bett, Merrick und alles, was sich im Umkreis von zwei Schritten befand. »Hilf uns mit deiner göttlichen Weisheit und Gnade, o Herr! Lass sie auf Erden verweilen, wo sie gebraucht wird von … von …«

Stirnrunzelnd spähte der Mönch durch die Kammer. Verschreckt wich er Merricks Blick aus, dessen Kinnmuskulatur so angespannt war, dass sein Hals zuckte. »… von diesen sündhaften Seelen, die deiner göttlichen Zuversicht und …«

In diesem Augenblick betrat die alte Gladdys den Raum. Nach einem Blick auf den Mönch zuckte sie verächtlich die Schultern und warf ihre knochigen Hände hoch in die Luft, wie eine Hexe, die einen Zauber anwendet. Eine alte Druidenweise singend, tanzte sie durch die Kammer, ihre schwarzen Rockschöße umwehten sie wie die Schwingen einer Fledermaus.

Der Mönch presste die Lippen zusammen und hielt das Kreuz seines Rosenkranzes wie einen Schutzschild vor sein Gesicht.

»Hinaus!«, brüllte Merrick. Nicht einmal um Clios willen hielt er das noch länger aus. Er deutete zur Tür. »Jeder von euch! Hinaus! *Sofort*!«

Daraufhin versuchten alle gleichzeitig durch die Tür zu stürmen. Alle außer Bruder Dismas, diesem Tor, der einen mit Knoblauch gespickten Stechpalmenzweig an sein Kreuz gebunden hatte, und der Druidenhexe, die sich zeternd zusammenkauerte und den Mönch anblinzelte, als hätte sie ein Staubkorn im Auge.

»Ich sagte hinaus!« Merrick bedachte den Mönch mit einem bedrohlichen Blick, der ihn in die Flucht jagen sollte. Geradewegs zur Hölle, wenn es nach Merrick gegangen wäre.

»Ich auch?« Bruder Dismas schien verwundert, dennoch erhob er wichtigtuerisch sein Kreuz. »Da ich vor Gott Gehör finde, sollte ich sicherlich bleiben. Werft diese heidnische Hexe sofort hinaus!« Er funkelte die alte Gladdys an und hob sein Kreuz noch etwas höher. »Bevor sie uns alle mit ihrem bösen Blick verhext. Lady Clio bedarf meiner Gebete.«

»Sie bedarf äußerster Ruhe. Also verschwindet.« Merrick trat einen Schritt auf ihn zu.

Der gute Gottesmann schlang sich geschwind die Rosenkranzkette um den Hals, stopfte seinen Weihwasserwedel unter den Arm und raffte seine Robe. So verharrte er für Augenblicke, vermutlich darauf wartend, dass die alte Gladdys ihren Gesang einstellte. Dann wandte er sich erneut an Merrick. »Der

Allmächtige sagt, dass Ihr das Bett von Mylady verrücken müsst.«

»Was?« Merricks zorniger Blick heftete sich auf den Geistlichen. »Ihr Bett verrücken? Warum denn das?«

»Unser himmlischer Vater hat es mir soeben verkündet, Mylord. Ihr müsst das Bett an diese Wand schieben.« Er deutete durch das Zimmer. »Dorthin.«

Für Augenblicke verwirrt, starrte Merrick auf besagte Wand.

»Um Lady Clio zu retten«, enthüllte Dismas. Gott der Herr sagt, dass ihr Haupt nach Golgatha weisen muss.«

Der Mann war verrückt. Fassungslos sah Merrick ihn an.

»Das ist der Berg«, führte der Mönch aus, »auf dem Jesus Christus …«

»Verflucht, ich weiß, wo Golgatha ist, du Narr! Ich war dort! Und jetzt verschwinde, ehe ich dich kreuzige!«

Der Mönch schluckte betreten und stürmte aus dem Zimmer. Seine gehetzten Schritte hallten von den Steinstufen wider.

»Du auch, Alte. Fort mit dir.« Merrick trat der alten Gladdys in den Weg und vereitelte damit ihre geheimnisvollen, kreisförmigen Bewegungen.

Sie sah zu ihm auf, dann spähte sie durch das Zimmer. Sobald sie feststellte, dass sie allein waren, straffte sie sich und erwiderte Merricks Blick weise und mit wachem Verstand. Sie reichte ihm einen kleinen Tontopf, den sie aus einem Säckchen nahm, das an der Taille ihres Gewands festgenäht war. »Gebt diese Salbe auf ihre Wunde.«

Dann schritt sie aus der Kammer, kerzengerade wie eine Erle.

Kopfschüttelnd nahm Merrick den Deckel von dem Topf. Dessen Inhalt entpuppte sich als eine moosgrüne Kräutersalbe, deren Aussehen und Geruch ihm vielversprechender schien als ein Verrücken des Bettes, um Clios Kopf in Richtung Jerusalem weisen zu lassen.

Er verriegelte die Kammertüren mit dem Befehl an den Wachtposten, dass keiner das Zimmer betreten dürfe. Dann drehte er sich um und blieb stehen, eine Schulter an die Holztür gelehnt.

Sie hatte das Bewusstsein verloren. Er erkannte, dass sie schwächer war, als sie behauptet hatte. Ihre Haut war bleich, fast aschfahl, und das rührte nicht von der Farbe ihres Kleides.

Dieser Anblick war ihm von den verletzten Soldaten vertraut. Sie mochte sich hervorragend gefühlt haben, aber das war ein Trugschluss gewesen. Er tauchte ein Leinentuch in das heiße Wasser, dann wusch er die Wunde aus. Sie war tief und blutete noch immer.

Er durchtrennte ihr Gewand vom Hals bis zur Taille und betrachtete ihren Körper, unfähig, die entsetzliche Verletzung länger in Augenschein zu nehmen. Als er das weiche Fleisch unterhalb ihres Schlüsselbeins abtastete, spürte er die Pfeilspitze unter ihrer zarten, blau geäderten Haut.

Er hatte zuvor schon Pfeile entfernt. Bei Männern, nicht bei Frauen.

Und nicht bei seiner Frau. Es gab zwei Vorgehensweisen, um einen Pfeil herauszuziehen. Entweder man zog ihn so heraus, wie er in die Haut eingetreten war. Doch wenn die Spitze mit winzigen Dornen versehen war, konnte sie das Fleisch vom Knochen reißen, und das Opfer verblutete.

Er bediente sich der zweiten Methode und ritzte den Wundherd mit einem Dolch kreuzförmig an. Sie wand sich stöhnend, und er musste sie festhalten. Frisches, tiefrotes Blut quoll aus der Verletzung.

Er beobachtete, ob sie bei Bewusstsein war. Nein. Gott sei Dank. So rasch er konnte, entfernte er den Pfeil mit Hilfe einiger kleiner Zangen, während er sie mit dem anderen Arm auf das Bett drückte.

Sie versuchte ihn abzuschütteln und stöhnte noch mitleiderregender. Gepresst rang er nach Atem. Sie wimmerte leise.

»Wenn ich nur könnte, würde ich den Schmerz gern an Eurer Statt erdulden«, hauchte er. Innerhalb von Augenblicken, die ihm wie eine Ewigkeit erschienen, beruhigte sie sich.

Er betrachtete den Pfeil in seiner Hand. Die Spitze war mit winzigen Haken versehen.

Wieder quoll unaufhaltsam tiefrotes Blut aus ihrer Wunde. Er warf ein Tuch in den mit warmem Wasser gefüllten Holztiegel und mischte Weinessig dazu. Dann wrang er es aus und drückte es fest an ihre Schulter.

Es musste höllisch wehtun. Dennoch entwich ihr lediglich ein gehauchtes Stöhnen, als wäre sie weit entrückt.

Was er auch tat, die Wunde hörte nicht auf zu bluten. Für Augenblicke war seine Wut, sein Entsetzen so stark, dass er mit Freuden Vergeltung geübt hätte.

Allerdings hatten die meisten Waliser, die ihr das angetan hatten, bereits bitter bezahlt für ihre Verfehlung. Vor sein geistiges Auge trat abermals das Bild, wie sie rannte, verfolgt von diesen wilden Horden, und sein Zorn steigerte sich ins Unermessliche.

Er spürte, dass ihre Augen auf ihn geheftet waren. Sie war wach und musterte ihn mit leerem, teilnahmslosem Blick, nur noch ein Schatten ihrer selbst.

Ihre Lider senkten sich, als wäre es zu mühsam für sie, sie offen zu halten, doch sie legte ihre Hand auf die seine, die auf seinem Schenkel ruhte.

Er schaute auf ihre Hand, während sein Daumen einen ihrer Finger streichelte. Überall war eingetrocknetes Blut, auf ihrem Arm, Handgelenk und den Fingern, da sie während ihrer Flucht krampfhaft die Verletzung umklammert hatte.

Er nahm das feuchte Tuch und wusch sie mit äußerster Behutsamkeit. Als er fertig war, wusch er es aus; das Waschwasser nahm eine dunkle Färbung an, wie die rotbraune Erde von Zypern, wo sie so viele Männer begraben hatten. Zeit seines Lebens hatte er so viel Blut gesehen, dass er geglaubt hatte, dagegen gefeit zu sein.

Offensichtlich nicht.

Der Anblick ihrer schmalen, blutverkrusteten Hand schmerzte ihn tief. Seit seiner ersten blutigen Schlacht hatte er nicht mehr gespürt, wie Bitterkeit ihm die Kehle zuschnürte. Er hatte verdrängt, zu welchen Empfindungen er fähig war.

Die Verletzung blutete ohne Unterlass, und er erkannte, dass er gründlicher vorgehen musste, wollte er Wundbrand oder ihr Verbluten verhindern. Er wusste, was zu tun war, aber das machte die Sache nicht einfacher, sondern eher schwieriger.

Denk nicht darüber nach. Zwinge dich dazu. Dann fällt es dir leichter.

Er blickte zu dem klobigen Eichentisch nahe dem Bett. Sein Dolch mit dem kreuzförmigen Knauf lag neben einer dicken, hell brennenden Talgkerze.

Zögernd ergriff er den Dolch und drehte dessen Klinge in der Flamme, beobachtete beinahe entrückt, wie sich das Metall purpurglühend färbte. Die Wunde blutete weiterhin, und für ihn war es, als würde ihr Leben mit diesem leuchtend roten Strom versiegen.

Er holte tief Luft und führte zaudernd den Dolch an ihre Schulter. Seine Hand erstarrte. Er vermochte es nicht zu tun. Nein, er brachte es nicht über sich. Er zögerte, schloss die Augen, sandte ein Stoßgebet gen Himmel. Abermals hielt er die Klinge in die Flamme, wartete diesmal länger, während das Metall glutrot schimmerte.

Nach einem weiteren tiefen Atemzug presste er die Klinge rasch auf ihre Schulter.

Sie riss die Augen auf und schrie wie von Sinnen.

Es klang, als wollte es nie enden. Dann sank sie in Ohnmacht.

Er saß da, starrte auf sie herab, innerlich aufgewühlt von ihrer Pein. Als hätte er sich verbrannt, ließ er das Messer fallen, das klirrend auf dem Boden auftraf. Er atmete tief und gleichmäßig ein, doch das half nicht. Von Verzweiflung übermannt, sank er auf die Knie. Ein unterdrücktes, qualvolles Stöhnen entwich seinen Lippen, und es klang so befremdlich wie das eines wilden verwundeten Tieres; dann verbarg er das Haupt in seinen Armen. Und weinte hemmungslos.

18

Clio schlief unruhig, wie ein Wanderer zwischen zwei Welten: der wahrhaftigen, die allerdings einem qualvollen Alptraum gleichkam. Und ihrer Traumwelt, wo sie sicher und geborgen war, wo die Nacht mit ihren unzähligen, funkelnden Sternen ihre schützende Hand über sie hielt.

Einige dieser Sterne standen weit entfernt am Himmel. Manch anderer wiederum war ihr so nah, dass sie glaubte, ihn mit ihren Fingerspitzen berühren zu können.

Nie zuvor hatte sie Sterne wie diese gesehen, einige erstrahlten im Westen, andere im Osten, wobei ein geballter, schimmernder Sternenregen das leuchtende Feuer von Königin Eleonores Kronsaphiren verströmte.

In diesem seltsamen Traum stand sie am Rande einer Schlucht, die so tief war, dass sie das unter ihr liegende Tal nicht zu erkennen vermochte. Nur einen riesigen, dunklen Abgrund, eine furchteinflößende Leere.

Auf der anderen Seite dieser Felsspalte verharrte Merrick, hoch zu Ross, und es stampfte schnaubend auf und schien zum Sprung anzusetzen. Wie kampfbereite Krieger standen hinter ihm Reihen von Standarten mit wehenden Bannern – schwarzes Feld, weißes Kreuz und ein kauernder, blutroter Löwe.

Plötzlich schienen die Löwen echt, ja, sie erwachten zum Leben. Sie sprangen von den Flaggen und setzten über die weite Schlucht, als hätte man ihnen Flügel verliehen.

Sie landeten auf der anderen Seite, unweit von Clio, und als sie den Boden berührten, verwandelten sich ihre Tatzen in bloße, menschliche Füße.

Fortwährend brüllend wandten sie sich zu ihr.

Sie sah die Mordlust in ihren Augen und rannte davon.

Ihr Brüllen verwandelte sich in Menschengeschrei. *Tötet sie! Packt sie! Haltet sie auf!*

Als sie einen gehetzten Blick über ihre Schulter warf, erkannte sie, dass sich die roten Löwen in walisische Geächtete mit Langbogen und Lederwams verwandelt hatten, ihr Blick furchteinflößender als der eines Raubtiers.

Er cof am Gwent!, ertönte ihr walisischer Schlachtruf.

Während sie zu fliehen versuchte, schossen sie mit blutroten Pfeilen auf sie. Sie wich diesen aus und stürmte weiter. Wann immer die Pfeile die umstehenden Bäume trafen, nahm sie eine Blutspur wahr, als wäre die Rinde verletzt.

In der Ferne hörte sie Merricks Stimme. Von weither rief er unablässig ihren Namen, doch keiner von ihnen konnte die tiefe Schlucht überwinden. Je länger sie an deren Rand entlang lief, umso weiter schien der dunkle Abgrund zwischen ihnen aufzuklaffen.

Als ihr Füße und Lungen schließlich den Dienst versagten, verwandelte sich der dunkle Abgrund in eine riesige schwarze Öffnung, die sie wie das Maul eines gewaltigen Drachen verschlang.

Am ganzen Körper zitternd erwachte Clio.

Sie riss die Augen auf, starrte an die grob gezimmerte Decke ihrer Schlafkammer und blinzelte. Sie versuchte sich aufzusetzen, stützte sich wie jeden Morgen auf ihre Ellbogen, woraufhin ein Schmerz durch ihre rechte Schulter jagte, der sich jeder Faser ihres Körpers bemächtigte.

Gequält stöhnte sie auf und sank zurück in die Kissen. Wenig später schlug sie erneut die Augen auf. Ihr Blick war getrübt von Tränen unsäglicher Qual.

Ihr Blick klärte sich, als der Schulterschmerz sich zu einem Stechen veränderte, erträglicher wurde, ein heftiges Pochen, das selbst in ihrem Brustkorb pulsierte. Es brannte, und sie schloss die Augen und ließ ihren Tränen freien Lauf.

Ein kühler Windhauch streifte ihre erhitzten, tränenfeuchten Wangen, glitt über den verschwitzten Schläfenflaum.

Unmerklich drehte sie den Kopf und spähte zu dem schmalen Fenster, dessen Läden geöffnet waren. Draußen war es Nacht, sie musterte den dunklen Himmel. Kein Zwielicht. Keine heraufziehende Morgendämmerung. Ringsum tiefdunkle Nacht, beinahe so bedrohlich wie ihr Alptraum.

Neben dem Bett befanden sich ein Kohlenbecken und ein kleiner, wackliger Tisch. Darauf standen eine Holzschale mit Leinentüchern und eine Salbe in einem Tontiegel, wie die alte Gladdys sie für ihre Liebeselixiere verwendete.

Clio rutschte an den Rand ihres Bettes, um dem Lufthauch näher zu sein. Etwas entspannter spähte sie durch die dunkle Kammer.

Eine Kerze flackerte in der Ecke neben der Tür, wo Merrick in einem Sessel kauerte. Er hatte seine langen Beine ausgestreckt, den Kopf zur Seite gedreht, die Arme auf die Lehnen gestützt.

Er schlief, seine gefalteten Hände ruhten auf einem eleganten blauen Morgenmantel aus Seidendamast, den er übergeworfen hatte.

In gewisser Weise war sie enttäuscht.

Ihr gefiel der Lendenschurz.

Sie konnte ihn mit Muße betrachten, ohne mit seinen durchdringenden Blicken rechnen zu müssen. Wenn er sie ansah, hatte sie bisweilen das Gefühl, dass ihre Augen wie Fenster zu ihrer Seele waren und er mit Leichtigkeit ihre wahren Gedanken erkannte.

Eine entsetzliche Vorstellung.

Ihr Verstand war das Einzige, was allein ihr gehörte. Im Geiste konnte sie träumen und Pläne schmieden. Die Welt um sie herum verdrängen. Dort war sie die alleinige Herrscherin über ihre Gedanken und Träume, und es gab keinen Mann, dem sie darüber Rechenschaft ablegen musste und der ihr Vorschriften machte.

Sie lag da und betrachtete die schlafende Gestalt. Nachdenklich, sinnend, ihren merkwürdigen Traum deutlich vor Augen.

Manche sagten – darunter auch die alte Gladdys –, dass Träume Zeichen waren, Winke des Schicksals. Schlüssel zur Zukunft oder zu Türen, die sich in die Vergangenheit öffneten.

Es wurde behauptet, dass man die Dinge nur im Schlaf aus einem anderen Blickwinkel wahrnahm, in der Welt des Traums, die den Menschen Ängste und Zweifel nahm und das Wesentliche erkennen ließ.

Vermutlich traf es zu, dass sie und Merrick vergleichbar mit zwei Menschen waren, die vor einem gewaltigen Abgrund standen. Sie hatten nichts gemeinsam, nichts, was sie miteinander verband, stattdessen trennten sie Welten.

Sie fragte sich, ob alle Männer und Frauen so verschieden voneinander waren. Lehrte der Krieg die Männer tatsächlich, die Welt allein vom Standpunkt des Kampfes zu betrachten? Oder waren Männer und Frauen bereits von Geburt an unterschiedlich veranlagt? War es ganz natürlich, dass sie ihr jeweiliges Dasein unter anderen Gesichtspunkten sahen?

Die Antworten mussten irgendwo liegen, im Universum oder in Gottes Hand. Vielleicht gab es eine goldene Truhe mit einem schimmernden silbernen Vorhängeschloss; hoch oben im Himmel verborgen, enthielt sie die Antworten auf alle Fragen des Lebens und der Liebe und warum Gott die Frau so verschieden vom Manne gemacht hatte.

Sie seufzte kurz und bekümmert auf, wusste sie doch, dass sie auf diese Fragen vielleicht nie die Antworten finden würde.

Ihr Blick wanderte abermals zu dem kleinen Fenster, durch das der Mond hereinschien und Merrick in sein bleiches Licht hüllte.

Der Mondschein tauchte sein schwarzes Haar in Silber, und selbst von ihrem Bett aus bemerkte sie die langen, dunklen Wimpern, die seine geschlossenen Lider umrahmten. Es erstaunte sie, dass ihr das zuvor nicht aufgefallen war.

Vermutlich deshalb, weil er sie für gewöhnlich zornig anfunkelte. Und das ging schwerlich mit geschlossenen Lidern.

Im Schlaf waren seine Züge beileibe nicht so streng und unnahbar. Er wirkte jünger, und sie ertappte sich bei dem Gedanken, wie wohl seine Kindheit gewesen war.

Während sie den Schlafenden betrachtete, vermochte sie sich ihn als kleinen Jungen vorzustellen, ein Bild, das undenkbar gewesen wäre, wenn er wach war. Es war nicht sein schlummerndes Antlitz, das ihn verwundbar erscheinen ließ. Seine Kinnpartie war immer noch fest und so markant wie in Stein gehauen, dennoch schien sämtliche Spannung von ihm gewichen.

Schwarzer Bartansatz bedeckte sein Kinn, verlieh seinen Wangen dunkle Schatten und verjüngte sich in Ohrnähe.

Seine Nase war lang und gerade und so edel wie der Schnabel eines königlichen Falken. Seine Hände waren gebräunt, schwarzer Flaum kräuselte sich auf Armen und Handgelenken, einzelne Härchen bedeckten die kräftigen Hände mit den gepflegten, kurz gestutzten Nägeln.

Sie erinnerte sich seiner Hände auf der Lichtung, in Panzerhandschuhen und blutbesudelt. Vor ihr geistiges Auge trat abermals das ganze Geschehen. Die Grausamkeit, der Hass. Ihre Angst.

Bis zu dem Augenblick, da er sein Schwert zum Kampf gezogen hatte, konnte sie sich nicht vorstellen, wie sein Leben ausgesehen hatte. Sie erinnerte sich, dass sie sich heimlich gewünscht hatte, ein Ritter zu sein, ferne Länder zu bereisen und sämtliche Freiheiten zu besitzen.

Der Wunsch einer Heranwachsenden, die die Welt mit verklärten Augen wahrnimmt, statt die

Wirklichkeit zu erkennen. Ein Ansinnen, das ihr im Nachhinein töricht erschien.

Sie blickte zu ihrer schmerzenden Schulter. Der Pfeil war inzwischen entfernt worden, und sie war froh, dass die Verletzung mit einem Tuch verbunden war. Ein Teil von ihr sperrte sich gegen den Anblick, fürchtete, das Grauen seelisch erneut zu durchleben.

Stattdessen spähte sie auf die dicke Wolldecke auf dem Bett und zupfte gedankenverloren an den Fransen. Doch dann wanderte ihr Blick unwillkürlich wieder zu ihm.

Heute hatte sie vorübergehend einen kurzen Einblick in sein hartes Leben gewonnen. Das hatte sie verändert. Und es musste ihn über die Jahre verändert haben, mehr und mehr, bis alles von ihm abprallte, wie ein Rammbock von den Burgtoren, bis diese irgendwann zersplitterten.

Die Grausamkeiten, die er mit angesehen und durchlebt hatte, ein Dasein, das mit einem Schwertstreich ausgelöscht werden konnte, der Gleichmut gegenüber beidem, musste seinen Charakter beeinflusst haben. Seine Einstellung gegenüber dem Leben.

Mit Erstaunen begriff sie, wie ein Augenblick ein ganzes Leben verändern konnte. Es war, als wäre sie innerhalb eines einzigen Tages um Jahre gereift. Die Dinge schienen ihrer klarer, weil sie zunehmend einsah, dass der Krieg und die Pflichten eines Ritters einen Mann veränderten.

Und sie vermochte jetzt besser zu verstehen, warum Merrick alles aus der Sichtweise des erfahrenen Kriegers wahrnahm, warum er diesen ausgeprägten Kampfgeist verspürte.

Weil Merrick nach all den Jahren des Krieges nichts anderes mehr kannte.

Clio war so lange in ihrer Kammer eingesperrt gewesen, dass sie am liebsten aus dem Fenster gesprungen wäre, um sich wie ein Vogel in die Lüfte zu erheben.

Stattdessen verlangte sie, ein Bad zu nehmen.

Nach den Blicken der Dienerschaft zu urteilen, hatte sie vermutlich eher den englischen Thron beansprucht. Laut zeternd entschieden sie, dass man ›den Grafen um Erlaubnis fragen müsse, ob sie baden dürfe‹.

Bis auf eine Zofe hatte Graf Burgtyrann alle anderen ihres Zimmers verwiesen. Nach den ersten beiden Tagen fühlte sie sich wie eine Gefangene. Am Ende der Woche entschied sie, dass er der gemeinste Mensch auf Erden sei, da er ihr jeden menschlichen Umgang verwehrte.

Ihre Schulter schien völlig genesen. Nun, mit Ausnahme der einen Begebenheit, als sie in Ohnmacht gefallen war, weil sie zu flink die Treppe hinunterhuschen wollte. Und diese beiden lächerlichen Male, als ihre Wunde erneut aufklaffte und zu bluten begann.

Dass sie von einem winzigen Pfeil getroffen worden war, bedeutete doch noch lange nicht, dass sie kein Bier brauen konnte. Allerdings hatte die Dienerschaft sie nicht aus den Augen gelassen und damit jeden diesbezüglichen Versuch vereitelt.

Mit etwas Geschick war es ihr jedoch gelungen, den Kräutergarten durchzusetzen, dessen Entstehung sie an ihrem Kammerfenster sitzend beobachtete, wobei sie Thud und Thwack Anweisungen zurief.

Zumindest solange, bis Merrick sie entdeckte. Und da lag ihr Problem.

Merrick. Statt hochzustürmen, sie anzubrüllen oder damit zu drohen, dass er sie an den Bettpfosten fesseln würde, hatte sie ihn seit jener Nacht kaum zu Gesicht bekommen.

Am Morgen darauf war der Sessel, in dem er so friedlich geschlummert hatte, leer gewesen. Aus irgendeinem Grund, den sie nicht hinterfragen mochte, verspürte sie einen Anflug von Einsamkeit.

Darüber war es Mittag geworden, und Dulcie stand hinter einem hölzernen Badezuber mit zersplittertem Rand und verrosteten Beschlägen. Clio saß in der Wanne, die Knie an ihre Brüste gepresst, das warme Wasser umschmeichelte ihre Ellbogen. Draußen war strahlender Sonnenschein, Vogelgezwitscher erfüllte die Kammer.

»Dreht den Kopf, Mylady.« Eifrig schäumte die Zofe Clios langes Haar mit einer weichen, wohlriechenden Seife ein, die aus Linsen und Pfefferminze hergestellt wurde. Der Duft war fast so entspannend wie die Kopfmassage. Es war einfach herrlich nach Tagen ausgedehnten Schlummers und erzwungener Bettruhe.

»Also, was hat Mylord heute vor?«, fragte Clio beiläufig und stellte sich insgeheim vor, wie er in einem Lendenschurz durch ihre Kammer schritt. Geknebelt, versteht sich.

»Er trifft sich mit dem Baumeister.«

»Ah, ja. Zweifellos hat er noch einige Schießscharten anbringen lassen.«

»Mag sein, Mylady. Oder er hält nach seinem Pferd Ausschau.«

Unmerklich seufzte Clio. Sie empfand Schuldgefühle wegen des Pferdes. Während der Flucht der überlebenden Waliser war auch das prachtvolle Tier verschwunden. Hätte sie es nicht genommen, dann …

Aber Merrick hatte nicht davon gesprochen. Kein Wort, und das setzte ihr doch etwas zu. Insgeheim wünschte sie sich, er hätte getobt und gewettert, denn dann hätte sie sich nicht so schuldig gefühlt.

Sie stockte, von einer plötzlichen Eingebung übermannt. Sie blickte zu der Stange nahe ihrem Bett. Sie war leer. Zyklop schlief in einer Ecke, aber Pfiff war unauffindbar.

»Dulcie, wo ist Pfiff? Ich habe ihn nicht mehr gesehen. Er war bei mir, als ich die Burg verließ.«

»Niemand hat den Vogel gesehen.«

Eine Zeit lang brütete sie schweigend vor sich hin.

»Vielleicht hat er letztlich doch das Fliegen erlernt«, räumte Dulcie ein.

»Ja«, murmelte sie. »Vielleicht.« Ihr Vogel war verschwunden, genau wie Merricks geliebtes Pferd. Vermutlich war das nur gerecht. Ihre überstürzte Handlung musste in irgendeiner Form bestraft werden. Sie hoffte nur, dass beide Tiere wohlauf waren.

Dulcie spülte ihr Haar aus. »Ich denke, Mylord ist sehr beschäftigt, da er in den ersten Tagen so häufig bei Euch weilte.«

»Ich weiß«, seufzte Clio. »Ich bin aufgewacht und habe ihn in jener ersten Nacht gesehen.«

»Oh, er war nicht nur in jener Nacht bei Euch, Mylady. Er wollte niemanden zu Euch lassen, bis er die Gewissheit hatte, dass Ihr auf dem Weg der Genesung wart. Er selbst hat den Pfeil entfernt. Der Graf hat Euch persönlich gepflegt.«

Clio schwieg betreten.

Nachdenklich stand sie da, während Dulcie sie abtrocknete, dann stieg sie aus dem Zuber.

Sie erinnerte sich schwach daran, dass er sanft und leise mit ihr geredet hatte, dass seine starken Arme sie in ihren düsteren Träumen umfingen. An seine Lippen auf ihren Schläfen und seine schützende Umarmung, wenn sie zitterte.

Hatte es sich wahrhaftig so zugetragen? Sie hatte das für einen Traum gehalten, für ein Gespinst ihrer Fantasie. Beschämt spähte sie auf den weichen Seifenschaum im Wasser.

»Wie ich sehe, seid Ihr soweit genesen, Clio.«

Ihr Kopf wirbelte herum, in Richtung von Merricks sonorer Stimme. Die feuchten Strähnen ihres langen Haars klatschten ihr ins Gesicht und trafen die bedauernswerte Zofe, die verschreckt das Handtuch fallen ließ.

»Verzeiht mir, Mylady.« Das Mädchen schien genauso peinlich berührt wie ihre Herrin.

Clio schnappte sich das Handtuch und wickelte es sich ungeschickt um. Es war nicht sehr groß, und sie war sich unsicher, welche Blöße sie zuerst bedecken sollte.

»Eure Haut ist recht gerötet«, stellte Merrick mit todernster Miene fest, doch sie hatte das Gefühl, dass in seinen blauen Augen der Schalk aufblitzte. Seltsamerweise wirkten sie jetzt weder gestreng noch eisig.

Für Augenblicke ruhte sein Blick auf ihr, bahnte

sich einen glühenden Pfad von ihrem feuchten Schopf bis hin zu ihren nackten Zehen.

Ein seltsames Verlangen, das sie nie zuvor verspürt hatte, übermannte sie. Sie musste dem Drang widerstehen, ihre Hand auf ihren Leib zu legen.

Mit einer Kühnheit, die ihrer Ansicht nach an Verrücktheit grenzte, straffte sie sich und stand hoch erhobenen Hauptes vor ihm. Sie erwiderte seinen Blick, dann ließ sie das Handtuch sinken.

19

»Jetzt seid Ihr es, dessen Haut recht gerötet ist, Mylord.«

Kühn stand die Kleine da, in ihrer ganzen nackten und naiven Anmut, und neckte ihn mit seinen eigenen Worten. Dafür musste er sie beinahe bewundern.

Stattdessen blieb sein Blick auf sie geheftet. Ihre Haut war rosig vom Bad, ihr feuchtes Haar zurückgeworfen und schimmernd wie die schlanken Köpfe der Seehunde, die in den Buchten von Cardiff spielten.

Er hatte sie für eine kleine Frau gehalten, zierlich und zart. Doch ihre Brüste waren üppig und alabastergleich, ihre Taille schmal, ihre Hüften wohlgerundet. Er fragte sich, was die Theologen zu dem Goldblond ihres Schamhaars gesagt hätten. Ihm war klar, dass Roger einiges dazu zu sagen hätte, blumige Floskeln, mit einem Hauch romantischer Verklärung.

Merrick hatte keine schönen Worte, sondern nur Gefühle, stark und unbändig. Ein Begehren, so heftig wie ein Schlachtruf, übermannte ihn. Leidenschaft pulsierte durch seine Venen. Seine Hände wollten sie berühren, sein Mund sie schmecken, doch es war nicht allein das glutheiße Verlangen, das ihn zum Bleiben veranlasste. Es war etwas Stärkeres, eine faszinierende Aura, die ihm vermittelte, dass er sie ein ganzes Leben lang einfach nur hätte anschauen können.

Doch ihre entsetzte Zofe, ein dralles Landmädchen mit zerzaustem Haar von der Farbe frisch gemähten Heus, trat ihm in den Weg und versperrte ihm die Sicht. »Es schickt sich nicht. Mylady … Mylord … Ihr seid noch nicht vermählt. Ich … ich …«, stammelte sie.

»Lady Clio.« Merrick verbeugte sich so galant, als hätte er soeben eine weitere Grafschaft erhalten. Dann straffte er sich. »Wenn Ihr fertig seid, würde ich gern mit Euch reden.« Er wandte sich zum Gehen, verharrte dann jedoch, eine Hand auf den Türknauf gelegt. Lächelnd drehte er sich zu ihr um. »Muss ich Euch holen?«

»Nein«, versetzte Clio hochnäsig und keineswegs eingeschüchtert. »Ich bin sicher, ich werde Euch mit Leichtigkeit finden, Mylord.«

Nach einem knappen Nicken zog er die Tür hinter sich zu.

Nachdem er die Eingangshalle durchschritten hatte, ins Freie trat und in Richtung Stallungen marschierte, pfiff er launig.

Es war keineswegs leicht, ihn zu finden.

Er war weder auf dem Söller noch im Rittersaal. Der Bäcker hatte ihn um die Mittagszeit im Gespräch mit dem Schmied bemerkt, doch dieser hatte ihn seitdem nicht mehr gesehen, da der Baumeister nach ihm verlangt hatte.

Dieser hatte sich allein zu dem nahe gelegenen Steinbruch auf den Weg gemacht, doch ein Wachtposten hatte den Grafen zusammen mit Thomas dem Pflüger, dem Brunnenbauer John und dem Küfer William gesehen. Der Graf hatte die drei verlassen, als Bruder Dismas sich darüber beklagte, dass einige seiner Männer sich in der Kapelle mit Würfelspiel vergnügten, und dass der Zorn Gottes eine wahrhaft schreckliche Sache sei und Camrose ins Unglück stürzen könne.

Doch als sie Bruder Dismas fand, hatte dieser den Grafen seit dem frühen Nachmittag nicht mehr gesehen, da Sir Isambard ihn sprechen wollte. Und jetzt wusste keiner, wo Sir Isambard war.

Schließlich spürte sie den betagten Ritter in den Stallungen auf, wo Thud, Thwack und Tobin die Boxen ausmisteten.

»Sir Isambard?«

Er drehte sich um. Kein Lächeln. Keine Veränderung in seinen Zügen, nur das immer gleiche mürrische Gesicht. Er nickte knapp. »Ja, Mylady?«

»Was machen diese Jungen denn da?«

»Die Ställe ausmisten.«

»Das sehe ich. Warum?«

»Das ist ihre Strafe, weil sie Sir Merricks Befehle nicht befolgt haben.«

»Eine weitere Bestrafung?«

»Ganz recht. Diesmal für den Kräutergarten.«

Sie wollte schon einwenden, dass man sie und nicht die Burschen bestrafen müsse, doch dann schlenderten die beiden Jugendlichen zu ihr, ihre Spaten so stolz umklammernd wie Kampfschwerter.

»Der Graf meinte ...« – stolz reckte Thud den Kopf – »wenn wir eines Tages Ritter werden wollen, müssen wir lernen, ihm Gehorsam zu leisten.« Er hielt inne und sah verständnisheischend zu ihr auf. »Auch wenn ich Euch damit trotze, Mylady.«

Thwack nickte bedächtig. »Ich auch. Aber eines Tages werden wir Ritter sein und Euch bei unserem Leben beschützen.«

Tobin kicherte einfältig.

Sir Isambard warf dem Knappen einen strengen Blick zu. »Lord Merrick hat Euch eine besondere Aufgabe zugedacht, de Clare.«

»Ich diene meinem Herrn schon seit langem«, meinte Tobin stolz und aufgeblasen. Er baute sich vor Thud und Thwack auf und setzte wichtigtuerisch hinzu: »Mylord hat wichtigere Aufgaben für diejenigen von uns, die ihm treu gedient haben.«

Er war so selbstgefällig, dass Clio nicht übel Lust hatte, mit dem Spaten auf ihn einzudreschen.

»Gewiss, Mylord belohnt diejenigen, die es verdienen«, bekräftigte Sir Isambard betont ernst.

»Aber Sir, ist das eine bedeutsame Mission?« Tobin umrundete Thud und Thwack und wandte sein anziehendes Gesicht dann dem alten Ritter zu. Um die beiden Knaben zu erniedrigen, wollte er, dass der ältere Mann sein Tun entsprechend herausstellte.

Nachdenklich rieb sich Sir Isambard das Kinn, schließlich bemerkte er: »Wenn Ihr die Ställe ausgemistet habt, de Clare, werdet Ihr Euch um die Unterweisung kümmern.«

»Unterweisung?« Tobin legte die Stirn in Falten.

»Ganz recht.« Sir Isambard stemmte seine schwieligen Hände in die Hüften und fügte hinzu: »Von Thud und Thwack.«

»Zu welchem Zweck soll ich sie unterweisen?«, schnaubte Tobin.

»Als neue Knappen von Mylord de Beaucourt.«

Thud und Thwack johlten vor Freude so laut, dass sie Tobins Fluchen überstimmten.

Wäre Merrick in diesem Augenblick zugegen gewesen, hätte Clio ihn umarmt und alles getan, was er von ihr verlangte. Wenigstens ein paar Minuten lang.

Noch nie hatte sie die beiden Jungen so glücklich erlebt. Sie weinte beinahe. Sir Isambard klopfte Tobin heftiger auf die Schulter, als Clio es für nötig befand. Merricks Knappe schien gegen eine Übelkeit anzukämpfen; er sah aus, als hätte er soeben einen verdorbenen Fisch verspeist.

»Sir Isambard?«, rief Clio dem älteren Mann zu, der keine Miene verzog. »Habt Ihr den Grafen gesehen?«

»Gewiss, Mylady. Er steht dort auf der Wehrmauer.« Der Ritter deutete nach Norden.

Zum Dank nickte sie, dann raffte sie ihre Röcke und stürmte wie ein ausgelassenes Kind die Steinstiege hinauf. Keuchend erreichte sie den höchsten Steinbogen, der zur Ringmauer führte, deshalb blieb sie stehen, legte eine Hand auf ihren wogenden Brustkorb und lehnte sich vor die Wand, bis ihr Atem wieder gleichmäßiger ging.

»Wollt Ihr mich jedes Mal warten lassen, wenn wir verabredet sind?« Merrick stand im Torgang, die Hände auf den geschwungenen Bogen gelegt. Sein Gesicht war teilweise verborgen, doch was sie davon wahrnahm, schien ihr keineswegs wütend. Er wirkte belustigt. Als würde er die Situation genießen.

Sie atmete tief ein, reckte ihr Kinn vor und erwiderte ausgesprochen hochnäsig: »Vielleicht.«

»Zwei Jahre oder mehr?«

Also hatte er ihr Spiel durchschaut.

»Vermutlich länger.« Als sie zu ihm stolzierte, merkte man ihr nicht an, dass sie die Stufen hochgestürmt und völlig außer Atem war.

Gemeinsam schlenderten sie über den Wehrgang, dessen Mauern tiefbraune, eingetrocknete Blutspuren aufwiesen. Sie war sich nicht sicher, ob sie dieses Blut vor dem Zwischenfall mit den Walisern überhaupt wahrgenommen hätte. Solche Dinge waren ihr nie aufgefallen.

Dieser Teil der Mauer lag hoch über dem Schloss, so dass der Wind stärker blies und es merklich kühler war. Um sie herum war nichts als Himmel und luftige Höhen.

Unter ihnen bemerkte sie das laute, geschäftige Treiben im Burghof, doch hier oben klang es sehr weit entfernt, wie aus einer anderen Welt, und sie waren wie zwei dahinschwebende Wolken, bis sich ihr Lebensweg irgendwann kreuzen würde.

Da er schwieg, musterte sie ihn, um seine Gedanken zu ergründen. Die Arme vor der Brust verschränkt, lehnte er an einem der gemauerten Türme. Er hatte ein Knie angewinkelt und seinen Stiefel auf einen an der Wand aufgeschichteten Steinhaufen gesetzt.

Er spähte zum Horizont, wo sich grüne Anhöhen und Baumgruppen vor einem wolkenlos blauen, englischen Himmel abzeichneten. An den gelblichen Stein des Turms gelehnt, fragte sie sich, wie ihr weiteres Leben wohl aussehen mochte, mit diesem sonderbaren Mann, der sich zumeist mürrisch verhielt und doch seine liebenswerten Seiten zu haben schien.

»Wenn ich einen Befehl erteile, erwarte ich Gehorsam.«

Soviel zu seinen liebenswerten Seiten, dachte sie im Stillen.

»Insbesondere von denen, die unter meinem Schutz stehen.«

Er klang wie ihr Vater. Verdrießlich nagte sie an ihrer Unterlippe.

»Ich gebe keine Befehle, weil ich grausam oder selbstsüchtig bin oder weil ich Euch quälen will, Clio. Ich tue das nur zum Schutz Eures Landes, das mir anvertraut wurde.«

Als sie nichts erwiderte, fuhr er fort. »Ihr werdet das Zusammenleben mit mir nicht als schwierig empfinden. Aber wenn ich einen Befehl gebe, erwarte ich, dass er befolgt wird. Einerlei, ob er an meine Männer, meine Bediensteten oder an meine Gemahlin gerichtet ist.«

»Noch bin ich nicht Eure Gemahlin.« Gedankenlos war ihr diese Äußerung entschlüpft. Aber sie vermochte sich nicht zu überwinden und zu sagen: Wartet! Ich nehme alles zurück!

Da er sich nicht rührte und weiterhin schwieg,

hallten ihre harschen Worte in ihren Ohren, und sie kam sich kindisch und töricht vor. Für gewöhnlich war sie nicht so vorschnell, und ihr Verhalten beschämte sie.

Die Tatsache, dass sie so vor Merrick auftrumpfte, belastete sie umso mehr. Aus irgendeinem unerfindlichen Gefühl heraus, mit dem sie sich lieber erst gar nicht auseinandersetzte, bedeutete es ihr sehr viel, dass er eine gute Meinung von ihr hatte.

Sie blickte auf ihre Hände. »Ich hätte das nicht sagen sollen, Mylord.«

»Vielleicht war Euer gereizter Tonfall unklug, aber allmählich gewöhne ich mich daran.«

Ihr Kopf schoss hoch. Seine Miene bewies ihr, dass er sie auf dem Arm nahm. Fast hätte sie gelächelt.

Er fuhr fort: »Und ich möchte, dass Ihr aufrichtig zu mir seid.« Er stockte, und seine ernsten Züge verrieten, dass die nun folgende Frage wichtig für ihn war und ihm keineswegs leichtfiel. Er musterte ihr Gesicht. »Sagt mir die Wahrheit, Mylady. Wollt Ihr mich nicht heiraten?«

»Das habe ich nicht gesagt.«

»Habt Ihr Euer Herz an einen anderen verschenkt, als ich die ganzen Jahre fort war?«

»Nein, nein.« Sie schüttelte den Kopf. »Es gibt keinen anderen.«

»Dann seid Ihr also einverstanden mit dieser Vermählung?«

Als sie ihn ansah, wusste sie, dass sie ihn nicht abzuweisen vermochte – wäre es doch dem Versuch gleichgekommen, sich in die Lüfte zu erheben und davonzufliegen. »Ja, ich bin einverstanden.«

Sein Gesicht zeigte keine Regung, und doch spürte sie, dass sich etwas verändert hatte, ein unterschwelliges Begehren, das in ihnen aufflammte.

»Ich erwarte eine willige Braut in Euch, Clio. Also denkt darüber nach, ob es Euch mit diesen Worten ernst ist.«

»Es ist mir ernst. Ich werde Euch heiraten, Mylord.«

»Aus freien Stücken?«

Sie nickte und wollte sich abwenden.

Er drehte den Kopf, beugte sich unmerklich vor, so dass er ihr ins Gesicht sehen konnte. »Schaut mir in die Augen und sagt es.«

»Es.«

Für Sekundenbruchteile glaubte sie, er würde vielleicht lächeln, dieser ernste und doch rätselhafte Mann, der kampferprobte Ritter und enge Freund des Königs, ein Mann, der sie gepflegt hatte und ihr Gemahl werden sollte.

Sein erwartungsvoller und durchdringender Blick sagte mehr als tausend Worte. Seufzend wünschte sie sich, ihr zukünftiger Gatte möge mehr Sinn für Humor haben.

»Aus freien Stücken.« Sie hatte die von ihm erbetenen Worte wiederholt, dann setzte sie ihre eigenen hinzu: »Ich werde Euch heiraten, Lord Merrick, aus meinem eigenen, freien Willen.«

»Gut.«

Erneut wandte sie sich zum Gehen, doch er legte sanft seine Hand auf ihre unverletzte Schulter.

Sie drehte sich zu ihm um.

»Für gewöhnlich besiegelt man dieses Versprechen mit einem Kuss als Treuepfand.«

Ihr Blick wanderte zu seinen wohlgeformten, indes zusammengekniffenen Lippen. Dunkler Bartansatz umflorte seinen Mund und betonte die markante Kinnpartie. Sein Hals war geprägt von Muskelsträngen, denn ein Mann musste stark sein, wollte er das Gewicht der Rüstung bewältigen, allem voran Helm und Halsberge.

Einmal hatte sie die ihres Vaters hochgehoben, als sie sich in den Kopf gesetzt hatte, sein Knappe zu werden, um ihn auf die Schlachtfelder der Normandie zu begleiten. Allerdings hatte sie gleich am ersten Abend aufgegeben, da sie beide Hände zu Hilfe nehmen musste, um seinen Helm zu tragen.

Ihr Vater hatte gelacht und behauptet, dass sie – eine Frau – nicht Knappe werden könne. Nachdem sie sich an dem Helm versucht hatte, erklärte sie ihm, dass sie inzwischen begreife, warum Männer solche Dickschädel seien.

Als sie erneut zu dem Gesicht des Mannes aufsah, dem sie soeben ihr Jawort gegeben hatte, stellte sie fest, dass seine blauen Augen unter den dichten schwarzen Brauen so durchdringend waren wie stets. Doch diesmal blickten sie nicht zornig, waren keine eisige Fassade, sondern hatten denselben funkelnden Glanz, den sie bemerkte, als er sie vor seinen Männern geküsst hatte und als ihr das Handtuch entglitten war.

Sie reichte ihm bis zur Brust, also winkte sie ihm mit ihrem gekrümmten Zeigefinger. »Eure Wange bitte, Mylord.«

Er beugte sich nicht zu ihr hinunter. Stattdessen hob er sie hoch und küsste sie mitten auf den Mund. Seine riesigen Hände umspannten lediglich ihre

Taille; dann wirbelte er herum und presste sie mit seinem Körper gegen das Mauerwerk, während eine seiner Hände nach oben glitt und ihren Hinterkopf vor dem scharfkantigen Stein schützte.

Sein Atem schmeckte frisch und grün, als hätte er seine Zähne erst vor kurzem mit einem Haselzweig gesäubert. Er verströmte den Duft des Frühlings, warm und lieblich. Keine Spur von Leder, Straßenstaub oder Pferdegestank haftete ihm an diesem Tag an.

Seine Zunge glitt über ihre Lippen. Verblüfft öffnete sie die Augen und stellte fest, dass er sie betrachtete. Sanft strich sein Mund über ihre Brauen, ihre Lider, und sie musste sie erneut schließen.

Er war so zärtlich, seine Küsse ein warmer, liebkosender Hauch. Seine Lippen streiften ihr Ohr. »Öffne mir deinen Mund.«

Diesmal forderte er nichts von ihr ein, sondern bat sie, ihm etwas zu geben, genau wie bei ihrem Eheversprechen. Er überließ es ihrer freien Entscheidung, und sie beide wussten, was das bedeutete.

Sie sollte nie behaupten, dass er sie zu irgendetwas gezwungen habe.

Abermals überwältigten sie seine Lippen; seine Zunge spielte mit der ihren, streifte und schmeckte sie, glitt über ihre Zähne, koste ihre Lippen und drang erneut in ihren Mund ein, versetzte sie in schwindelerregende Höhen, wo sie nicht mehr denken, nur noch fühlen konnte, und ihr Blut pulsierte wie glühende Lava durch ihre Adern.

Er schmeckte nach allem, was sie liebte: nach honiggetränkten Feigen und süßen sizilianischen Orangen, Mandelmilch und wilden schwarzen Kirschen, Rosinencreme und Rosenwasser, nach allem, was Frauen ersehnten.

Ihre Arme glitten über seine Brust und umschlangen den muskulösen Nacken. Sie umklammerte ihn, wusste nicht, wie ihr geschah. Von einer Minute auf die andere fror sie, dann war ihr siedend heiß, als litte sie unter einem seltsamen und doch herrlichen Fieber. Sie schmiegte sich an ihn, fühlte sich unbändig zu ihm hingezogen, wollte seinen Körper spüren und mit ihm verschmelzen. Ihr war, als spüre sie eine geheimnisvolle Verlockung, die ihrer harrte.

Er stöhnte an ihren Lippen, versuchte, sich ihr zu entwinden.

Ihrer Kehle entrang sich ein leiser, enttäuschter Laut, wie der eines kleinen, verängstigten Vogels.

Er presste seine Hüften an ihren Körper und stemmte sie gegen die Ringmauer, dann umfasste er mit beiden Händen ihr Gesicht. Abermals küsste er sie. Sein Mund war fordernd, sein Kuss heftiger als vorher, seine Zunge bezwang sie mit schonungsloser Gier. Wie von unsichtbarer Hand gezwungen, küsste er sie zum Beweis, dass er sie für sich gewonnen hatte.

Das war nicht der zärtliche Kuss eines Geliebten. Es war der Kuss eines Kriegers. Ihres Bezwingers.

Unvermittelt zog er seine Lippen fort.

Sie war so versunken in diesen Kuss, dass sie leicht benommen ihren Kopf schüttelte.

Es dauerte einen Augenblick, bis sie sein Gesicht nicht mehr verschwommen wahrnahm. Als ihr Blick sich klärte, bemerkte sie, dass seine Augen an ihren Lippen hingen. Sein Atem ging schneller, wie nach einem Kampf oder einem stürmischen Ritt.

Ihr eigener aufgewühlter Atem vermischte sich mit dem seinen, und der Wind über dem Wehrgang verwischte ihn. Ihr Herzrasen legte sich, bis sie wieder seinen langsamen, gleichmäßigen Rhythmus spürte.

Er umfasste ihre Taille und trat zurück, schob sie sanft auf die Steine. Peinlich berührt über das zwischen ihnen Vorgefallene senkte sie die Lider. Sie fühlte sich wie eine Dirne, wie das aufreizende Milchmädchen mit der weißen Haut und den rosigen Wangen, das die Männer ihres Vaters verführt hatte, indem es seinen Körper an sie schmiegte und sie hinter den Heuschober lockte.

Diese willensschwache, unmoralische Clio war ihr fremd, und was sie getan hatte, erfüllte sie mit Bestürzung. Sie spürte, wie ihre Hände zitterten, deshalb ballte sie sie fest zusammen und versuchte sie in den Falten ihres Kleides zu verbergen.

»Fürchtest du dich davor, mich anzusehen?«

»Nein.« Den Kopf weiterhin gesenkt, äußerte sie genau das Wort, das dreist verleugnete, was sie wirklich fühlte – Furcht.

Weil sie sich davor fürchtete, was sie sehen würde, wenn sie seinem Blick begegnete. Zu allem Unglück füllten sich ihre Augen mit Tränen.

O nein, nicht jetzt. Nur ja keine Tränen.

Sie biss sich auf die Lippe, doch das half nicht. Tränen rollten über ihre Wangen.

Zu ihrem Entsetzen spürte sie seine Hände auf ihren Schultern. Er drehte sie um, zog sie an seine Brust. Sie versuchte ihr Gesicht zu verbergen und gegen ihre Tränen anzukämpfen.

»Clio.«

Sie konnte ihm nicht antworten, da sie wusste, dass er ihre Tränen bemerken würde, Tränen, die ihr unverständlich waren.

»Weinst du?«

Sie senkte den Kopf.

»Habe ich dir wehgetan?«

»Nein.«

»Sag mir, warum du weinst.«

»Ich weiß es nicht. Mir ist einfach danach zumute.« Sie stemmte sich gegen seine Brust, doch er gab sie nicht frei. Als sie zögernd den Kopf hob, senkten sich seine Lippen von neuem auf die ihren.

Dieser Kuss. Gütiger Himmel, wie sie sich nach diesem Kuss verzehrte.

Ein Schrei ertönte von den Feldern hinter der Burg. Unvermittelt ließ er sie los, und beide blickten von der Ringmauer in die Tiefe. Reiter näherten sich, begleitet von einem Wagentross. Banner mit roten, kauernden Löwen flatterten im Wind.

Als er sich ihr zuwandte, lag ein seltsames Glitzern in seinem Blick, diebische Freude und ein Anflug eitlen Hochmuts, und das bekümmerte sie ein wenig.

Er bot ihr seine Hand. »Komm.«

Nach kurzem Zaudern nickte sie in Richtung der unten aufmarschierenden Prozession. »Was soll das dort unten, Mylord?«

»Das dort unten?«, wiederholte er, dann nahm er ihre Hand, starrte weiterhin in die Tiefe und zog sie mit sich fort. »Das dort unten ist deine Brautgabe, Mylady.«

20

Niemals zuvor hatte Clio einen mechanischen Vogel gesehen. Sie hatte nicht gewusst, dass es solche Spielzeuge gab, und nie geglaubt, dass sie jemals etwas Derartiges besitzen würde. Merricks Worten zufolge hatte dieser einst Alexander dem Großen gehört.

Sie betrachtete den Messingvogel und dachte an Pfiff, sandte ein Stoßgebet gen Himmel, dass er in den Wäldern wohlauf sein möge. Vielleicht schwang er sich soeben von Ast zu Ast oder wiegte sich in den Baumkronen und pickte Käfer – seine Lieblingsbeschäftigung.

Der mechanische Vogel in ihren Händen war ein seltsam anmutendes Ding. Sie wünschte sich fast, er könnte reden. Wie viele Legenden würde er zu erzählen haben!

Sie spähte zu ihrem Kater, der seit dem Verschwinden des Hühnerhabichts teilnahmslos wirkte. Clio steckte den Messingschlüssel in die winzige Öffnung am Rücken des Vogels und drehte ihn, wie Merrick es ihr gezeigt hatte.

Der Vogel gab ein seltsam metallisches Geräusch von sich, dann hoben sich langsam seine Flügel, bis sie ausgebreitet waren wie Falkenschwingen.

Schlagartig hellwach, streckte Zyklop sich fauchend – ein Wunder – und setzte zum Sprung an. Sein Schweif ging hin und her, während er den Messingvogel mit seinem einen Auge anstarrte.

Tags zuvor hatte die alte Gladdys das fehlende Auge mit einer schwarzen Klappe bedeckt, was dem Kater etwas Bedrohliches verlieh und Bruder

Dismas in die Flucht gejagt hatte, laut schreiend, dass die bösen Geister nun leibhaftig unter ihnen weilten.

Der mechanische Vogel mit der ruhmreichen Vergangenheit trippelte langsam im Kreis.

Zyklop machte einen Satz. Sein dicker Leib landete mitten auf dem Vogel, der weiterhin sein klirrendes Geräusch von sich gab, wie das einer zerbrochenen Glocke. *Kling, klang, klong*!

Dann vernahm sie ein leises Surren und ein lautes Scheppern.

Zyklop schrak hoch und schlüpfte so geschwind durch die Tür, dass Clio fast meinte, er habe sich in Luft aufgelöst.

Sie blickte zu dem mechanischen Vogel.

Er lag auf der Seite am Boden, seine Flügel merkwürdig verbogen, Drähte ragten wie winzige Locken aus seinem Rücken. Sie erhob sich von ihrem Schemel in der Nähe des Bettes, durchquerte den Raum und sammelte die Teile ein, dann legte sie diese auf einen niedrigen Tisch, der mit kleinen Schmuckschatullen, goldenen Bechern, kostbaren Platten und einigen Reliquienschreinen bedeckt war.

Immer noch ungläubig sah sie sich um. Wohin das Auge reichte, erblickte sie herrliche Dinge: in ihrer Kammer und selbst auf dem Söller.

Auf den Steinböden lagen handgewebte Seidenteppiche mit feinen Mustern wie Nachtigallen, Rosen oder edlen Pferden. Flämische Wandbehänge stapelten sich zusammengerollt an den Söllermauern, daneben standen Truhen mit leuchtenden Stoffen, einige waren mit glitzernden Fäden durchwirkt und erinnerten an Juwelen – Saphire, Rubine, Smaragde und Topas. Andere waren mit Gold-, Kupfer- und Silberfäden versponnen, und in einer Truhe befanden sich Bänder und Kordeln und Tressen so schimmernd wie das Mondlicht.

Unter einem kunstvoll geschnitzten Ebenholzbaldachin stand ein Bett aus Rosenholz mit weicher Federmatratze. Die rein leinenen Laken aus feinstem Flachs waren so weiß gebleicht, dass sie beinahe wie das Sonnenlicht erstrahlten. Rings auf der Schlafstatt verteilt lagen erdfarbene Kissen – weiches Ziegenhaar, umhüllt von einem dünnen Stoff, den man Kaschmir nannte.

Aus den östlichen Ländern stammte auch das Holzrad, das Wolle zu feinsten Fäden versponn; es stand in einer Ecke neben einer goldenen Harfe und drei hölzernen Blasinstrumenten, deren tiefer, weicher Klang an den nächtlichen Ruf einer Waldeule erinnerte.

Ein kleiner, geschwungener Sekretär stand neben dem passenden Stuhl mit den geschnitzten Leoparden. Merrick hatte dafür gesorgt, dass das Möbelstück an einen lichten Platz auf dem Söller gebracht wurde, und das Tageslicht brach sich in der spiegelblank polierten Schreibtischplatte.

Und jetzt, da Clio ihn bei strahlendem Sonnenschein betrachtete, erinnerte sie das polierte Holz an einen bezaubernden, sommerlichen Sonnenuntergang.

Und genau wie sein Überbringer barg der wunderschöne Sekretär faszinierende Geheimnisse, die dem zufälligen Betrachter verborgen blieben, denn als sie die Schreibtischplatte hob, stieß sie auf die darunter liegenden Fächer. Sie waren mit feinsten, hauchdünnen Pergamentbögen gefüllt. Daneben standen eine Schachtel aus poliertem Holz mit Federkielen in unterschiedlichen Stärken und ein Tiegel mit kostbarer, indigofarbener Tinte – das Geschenk eines Sultans, den Merricks Reitkünste beeindruckt hatten.

Und es gab noch mehr. So vieles mehr. In jeder Ecke. Überall entdeckte sie Neues, und jedes Stück war schöner und einzigartiger als das zuvor betrachtete. Während ihr Blick durch die Kammer schweifte, fühlte sie sich überwältigt und benommen von dem Reichtum, der sich ihr darbot. Hier, auf Camrose, ihrer Heimat, dem Ort, dem sie zu neuer Eleganz verhelfen wollte. Indes, was sie hier sah, übertraf alles bislang Dagewesene an Erlesenheit.

Es ist beinahe zu viel, ging es ihr plötzlich durch den Kopf. Aber was war schon zu viel Reichtum, zu viel Eleganz?

Aufgrund ihrer Überlegungen verwirrt drehte sie sich um und blieb vor einem riesigen, polierten Messinggegenstand stehen, den Dulcie neben die neue silberne Waschschüssel und den Krug gehängt hatte und dessen Griff in Form eines kauernden Löwen geschmiedet war.

Es entging ihr nicht, dass all dieser Reichtum von dem Roten Löwen stammte; es war sein Besitz, und er hatte entschieden, ihn ihr zu geben. Früher hatte sie einen Brautpreis stets mit Abscheu betrachtet, wie eine Auslösung, so als würde man einen Leibeigenen an den Meistbietenden verscherbeln.

Dennoch hatte Merrick ihr das Gefühl vermittelt,

als wären es Geschenke für sie und einzig für sie ausgewählt. Besondere Geschenke, nicht um sie zu kaufen, sondern um sie mit Annehmlichkeiten und Luxus zu umgeben. Ihr war bewusst, dass sie einer törichten Wunschvorstellung erlag, und doch schien es ausgesprochen überzeugend.

Sie starrte auf das polierte Messing.

War sie das, die ihr da entgegenblickte? Unmerklich neigte sie den Kopf. Ihr Ebenbild erschien ihr befremdlich. Ihre Hand tastete nach den blauen, tropfenförmigen Perlen, die ihren Kopfputz schmückten, ein goldener, juwelenbesetzter Reif mit Perlen von derselben Farbe wie Merricks eisblaue Augen.

Ihre Haut war rosig überhaucht wie nach einem Spaziergang in der heißen Sommersonne, in ihren grünen Augen lag ein Funkeln. Mit ihren Fingerspitzen berührte sie ihre roten und leicht aufgeworfenen Lippen.

Der Kuss. Er hatte sie geküsst.

Nicht der erzwungene Kuss des alten Bischofs im dämmrigen Stiegenhaus oder der verstohlene Wangenschmatzer eines Stallburschen, sondern der Kuss eines Mannes. Ein richtiger Kuss. So intim, wie sie es nie für möglich gehalten hätte.

Verträumt seufzte sie auf.

Die Sultane des Orients mochten von Merricks Reitkünsten beeindruckt sein, Clio jedoch faszinierten seine Zärtlichkeiten weitaus mehr. Sie lächelte durchtrieben und fühlte sich unversehens beschwingter Stimmung.

Sie hatte versprochen, Merrick zu heiraten. Sie hatte ihm ihr Jawort gegeben.

Sie hätte nicht sagen können, was sie mehr erstaunte, dass sie so bereitwillig zugestimmt oder dass er sie überhaupt gefragt hatte. Hätte er es hingenommen, wenn sie abgelehnt hätte? Tief in ihrem Innern hätte sie zu gern die Probe aufs Exempel gemacht, wusste indes, dass sie es niemals wagen würde.

Sie hatte sich nach Kräften bemüht, kein Interesse zu zeigen, ihm keinen Zoll nachzugeben. Sie hatte es versucht und war gescheitert. Er hatte sie für sich gewonnen, wie eine Trophäe in einem Turnier.

Und das nicht mit brutaler Gewalt, nicht mit Bestechung oder dem Reichtum, der sie nun umgab. Und auch nicht mit seinen Küssen, die ihr den Verstand raubten und ihr Herz höher schlagen ließen. Sie nahm an, dass seine erstaunliche Fürsorglichkeit zu ihrem Sinneswandel beigetragen hatte, genau wie die sanfte Beharrlichkeit, die sie in der letzten Woche an ihm entdeckt hatte.

Doch was sie letztlich für ihn gewann, war weitaus überzeugender, ja einzigartig. Es war das wertvollste Geschenk, das er ihr je zu geben vermochte: das Recht, nein zu sagen.

Da Clio in ihrem neuen, wohlig weichen Bett keinen Schlaf fand, war sie irgendwann vor dem Morgengebet auf die Ringmauer geklettert. Dort stand sie nun, mit dem Rücken an den kalten, feuchten Stein gelehnt, und spähte in den klaren Nachthimmel, dessen Sterne ihr so nah waren wie die Glühwürmchen, die ringsum durch die tiefen Wälder schwirrten.

In ihrer frühen Kindheit hatte sie sich einmal in

diesen Wald vorgewagt und merkwürdige kleine Lichter entdeckt, die sie wie brennende Bienen umkreisten. Sie hatte sich gefürchtet und war weinend zu ihrer Mutter zurückgelaufen.

Doch ihre Mutter hatte sie zurück in den Wald getragen, sie fest umarmt, damit sie nicht weinte, und ihr dann gezeigt, was diese Lichtpunkte in Wahrheit waren. Köcherfliegen hatte sie sie genannt.

Sie hatte Clio erzählt, dass die Dorfbewohner, die diese als Feuerdrachen bezeichneten, glaubten, sie brächten denen Glück, die ihren Flug beobachteten. Genau wie der Morgenstern, der die Geburt Christi verkündet habe, seien die Köcherfliegen Geschöpfe des Himmels, und Gott selbst habe sie in jenen ersten Tagen der Schöpfung dazu auserkoren, ihren luftigen Reigen zu tanzen.

Diesen Tag hatte Clio nie vergessen, barg er doch eine der wenigen Erinnerungen, die sie bewusst mit dem Bild ihrer Mutter verband.

Nun stand sie auf dem Wehrgang, betrachtete den Himmel und fühlte sich leicht und beschwingt. Sie entschied, dass jene Sterne, die wie Glühwürmchen funkelten, ihr Glück bringen sollten. Ihre rastlosen Gedanken wanderten auf geheimnisvolle Weise zurück zu jenem wunderbaren Kuss auf dieser Mauer, und sie verharrte dort, bis der Morgen dämmerte und die Sterne erloschen.

Mit einem tiefen Seufzen wandte sie sich ab, um ihre Schlafkammer aufzusuchen, doch dann quietschte eine Tür, beinahe wie Thuds und Thwacks Ferkel. Clio trat an das Mauerwerk, legte ihre Hände auf den Stein und spähte hinunter.

Im diffusen Licht der Morgendämmerung bemerkte sie Merrick, der durch den Innenhof schritt, und ihr Blick folgte ihm gebannt. Sein Gang faszinierte sie, der Hüftschwung, die zügigen Schritte, sein rechter Arm, der auf dem Schwertknauf ruhte, obschon er auf sicherem Gelände weilte.

Sie bemerkte seine gestrafften Schultern, das stolz erhobene Haupt. Im morgendlichen Licht schimmerte sein schwarzes Haar beinahe wie flüssiges Silber, es war gewachsen und wellte sich über seinen Schultern. Er trug eine lederne Tunika von der Farbe seiner Haare und dunkelrote Beinkleider, die die trainierte Schenkelmuskulatur eines wahrhaftigen Kriegers betonten.

Seine weichen Lederstiefel reichten ihm fast bis zu den Knien, und das goldene Zwielicht brach sich in seinen Sporen. Sie klirrten durch die kühle Morgenluft, als er den Hof durchquerte und sich kurz zu dem Baumeister und den Handwerkern gesellte. Sie hatte das Gefühl, dass er selbst in diesem Augenblick wusste, wer und was ihn umgab.

Ohne ersichtlichen Grund verbarg sie sich im Schatten, fühlte, wie eine flammende Röte ihr Gesicht überzog. Er konnte sie nicht sehen und doch nahm er sie wahr. Sie spürte es, dieses verwunderliche, unsichtbare Band, das sie zu verknüpfen schien, ihrer beider Denken eins werden ließ.

Schweißperlen traten auf ihre Stirn, und sie rührte sich nicht, hielt selbst den Atem an, bis es ihren Brustkorb zu sprengen schien. Langsam und zaudernd spähte sie aus ihrem Versteck. Sie kam sich vor wie eine Diebin.

Merrick hatte sich abermals den Handwerkern zugewandt, und innerhalb von Minuten strömten sie alle zu den neuen Verteidigungsanlagen der Burg: in der Woche zuvor war ein inneres Fallgitter angebracht worden, das doppelten Schutz bot.

Sie stand da und fühlte sich auf merkwürdige Weise wie eine Lichtgestalt. Sie betrachtete den goldenen Sonnenaufgang. Vielleicht waren die Sterne wie die Glühwürmchen – sie brachten ihr Glück. Immerhin hatte sie einen Blick auf Merrick erhascht.

Daraufhin schalt sie sich eine unverbesserliche Närrin.

Gewiss war ihr Denken töricht. Falls das Glück an jenem Morgen tatsächlich auf ihrer Seite gewesen wäre, hätte er lediglich den Lendenschurz getragen.

Einige arbeitsame Tage später stand Merrick über die hohe Tafel gebeugt, seine Hände glätteten die gewellten Enden einer Zeichnung seines Baumeisters.

»Ich habe einen dieser walisischen Halunken auf deinem Araberpferd erspäht.«

Merrick sah auf.

Sir Roger stand im Torbogen des Seiteneingangs zum Rittersaal. Er hatte seinen Helm unter den Arm gestopft und seine Halsberge zurückgeschoben, so dass sie seinen Nacken wie ein Joch umspannte.

Blätter und Zweige klebten an seinem roten Haar, Grasbüschel und Schmutz bedeckten sein Kettenhemd. Seine Rüstung war übersät von riesigen Morastklumpen, als hätte man ihn hineingetaucht.

Er trat auf Merrick zu; Wasser und Lehm quollen unter seinen Eisenschuhen hervor. Mit jeder Bewegung seiner Arme und Beine tropfte Schmutzwasser von seiner Rüstung und ergoss sich über den Steinboden.

Bedächtig glitt Merricks Blick über seinen Freund, von dem feuchten Laub in seinem Haar bis hin zu den Lehmspuren unter seinen Füßen. »Es überrascht mich, dass der alte Langdon dich nicht gelehrt hat, dass du in deiner Rüstung nicht schwimmen kannst.«

Aufgebracht gestikulierend warf Roger Panzerhandschuhe und Helm auf eine der Bänke. Eine matschige Ringelblume landete neben Merrick; als sein Blick darauf fiel, hob er sie auf und hielt sie seinem Freund hin. »Hast du das verloren?«

Roger äußerte einen von Merricks beliebtesten und blumigsten Flüchen.

Merrick hatte Roger nur selten in einer solchen Verfassung erlebt. Für gewöhnlich erfreute er sich so guter Laune, dass es manchmal unerträglich war. Merrick wandte sich wieder seinen Brückenplänen zu. »Du bist nicht in Bestform. Den Damen wird es das Herz brechen.«

Roger setzte sich ihm gegenüber.

Sobald seine Kehrseite die Bank berührte, hörte man ein lautes Schmatzen. Er stöhnte unmerklich, da ihm Merricks schadenfroher Blick nicht entging. »Ich habe diesen verfluchten Teufel von einem Reiter für dich verfolgt.«

»Für mich.« Ein solcher Unfug war einfach zu viel für Merrick. Er schüttelte sich vor Lachen.

»Ganz recht, für dich. Es ist dein Pferd.«

»Seltsam, ich dachte, es sei vielleicht deshalb, weil du vom ersten Tag an, seitdem ich es habe, versuchst, dieses Pferd zu erhandeln, als Pfand einzufordern oder zu erschwindeln.«

Fassungslos kopfschüttelnd starrte Roger auf seine Hände. »Während der letzten zwei Jahre habe ich alles versucht, um dich dazu zu bewegen, mir dieses verdammte Pferd zu verkaufen.«

»Ich weiß.«

Er schielte zu Merrick. »Das ist alles, was du dazu zu sagen hast? Und ich dachte, der Verlust dieses Pferdes würde dich zur Weißglut bringen.«

Merrick zuckte die Achseln. »Ich habe andere Pferde.«

»Hast du Fieber?«

Ganz recht, dachte Merrick, Rogers bestürzten Blick übergehend. Sein Blut war glutheiß, aber beileibe nicht von irgendeiner Krankheit. Und genau dies wollte Roger in Erfahrung bringen: dass er nach einer Frau fieberte. Diesen Gefallen würde er ihm gewiss nicht tun.

Er beschloss, nicht zu antworten, und verfiel in brütendes Schweigen, während er sich aufs Neue in die Burgpläne vertiefte, die genauso gut mit der unbeschriebenen Seite zuoberst hätten liegen können.

Auch Roger schwieg eine Zeit lang, dann räumte er zähneknirschend ein: »Mein Knappe und zwei meiner Männer mussten mich aus dem Fluss ziehen.« Er stach seinen Dolch in eine grüne Birne, die in einer Obstschale lag, und nahm einen herzhaften Bissen, dann kaute er so heftig, als handelte es sich um zähes Hammelfleisch. »Ich wäre fast ertrunken.«

»Das sehe ich.«

Roger knurrte lediglich verdrossen. Stirnrunzelnd musterte er eine weitere Birne, stach zu, bohrte sein Messer hinein und zerteilte sie.

»Willst du diese Birne vertilgen oder umbringen?«

»Beides«, antwortete er mit vollem Mund.

»Soll ich jetzt fragen, wie ein Mann mit deinen überragenden Reitkünsten in einem Fluss landen konnte?«

»Nein. Nicht, wenn dir dein Leben lieb ist.«

Merrick wieherte vor Vergnügen.

Roger funkelte ihn an, woraufhin er nur unbändiger lachte. Sein Freund fuhr sich mit der Hand über sein staubiges und schmutzverkrustetes Gesicht, dann starrte er auf seine Handfläche. Kurz darauf wich seine wütende Entrüstung unterschwelliger Belustigung. »Vermutlich wäre es erheiternd gewesen, das mit anzusehen, solange man nicht selber der Betroffene ist.«

»Wäre es mir passiert, hättest du vor Lachen gejohlt, bis ich dir meine Faust ins Gesicht geschleudert hätte.«

»Ganz recht. Das hätte ich getan.«

»Es ist doch nur dein angekratzter Stolz.«

»Nein.«

»Bist du etwa verletzt?« Merrick hörte die Anspannung in seiner eigenen Stimme. Die Erinnerung an Clio und den Pfeil war ihm immer noch lebhaft vor Augen. Er liebte Roger wie den Bruder, den er nie hatte.

»Lediglich mein Hinterteil schmerzt.« Roger rutschte von einer Seite auf die andere. »Das Flussufer ist verflucht steinig.«

Merrick warf ihm ein Damastkissen aus dem Sessel des Burgherrn zu. Roger fing es auf, und zu Merricks Erstaunen benutzte er es.

Als er kurz darauf erneut zu Roger blickte, musterte dieser die Deckenbalken, sein Gesichtsausdruck war nachdenklich, ja beinahe ehrfürchtig. »Du hättest den Reiter sehen sollen, Merrick.« Er schwenkte den Dolch mit der aufgespießten Birne, um jedes Wort zu unterstreichen. »Ich habe noch keinen erlebt, der so reiten konnte. Es schien, als hätte er sein ganzes Leben lang nur dein Pferd geritten.«

Roger drehte sich zu ihm um. »Sie wirkten wie zusammengewachsen, als sie über diesen zerklüfteten Hügel bei Pwllycalch preschten.«

»Sie ritten über Pwllycalch?« Merrick war verblüfft. Die heimtückischen Anhöhen im Süden waren berüchtigt wegen ihrer wilden Schluchten. Eine alte Legende besagte, dass nur die wenigsten diese Kreidefelsen bezwangen, da sie im Mondlicht Falkenschwingen ausbreiten und fliegen würden.

»Ja. Sie waren bereits über alle Berge, als ich den ersten Pass erreichte. Dagegen wirkten die Wüstenreiter von Damaskus wie schwache, alte Damen.«

Allerdings waren schwache, alte Damen das Letzte, woran Merrick unterdessen dachte. Er dachte an Clio, stellte sich ihr Gesicht vor, dieses einzigartige Antlitz, und den süßen, verlockenden Geschmack ihrer warmen Lippen.

Und so kam es, dass Roger ihm gegenüber saß und ein völlig anderes Bild vor Augen hatte – das eines Reiters hoch zu Ross, des prachtvollsten, ihm bekannten Tieres, und sie flogen über die wilden walisischen Täler, den Wind in sich aufnehmend wie ein köstliches Getränk.

21

Das Getränk beschäftigte auch Clio. Gott behüte, nicht der Wind, sondern die Aufgabe, ihr eigenes Brautbier zu brauen.

Das Brautbier war etwas besonderes – ein Geschenk an die Hochzeitsgesellschaft von der Brautmutter. Ihre Mutter lebte nicht mehr, aber sie hatte ihren eigenen Stolz.

Ihr war ein wundervoller Gedanke gekommen! Gewiss würde sie das beste Brautbier aller Zeiten brauen. Insgeheim hoffte sie, dass ihr Rezept letztlich des Rätsels Lösung sein würde, nämlich das, was sie und auch so viele andere zu finden versuchten.

Gab es ein besseres Hochzeitsgeschenk für ihren zukünftigen Gemahl und seine Männer? Dieselbe Unbesiegbarkeit, wie die alten Druidenkrieger sie besaßen, die sogar Cäsar und seine Legionen in die Flucht geschlagen hatte?

Deshalb lag sie bäuchlings auf ihrem neuen, weichen Bett, ihre nackten Füße wippten ungeduldig in der Luft, während sie Schwester Amices Anmerkungen und Rezepte überflog.

Hätte sie jemanden in ihren Plan eingeweiht, hätte man vermutlich geglaubt, sie wolle einen zum Narren halten.

Sie konnte sich das Gerede gut vorstellen.

»Diese Clio! Sie war schon als junges Mädchen eine dumme Gans, braute ihr Brautbier, obschon weit und breit kein Bräutigam in Sicht war.«

Merrick hatte erklärt, dass sie in zwei Wochen heiraten würden. Sie sah keine Veranlassung, an ihm zu zweifeln. Seit seiner Rückkehr hatte er sie nicht belogen.

Außerdem, sinnierte sie, war er derjenige gewesen, der ihr diese Neuigkeit in knappen Worten mitgeteilt hatte.

Unmengen von Truhen waren in ihre Kammer geschleppt worden. Sie hatte nicht mehr gewusst, in welche sie zuerst schauen sollte. Die ihr am nächsten stehende war mit hübschen Stoffen gefüllt, wie sie sie nie zuvor gesehen hatte. Während sie Ballen für Ballen betrachtete, wäre sie am liebsten in die riesige Kiste geklettert.

»Unsere Vermählung verzögert sich lediglich wegen einer kleinen Sache«, hatte Merrick erklärt.

Schlagartig hatte sie sich gefragt, wovon er da redete. Sie hatte seine Ausführungen kaum erwarten können, während sie ehrfürchtig die feinen und hauchzarten Stoffe bewunderte, die sie an die farbenprächtigen Fenster einer Kathedrale erinnerten.

»Vermählung?« Sie stockte. Hatte er Vermählung gesagt? Sie steckte den Kopf aus der Truhe und fragte: »Unsere Vermählung?«

Doch da war Merrick bereits um die Ecke vom Söller gestürmt, den Baumeister auf den Fersen.

Sie erhob sich von der Truhe, strich ihr Haar zurück und bemerkte gerade noch, wie sein Kopf im Stiegenhaus verschwand.

»Merrick! Warte!« Sie eilte zur Treppe. »Was verzögert die Vermählung?«

Indes erhielt sie keine Antwort. Er war verschwunden, herbeigerufen von dem Baumeister.

Einmal mehr.

Deshalb lag sie nun auf ihrem Bett, stützte ihr

Kinn auf und gedachte stirnrunzelnd der vergangenen Tage. Seit sie ihn von der Ringmauer erspähte, hatte sie ihn nicht mehr gesehen.

Allmählich fragte sie sich recht ungehalten, ob sie sich in einen Ziegelstein verwandeln sollte. Oder in einen Kübel für den neuen Brunnen. In einen Wachtposten für die Zugbrücke oder in einen Bauplan für die Brücke über den verbreiterten Burggraben.

Dann würde Merrick ihr mehr Aufmerksamkeit schenken. Und sie brauchte seine Zuwendung und sehnte sich nach weiteren seiner wundervollen Küsse.

Augenblicke später jedoch war ihre Verärgerung wie weggewischt. Sie sollte nachsichtiger sein, verständnisvoller. Schon allein deshalb, um sich für seine Freundlichkeit, seine Fürsorge und seine Geschenke erkenntlich zu zeigen.

Seufzend wandte sie sich abermals ihren Aufzeichnungen zu. Dort las sie, was die gutherzige Nonne über Trefriw und das *Chalybeate* geschrieben hatte, das Schwester Amice als ein besonders eisenhaltiges, walisisches Mineralwasser mit heilender Wirkung bezeichnete.

Mineralwasser? Heilwirkung?

Rasch blätterte sie durch die Seiten, bis sie auf ein weiteres Bierrezept stieß. Aufmerksam las sie die Zutaten. Als sie fertig war, hob sie den Kopf und rieb sich gedankenverloren ihr Kinngrübchen.

Augenblicke später legte sie ihre Stirn in Falten, nagte an ihrer Unterlippe und drehte nervös den Ring ihrer Mutter an ihrem Finger. Unversehens hellte sich ihr Gesicht auf. Ein sanfter, friedfertiger Ausdruck trat in ihre Züge.

Dann lächelte sie. Verflixt! dachte sie. Vielleicht war es eine gute Sache, dass ihr Verlobter dermaßen beschäftigt war.

Gemeinsam mit einigen Männern brach Merrick in Richtung Küste auf. Roger ritt neben ihm, es bereitete ihm keinerlei Schwierigkeiten, mit Merricks atemberaubendem Tempo Schritt zu halten, der in Windeseile das beste verfügbare Pferd hatte satteln lassen.

Nachdem er Aries und den Araber geritten hatte, schien ihm das bedauernswerte Tier zwischen seinen Schenkeln lediglich ein schlechter Witz von einem Pferd. Hätte Merrick das Araberpferd gehabt, hätte er Clio unterdessen längst eingeholt.

»Warum, zum Teufel, hast du ihr bloß einen Wagen überlassen?«, entfuhr es Roger.

»Ich weiß es nicht.« Insgeheim schimpfte sich Merrick einen ausgemachten Narren. In Wahrheit hatte er ihr den prachtvoll bemalten Wagen als Teil ihrer Brautgabe geschenkt. Ihm war zu Ohren gekommen, dass die Damen solche Dinge schätzten. Er wollte ihr eine Freude machen.

Ständig hatte er an ihren Körper denken müssen, matt schimmernd im Badewasser, während er sie heimlich beobachtete. Obschon er sich seit Tagen in die Arbeit zur Instandsetzung der Burg stürzte, ging ihm ihr Bild nicht aus dem Kopf.

Er hatte unvernünftig gehandelt, und jetzt wusste er nicht, wem er mehr zürnte, Clio oder sich selbst.

Aus seinem Augenwinkel bemerkte er, wie Roger ihn anstarrte. »Nachdem sie von einem walisischen Pfeil getroffen wurde, habe ich fälschlicherweise angenommen, dass sie nicht noch einmal so töricht sein würde, allein umherzustreifen.«

»Allein? Ich dachte, diese walisische Hexe sei bei ihr.«

»Gewiss. Aber das ändert nichts. Die Alte ist von Sinnen.«

»Ich habe sie gesehen. Sie zwinkerte mir mit einem schwarzen Auge zu. Offen gestanden hat sie mich fast zu Tode erschreckt. Ich war mir nicht sicher, ob sie mir schöne Augen machen oder mich mit dem bösen Blick verzaubern wollte.«

»Du klingst wie dieser verrückte Mönch, Bruder Dismas.« Merrick erinnerte sich, wie er an Clios Krankenlager das durchtriebene Aufblitzen in den schwarzen Augen der alten Gladdys bemerkt hatte. Und dann war da noch die Salbe, die Clio so rasch genesen ließ, dass sie ihn die ganze Woche lang drangsalierte. »Ich denke, die Frau ist harmlos.«

»Harmlos? Verflucht, Merrick, sie muss nur einmal blinzeln, und schon schlägt sie sogar den Leibhaftigen in die Flucht. So gesehen, ist Lady Clio bei dieser Hexe vermutlich in Sicherheit.«

Das mochte Merrick erst glauben, wenn er es mit eigenen Augen sehen und sie berühren konnte. Immer wieder hatte er das Bild vor sich, wie sie vor jenen Männern floh, den Pfeil, das Blut, ja, er hörte sogar ihre Schreie.

Aufgrund der Erinnerung spornte er sein Pferd noch heftiger an, über eine Klippe und hinein in ein breites Tal, das der Bucht vorgelagert war. Er preschte davon, holte alles aus dem Tier.

In Windeseile war er durch das Tal galoppiert und näherte sich der Straße, die sich wie ein braunes

Band durch die Küstenfelsen schlängelte. Als er in der Ferne einen roten Punkt bemerkte, straffte er die Zügel und verlangsamte sein Tempo.

Dort unten auf der Straße stand ein auffällig großer, roter Wagen. Der Fuhrmann war in Schwarz gehüllt und hatte weißes, gekräuseltes Haar, vom Wind zerzaust wie ungesponnene Wolle.

Riesige Bottiche schienen an dem Wagen festgemacht. Als die hölzernen, vergoldeten Karrenräder mit ihren kunstvoll geschnitzten Speichen über das Pflaster rollten, wirbelten sie Staub und Schmutz auf, und das Poltern der Fässer an die Wagenseiten drang zu Merrick wie das dumpfe Geräusch der keltischen Kriegstrommeln.

In seiner Verärgerung hoffte er, dass Clio in dem Wagen wohlauf war und Kopfschmerzen von der holprigen Fahrt bekäme. Das Bild, das sich ihm bot, reizte ihn beinahe zum Lachen. An dem Wagen befanden sich so viele Fässer, als zögen die armen Ochsen das Wasser der gesamten Bucht hinter sich her.

Roger schloss zu ihm auf, straffte die Zügel und schalt ihn einen Narren. »Du wirst diesen armen Gaul noch umbringen.«

»Nein«, meinte Merrick zähneknirschend. »Mit Sicherheit nicht dieses Pferd.« Er zog sein Schwert und deutete auf den Wagen. Zwischen den Bottichen lugte soeben ein weißblonder Schopf her. »Wenn ich jemanden umbringe, Roger, dann sie.«

22

Clio ahnte sogleich, dass sie erneut in Schwierigkeiten steckte. Sie klammerte sich am Rand des Wagens fest und starrte nach Osten.

So wie Merrick und seine Männer näher preschten, vermochte sie sich vage vorzustellen, was seine Feinde erwartete, wenn er zum Angriff überging. Galt man als seine Beute, dann war der Anblick mehr als furchterregend.

Die Banner des Roten Löwen flatterten wie drohende Warnzeichen in der Meeresbrise. Merrick ritt so schnell, dass er bereits die Hälfte der Anhöhe genommen und seine Männer weit hinter sich gelassen hatte. Der auffällig blutrote Löwe auf seiner Tunika war unverkennbar. Seine schwarzen Umhangschöße umwehten ihn wie dunkle Schwingen, als wäre der Teufel leibhaftig der Hölle entstiegen.

Der Boden erzitterte unter dem donnernden Hufschlag der voranpreschenden Pferde. Staub wirbelte auf, die Schreie der Reiter durchschnitten die Luft wie barbarisches Kampfgeheul.

Clio blickte nach vorn zum Kutschbock. Selbst die alte Gladdys – die mehr Schneid hatte als die Königinmutter Eleonore – wollte die Geduld von Lord Merrick und seinen Mannen nicht auf die Probe stellen. In Walisisch murmelnd, brachte sie das Ochsengespann zum Stehen, ehe Clio dies selbst anordnen konnte.

Merrick ritt geradewegs in Clios Richtung. Am Rande der Küstenstraße straffte er die Zügel. Noch ehe das Pferd stand, sprang er zu Boden und schritt zu ihr, seine Miene so düster wie sein Umhang.

Sie war halb verborgen von einem riesigen Wasserfass mit einem gesprungenen Deckel, und es hatte die alte Gladdys und sie eine gute Stunde gekostet, es auf den Wagen zu hieven. Gemeinsam hatten sie an jenem Tag zehn volle Fässer mit Heilwasser gefüllt, genug, um das Brautbier für eine königliche Vermählung zu brauen.

An ihrer Unterlippe kauend, spähte sie über den zerborstenen Fassrand. Merrick sah nicht eben glücklich aus.

Er rüttelte an dem Wagenrand, dass das Gefährt schaukelte. Clio schrak zusammen. Ihr Arm glitt aus, ihr Ellbogen streifte das Fass; es wackelte, und der Deckel löste sich und rollte zu Boden.

Etwas Wasser schwappte über den Fassrand. Merrick umklammerte das schaukelnde Behältnis mit einer seiner riesigen Handflächen. Er schwieg, beharrlich sogar. Er stand lediglich da, den Arm gegen das Fass gestemmt, bis es aufhörte zu schaukeln.

Unterdessen fixierte er sie wie ein Hund, der eine Katze eingekreist hat.

Seine kräftige Statur ragte neben dem Wagen auf. Er keuchte wie nach einem angestrengten Lauf.

Diesen Anblick würde sie nie vergessen.

Sie musterte sein Gesicht. Seltsam, sie kannte keinen, der die Kiefer so fest zusammenbeißen konnte. Sie hätte wetten können, dass seine Zähne knirschten.

»Steig runter.«

Weiterhin an ihrer Lippe nagend, wog sie ihre wenigen Möglichkeiten ab. Dann reckte sie ihr Kinn, maß ihn mit einem vernichtenden Blick und erwiderte: »Ich denke nicht daran.«

Erneut ließ sie sich auf die gepolsterte Bank sinken und verbrachte eine ganze Weile damit, unsichtbare Stäubchen von ihrem Gewand zu wischen. Eigentlich fühlte sie sich ziemlich sicher vor ihm; das Fass war wie ein Schutzschild.

»Gestehe es mir, Frauenzimmer!«, brüllte er. »Sitzt du auf deinem Söller und heckst diese üblen Machenschaften aus, um mich zu prüfen?«

»Welche Machenschaften? Ich weiß nicht, wovon du redest.«

»Von diesem … diesem Unfug!« Merrick schwenkte seine Arme durch die Luft, als gäbe ihr das genau zu verstehen, wovon der sprach. »Hölle und Verdammnis!«

Sie streckte ihre Nase in die Luft. »Ihr flucht, Mylord!«

»Ganz recht.« Während er sie anfunkelte, umklammerte er den Wagenrand so fest, dass seine Fingerknöchel weiß hervortraten. »Außerdem tut es verdammt gut.«

Sie drehte den Kopf zur anderen Seite und fragte sich, was er als Nächstes tun würde. Deutlicher hätte ihre Verachtung nicht sein können.

Augenblicke später vernahm sie das Flüstern seiner Männer, das Stampfen der Pferde und Sir Rogers lang gezogenen Pfiff.

»Clio.« Merricks Stimme war schneidend und aufgebracht, als er sie bei ihrem Namen nannte. Er klang völlig anders als bei seinem sanften, liebevollen Kuss. Da sie wusste, wie zärtlich er sein konnte, glaubte sie, dass er ihr nicht wehtun werde.

Zögernd drehte sie den Kopf; für Sekundenbruchteile trafen sich ihre Blicke. Etwas regte sich in ihrer

Brust und ließ ihr Herz höher schlagen. Sie bemerkte, dass ihr Atem in raschen, kurzen Stößen ging.

Seltsam, da sie doch nicht gerannt war.

Doch während sie ihn betrachtete, auf seine nächste Reaktion wartete, stellte sie fest, dass seine Stimmung keinesfalls sanftmütig war. Seine wutblitzenden Augen rissen sich von ihr los, und er fuhr sich aufgebracht mit einer Hand durch sein Haar.

Er schritt vor ihr auf und ab, die Hände auf dem Rücken verschränkt, als müsse er sich zwingen, ihr nicht an den Kragen zu gehen.

Es ließ sich nicht von der Hand weisen, dass er wütend war. Sein Hals war dunkelrot angelaufen, genau wie bei ihrem Vater, als sie seinerzeit von Heinrichs erzürnter Königin Eleonore des Hofes verwiesen worden war.

Schließlich wirbelte er herum und baute sich vor ihr auf. »Verstehst du denn nicht, was du getan hast, Frauenzimmer?« Seine aufgebrachten Worte hallten wie Donnergrollen.

»Du brauchst nicht zu brüllen«, warf sie mit derselben arroganten und vorwurfsvollen Stimme ein, die ihren Vater in seiner Wut stets verwirrt hatte. »Ich habe Ohren. Ich kann dich hören, Mylord.«

»Tatsächlich? Das glaube ich nicht. Ansonsten würdest du nicht ständig meine Befehle missachten.«

Sie versuchte, nachdenklich und weise zu wirken. Mit ruhiger, gefasster Stimme reagierte sie auf sein Brüllen, um ihm zu zeigen, dass sie die Vernünftigere und Gescheitere, die Beherrschte war. »Ich vermag mich an keinen Befehl zu erinnern, der sich auf dieses Heilwasser bezogen hätte.«

Er starrte sie nur an.

Sie erwiderte seinen Blick offen und aufrichtig. »Wie soll ich einen Befehl befolgen, den ich nie erhalten habe?«

In Gedanken schien Merrick zu zählen ... oder zu beten ... oder zu fluchen. Seine Lippen bewegten sich lautlos.

»Warum, in drei Teufels Namen«, polterte er los, »sollte ich einen Gedanken darauf verschwenden, dass du plötzlich irgendein verfluchtes Heilwasser benötigst?«

»Für mein Bier, natürlich.«

»Vergib mir.« Seine Stimme troff vor Sarkasmus. »Aber diese Überlegung muss mir entfallen sein, als ich dich anwies, die Burg nicht ohne Begleitung zu verlassen.«

»Ich war in Begleitung der alten Gladdys.«

Merrick starrte die Alte an, als hielte er sie für ebenso nutzlos wie Seidenkissen auf einem Schlachtfeld.

Unterdessen zwinkerte die alte Gladdys ihm zu und murmelte irgendetwas in walisischer Sprache.

Sir Roger lenkte sein Pferd näher zu Merrick. »Gib Acht, mein Freund, sonst wachsen dir bei Vollmond noch Warzen auf der Nase.« Seine Stimme klang ausgelassen im Vergleich zu Merricks düsterem, knappem Tonfall, in dem er sie gescholten hatte.

Clio lächelte zu Sir Roger. Er nickte unmerklich, als wolle er sie warnen, Merrick nicht allzu sehr herauszufordern.

Die alte Gladdys, die weiterhin auf dem Kutschbock verharrte, schien völlig ungerührt. Stattdessen versuchte sie unbeirrt, sie glauben zu machen, dass sie druidische Beschwörungen ausstieß. Clio erfasste die Bedeutung von Gladdys' walisischem Singsang und starrte die Alte fassungslos an. Soeben hatte diese irgendetwas von Warzen erwähnt, die an anderer Stelle als auf Merricks Nase wachsen sollten.

Clio errötete.

Stirnrunzelnd wandte sich Merrick abermals an Clio. »Was hat sie von mir gesagt?«

»Ich weiß nicht«, schwindelte Clio. Nie und nimmer würde sie diese Worte übersetzen.

Durchtrieben kichernd summte die Alte ein Druidenlied. Betont theatralisch wanderten ihre schwarzen Augen zu Sir Roger und fixierten ihn wie Zyklop eine fette, köstliche Stallmaus.

Merrick sah von Clio zu der Alten, dann wieder zu Clio, die er mit finsteren Blicken maß. »Wir haben vier neue Brunnen auf Camrose. Dort gibt es genug Wasser für dein Bier.«

»Aber kein *Trefriw*.«

Schweigend ging er über ihren Einwurf hinweg. Ihr war bewusst, dass er sie nicht verstand, statt aber seine Unkenntnis zuzugeben, versuchte er diese mit männlichem Gebaren zu überspielen: er stemmte die Hände in die Hüften und verkündete eine Grundsatzregel. »Wie ich sehe, führt dieses Gespräch zu nichts. Du lässt mir keine Wahl, Mylady. Ich werde dich der Aufgabe des Bierbrauens entheben und einen Braumeister einstellen.«

»Nein!« Sie vermochte ihr Entsetzen nicht zu verbergen und versuchte erst gar nicht, es mit dem arroganten Tonfall zu überspielen, den sie sonst im Gespräch mit Männern anschlug. »Ich muss etwas tun, Merrick!«

Als sie ihn bei seinem Vornamen nannte, trat ein leichtes Flackern in seine Augen.

»Ich muss eine Aufgabe haben. Irgendeine.«

»Du hast eine Aufgabe.«

»Nein.« Sie schüttelte den Kopf. »Habe ich nicht.«

»Du wirst meine Gemahlin.«

»Ich muss irgendetwas tun!«

»Glaube mir, du wirst sehr viele Pflichten haben.«

»Du verstehst mich nicht. Ich muss meine eigene Aufgabe haben!«

»Frauenzimmer, ich glaube, deine Aufgabe liegt darin, mich in den Wahnsinn zu treiben!« Er fuhr sich mit der Hand durchs Haar und blickte zu Boden. »Vielleicht bin ich bereits verrückt.«

»Du brüllst schon wieder.«

»Schweif nicht vom Thema ab.«

»Tu ich gar nicht. Du *hast* gebrüllt.«

»Steig runter vom Wagen. *Sofort*.«

Rasch versuchte sie, sich ein weiteres Thema einfallen zu lassen, um ihn zu verwirren. Indes schien sie mit ihrer Weisheit am Ende. Und sein Blick war alles andere als erbaulich.

»Zwing mich nicht dazu, dich herunterzuzerren.«

»So grausam wärst du nicht.«

»Ich verspreche dir, ich werde dich von diesem Wagen zerren, dann mit einem Strick hinter meinen Sattel binden und dich den ganzen Weg zu Fuß laufen lassen.« Er hielt inne, sein Gesicht kam ihr bedrohlich nahe, als er zischte: »Falls ich es mir nicht anders überlege und dich hinter mir herschleife.«

»Das würdest du nie tun.«

»Ich gebe dir mein Wort, Clio. Was ich tun werde,

wird dir gar nicht gefallen. Also steig runter, oder du wirst nach Camrose zurücklaufen müssen.«

Wie um ihm zu beweisen, dass sie längst nicht aufgab, seufzte sie inbrünstig. Es wirkte. Er schien verärgert.

»Wegen des Wasserfasses kann ich mich nicht aus dieser Ecke bewegen.«

»Dann krabble darüber hinweg.«

»Ich kann nicht. Warte, ich werde versuchen, es ein wenig zu verrücken ...«

»Rühr es nicht an!«, gellte er.

Sie griff nach dem schwankenden Fass.

Entsetzen flammte in seinem Blick auf. Zu spät.

Er fluchte unbändig.

Clio warf die Hände vor ihre Augen und zwinkerte, als sie einen lauten Knall und das Platschen der Wassermassen vernahm.

Dann herrschte völliges Schweigen. Unendlich lange. Sie saß da, die Augen bedeckt.

Nach schier endlos währenden Augenblicken vernahm sie das gackernde Kichern der alten Gladdys. Es wollte nicht aufhören und schien weiteres Gelächter hervorzurufen, denn einige von Merricks Männern johlten unvermittelt.

Allerdings lachte Sir Roger am lautesten und ausgelassensten; es klang wie das Bellen der Seehunde an der westlichen Küste.

Lachen ist gut, überlegte sie. Sie wähnte sich in Sicherheit.

Behutsam umklammerte sie den Wagenrand und spähte herab.

Der berühmte Rote Löwe lag auf seiner Kehrseite im Schlamm und sah aus wie eine ertränkte Katze.

Einen Arm lässig auf den Sattelknauf gestützt, grinste Roger zu Merrick hinunter, der in einer riesigen Wasserlache saß. Wasser tropfte von seiner markanten Nase und der wutverzerrten Kinnpartie und rann ihm aus seinem nassen Haar in die Augen.

»Merrick, hat Hereford dich nicht gelehrt, dass du in nur einem Fass Wasser nicht schwimmen kannst?«

Merrick fluchte leise. Er hatte es satt, mit seinen eigenen Worten genarrt zu werden.

Mit der theatralischen Aura des Hauptdarstellers in einem Possenspiel gestikulierte Roger mit seinem Arm in Richtung der unter ihnen liegenden Bucht. »Wenn du schwimmen willst – dort ist eine riesige Bucht.« Daraufhin lachte er noch ausgelassener.

Merrick erhob sich. Sein durchnässter Umhang war so schwer, dass er fast taumelte. Er öffnete die Brosche mit dem silbernen Löwen und entledigte sich des hinderlichen Kleidungsstücks. Dann wrang er es wütend aus, während er Clios schwanengleichen Hals mit seinen Blicken durchbohrte.

Immerhin geistesgegenwärtig genug gelang es ihr, bekümmert zu wirken. Er drückte den Umhang ein weiteres Mal aus, dann warf er diesen über seinen Sattel.

Erneut wandte er sich an Clio. »Steig runter. Du wirst mit mir reiten.«

Zu seiner Verblüffung gehorchte sie schweigend und schlüpfte um das Fass. Er saß auf, glitt in die Steigbügel und streckte ihr seine Hand entgegen. »Gib mir deine Hand.«

Sie starrte ihn an, als traue sie ihm nicht.

»Keine Sorge, Mylady. Ich werde sie gewiss nicht abhacken.« Das zeigte Wirkung. Ihr Kinn schoss hoch, und sie legte ihre Hand in die seine. Er musste sich zwingen, nicht zu lächeln. Vielleicht war sie doch gefügiger als von ihm vermutet.

»Stell dich auf meinen Fuß. Ich werde dich hochziehen.«

Sie tat wie ihr geheißen, mit mehr Gehorsam, als sie ihm seit jener ersten Begegnung gezeigt hatte, da sie ihm mit gesenktem Kopf entgegengetreten war, woraufhin er sie törichterweise für eine schüchterne Klosterschülerin gehalten hatte.

Er legte einen Arm um sie und zog ihren Rücken an seine Brust. Unmerklich seufzte sie. Ihre Brüste lehnten weich und füllig an seinem Oberarm, und er fühlte den Druck ihres schmalen Rippenbogens, als er sie an sich presste. Er spürte das kalte Wasser auf seiner Haut und wusste, dass auch sie durchnässt werden würde.

Die Sonne schien hoch am Himmel, und trotz der Meeresbrise war es nicht kalt. Ihrer beider Körper verströmten Hitze, nicht etwa milde Wärme, sondern eine Glut, die die Luft um sie herum in Nebeldampf zu verwandeln vermochte.

Als er zu ihr hinuntersah, war ihr Gesicht rosig überhaucht, und sie rutschte hin und her, als wolle sie der Nähe seines Körpers ausweichen.

»Halt still oder du fällst hinunter.« Er zog sie fester an sich, bis sie fröstelte, ihre weiche Kehrseite an ihn gepresst.

Er sah zu Roger, der weiterhin mit seinen Männern scherzte. »Du wirst den Wagen zurückbringen.«

Rogers Gelächter verebbte so rasch, als hätte er schlagartig die Stimme verloren. Mit säuerlicher Miene musterte er die alte Gladdys.

Die walisische Frau strich ihr Haar zurück, als wäre es ein prachtvoll schimmernder, jugendlicher Schopf und nicht etwa weißes, wolliges Gekräusel. Sie rutschte beiseite und klopfte auf den Holzsitz neben ihr, dabei grinste sie Sir Roger wie ein sanftäugiges Milchmädchen an.

Roger erweckte den Eindruck, als wolle er fliehen. Ungläubig blickte er zu Merrick. »Du beliebst zu scherzen.«

Merrick wandte sich zu seinen Männern. »Drei Silbertaler für denjenigen, der mir sagen kann, was Sir Roger mag!«

Ausgelassen brüllten die Männer im Chor: »Er mag Starkbier, gefallene Engel und willige Frauen!«

Bedeutungsvoll musterte Merrick die Alte, die Roger mit schmachtenden Blicken verzehrte. Dann drehte er sich zu seinem Freund um und erklärte: »Sie erscheint mir rechtschaffen willig.«

Rogers derbes Fluchen überhörend, zog er Clio noch fester an sich und lenkte sein Ross in Richtung Camrose.

23

Als sie in jener Nacht zur Burg zurückkehrten, war der finstere Himmel mondlos. Im trüben Fackelschein ritten sie durch die Tore, begleitet von dem langen, dumpfen Ton der Wachfanfare.

Merrick gab sie nur solange frei, bis sie abgesessen hatte, dann nahm er sie in seine Arme, trug sie ins Wohnhaus und über die Stiegen zu ihrer Kammer, fortwährend Anweisungen brüllend, dass die Bediensteten etwas zu essen, trockene Kleidung und heißes Wasser bringen sollten.

»Für ein Bad bin ich zu müde«, murmelte Clio an seiner Schulter.

Er bedachte sie mit einem jener Blicke, der besagte, dass er die Befehle gab und nicht sie, und trat die Tür auf.

Sie war zu müde und erschöpft von dem anstrengenden Ritt, um etwas zu erwidern. Keineswegs sanft warf er sie auf das Bett, und sie schlug die Augen auf, wollte ihn zornig anfunkeln. Er hingegen wies Dulcie an, sie zu entkleiden, und verließ die Kammer.

Sie war dermaßen ermattet, dass es sie nicht kümmerte, ob sie in ihrer verstaubten Reitkleidung schlief. »Dulcie, bitte. Ich werde so schlafen. Ich bin entsetzlich müde.« Wie von weither vernahm sie ihre eigene Stimme.

»Hebt Euren Arm, Mylady.« Dulcies Hände waren überall, lösten die Haken ihres Kleides, zerrten an den Ärmeln und peinigten Clio, als hätte diese kein Wort gesagt.

»Ich werde in meinen Sachen schlafen«, maulte Clio.

»Der Graf hat mir einen Befehl erteilt«, entgegnete Dulcie und entkleidete ihre Herrin, ehe sie leise hinzufügte: »Ich bin doch keine Närrin. Im Gegensatz zu einigen anderen weiß ich, dass ich meinem Herrn gehorchen muss.«

Bevor Clio eine bissige Bemerkung einfiel, war sie in ein frisches Leinennachtkleid gehüllt, und Dulcie hatte ihre Kammer mit einem Arm voll schmutziger Kleidungsstücke verlassen.

Seufzend schloss sie die Lider. Merrick stand auf dem Treppenabsatz und brüllte weiterhin seine Befehle. Es war wie der Versuch, bei Vespergeläut in einem Glockenturm einschlafen zu wollen.

Über den Schmerz in Schultern, Rücken und Kehrseite hinwegsehend, stützte sie sich auf ihre Ellbogen. Durch die geöffneten Türen konnte sie ihn sehen. Er stand auf der obersten Stufe und erklärte jedem, was zu tun sei.

Wie üblich.

Mit einem tiefen Seufzer sank sie auf ihre neue Matratze zurück. Diese war weich und warm, so als ruhte man auf einer Wolke. Sie schob ein Kissen unter ihren Nacken und die genesende Schulter.

Doch während sie so dalag und den Krach zu überhören versuchte, spürte sie den Schulterschmerz von der Pfeilwunde zum ersten Mal seit Tagen wieder mit erschreckender Deutlichkeit – stechend, pulsierend und qualvoll.

Vielleicht hatte sie sich ein wenig überanstrengt. Die Wasserfässer waren entsetzlich schwer gewesen. Das nächste Mal würde sie jemanden mitnehmen, der stärker und kräftiger war als sie.

In diesem Augenblick sprang Zyklop auf das Bett. Er wetzte seine Krallen an den Laken, laut schnurrend, was sie stets erheiterte. Dann drehte er sich im Kreis und ließ sich neben ihren Kopf sinken, als wollte er damit zum Ausdruck bringen: *Jetzt gehen wir schlafen.*

Sie streichelte seinen weichfelligen Kopf mit der grässlichen Augenklappe. Bei seinem Anblick musste sie lächeln.

Seufzend wälzte sie sich für Augenblicke, um eine bessere Schlafhaltung zu finden, dann drückte sie sich ein Kissen auf die Ohren, um Merricks Stimme auszublenden. Sie winkelte die Knie an, bis sie es sich entsprechend bequem gemacht hatte, zog die Laken über den Kopf und schlief schließlich ein.

»Was machst du da?«

Beim Klang von Clios Stimme sah Merrick auf. Sie saß in ihrem Bett und blickte ihn schlaftrunken an.

»Ein Bad nehmen«, erwiderte er beiläufig, während er Arme und Brust mit einem Tuch vom Schmutz befreite.

»Das sehe ich.« Sie unterdrückte ein Gähnen. »Schließlich bin ich keine Närrin.«

»Über diesen Punkt könnte ich mit dir streiten.« Er beugte sich vor und tauchte den Kopf ins Wasser, so dass ihm ihre Antwort erspart blieb. Seine Geduld war ohnehin über die Maßen strapaziert worden.

Wieder erschien sein Kopf an der Wasseroberfläche, und er strich sich mit seinen Händen das Haar zurück.

Sie hatte sich nicht gerührt. »Dies ist meine Kammer.«

Er rieb sich mit dem Tuch über sein Gesicht und die kratzigen schwarzen Bartstoppeln. Einer seiner Männer würde ihn rasieren müssen. Er legte das Tuch auf den Rand des Zubers, der in der Nähe eines Kohlenbeckens stand.

Er erwiderte ihren Blick. »Hier ist keine Seife.«

Sie schien verwirrt. Und das erfüllte ihn mit diebischer Freude, da sie ihm ebendieses Gefühl vermittelte, wann immer sie das Thema wechselte. »Mylady, ich denke, du solltest deine Zeit darauf verwenden, dich um deine Pflichten innerhalb der Burgmauern zu kümmern, anstatt Heilwasservorräte anzulegen. Vielleicht könntest du Seife statt Bier herstellen.«

Er hielt inne, ließ seine Worte auf sie wirken. »Keine Burgherrin, die auch nur über einen Funken Stolz verfügte, würde einen Haushalt ihr Eigen nennen, in dem nicht einmal ein Stück Seife vorrätig ist!«

»Ich brauche keinen Mann, der mir sagt, was ich zu tun habe, Mylord.«

»Eines Tages wirst du diese Worte zurücknehmen, das verspreche ich dir.«

»Ich habe Seife.«

Abermals wechselte sie das Thema.

»Camrose hat Seife im Überfluss!« Sie schlug die Laken zurück und stapfte über den Steinboden, dabei schwenkte sie die Arme wie ein marschierender Soldat. Dann öffnete sie ein Schränkchen und nahm eine gelbe Seifenkugel heraus.

Hochnäsig hielt sie ihm diese hin.

Ihre Haltung war verlockend. Er vermochte geradewegs durch ihr hauchzartes Nachtkleid zu schauen. Während er zu ihr spähte, fiel ihm sein törichtes Gespräch mit Roger wieder ein, in dem er behauptet hatte, dass ihn ihr Aussehen nicht kümmere. Alptraumhaft quälten ihn seine Worte aufs Neue.

Ihr Aussehen kümmerte ihn sehr wohl, schon deshalb, da ihr Anblick ihn faszinierte. Und es war eine andere Faszination als das schlichte männliche Bedürfnis, das Begehren nach einer Frau. Nach irgendeiner Frau.

Er begehrte Clio. Sein Körper verzehrte sich nach ihr, obschon das nichts Ungewöhnliches war. Unter der Wasseroberfläche wurde er so hart wie die Burgmauern. Doch als geschulter Ritter vermochte er sich in Geduld zu üben, konnte seinen Körper beherrschen. Er handelte nicht töricht und überstürzt.

Dennoch war das starke, in ihm aufwallende Begehren anders als sonst. Es galt allein Clio. Und in diesem Fall vermochte er weder Körper noch Geist zu bezähmen, einerlei, wie sehr sie ihm zusetzte.

Sein Blick schweifte erneut zu ihr, als sie ihm die Seife zuwarf. Er fing sie so geschickt auf, dass sie erschrocken blinzelte.

Verwundert betrachtete sie ihn, woraufhin er sich ein Lächeln verkniff und die Seife untersuchte; schließlich roch er daran, rümpfte die Nase. »Natronseife.«

Glücklicherweise wirbelte sie herum, so dass er die Gunst des Augenblicks nutzte und die Stirn in ernste Falten legte. Sie öffnete und schloss einige Fächer des Schränkchens, dann drehte sie sich zu ihm um und rief: »Thymianseife!«

Sie warf ihm ein neues Stück zu.

Womöglich wollte sie ihn auch damit treffen.

»Rosenöl!« Ein weiteres folgte. »Kamille!« Und das nächste sauste durch den Raum.

Geschickt fing er sie mal mit der einen, mal mit der anderen Hand auf.

»Seegras! Lilien!«

Merrick versuchte sich das Lachen zu verkneifen,

während er mit Kräuter- und Ölseifen jonglierte, die ihm mit Wucht entgegengeschleudert wurden.

»Sandelholz! Myrrhe! Gewürzseife! Nelken!«

Die Nelkenseife klatschte an die Wand und rollte über den Boden. Die hässliche einäugige Katze sprang vom Bett und jagte die Seifenkugel, schlug mit ihren Pfoten danach, bis sie sich schließlich darauf stürzte.

»Moschus! Vanille! Lavendel und Pfefferminze! Mandel, Zitronenöl, Pfirsichöl, Veilchenwurzel, Geißblatt, Waldmeister, Rosenbukett …«

Minuten später saß Merrick umgeben von Seifenkugeln in seinem Zuber und musste sich eingestehen, dass Camrose Seife im Überfluss besaß.

Genau wie seine Burgherrin inneres Feuer.

Sie stand vor dem Schränkchen, die Hände aufreizend in die Hüften gestemmt. Eines war sicher. Mittlerweile war sie hellwach.

Gütiger Himmel, und sie war wunderschön! Wie ein widerspenstiges Fohlen warf sie den Kopf zurück, dann schritt sie wie eine stolze Siegerin auf ihn zu.

Er fragte sich nur, ob sie sich dessen bewusst war, dass sie lediglich ein durchschimmerndes Nachtkleid trug. Doch dann erinnerte er sich, wie sie ihr Handtuch sinken ließ, und dachte voller Genugtuung, dass sie beileibe nicht zu den Frauen gehörte, die ihren prachtvollen Körper schamhaft verbargen.

Ob sie sich dessen bewusst war, was sie trug, spielte ohnehin keine Rolle.

Einzig ihr Anblick zählte.

Sie wich seinem Blick ebenso wenig aus wie er dem ihren, denn die Öllampe auf dem nahen Tisch warf ihr Licht auf die spärlich verhüllte Gestalt. Genauso gut hätte sie nackt sein können.

Sofern sie sich ihr Erscheinungsbild vergegenwärtigte, ließ sie sich nichts anmerken, sondern funkelte ihn herausfordernd an. Und da war noch etwas, etwas Grundlegendes, weshalb er sie begehrte, mehr begehrte als alles andere in seinem Leben.

»Komm her.«

Sie ließ sich Zeit, bis sie ihm gehorchte, doch dann stellte sie sich neben die Wanne. Mit einem diabolischen Glitzern in den Augen blickte sie auf ihn herab.

Er hielt ihr fünf Stücke Seife hin. »Welches würdest du vorzugsweise benutzen?«

»Wofür? Um dich damit zu bewerfen?« Als er nicht antwortete, setzte sie hinzu: »Das Größte, natürlich.«

Er beugte sich vor. »Wasch mir mit einer Seife den Rücken.«

»Für solche Aufgaben hast du deine Lakaien.«

»Willst du, dass ich sie um diese nächtliche Stunde wecke, nach all den Mühen, die sie wegen deiner Verfehlungen auf sich genommen haben?« Er wusste, dass er sie damit eiskalt erwischt hatte, dennoch wollte er ihren Hochmut ins Wanken bringen. »Es gab Zeiten, da erfüllte eine Frau ehrerbietig ihre Pflichten, darunter auch das Baden eines Ritters.«

Sie starrte ihn an. Auf ihrem Antlitz spiegelten sich Entsetzen und Verärgerung, Neugier und verletzter Stolz.

Die Zeit schien sich endlos dahinzuziehen; sie schwiegen wie zwei bedachtsame Diplomaten.

Doch beider Schweigen bedeutete keineswegs,

dass sie einander nicht verstanden. Denn das taten sie.

Ihr bedrängt mich zu sehr, Mylord.

Ihr zwingt mich dazu, Mylady.

Mit einem angewiderten Schnauben zerrte sie das Tuch vom Rand des Zubers und fuhr mit einer Seifenkugel darüber, bis der weiße Schaum ihre Hand bedeckte und zu Boden tropfte.

»Beug dich vor«, zischte sie, dann klatschte der Lappen geräuschvoll auf seinen Rücken.

Nur um sie zu verunsichern, legte Merrick lässig seine Ellbogen auf die angewinkelten Knie und senkte den Kopf, dann stöhnte er lustvoll; nach dem langen, überstürzten Ritt durch ganz Wales sonnte er sich in dem Wissen, dass er sie aufgespürt hatte, bevor sie sich selbst umgebracht hatte, vergewaltigt oder verstümmelt worden war.

Sie schrubbte seinen Rücken zunehmend fester.

Ihre Bewegungen waren so heftig, dass er zu ihr spähte und sich im Stillen fragte, ob er möglicherweise verstümmelt werden sollte.

Der Zeitpunkt war geschickt gewählt, denn in besagtem Augenblick nahm sie den Lappen in beide Hände und malträtierte damit seine Haut, als wollte sie eine schwere Truhe über den Boden schieben. Sie biss sich auf ihre Unterlippe, und ihr Gesicht war angespannt, während sie nach Leibeskräften scheuerte.

Er rechnete jeden Augenblick damit, ihr lautes Keuchen zu hören.

Er wartete, zählte bis zehn, dann stand er so unvermittelt auf, dass das Badewasser überschwappte und sie bespritzte. Seine eigene kleine Rache.

Seufzend sank sie zu Boden und hauchte einen unverständlichen Fluch.

Als wäre es die natürlichste Sache der Welt, drehte er sich um und musterte sie. So verharrte er länger als nötig, während sie auf dem Boden kauerte und fassungslos zu ihm aufspähte. Ihr Blick wanderte über seinen entblößten Körper.

Er beobachtete, wie sie vor Schreck die Augen aufriss und errötete. Dann straffte er sich, drehte sich um und ließ sich abermals in der Wanne nieder.

Beredtes Schweigen trat ein.

Es ist beinahe zu einfach, dachte er bei sich, während er die Arme auf den Zuberrand legte. Entspannt seufzend lehnte er den Kopf zurück und schloss die Lider.

Sie sagte nichts.

Schließlich schlug er die Augen auf und maß sie mit einem langen, vielsagenden Blick. Dann warf er ihr eine Seifenkugel zu und murmelte: »Und jetzt meine Brust.«

24

Ob der König mich wohl enthaupten ließe, wenn ich einen seiner Grafen aus dem Turmfenster stoßen würde?

Bedachtsam blickte Clio von Merrick zu dem Fensterschlitz und wieder zu Merrick. Nachdenklich rieb sie sich ihr Kinngrübchen.

Nein. Das ginge nicht. Er würde nicht hindurchpassen; sein Kopf war einfach zu groß.

Eine wirkungsvolle Tracht Prügel war ebenfalls

ausgeschlossen. Sie hatte seine Haut geschrubbt, bis sie rot und wund war, doch er hatte lediglich gestöhnt, genau wie Zyklop, wenn sie dessen Bauch kraulte.

Dicke Haut, dicker Schädel, so hieß es.

In seinem Fall hätte ein ganzer Schwarm von Gladdys' Bienen nichts ausrichten können. Darüber hinaus hielt sie es für höchst zweifelhaft, dass ein massiver Eichenrammbock seinen Dickschädel zu zertrümmern vermochte.

In diesem Augenblick blinzelte er und murmelte: »Ich warte.«

Für Sekundenbruchteile schossen ihr einige der übelsten Vergeltungsmaßnahmen durch den Kopf. Gewiss, nach ihrer Hochzeit würde sie noch ihr ganzes Leben lang Zeit haben, es ihm heimzuzahlen.

Eine fürwahr erbauliche Vorstellung.

Hold lächelnd kniete sie sich, seifte mit dem Lappen seine behaarte Brust ein und beobachtete, wie sich seine Lider abermals langsam senkten.

Die Männer, dachte sie, sind beinahe zu einfach.

Merrick stand am Rand des Bettes und betrachtete Clio, die auf ihrer Seite ruhte.

Stirnrunzelnd blickte sie über ihre Schulter. »Ich soll ein Stück rücken? Was meinst du damit?«

»Ich bin müde und möchte schlafen.«

»Mylord, wie ich bereits erwähnte, habe ich dir erlaubt, hier zu baden und mehr nicht.« Sie zog die Laken fester um ihre Schultern und wandte ihr Gesicht ab.

»Es war keine leichte Aufgabe, dich irgendwo in Wales aufzuspüren.«

»Dies ist mein Bett und meine Kammer.«

»Jetzt nicht mehr.«

Daraufhin wurde sie hellhörig. Dennoch versuchte sie, seinen Einwurf zu übergehen.

Der hässliche Kater schnarchte auf ihrem Bett. Es klang, als wäre er lungenkrank. Er nahm das pelzige Geschöpf und warf es zu Boden. Der Kater blinzelte ihn mit einem Auge an, dann musterte er das Bett und setzte zu einem erneuten Sprung an. »Wag es ja nicht, mein Freund. Ich schlafe nicht mit Tieren.«

»Ich auch nicht«, versetzte Clio und funkelte ihn an.

Merrick erwiderte ihren herausfordernden Blick, stützte seine Hände auf den Bettrand und beugte sich über ihr Gesicht. »Sofern du nicht zu erfahren trachtest, was für ein Tier ich sein kann, schlage ich vor, dass du meine Geduld nicht länger auf die Probe stellst. Was ich dir jetzt sage, solltest du in Zukunft beherzigen. Ich werde meine kostbare Zeit nicht länger darauf verschwenden, dich durchs ganze Land zu verfolgen, walisische Pfeile und Wasserfässer abzuwehren und Gott weiß welch anderes Ungemach, das du noch heraufbeschwörst.«

Sie wollte etwas erwidern, doch er schüttelte mahnend den Kopf.

»Ich werde wissen, wo du bist, Clio, zu jeder Tageszeit und besonders nachts, denn ich werde in diesem Bett schlafen.«

Sie öffnete die Lippen zu einer Entgegnung, doch er riss ihr das Laken aus den verkrampften Fingern und brachte sie damit zum Schweigen.

Er legte sich ins Bett und zog sich energisch die

Decke über die Schultern. »Ich bin nicht in der Stimmung, mit dir zu streiten.«

Sie kroch zum äußersten Rand auf der anderen Seite des Bettes, wo sich keine Decke befand, und setzte sich auf. Augenblicke später entriss sie ihm das Laken und zog es bis zum Kinn hoch.

Und das bei der Frau, die ihr Handtuch fallen gelassen hatte. Wäre er nicht so verflucht müde gewesen, hätte er laut gelacht.

»Du kannst nicht bei mir schlafen! Ich bin eine Jungfrau!«

»Umso besser, dann muss ich mich auch nicht um den Bankert irgendeines anderen Mannes kümmern, oder?«

Sie war still. Zu still. Beinahe hörte er, wie ihr Gehirn arbeitete.

»Wirst du mich …« Ihr versagte die Stimme.

Er klopfte sein Kissen zurecht und warf seinen Kopf darauf, das Gesicht von ihr abgewandt. Dann schloss er die Augen. »Ich beabsichtige zu schlafen und nicht etwa, dich zu verführen.«

Sie schwieg, Gott sei Dank. Er döste ein, schlummerte beinahe …

»Dann hatte ich an jenem Tag im Burghof Recht mit meiner Feststellung, dass du dich nicht für mich interessierst.« In ihrer Stimme schwang Verärgerung.

Zur Hölle mit ihr. »Fang nicht schon wieder davon an.«

»Was? Ich sagte lediglich, dass ich Recht behalten habe.«

Er drehte sich zu ihr um und bedachte sie mit einem ausgesprochen ärgerlichen Blick. »Ich nehme doch an, dass du meine Mannhaftigkeit nicht in Frage stellen willst, Mylady, solange wir ein Bett teilen. Es würde dir nicht gut bekommen.«

»Bedrohst du immer andere Leute, um deinen Willen durchzusetzen?«

»Ja, so wie du stets das Thema wechselst, wenn dir kein gutes Argument einfällt.«

»Das tue ich nicht!« Sie stockte. »Ich weiß immer, wovon ich spreche.«

»Du vielleicht, Clio, aber deine Mitmenschen nicht.« Gähnend fügte er hinzu: »Ich denke, du weißt ganz genau, was du tust.«

Das hatte gesessen. Sie konnte keine Einwände vorbringen, denn wenn sie erneut das Thema wechselte, bestätigte das seine Worte. Abermals schloss er die Lider, wohl wissend, dass er diesmal gesiegt hatte.

Heftig zerrte sie an den Bettdecken. »Du hast dir die ganzen Laken genommen.«

Unmerklich lächelnd meinte er: »Clio.«

»Ja«, erwiderte sie schnippisch.

»Du hast einmal mehr das Thema gewechselt.«

Die Morgensonne tauchte die Kammer in dämmeriges, goldenes Licht. Clio blinzelte. Sie stöhnte leise, wünschte sich, es wäre immer noch Nacht und sie könnte weiterschlafen.

Seufzend schloss sie abermals die Lider.

Ein heißer Atemzug streifte ihren Nacken. Sie riss die Augen auf und drehte sich behutsam um, unterdrückte ein unwillkürliches Murren, als ihr einfiel, wer das Bett mit ihr teilte. Ein kräftiger, behaarter, männlicher Arm umschlang ihren Körper, und ihr

Rücken schmiegte sich an seinen wohlig warmen Bauch.

Sein hartes Knie stieß ihr in die Kehrseite. Verärgert schob sie seinen schweren Arm auf seine Hüfte. Doch ehe sie aus dem Bett zu springen vermochte, umschlang sein muskulöses Bein ihre Taille und drückte sie auf die Matratze zurück.

Sie war wie gelähmt und konnte lediglich auf seinen Fuß starren, der unter der Decke hervorlugte. Verdrossen wand sie sich, bis ihr eigener Fuß neben dem seinen hervorschaute.

Sie starrte auf ihrer beider Füße.

Sie beobachtete, wie sie mit den Zehen wackelte. Sie hatte kleine Füße mit kurzen Zehen, und die zweite war länger als die große Zehe. An ihrer kleinen Zehe, die wulstig und leicht gekrümmt war, war der Nagel kaum zu erkennen. Ihre Füße waren hässlicher als ein Korb Aale.

Wozu hatte man eigentlich Zehen?

Man hob keine Dinge mit ihnen auf, wie es die Affen auf den Jahrmärkten vorführten. Wenn sie ging, dann auf den Fußballen. Halfen die Zehen, das Gleichgewicht zu halten? Vögel umkrallten damit Zweige oder den Handschuh eines Falkners. Also, wozu waren sie gut?

Sie betrachtete seine Zehen, die lang und wesentlich wohlgeformter waren als die ihren; wie eine Palastwache standen sie in Reih und Glied. Das hätte sie nicht überraschen dürfen. Einerlei, dann hatte Merrick eben vollkommene Füße. Bis auf den schwarzen Flaum, der sie bedeckte.

Ihre Zehen waren unbehaart, dafür aber ungleichmäßig wie die alten römischen Befestigungswälle, die das Land säumten. Genau wie ihr Dasein mit seinen Höhen und Tiefen, den Stolpersteinen und Fußangeln.

Womöglich gaben die Zehen Hinweise auf das Leben, das einen erwartete, so wie die alte Gladdys schwor, dass sie die Zukunft aus den Sommersprossen im Gesicht lesen könne.

Vielleicht dienten die Zehen einzig dazu, dass man die Richtung begreifen sollte, die das Leben einschlug. Schließlich wurde man mit Zehen geboren, dachte sie, zur Einsicht gelangt. Sie wuchsen einem nicht wie Haare oder Nägel. Sie nahm sich vor, die Zehen ihrer Kinder gleich nach der Geburt zu untersuchen.

Ihrer Kinder.

Sie drehte sich um und spähte zu dem Mann, der sie zeugen würde. Schlummernd wirkte er so gar nicht wie der berüchtigte und rastlose Ritter. Nichts an ihm deutete auf den Mann, den man den Roten Löwen nannte, den Krieger, der vor ihren Augen sein Schwert gezückt hatte.

Er war ein ruhiger Schläfer. Sie war sich sicher, dass er keine Ahnung hatte, dass Zyklop an seinen Rücken geschmiegt lag, so eng, als würde ihr Kater aus Merricks Wirbelsäule herauswachsen.

Sein Haar reichte ihm fast bis zu den Schultern, und in den wenigen Tagen war ihm ein dichter schwarzer Bart gewachsen. Abermals faszinierte sie die Länge seiner Wimpern. Wenn er schlief, sah sie, wie dicht und dunkel sie waren, und sie begriff, warum seine Augen im geöffneten Zustand so auffallend blau wirkten.

Er atmete gleichmäßig und schnarchte nicht

durch die Nase wie ihr Vater. Über Jahre hinweg waren sämtliche Burgbewohner von diesem Lärm aufgewacht, der sich anhörte, als wären Wildschweine im Ritterschloss.

Aber es war nur ihr schnarchender Vater gewesen.

Sie vermisste ihn. Ihr Vater war ein guter Mensch gewesen, freundlich und loyal gegenüber seinem König Heinrich, selbst als die anderen Barone sich gegen ihn erhoben und sich de Montfort anschlossen, obwohl sie ihrem Monarchen die Treue geschworen hatten.

Ihr Vater stand zu einem einmal geleisteten Eid. Sie hatte ihm lediglich versprechen müssen, dass sie dem König Gehorsam leisten und den für sie bestimmten Mann heiraten werde. Und sie hatte ihrem Vater ihr Wort gegeben, dass sie den Ritter ehelichen wolle, den man den Roten Löwen nannte.

Schließlich hatte sie nicht gewusst, dass ebendieser Ritter sie so tief verletzen würde, indem er sie mit Verachtung strafte.

Jene nicht enden wollenden Tage im Konvent schmerzten sie tief. Doch genau wie ihr Vater würde sie ihren Schwur auch nach seinem Tod nicht brechen; sie war stolz darauf, dass sie sein Ehrgefühl geerbt hatte.

Unermüdlich redete sie sich ein, dass der ihrem Vater geleistete Eid der Grund dafür war, warum sie Merrick bereitwillig heiratete.

Es hatte nichts mit der Tatsache zu tun, dass er ihr inzwischen Beachtung schenkte. Dass er ihr das Leben gerettet hatte und dass sie sich nach seinen Küssen verzehrte, dass Stolz und Schwüre und Ehre vergessen waren. Und gewiss rührte ihre Bereitwilligkeit, ihn zu heiraten, auch nicht daher, dass Merrick ihr das Gefühl gab, sie bedeute ihm etwas.

Aufs Neue sah sie zu ihm.

Hellwach erwiderte er ihren Blick, musterte sie, als könne er ihre tiefsten und intimsten Gedanken erahnen.

Sie musste sich zwingen, nicht verlegen zu erscheinen. Ihr Blick wanderte von seinen Augen zu seinem Mund. Sie erinnerte sich seiner Küsse.

»Wenn du mich weiterhin so anschaust, Mylady, wirst du nicht mehr lange Jungfrau sein.«

»Runter von mir, du Ochse!« Sie trat vor seine Schienbeine, wütend, dass er ihre Gedanken erraten hatte.

Dem folgte ein leidenschaftlicher Kuss, der sie für Augenblicke besänftigte. Sein Bart war nicht kratzig, wie sie vermutet hatte, sondern weich, und kitzelte ihr Gesicht, während seine Lippen zärtlich die ihren bezwangen.

Er duftete nach Thymianseife und wonnigem Schlummer.

Beinahe hätte sie ihre Arme um seinen Hals geschlungen, doch dieser Narr hob seinen riesigen Kopf und grinste auf sie herab. »Ist es das, was du wolltest?«

Sie stemmte sich gegen ihn. Er lachte. Sie trat mit den Füßen nach ihm, doch er kicherte nur. »Lass mich los! Du bestehst nur aus ungeschlachten Händen und spitzen Knien!«

Weiterhin lachend drehte er sich um und warf schwungvoll die Decken beiseite.

Allerdings hatte er nicht mit Zyklop gerechnet.

Der Kater gebärdete sich wie ein Waldgeist.

»Gütiger Himmel!« Merrick tastete nach seinem Schwert. Doch er trug lediglich den Lendenschurz. Er schien verwirrt und blickte stirnrunzelnd zu Boden. Zyklop hatte sich unter dem Bett in Sicherheit gebracht.

Daraufhin schritt er leise fluchend durch die Kammer.

Als sie Merrick in seinem Lendenschurz beobachtete, geschahen seltsame Dinge mit ihr. Angenehme und befremdlich anmutende. Ihre Augen schienen sich zu verselbständigen, und sie hatte Mühe, ihren Blick abzuwenden.

Es gelang ihr nicht, denn sie spähte erneut zu ihm hinüber, schmeckte ihn noch immer auf ihren Lippen. Nahm den frischen Seifengeruch in sich auf.

In einer Ecke der Kammer stand eine Holztruhe, von der sie hätte schwören mögen, dass diese vorher nicht dort gewesen war. Er öffnete sie, zog ein Leinenhemd, sein Lederwams und ein Paar brauner Beinkleider aus weichem Wildleder daraus hervor, dann kleidete er sich an. Er setzte sich in einen Sessel, streifte seine Stiefel über und trat dann neben sie.

»Willst du den ganzen Tag im Bett verbringen?«

»Ich dachte, du wolltest mich in Ketten legen.«

Er maß sie mit einem langen, glutvollen Blick. »Vielleicht sollte ich mich wieder zu dir ins Bett gesellen und das vollenden, was wir begonnen haben.«

Sie warf die Laken zurück und sprang auf. »Ich habe anderes zu tun.«

»Und das wäre?«

»Ich muss Bier aus dem Trefriw-Wasser brauen.« Bewusst hielt sie inne. »Brautbier.«

»Aha, nach nur einer gemeinsam verbrachten Nacht siehst du unserer Vermählung mit einer solchen Begeisterung entgegen?«

Sie wirbelte herum. »Würdest du gehen, damit ich mich ankleiden kann? Ich möchte allein sein. Troll dich mitsamt deiner ungeschlachten Hände, dem unsäglichen Grinsen und diesen knochigen Knien!«

Er verbeugte sich spöttisch und schlenderte zur Tür.

Sie streifte ein smaragdfarbenes Gewand über den Kopf und murmelte: »Das heißt, falls dein riesiger Schädel durch die Tür passt.« Sie wollte das letzte Wort haben.

Er sagte nichts, sondern öffnete die Tür und schritt zur Treppe.

»De Clare!«, brüllte er. »De Clare!«

Wenige Minuten später stapften Tobin und Thud die Stufen hinauf.

»Ja, Mylord.« Tobin nahm vor Merrick Haltung an, und Thud ahmte ihn nach, plusterte seinen schmächtigen Brustkorb auf, stellte seine Füße genau wie der Knappe und reckte sein Kinn so hochmütig wie Tobin de Clare.

Merrick sah sich um. »Wo ist Thump?«

»Wer?«, fragten Tobin und Thud gleichzeitig.

»Der andere Bursche.«

»Hier bin ich, Mylord. Ich komme. Einundzwanzig … zweiundzwanzig …« Gemächlich schlurfte Thwack die Stufen hinauf.

Schließlich standen alle drei Burschen aufgereiht vor der Kammertür.

Merrick sah zu Clio, dann zu den Jungen. »Eure heutige Aufgabe besteht darin, Lady Clio zu bewachen. Sie darf die Burg nicht verlassen, und ihr müsst sie beschützen und ihr auf Schritt und Tritt folgen.« Dann wandte er sich abermals zu ihr und bemerkte schroff: »Ich möchte, dass du in Sicherheit bist, Clio. Im Innern der Burgmauern.«

Ihr stockte der Atem, mit zusammengekniffenen Augen hielt sie nach etwas Ausschau, was sie nach ihm werfen konnte.

Er ließ sie bewachen!

Als er sich zum Gehen wandte, erwiderte sie äußerst blasiert: »Es lag nicht in meiner Absicht, die Burg am heutigen Tage zu verlassen. Ich bin in meiner Brauerei anzutreffen.« Sie überlegte, dann setzte sie hinzu: »Wo mich keine knochigen Knie belästigen.«

Er bedachte sie mit einem Blick, der ihr bewies, dass er bestens vertraut war mit dem, was sie tat, dann verschwand er durch die Kammertür.

Sie stand da, empfand Erleichterung und Wut und etwas wie Begehren – das Begehren, ihm tüchtig eins hinter die Löffel zu geben.

Ein kurzes Klopfen an der Tür.

»Ja!«, rief sie.

Merrick steckte seinen riesigen Kopf herein. »Ich vergaß, dir etwas zu sagen.«

Sie verschränkte ihre Arme vor der Brust und wippte ungeduldig mit dem Fuß. »Was?«

Er grinste. »Es war nicht mein Knie.« Dann schloss er die Tür, gerade noch rechtzeitig, ehe ihr Stiefel dagegen prallte.

Chalybeate-Bier

Man mische Malzgerste, Trefriw-Wasser und Brau-
hefe,
Lasse dies gären bis zum Jungbier,
Und füge einen Tiegel Himmelsschlüssel hinzu,
Drei Prisen süßen Majorans,
Zwei Stängel der violetten Glockenheide,
Je eine Hand voll:
Engelwurz, Akelei und süße Minze.
Lasse dies gären zwei weitere Tage lang,
Und füge Fenchel, Wacholder, Äpfel, Birnen, Feigen
und
Rosenblüten nach Geschmack hinzu.

– Mittelalterliches Brautbier

25

Es war einer jener seltenen und wunderschönen Tage, an denen die Luft honigsüß anmutete und berauschend wie der strahlend blaue Himmel. Schneeweiße Tauben gurrten in den Burgerkern, und Schwärme von Wildgänsen flogen wie dunkle Pfeile über die stolzen Mauern.

Zur Stunde schleppten die Dorfbewohner ihre vollen Körbe auf die Burg, um ihre Ernte gegen Zinn, Eisen, Werkzeuge und Kleidung einzutauschen – Dinge, zu denen nur der Lehnsherr Zugang hatte.

Der Burghof wimmelte von Frauen und Kindern, die sich bei den Händen hielten. Die Mütter trugen Körbe auf den Hüften, gefüllt mit weißen Perlzwiebeln und süßen Mohrrüben, dunkelgrünem Spinat und roten Äpfeln.

Einfache Karren mit eisenbeschlagenen Rädern polterten, beladen mit Holzscheiten und Holzkohle, über die Zugbrücke. Mit Fischen und frisch gemähtem Heu beladene Wagen rumpelten ins Innere; riesige Fässer mit Flundern, Barschen und Heringen verströmten den Geruch der weiten See.

Die Dorffischer trugen ihre gefüllten Fangköcher wie gewaltige Walnussschalen auf dem Rücken, die langen Bootsruder hafteten ihnen an wie die Fühler eines Wasserkäfers.

Große und fein geknüpfte Fischernetze hingen wie Haremsschleier an den Paddeln und bogen sich über den breitkrempigen Hüten der Männer. Sie schoben Karren vor sich her, beladen mit Weidenkörben voller glitschiger Aale, braun gesprenkelter Forellen und frischer Lachse.

Den Waidbogen über ihre Schultern geschlungen, trugen die in den Farben des Waldes gekleideten Jäger Speere gespickt mit Hasen und Kitzen oder größere Trophäen wie Hirsch und Keiler.

In der Nähe der Waschhütte hing eine junge Wäscherin das saubere Leinen auf. Es flatterte und blähte sich in der sanften, warmen Brise. Auf den Fenstersimsen des Backhauses kühlten frisches Roggenbrot und Weizenschrotlaibe aus, saftige Fleischpasteten bedeckten die großen Eisenbackbleche.

Über allem lag der unaufhörliche Lärm der Handwerker, das Einklopfen von Dübeln und Nägeln, das Meißeln der Steine für Brücken und Mauerwerk, das Hämmern des Eisens für massive Tore und Wasserrohre, für Waffen oder schwere Vorhängeschlösser und Türangeln, für all das, was Camrose vor einer feindlichen Belagerung schützen sollte.

Um die Mittagszeit war Clios roter Wagen beladen mit Fässern voller Heilwasser durch die Burgtore gerollt. Jetzt saß sie auf einem wackligen Schemel neben dem Brauereifenster, von wo aus sie den gesamten Innenhof überblicken konnte. Um sich die Zeit zu vertreiben, beobachtete sie das Menschengewirr, das Kinn auf ihre Handfläche gestützt, während sie darauf harrte, dass die Biergefäße zu sieden begannen.

Die alte Gladdys hatte ihre Tiegel und Töpfe neben Clios Kräutern und Gewürzen aufgereiht. Für diese Fässer Bier richtete die alte Waliserin die Zutaten nach der Anordnung der Gestirne zur Sommersonnenwende aus, da, wie sie felsenfest behauptete, jeder mit dem Verstand eines Küchenspatzes wisse, dass die Sterne und der Mond geheimnisvolle Zauber bargen, die man sich zunutze machen müsse.

Tobin und Thud hatten die Wasserfässer entladen, während Thwack Clio bewachte. Eine törichte Vorsichtsmaßnahme, hätte sie ihm doch jederzeit entwischen können. Jedem halbwegs flinken Menschen wäre das gelungen.

Da sie aufgebrachtes Stimmengemurmel vernahm, wandte Clio sich vom Fenster ab. »Was ist denn?«

»Wir streiten gerade, ob sich ›bereit‹ auf ›zeit‹ reimt«, erklärte Thud.

»Warum?«

»Es ist ein Spiel, Mylady, zwischen den Junkern und den Pagen.« Thud hielt inne, dann setzte er rasch hinzu: »Und das seit vielen Tagen.« Er grinste stolz. »Denn heute sprechen wir nur in Gedichten.« Erneut stockte er und legte nachdenklich die Stirn in Falten.

Tobin machte einen warnenden Schritt in seine Richtung.

Thuds Gesicht hellte sich auf wie eines von Gladdys Freudenfeuern. »Bis morgen der Himmel sich werde lichten.«

»Ganz recht.« Thwack nickte. »Tag und Nacht ist ein Reim stets bereit, wenn auch nur für kurze Zeit.«

»Fein, mein Junge, gut gemacht!« Thud klopfte Thwack auf den Rücken. »Aber das wäre ja auch gelacht.«

In diesem Augenblick empfand Clio nichts als Unverständnis. »Scheint mir ein überaus törichtes Spiel.«

»Nein, Mylady.« Tobin de Clare trat vor und stand

wie üblich hochmütig vor ihr. »Das ist das Erste, was ein Page lernen muss. Als Sir Merrick mich das Reimen lehrte, musste ich zwei Wochen lang üben. Diese Burschen werden es einen Monat lang jeden dritten Tag tun.«

»Warum?«

»Euch mag es töricht erscheinen, Mylady, aber diese Übung fördert das Denkvermögen. Sir Merrick sagt, dass ein Ritter mit dem Kopf genauso flink sein muss wie mit seinem Schwert. Sir Roger und viele andere Ritter widmen sich derselben Übung.«

Tobin schaute von Clio zu dem Tisch, an dem die alte Gladdys werkelte. Er beobachtete sie für eine lange Weile, dann schlenderte er zu ihr. Thud ahmte seine Schritte nach und war ihm so dicht auf den Fersen, dass er Tobin ständig in die Hacken trat.

Die alte Gladdys sah auf und beäugte Tobin, offensichtlich missfiel er ihr, da sie ihm weder zuzwinkerte noch irgendetwas in Walisch murmelte. Sie sah ihn nur an. »Was willst du, mein Junge?«

»Ich bin sechzehn und kein Junge mehr«, versetzte er großspurig.

Gladdys schüttelte ihren Krauskopf, dann heftete sie ihre scharfsichtigen, schwarzen Augen auf Tobin. »Ich bin neunundsechzig, und nach all den Jahren, mein Junge, kann ich einen Grünschnabel erkennen, wenn ich einen sehe.«

»Wo ist Sir Roger?«, wollte Tobin wissen.

Die alte Gladdys stutzte, dann begann sie, ihre gichtgekrümmten Hände an ihrem schwarzen Umhang abzuwischen. »Ich weiß es nicht.«

»Aber der Graf hat ihn zu Euch geschickt, und er ist nicht zurückgekehrt.«

Die Alte zuckte die Achseln. »Als ich Sir Roger das letzte Mal sah, verschwand er mit irgendeiner flachshaarigen Hexe.« Ohne Tobin eines weiteren Blickes zu würdigen, wandte sie sich an Clio. »Ist Bruder Dismas in der Burg?«

»Gewiss«, antwortete Thud eifrig, dann bemerkte er Tobins wütenden Blick und fügte rasch hinzu: »Ich habe ihn zufällig beobachtet. Er hat den Fisch für das heutige Nachtmahl gesegnet.« Thud atmete auf, als sei er erleichtert, dann grinste er Tobin an.

»Ich frage mich, ob dieser dicke kleine Mönch mich vermisst hat«, sinnierte Gladdys mit einem durchtriebenen Funkeln in den Augen. Sie warf Clio ein kurzes Lächeln zu, dann wirbelte sie herum und schlenderte fröhlich aus der Hütte.

Kopfschüttelnd sah Clio ihr nach, während die Alte sich den Weg zu den Fischwagen bahnte. Sie hoffte, dass sie ebenso viel Temperament haben würde, wenn sie Gladdys Alter erreichte. Gewiss wäre es spaßig, die Männer so zu narren.

»Irgendetwas stimmt da nicht. Das passt nicht zu Sir Roger«, murmelte Tobin nachdenklich. »Er würde dem Grafen niemals den Gehorsam verweigern.«

»Vielleicht war die Dame etwas besonderes«, bemerkte Clio, verließ ihren Fensterplatz und schlenderte zu ihrem Arbeitstisch.

Tobin schüttelte nur den Kopf.

Augenblicke später kochten die Braukessel über.

Clio lag in ihrem Bett und lauschte dem Kapellengeläut und dem Fanfarenstoß, der die Wachablösung ankündigte. Das schien ihre einzige Ablenkung, denn was sie hören wollte, hörte sie nicht – den Klang von Merricks Schritten auf den Stiegen.

Den ganzen Tag über war er nirgends aufgetaucht. Seit er sie an jenem Morgen verlassen hatte, hatte sie ihn nicht mehr gesehen.

Allerdings war sie den ganzen Tag lang sehr beschäftigt gewesen und hatte vieles bewerkstelligt. Ganz recht, ihr Brautbier war fast fertig.

Das ganze Bier in nur einem Tag! Erstaunt schüttelte sie den Kopf. Sie hatte Thud, Thwack und Tobin in die Vorbereitungen mit einbezogen, da sie nichts Besseres zu tun wussten, als Maulaffen feilzubieten, während sie sie bewachten.

Schließlich hatte jeder von ihnen versucht, es besser zu machen als der andere. Noch nie hatte sie so viel in so kurzer Zeit zuwege gebracht.

Der Brauvorgang war zu ihrer Zufriedenheit verlaufen. Morgen würde sie die letzten Kräuter und Blüten hinzugeben und das Bier dann in Eichenfässer umfüllen.

Seufzend klopfte sie ihr Kopfkissen zurecht, dann lag sie da. Die Zeit schien in Thwacks Schneckentempo zu verstreichen.

Sie schloss die Augen, doch der Schlaf wollte sich nicht einstellen. Sie wälzte sich hin und her, schüttelte abermals ihr weiches Kissen auf. Sie kraulte Zyklops fellige Ohren und lauschte seinem Schnurren. In Gedanken zählte sie Schäfchen auf der Weide, dann versuchte sie sich ihre Hochzeit vorzustellen, doch es half alles nichts.

Sie konnte nicht schlafen.

Eine gemeinsam mit Merrick in ihrem Bett verbrachte Nacht, und es war um ihren Seelenfrieden geschehen. Er war einfach dahin. Sie schnippte mit den Fingern. Auch das noch!

Es war allein seine Schuld, dachte sie grimmig und wälzte sich erneut auf ihrem Nachtlager.

Sie rieb sich die Stirn. Auch das war alles seine Schuld.

Inbrünstig seufzend verschränkte sie die Arme und dachte nach. Er hatte gesagt, er werde sie nicht allein lassen. War es dann nicht merkwürdig, dass sie sich allein gelassen fühlte?

Sie warf die Laken zurück und griff nach einem weichen, wollenen Gewand, das sie überstreifte, während sie durch die Kammer stapfte.

Der Boden bestand nicht mehr aus kühlem Stein, auf dem sie sich nachts kalte Füße holte, denn inzwischen bedeckte ihn ein fein gewirkter Teppich. Sie öffnete die Tür einen Spaltbreit und fühlte sich wie ein Burgspion, während sie ihr Auge an die Öffnung presste und hinausspähte.

»Ja, Mylady.« Sir Isambard sah geradewegs zu ihr. Er hielt Wache, das Schwert gezückt und auf der Hut. Sein Blick schien sich nicht von ihr lösen zu wollen, und für Augenblicke glaubte sie, er werde tatsächlich lächeln.

Rasch fing sie sich und öffnete die Tür; sie versuchte entsprechend herablassend und gebieterisch zu wirken und nicht, als habe sie soeben durch den Türspalt gelauert wie eine alte Dorfklatschbase. »Es ist nichts, Sir. Ich dachte, ich hätte etwas gehört. Das Geräusch hat mich beunruhigt«, schwindelte sie.

»Es ist alles in Ordnung, Mylady. Der Graf hat dafür gesorgt, dass Ihr Euch ganz und gar in Sicherheit fühlen könnt.«

Nein, der Graf hat dafür gesorgt, dass ich mich ganz und gar wie eine Gefangene fühle.

Sie verschränkte ihre Arme hinter dem Rücken, wippte auf den Zehenspitzen und starrte ihn nur an. Sie konnte nichts tun, und das verärgerte sie maßlos. »Nun dann, gute Nacht, Sir.«

»Gute Nacht, Mylady.«

»Oh.« Clio hielt die Tür ein Stück weit geöffnet. »Ihr habt den Grafen nicht zufällig gesehen?«

»Gewiss, Mylady.«

Sie wartete. Er machte keine weiteren Ausführungen.

»Wo?«, erkundigte sie sich, ihre Verärgerung diesmal nicht verhehlend.

»Soll ich jemanden schicken, ihn für Euch zu holen, Mylady?«

»Nein!«, ereiferte sie sich, dann setzte sie in bedachtsamerem Ton hinzu: »Nein, das ist nicht nötig. Ich war nur neugierig. Gute Nacht, Sir Isambard.«

»Mylady?«

»Ja?« Clio wartete, den Türknauf in der Hand.

»Selbst wenn Lord Merrick aufgebrochen wäre, hätte er dafür gesorgt, dass Ihr in Sicherheit seid. Ihr braucht Euch nicht zu beunruhigen, dass Ihr jemals allein sein könntet.«

Clio nickte und schloss die Tür, dann verzog sie das Gesicht. »Sicher«, grummelte sie. Sie blickte zu Zyklop, der sich auf ihrem Kopfkissen ausgestreckt hatte. »Wir sind in Sicherheit. Ist es nicht einfach herrlich? Eingesperrt und umzingelt von Knappen, Rittern und Wachtposten.«

Sie entfernte sich von der Tür und schritt zu dem Fensterschlitz. Dann zog sie sich einen kleinen Schemel heran und spähte zum dunklen Himmel. Sie seufzte tief und gelangweilt auf und legte ihren Kopf an das kühle Mauerwerk. »Ach, zum Teufel … Ich bin eine Gefangene auf meiner eigenen Burg.«

Spät in der Nacht klopfte es plötzlich an die Burgtore.

Merrick kümmerte sich nicht darum. Gedankenversunken schritt er durch den Vorhof und versuchte zu vergessen, dass er das Bett mit Clio würde teilen müssen.

Nach reiflicher Überlegung war er zu dem Schluss gelangt, dass er damit am besten wartete, bis sie schlief. Dann vermochte er vielleicht die Tatsache zu verdrängen, dass sie nur ein Kuss trennte.

Die kühle Nachtluft belebte ihn. Sie half ihm, sein Begehren zu erkennen und zu beherrschen. Sein Begehren nach Clio, das ihn mit jeder Faser seines Herzens zu ihr trieb. Er hatte sie bewusst gemieden und sich mit anderen Dingen beschäftigt, um nicht an sie denken zu müssen.

Aber das tat er. Ihr Bild verfolgte ihn auf Schritt und Tritt.

Bumm! Bumm! Bumm! Jetzt pochte es an die Tür vom Torhaus.

Merrick blieb stehen und hielt nach der Torwache Ausschau.

Der Mann hockte auf einem Fass und schlief tief und fest.

Merrick kannte den Wachtposten, einen Mann namens Fenwicke, dessen Frau einige Tage zuvor im Wochenbett gestorben war. Er nahm einen Kübel, füllte ihn mit eisigem Brunnenwasser und leerte ihn über dem Kopf des Wachsoldaten aus.

Fenwicke schrak hoch, prustend und schnaubend und zitternd. Als er merkte, dass es Merrick gewesen war, der ihn ertappt hatte, stammelte er: »Mylord, verzeiht mir. Ich … ich habe nur …«

Angewidert auf den Mann herabblickend, ordnete Merrick an: »Geh und hole eine Wachablösung. Und nimm diese Aufgabe nicht noch einmal auf die leichte Schulter. Wenn du nicht wach bleiben kannst, dann ersuche Sir Isambard um eine andere Tätigkeit.«

Der Mann nickte.

»Das nächste Mal bin ich nicht so nachsichtig mit dir. Dann wirst du von meiner Schwertklinge geweckt.«

»Gewiss, Mylord. Gewiss. Es wird nicht wieder vorkommen. Ich schwöre es.«

Die Tore erzitterten unter einem weiteren heftigen Pochen.

»Sieh nach, wer, zum Teufel, die Tore einzureißen versucht.«

Der Wachtposten öffnete das Guckloch, verharrte dort für Augenblicke und trat dann zurück zu Merrick. »Da draußen steht jemand, der behauptet, Sir Roger FitzAlan zu sein, Mylord.«

»Du kennst Sir Roger, Mann. Wenn er es ist, so öffne ihm das Tor.«

»Aber er sieht nicht aus wie Sir Roger.«

Merrick schritt zu dem Guckloch und spähte hindurch.

In der Finsternis bemerkte er einen Mann, der lediglich einen Lendenschurz trug. Er musterte Merrick aus Augen, die diesem wohlvertraut waren. »Öffne das verfluchte Tor, Merrick, oder ich schwöre dir beim Leben meiner Mutter, dass ich dir die Leber herausschneide und sie an die Wölfe verfüttere!«

»Welche Wölfe, Roger? Lady Clio hat doch gar nicht gesungen.«

»Gnade mir Gott, wenn du dieses Tor nicht öffnest …«

»Lass Sir Roger ein«, wies Merrick den Wachtposten an, während er sich ein Grinsen verkniff. Er trat beiseite, als sein Untergebener das schwere Tor entriegelte.

Wie von Sinnen schoss Roger durch die Tür; er warf einen verstohlenen Blick über seine Schulter, als wäre ihm der Leibhaftige auf den Fersen.

Merrick hielt die Fackel über ihn, um ihm Licht zu spenden. »Ich fragte mich schon, was mit dir geschehen sein könnte. Heute Abend erfuhr ich lediglich, dass der Wagen und die Alte zurückgekehrt sind.«

Roger sah aus wie ein Wahnsinniger, sein rotes Haar war wild zerzaust, sein Bart struppig und ungepflegt. Er blinzelte in den hellen Fackelschein, dann musterte er Merrick. Er zitterte wie Espenlaub.

Merrick war sich nicht sicher, ob sein Freund vor Kälte oder vor Wut zitterte. Er steckte die Fackel in eine Halterung im Mauerwerk und öffnete die Haken seines wollenen Umhangs. »Hier.« Er warf ihn zu Roger. »Du brauchst ihn vermutlich dringender als ich.«

Roger hüllte sich in den Umhang und brummte

irgendetwas von der Hölle, von geistesgestörten Weibern und einer Wölfin.

Merrick schob das Guckloch auf und spähte ins Freie. »Ich sehe keine Wölfe.«

»Sie ist da draußen. Irgendwo. Die größte und blutrünstigste Bestie, die ich jemals gesehen habe.«

»Komm. Drinnen kannst du dich aufwärmen und etwas essen.« Merrick drehte sich um und strebte in Richtung Rittersaal.

Als sie die Außentreppe emporstiegen, murmelte Roger ihm zugewandt: »Verflucht, es ist allein deine Schuld. Diese Druidenhexe hat mir den Wolf auf den Hals gehetzt.«

»Die alte Gladdys?« Merrick riss die Tür auf und betrat den Saal. Dann blieb er stehen und musterte Roger im Schein der Wandlaternen. Sein Freund sah aus, als sei er den ganzen Weg von Cardigan bis Camrose zu Fuß gelaufen. Durch die Wälder, Sümpfe und Moore.

Dem überaus galanten Ritter Roger FitzAlan lag die Damenwelt zu Füßen, ob in England, Rom oder in den Ländern des Ostens. Das war nie anders gewesen, solange Merrick ihn kannte. Und Roger hatte jeden Augenblick genossen, jede Affäre, jeden scheuen Gunstbeweis und jedes heimliche Techtelmechtel.

Wann immer sie Turniere besuchten, bei Hofe oder auf den Anwesen der Gesandten weilten, hatten die Frauen Merrick nur angesehen und schleunigst ihre Töchter versteckt.

Bei Roger jedoch währte es nur Augenblicke, und sie hätten ihm mit Freuden ihre Kinder und sich selbst dargeboten. Soweit Merrick wusste, gab es keine Frau, die Roger nicht zu faszinieren und zu umschmeicheln vermochte.

Und ebendieser Roger hatte Angst vor der alten Gladdys. Wahrhaftig Angst. Er glaubte all diesen Unsinn über Verwünschungen und Magie und den bösen Blick.

Roger stand am Kamin, wärmte sich und bibberte, während er eine Scheibe Weißbrot verzehrte.

Merrick stellte fest, dass er Roger noch nie so erschüttert erlebt hatte. Selbst nach einer Schlacht wirkte Roger FitzAlan, als hätte er soeben auf einem Hochzeitsfest getanzt und nicht etwa Schwert und Keule geschwungen. Darüber scherzten sie häufig, wenn sie ihre Siege feierten.

Nur mit Mühe gelang es Merrick, sein Lachen zu unterdrücken. »Was hast du mit ihr angestellt?«

»Ich? Nichts, ich bin lediglich geflüchtet.«

»Sie ist eine harmlose, verrückte Alte.«

»Harmlos?« Roger wirbelte herum und fixierte ihn. »Großer Gott, Merrick! Die alte Hexe wollte mich verführen!«

»Dich verführen?« Merrick versuchte, nicht laut herauszuplatzen. Es war keine einfache Aufgabe, seine Belustigung zu verbergen. Deshalb holte er tief Luft und zählte in Gedanken auf Latein.

»Ganz recht.« Roger stockte, dann setzte er mit angehaltenem Atem hinzu: »Sie hat mir meine Kleider weggenommen.«

Merrick lachte so schallend, dass die Wände erzitterten. Das war das Dümmste, was er jemals gehört hatte. Als wenn die Alte einen kraftstrotzenden jungen Mann verführen könnte, noch dazu einen kampferprobten Ritter wie Roger.

»Und wie, in drei Teufels Namen, ist ihr das gelungen?«

»Die alte Hexe hat sie mir heruntergerissen!«

Als Merrick Rogers todernste Miene bemerkte, konnte er sich nicht mehr beherrschen; er schüttelte sich vor Lachen und hielt sich den Bauch.

Sekundenbruchteile später landete er schmerzhaft auf seiner Kehrseite. Weiterhin lachend rieb er sich sein brennendes Kinn, das Rogers Fausthieb getroffen hatte.

Seinen Kiefer betastend, starrte Merrick zu seinem Freund. Offenbar hatte Sir Roger FitzAlan jeglichen Sinn für Humor verloren.

Alte walisische Volksweise

Durch hohes Gras und Dämmerstrahl,
O kommt, Gefährten mein,
Der Vollmond scheint, die Sonn' ward fahl,
Die Nacht wird Lust uns sein.

26

Merrick stand in der Schlafkammer und spähte zu dem leeren Bett. Der Raum wurde lediglich von dem schwachen Lichtschein einer Talgkerze erhellt, die er neben das Bett gestellt hatte. Sie warf ihr bleiches, flackerndes Licht auf das zerwühlte Leinen und die Decken, und es schien ihm, als seien diese achtlos beiseite geworfen worden.

Merrick drehte sich um und ließ den Blick durch die Kammer schweifen, wohl wissend, dass niemand Sir Isambard entwischen konnte, der sich in all den Jahren als sein zuverlässigster Gefolgsmann erwiesen hatte.

Das Erste, was er wahrnahm, war ihr Haar; es fiel ihr über die schmalen, eingesunkenen Schultern und ergoss sich über den Steinboden vor dem westlichen Fensterschlitz. Ihr Kater, diese nutzlose, einäugige Kreatur, lag laut schnarchend neben ihrem Schemel, den runden Kopf auf das weiche silberblonde Haar seiner Herrin gebettet.

Neidisch auf diesen Kater stand er da, und obgleich er sich unbeobachtet wähnte, war ihm unbehaglich zumute. Es war ausgesprochen töricht, dass er dort verharrte.

Andererseits vermittelte ihm das ein Hochgefühl.

Sie erfüllte die Dunkelheit mit dem ihr eigenen Strahlen, ihrer betörenden Aura, die er auskosten, genießen, spüren wollte, um seinem Leben die Finsternis und die Leere zu nehmen, denn jetzt war sie ein Teil von ihm.

Geräuschlos durchquerte er das Zimmer und beugte sich über sie, betrachtete die Schlafende in ihrer sonderbar unbequemen Haltung. Das wollene Gewand war ihr von den Schultern geglitten. Darunter trug sie ein hauchfeines Leinennachtkleid. Ihre entblößte Schulter war zart und makellos, selbst im goldenen Schein der Kerze.

Ganz offensichtlich hatte sie in ihrem Bett keinen Schlaf gefunden und sich deshalb ans Fenster gesetzt. Er betrachtete die schlummernde Gestalt, ihr Kopf war auf ihre Arme gesunken, die auf dem Fenstersims ruhten. Er fragte sich, woran sie gedacht und wonach sie Ausschau gehalten hatte.

Tief in seinem Herzen wünschte er sich, dass sie nach ihm Ausschau gehalten habe.

Mit seinem nackten Fuß schob er den Kater von ihrem Schopf, dann nahm er sie in seine Arme. Ihr wunderschönes Haar fiel wie silbernes Mondlicht über seinen Arm, streifte seinen Schenkel und seine Wade.

Es war einer der erregendsten Augenblicke in seinem Leben. Sein Brustkorb verkrampfte sich, seine Sinne waren erfüllt von ihrem herrlichen Duft, einem Hauch frischer Kräuter und Blüten, der sie stets umgab wie ein erlesenes Parfüm. Ihn schwindelte, als hätte er zu viel getrunken oder einen Sturz vom Pferd erlitten.

Um nichts in der Welt hätte er sich zu rühren vermocht, er stand lediglich da, atmete tief ein und gab sich dem berauschenden Gefühl hin, dass ihrer beider Seelen miteinander verschmolzen. Seufzend schmiegte sie sich an ihn, genau wie damals, als sie verletzt worden war.

Er presste seine Lippen auf ihre Schläfe und küsste ihre Stirn, schloss die Augen, um das Begehren zu unterdrücken, das in ihm aufwallte. Mit ihr in den Armen schlenderte er langsam zum Bett und legte sie behutsam nieder, dann streifte er ihr Gewand ab und warf es zu Boden.

Er trat auf die andere Seite des Bettes, löschte die Kerze und kroch neben sie. Dort lag er wartend, ob sie erwachte, und als das nicht geschah, hüllte er sich in die Laken.

Sie stöhnte leise.

Er hielt den Atem an, als sie sich zu ihm umdrehte und ihre Handflächen auf seine Brust legte, nahe seinem klopfenden Herzen. Er umklammerte eine ihrer Hände, sehnte sich mit jeder Faser seines Körpers nach ihrer Berührung.

Innerhalb von Sekundenbruchteilen schloss Merrick die Augen und schlief tief und fest, war er doch endlich zu Hause.

Jemand starrte sie an. Clio schlug die Augen auf.

Merrick betrachtete sie schläfrig und lasziv und mit einer Zärtlichkeit, die sie verwirrte.

Unter seinem Bartansatz nahm sie einen flammendroten Bluterguss wahr.

Mit ihren Fingerspitzen berührte sie sein Kinn. »Du bist verletzt.«

»Roger ist zurückgekehrt.«

»Er hat dich geschlagen?«

Merrick schüttelte den Kopf. »Es war lediglich im Scherz. Ich habe nur gelacht. Nicht der Rede wert.«

Stirnrunzelnd rutschte sie näher, um den Bluterguss und den winzigen, blutverkrusteten Kratzer an seinem Kinn zu untersuchen, der etwas geröteter und angeschwollener war als die Umgebung.

»Ganz gewiss schmerzt das.«

Er lachte. »Es schmerzt, wenn eine Eisenkeule den Helm trifft. Das hier ist nichts weiter als ein Kratzer.« Er hielt inne, schien sie mit seinen Blicken zu verschlingen. »Aber Mylady, es ehrt mich, dass Euch mein Aussehen und mein Wohlergehen so am Herzen liegen.«

Da musste selbst sie lachen, dann reckte sie ihr Kinn. »Ich fürchte nicht um dein Aussehen. Ich hatte lediglich Bedenken, dass der Hieb dich zu Verstand gebracht haben könnte.«

»Du gibst nie auf, nicht wahr?«

Lächelnd schüttelte sie den Kopf.

Sein Blick verklärte sich; seine Finger glitten über ihr Gesicht, berührten es mit zärtlicher Sanftmut, ja beinahe Ehrfurcht, dass sie fast vergaß, dass er ein gefürchteter Krieger war.

Dann küsste er sie, seine Lippen waren warm und sehnsüchtig, sein Mund berührte den ihren fast wie ein Hauch.

Sie schloss die Augen, umschlang seine breiten, starken Schultern und streichelte die ausgeprägte Muskulatur, dann umschlossen ihre Hände seinen festen, kräftigen Kriegernacken.

Er küsste sie fordernder, bezwang ihren Mund mit seiner Zunge, streichelte sie und gab ihr das Gefühl, sich in die Lüfte zu erheben wie die von fern zwitschernden Vögel. Sie klangen so weit weg, als wären sie Welten von ihnen entfernt.

Eng umschlungen schmiegten sich ihre beiden Körper aneinander. Sie spürte seinen dichten, welligen Brustflaum auf ihrer Haut.

Sie wälzten sich auf dem Nachtlager, Merricks geschmeidiger Körper an ihren sinnlichen Leib gepresst.

Das schien ihr herrlich und keineswegs verwerflich. Sie bewegte sich erneut, beinahe bebend vor Lust, und spreizte ihre Schenkel, da sie sich tief in ihrem Innern nach ihm verzehrte, ihn in sich spüren wollte.

Als seine Hüften sich an sie schmiegten, war es das großartigste Gefühl, die intimste Berührung, die ihr jemals widerfahren war. Das Blut pulsierte durch ihre Adern wie prickelnder Sommerwein, berauschend und süß und atemberaubend schnell. Sie wollte schreien, wollte seinen Namen rufen.

Seine Zunge eroberte ihren Mund, und seine warme Handfläche umschloss ihre Brust, während seine Fingerspitzen deren perlengleiche Knospe berührten und liebkosten. Sie wurde heiß und feucht an Stellen, die sie hätten erröten lassen müssen, doch ihre Haut vermochte nicht mehr zu glühen, als es ohnehin bereits der Fall war.

Ihre Finger glitten über seinen breiten Rücken und in seinen dünnen Schurz. Ihre Handflächen streichelten den weichen Lendenflaum, der so seidig war wie ein Marderfell.

Er stöhnte an ihren Lippen, ein Flehen, ein Begehren. Es war nur ihr Name, das wusste sie, doch es klang, als käme es aus tiefster Seele.

Sie öffnete die Augen, musste ihn anschauen, um zu sehen, ob er dasselbe fühlte wie sie. Sein Blick war auf sie geheftet, während er sie küsste, streichelte und ihren Namen hauchte.

Seine Augen hatten das strahlende Blau eines englischen Sommerhimmels, seine Pupillen waren von mitternächtlicher Schwärze. Sein Blick war nicht länger kühl, und sie fragte sich, wie sie diesen jemals für hart und eisig hatte halten können.

Die Leidenschaft, die sie darin entdeckte, war wie die ihre, tief und überwältigend, und zog sie unbändig zu ihm hin. Sie wollte ihm nahe sein, wollte mit ihm verschmelzen, sein Inneres in Schwingungen versetzen und ihn dort spüren, wo allein der Gedanke schon frevelhaft war.

»Berühre mich«, hauchte sie ihre sündigen Empfindungen, und er vergrub seinen Kopf in ihrer Halsbeuge, während seine Hand von der wohlig erregten Knospe zu ihren Schenkeln glitt, genau dorthin, wo sie seine Liebkosungen und seine Leidenschaft spüren wollte.

Es kümmerte sie nicht, dass sie in der Hölle würde schmoren müssen, bis sie ihre Verfehlungen gesühnt hatte. Einladend spreizte sie ihre Schenkel, und seine Finger rieben sich unerbittlich an jener warmen Feuchtigkeit, die sie hätte beschämen müssen. Stattdessen jedoch bewegte sie sich im Rhythmus seiner Berührungen, schneller und immer schneller, geschmeidiger, in himmlische Sphären. Es musste der siebte Himmel sein, denn wenn es die Hölle war, so wollte sie dort verweilen.

Seufzend umklammerte sie seine Kehrseite, grub ihre Nägel in seine Haut. »Ich sterbe«, entfuhr es ihr. »Ich muss sterben.« Sie hatte das Gefühl, explodieren zu müssen, lichterloh in Flammen zu stehen, und vermochte doch nichts dagegen zu tun.

Er streichelte sie intensiver. »Komm, mein Schatz, komm.« Sein warmer Atem streifte ihr Ohr. »Lass dich gehen. Spüre es, fühle es.«

Dann war ihre Ekstase so stark, so überwältigend, dass Sterne vor ihren Augen tanzten und sämtliches Blut durch ihre Lenden jagte, als wäre es aus dem restlichen Körper gewichen. Es hörte nicht auf, dieses wohlig berauschende Gefühl, das so viel besser war als die alles verzehrende Sehnsucht.

Er blickte so zärtlich und gefühlvoll auf sie herab, und sie musste blinzeln, um sich zu vergewissern, dass sie nicht träumte.

»Noch einmal«, flüsterte er, und als sie den Kopf schüttelte und sich zu bewegen versuchte, umfingen seine Hände ihre Arme und drückten sie auf die Laken, während seine Lippen ihr dünnes Leinengewand liebkosten, das wie ein Stoffgürtel zwischen ihren Brüsten und ihrer Hüfte drapiert war.

Er vergrub sein Gesicht zwischen ihren Schenkeln und küsste sie dort, wo sämtliches Leben aus ihr gewichen war. Das war mehr, als sie ertragen konnte, und sie schrie auf und versuchte sich ihm abermals zu entwinden.

Sein Mund verfolgte sie mit seinen sehnsüchtigen Küssen, bis sie einer Ohnmacht nahe war. Seine Zunge drang tief in sie ein, als wäre es lediglich ihr Mund, dann verzehrte er sie mit seinen hungrigen Lippen, bis sie wieder und wieder zu ihrem Höhepunkt fand.

Diese Sünde wiederholte sich in den frühen Morgenstunden so häufig, bis sie sie nicht mehr zählen konnte und sie sämtliche Energie verlassen hatte. Ermattet und geschwächt lag sie da, ihre Lippen schmerzten, und ihr Körper war wie eine von Wind und Regen gepeitschte Blüte.

Merrick indes schien so vor Lebenskraft zu strotzen, als hätte er die Nacht in tiefem Schlummer verbracht. Er erhob sich dermaßen flink aus den Federn, dass ihr bei jeder seiner Bewegungen schwindelte. Er wusch und kleidete sich mit solch schwungvoller Begeisterung an, wie sie es einem Lehnsgrafen nie zugetraut hätte.

Sie hatte sich ihn als Krieger vorgestellt, nicht wie einen Menschen aus Fleisch und Blut, sondern als eine Kreatur, deren Aufgaben in der Kriegführung, der Bewachung der Grenzen und auch darin bestanden, Camrose zu einer unerschütterlichen Festung auszubauen, die kein Widersacher je zu bezwingen vermochte.

Ihren Kopf auf ihre Hand gestützt, beobachtete sie ihn. Dieser zärtliche Mann, der sie berührte, als wäre sie sein Ein und Alles, verwirrte sie. Ein Teil von ihr wollte schlafen, um der Benommenheit zu entfliehen. Doch sein Summen und Pfeifen und Trällern ließ sie nicht zur Ruhe kommen.

Nachdem er sein Gesicht abgetrocknet hatte, blickte er auf. »Warum runzelst du die Stirn?«

»Du hast mir sämtliche Lebenskraft geraubt«, murmelte sie, während sie verdrossen an den Laken zerrte und winzige Federn aus der Matratze zupfte.

»Wenn du weiterhin das Bett ruinierst, werden wir auf dem alten Strohsack schlafen müssen.«

Sie strich über die feinen Daunen, die aufwirbelten und zu Boden sanken. »Das ist ungerecht, weißt du? Ich habe nicht einmal mehr die Kraft aufzustehen, und du tänzelst durch diese Kammer, als hättest du Feuer unter deinem …«

»Unter meinem was?«, grinste er.

»Unter deinen großen Füßen.«

Merrick lachte laut und herzhaft und warf das Handtuch beiseite. »Du weißt, was die alten Weiber von großen Füßen behaupten?«

Bevor einer von beiden etwas sagen konnte, klopfte es lautstark an die Kammertür. »Merrick! Merrick!«

Sir Roger scheinbar keine Beachtung schenkend, schlüpfte Merrick in sein Lederwams und legte seinen Schwertgürtel an, während er durch das Zimmer schritt.

Obschon es weiterhin klopfte, trat er an ihr Bett. Er beugte sich über sie und stützte seine Hände auf die Matratze, sein Gesicht nur eine Handbreit von dem ihren entfernt.

Sie blickte zu ihm auf, musterte seine sinnlichen Lippen, die stoppligen Wangen und die gefühlvollen blauen Augen. Sein Gesicht war ihr so nah, dass sie den herb-süßen Seifenduft auf seiner frischen Haut wahrnahm – Thymian, Glockenheide und Pfefferminze. Das betörte ihre Sinne, und ihr Herzschlag beschleunigte sich.

»Roger ist noch immer verärgert, weil ich die alte Gladdys auf ihn gehetzt habe.«

Abermals erzitterte die Tür in ihren Angeln, dann dröhnte Rogers laute Stimme: »Willst du den ganzen Tag im Bett verbringen, Merrick? Steh auf, du Faulpelz, sonst prügle ich dich zum Übungsplatz.«

Rasch küsste Merrick sie auf die Stirn und nicht auf den Mund, wie sie es sich sehnlichst wünschte.

Als sie die Augen erneut aufschlug, hatte er bereits den Raum durchquert und die Kammertüren aufgerissen. Dort stand er in seiner ganzen hünenhaften Anmut. »Nun, wenn das nicht Sir Roger, der Verführte, ist.«

Selbst Sir Isambard musste sich das Lachen verkneifen.

Roger bedachte Merrick mit einem rachsüchtigen Blick. »Deine Schlagfertigkeit erstaunt mich.«

Merrick klopfte ihm auf die Schulter und entschuldigte sich. Merrick de Beaucourt, der Rote Löwe, erklärte Roger, dass er die Sache mit der alten Druidin bedaure.

Clio war entsetzt. Sie hatte sich nicht vorzustellen vermocht, dass er ein Fehlverhalten eingestand, geschweige denn, dass er irgendetwas bedauern könnte.

Sie fühlte sich unangenehm berührt, so als hätte sie zufällig um eine Ecke gespäht und eine bedeutende Persönlichkeit wie den Papst oder den König nackt gesehen. Hatte sie sich dermaßen in ihm getäuscht? In seiner Hartnäckigkeit und seinem Charakter? Vielleicht war sie tatsächlich diejenige, die zu eigensinnig war, um nachzugeben.

»Komm«, bemerkte Merrick in einem völlig anderen Tonfall als dem, den er gebraucht hatte, als er dieses Wort zu ihr gesagt hatte. Auch ihm musste das aufgefallen sein, denn er drehte sich um und spähte erneut zu ihr.

Etwas Sinnliches und Vertrauliches flackerte in ihren Blicken auf. Eine süße und sündhafte Erinnerung.

Roger straffte sich und spähte über Merricks Schulter zu Clio. »Sag mir, dass das nicht Lady Clio, die süße und unschuldige Jungfer, ist, die dort in deinem Bett liegt.«

Sie hielt den Atem an und zog sich die Laken über den Kopf, beschämt aufgrund dieser Erniedrigung.

»Es ist jetzt ihr Bett.« Das war alles, was Merrick darauf erwiderte.

»Wovon redest du da?«, erkundigte sich Roger mit einer gewissen Schärfe in der Stimme.

»Sie ist immer noch Jungfrau.« Merricks Stimme klang überaus herablassend.

Clio lag unter den Laken und biss die Zähne zusammen, bis sie schmerzten. Die beiden waren einfach großartig, standen dort an ihrer Kammertür und plauderten über ihre Jungfräulichkeit, als redeten sie vom Wetter.

»Einen schönen Tag, Mylady«, meinte Merrick betont und schloss die Tür.

Als Merrick und Roger sich zum Gehen wandten, prallte etwas Schweres vor die massive Kammertür.

»Der vergoldete Kandelaber?«, mutmaßte Roger.

Merrick schüttelte den Kopf. »Zu unhandlich. Ich schätze, es war nur ein Schuh.«

Roger nickte bekräftigend, während Merrick sich Sir Isambard zuwandte. »Nehmt einen Mann, nein …« Nachdenklich hielt Merrick inne. »Lasst drei Männer zu ihrer heutigen Bewachung abstellen.«

»Ja, Mylord.«

Gemeinsam gingen Merrick und Roger die Stufen hinunter. »Ich bin früher gekommen«, erwähnte Roger beinahe zu beiläufig.

»So?«

In Rogers Augen trat ein spitzbübisches Funkeln. »Um dich zu wecken.«

»Ich bin spät zu Bett gegangen.«

»Ich habe das Stöhnen der Dame vernommen«, sagte Roger, dann schwieg er beredt.

Eine längere Gesprächspause trat ein, die Zeit schien sich unangenehm dahinzuschleppen.

Schließlich blickte Roger zu Merrick und unterdrückte ein Grinsen. »Dann sag mir, mein Freund, ist sie dir erlegen?«

»Gewiss«, erwiderte Merrick, ohne seine Schritte zu verlangsamen. »Sie ist dem süßesten Laster erlegen, das man sich nur vorstellen kann.«

27

Ein scheckiger Wallach trabte auf die hölzerne Turnierfigur zu, und auf seinem Rücken thronte Thud wie eine Marionette – mit wehenden Armen, zappelnden Beinen, seine Kehrseite gut eine Elle über dem flachen Übungssattel.

Mit jedem geschmeidigen Schritt des Tieres sauste Thuds Kopf in den Nacken, als wäre er gebrochen, sein Haar klatschte ihm ins Gesicht.

»Gütiger Himmel«, entfuhr es Merrick. »Wie, zum Teufel, gelingt es ihm, oben zu bleiben?«

Sir Isambard, der neben ihm stand, rieb sich nachdenklich sein Kinn. »Hartnäckige Entschlossenheit.«

Mit voller Wucht traf der Bursche die Turnierfigur im fliehenden Galopp. Thud stöhnte laut; es klang wie das Heulen des Nordwindes.

Das hölzerne Ziel drehte sich so rasch, dass Merrick seufzend die Augen schloss.

Dem folgte ein lauter Knall.

Als Merrick die Augen aufschlug, lag der Junge am Boden, gut drei Schritte von seinem Ross entfernt. Die Lanze hatte sich aus Thuds lockerer Umklammerung gelöst, schoss wie ein Pfeil durch die Luft und blieb schließlich vor Merricks Füßen liegen.

Tobin und einige der anderen Knappen bogen sich vor Lachen.

Thud richtete seinen Helm und schob das Visier zurück. Verwirrt spähte er zu Merrick.

Merrick musterte ihn, dann deutete er auf das Pferd.

Thud nickte verstehend, richtete sich unbeholfen auf und torkelte zu seinem Reittier. Er setzte einen Fuß in den Steigbügel, umklammerte den Sattel und versuchte aufzusitzen.

Auf der falschen Seite.

Verstört tänzelte das Pferd im Kreis, während Thud auf einem Fuß umherhopste und sich hochzuziehen versuchte.

Die Knappen lagen allesamt am Boden vor Vergnügen.

Sir Isambard legte seine Hände um den Mund und brüllte: »Wechsle die Seite, mein Junge.«

Seufzend schüttelte Merrick den Kopf. »Meint Ihr nicht, er sollte zunächst Reiten lernen, ehe er sich mit der Lanze versucht?«

»Gewiss. Aber der Junge bestand darauf.«

Thud gelang das Aufsitzen, und er ritt unbeholfen zurück zur Startmarkierung.

Merrick schlenderte zu ihm und reichte ihm die Lanze. »Hier, mein Junge.«

Thud nahm die Waffe.

»Schmiege deine Knie an den Pferdeleib und passe dich seinen Bewegungen an. Das verhindert weitere Stürze. Pack die Lanze fest unter deinen Arm und versuche sie gerade zu halten.«

Thud nickte, seine Miene angespannt vor Konzentration.

»Richte sie auf den Torso des Ziels.« Merrick deutete auf die Übungsfigur. »Genau hier, wo das Herz sitzen würde. Siehst du hier das abgesplitterte Holz?«

»Gewiss, Sir.«

»Sobald du das Ziel triffst, beugst du dich dicht über die Mähne des Wallachs und treibst ihn mit deinen Knien voran. Das Pferd erledigt alles Weitere.«

Thud nickte. Er verstaute die Lanze unter seinem Arm und trabte davon, weiterhin hin und her hopsend wie der Lederball, den die Knappen zum Spiel benutzten.

Er versuchte es erneut, zwischen Kehrseite und Sattel schimmerte beinahe mehr Tageslicht als am Morgenhimmel. Er traf die Turnierfigur. Mit Wucht. Die Waffe stieß zurück, und der Knabe kauerte sich über den Pferdehals … in diesem Augenblick wirbelte die mit einer Lanze ausstaffierte Holzpuppe herum und fegte ihn hinunter.

Allerdings stürzte er nicht.

Thud hing an der sich drehenden Figur, seine Beine umklammerten sie, während er sich wieder und wieder im Kreis schwang wie ein fahrender Gaukler. Sein herrenloses Pferd trottete zu einem Grasbüschel und kaute gemächlich daran.

Diesmal hielten sich die Knappen die Bäuche vor Lachen und kugelten sich über den Boden.

»Weiter so, Thump!«, brüllte Merrick, da er es für angeraten hielt, den Jungen ein wenig aufzumuntern.

»Thud«, zischte Sir Isambard aus seinem Mundwinkel. »Sein Name lautet Thud.«

»Thud!«, berichtigte Merrick, dann blickte er fragend zu seinem Gefolgsmann. »Wo ist denn der andere?« Stirnrunzelnd überlegte er. Wie lautete der Name des anderen Burschen? »Thwart? Wo ist Thwart?«

»Thwack.«

»Ganz recht.« Merrick nickte. »Thwart, Thump, Thwack. Das reicht, um einen Heiligen in die Irre zu führen.«

»Als ich ihn das letzte Mal sah, versuchte er, sein Pferd aus den Stallungen zu treiben.«

»Wann war das?«

Der betagte Ritter zuckte die Achseln. »Gegen acht Uhr.«

Merrick spähte zum Himmel und orientierte sich am Stand der Sonne. Es war weit nach neun Uhr. Kopfschüttelnd strebte er in Richtung der Ställe.

Clio schlenderte durch den Innenhof, ihre Bewacher, drei von Merricks Soldaten, verfolgten sie wie Küken eine Henne. Indes kümmerte sie das augenblicklich nicht.

Insgeheim hielt sie Ausschau nach Graf Kussmund mit den wundervollen Lippen, wollte dies aber nicht zu offensichtlich tun. Sollte dieser Mann ihre Empfindungen auch nur erahnen, würde er nicht mehr fähig sein, seinen riesigen, aufgeblasenen Schädel durch die Burgtore zu stecken.

Sie strebte zu den Stallungen. Der vertraute Duft von frischem Heu und der beißende Geruch von Pferdemist erfüllten die Luft. Sie blieb stehen, steckte ihren Kopf ins Innere, wo es dunkel und stickig war, und es dauerte eine Weile, bis sich ihre Augen an das Dämmerlicht gewöhnt hatten.

Die Pferde tänzelten in ihren Boxen. Eines warf seinen riesigen Kopf zurück. Es war Merricks Streitross. Sie spähte ins Dunkel, da sie Merrick jedoch nicht ausmachen konnte, verließ sie ihren Aussichtsposten.

Auf der Rückseite befanden sich weitere Pferde auf einer neu eingezäunten Koppel. Während eines Tischgesprächs mit Sir Roger hatte Merrick erläutert, dass er diese Sicherheitsvorkehrungen für den Fall eines Angriffs getroffen habe. So konnten die Männer ihre Rösser rasch finden und aufsitzen. Als ob sie darauf nicht selbst gekommen wäre!

Sie schlenderte zu der Umzäunung und blieb stehen. Ihre Bewacher verharrten einige Schritte hinter ihr, wie von unsichtbaren Fäden gezogen, die sie festzurrten, sobald sie verweilte.

Es war erniedrigend und erfüllte sie mit Rachegedanken für Merrick und sein Vorhaben, jeden ihrer Schritte zu überwachen. Die Stirn in Falten gelegt, trat sie wütend einen Stein beiseite.

Aus reiner Zerstörungslust trat sie nach weiteren Steinen, waren sie doch unnachgiebig und schwer und massig – einem Männerschädel nicht unähnlich.

Sie hielt inne und ließ ihren Blick über die Koppel

schweifen. Nach kurzer Überlegung kletterte sie auf den niedrigsten Zaunpfahl und legte ihre Arme um den Pfosten, während sie hingebungsvoll die Pferde betrachtete.

Sie tänzelten im Hof, stupsten einander an und trabten mit wehenden Mähnen durch die Einfriedung, als wollten sie damit zum Ausdruck bringen: *Ja, schau mich ruhig an, ich bin ein Prachtexemplar.* Es waren allesamt Hengste, stellte sie über die Maßen erstaunt fest.

Sie drehte sich um, wollte von der Umzäunung herunterspringen, doch dann drangen aus der Ferne Stimmen zu ihr, und sie verharrte.

Sie schmunzelte. Wahrhaftig, es waren beileibe nicht diese Hengste, denen ihre Aufmerksamkeit galt, sondern ein anderes arrogantes Mannsbild. Ja, sie kannte den erhebenden Klang von Merricks Stimme, und der sonore Tonfall brachte ihre Magengegend zum Prickeln.

Sie sprang nicht hinunter und verbarg sich auch nicht hinter den Stallungen. Sie hatte ihre Bewacher im Schlepptau, und diese würden es Merrick gewiss mitteilen, falls sie ihn belauschte. Wenn sie die Ohren spitzte, würde sie ihn auch hier hervorragend hören können.

»Vergiss nicht, mein Junge. Pass dich seinen Bewegungen an«, erklärte Merrick soeben. »Lass ihm seinen Kopf. Lass das Pferd die Arbeit verrichten.«

Bevor Clio die Gelegenheit hatte herauszufinden, wen Merrick gerade unterwies, sprangen die Stalltore auf. Ihre Bewacher umstellten sie schützend, die Waffen gezückt. Als ob die Tore zum Angriff übergingen!

Doch ehe sie etwas sagen konnte, schoss ein Reiter aus der Dunkelheit in das gleißende Sonnenlicht. Clio umklammerte den Zaun und traute ihren Augen nicht.

Thwack thronte auf einem riesigen Rappen, dessen Mähne im Wind wehte. Der Bursche, von dem sie ganz genau wusste, dass er allenfalls auf einem der Ochsen des Müllers gesessen hatte, schmiegte sich an den Pferdehals, die Hände an den Zügeln. Seine angewinkelten Knie umschlossen den Leib des Tieres in der gleichen Weise, wie sie es bei Merrick gesehen hatte, als dieser die Geächteten durch die Wälder verfolgte.

Thwack, der nette, einfältige Thwack, bewegte sich mit dem Ross, als wäre er im Sattel geboren.

»Goldrichtig, mein Junge!« Freudestrahlend trat Merrick aus dem Stall. Er legte die Hände um seinen Mund: »Tiefer, mein Junge, und jetzt reite los!«

Sie sprang vom Zaun und erkämpfte sich den Weg durch ihre Bewacher, ihre Röcke gerafft stürmte sie dem Knaben nach, schwankend zwischen Faszination und der Furcht, dass er in seinen Tod reiten könnte.

Es kümmerte sie nicht, dass seine Männer sie verfolgten; sie hatte Angst um Thwack. Ihre Augen mussten sie trügen. Als sie um den Wappenturm bog, Thwack dicht auf den Fersen, hastete jemand an ihr vorbei, eine hünenhafte Gestalt in einem ihr vertrauten, braunen Lederwams. Mit langen, drahtigen Beinen.

Sie umklammerte ihre Röcke fester, raffte sie höher und rannte schneller, fieberhaft darauf bedacht, mit ihm Schritt zu halten.

Das Atemholen fiel ihr schwer. Ihre Lungen brannten. Sie fühlte den Schweiß, die Anstrengung, die ihre Wangen erröten ließ.

Vor der Hütte des Schmieds machte er kehrt und schlug dieselbe Richtung ein wie Thwack. Sie nahm ihre Beine in die Hand, stürmte um das Gemäuer und geradewegs in Merricks ausgebreitete Arme.

Er hob sie hoch, als hätte sie das Gewicht einer Feder. »Ich glaubte schon, du würdest es nie schaffen.«

Sie blickte zu ihm auf, unfähig, etwas zu entgegnen, da sie nach Atem rang. Nicht im Geringsten erschöpft grinste er übers ganze Gesicht.

Ihr Brustkorb schien in Flammen zu stehen. Ihr Mund war geöffnet und lechzte nach Luft.

Eine Hand glitt in ihr zerzaustes Haar und zog ihren Kopf nah an den seinen. Dann küsste er sie, bevor sie noch sprechen, japsen oder atmen konnte. Seine Zunge eroberte ihren heißen Mund und brachte ihn zum Glühen.

Er küsste sie fordernd und besitzergreifend, als wolle er besiegeln, dass sie ihm gehörte, so wie er es in den frühen Morgenstunden getan hatte, indem er ihr die Besinnung raubte mit seinen liebkosenden Händen und Küssen und ihr einen Vorgeschmack der Leidenschaft vermittelte.

Oh, wie hatte sie sich danach gesehnt, seinen Mund abermals auf ihren Lippen zu spüren. Sie wünschte sich, ihr ganzes Leben so zu verbringen, ihn zu schmecken und von ihm liebkost zu werden. Sie war wie Wachs in seinen Händen, und er stöhnte an ihren Lippen. Der Kuss endete viel zu rasch, beinahe, als hätte man sie auseinander gerissen. Er bog ihren Kopf zurück, um sie genauer betrachten zu können, und flüsterte: »Später, Mylady.«

Sie blinzelte zu ihm auf, doch als sie wieder klarer denken konnte, trug er sie bereits zum Übungsfeld, wo sie den Jubel und das Gelächter der Pagen und Knappen vernahm.

Sie wollte ihn verdammen für die Macht, die seine Küsse auf sie ausübten. Sie wollte sich verfluchen, weil sie sich nicht zu beherrschen wusste und gleichzeitig so sehr nach ihm verlangte.

»Das wird dir gefallen.« Er ließ sie zu Boden und fasste ihre Hand, zog sie mit sich, während sie zu dem Feld strebten.

»Wovon redest du, Merrick? Warum sitzt Thwack auf einem Pferd?« Sie zerrte an ihrer Hand, woraufhin er diese lediglich fester umschloss. »Lass mich los. Wer hat ihm Reitunterricht gegeben? Wie ist ihm das gelungen?«

»Für jemanden, dem es noch vor wenigen Augenblicken die Sprache verschlagen hatte, bist du erstaunlich redselig.«

»Wovon redest du?«

»Du wiederholst dich.«

»Nur weil du mir nicht antwortest.«

»Sieh dir das an.« Er deutete auf das Übungsfeld.

Liebend gern hätte sie entgegnet, dass er seinen Kopf in den Wassertrog tauchen solle. Stattdessen funkelte sie ihn an.

»Großer Gott, Weibsbild, was bist du eigensinnig.« Er fasste ihre Schultern und wirbelte sie herum, so dass ihr Blick auf das Feld gerichtet war. »Verflucht, und jetzt schau zu!«

Thwack ritt auf die Holzfigur zu. Dort versuchten

die Knappen reihum, einen juwelenbesetzten Dolch vom Haupt der Puppe zu erobern, ohne aus dem Sattel geworfen zu werden.

»Er wird sich umbringen«, murmelte sie, obgleich er genau zu wissen schien, was er tat. Sie wagte ihren Augen nicht zu trauen.

Im gleichen Augenblick galoppierte Tobin de Claire auf die Siegestrophäe, den kostbaren Dolch, zu. Thwack preschte aus der entgegengesetzten Richtung über das Feld. Der Boden erzitterte unter dem Hufschlag der beiden Rösser.

Bald bemerkten alle auf dem Feld Anwesenden die beiden Reiter. Sie sah, dass Sir Isambard wie zur Anfeuerung die Faust hob, und hörte, dass Thud brüllte und pfiff und Thwacks Namen rief.

Tobin sah Thwack und gab seinem Ross die Sporen.

Thwack beugte sich dichter über den Pferdehals.

Tobin war schneller. Blasiert grinsend streckte er die Hand aus, um nach dem Dolch zu greifen.

Thwacks Pferd preschte voran. Sekundenbruchteile vor dem eitlen Tobin hatte der Knabe den Dolch gepackt.

Wie benommen beobachtete Clio das Ganze; ihr war klar, dass sie verhalten lächelte. Der nette und langsame Thwack war zu Pferd schneller als der Wind. Unter großem Beifall ritt er um den Turnierplatz, den Dolch hoch über seinem Kopf erhoben. Eine Hand umklammerte die Zügel, doch wer ihn genauer beobachtete, wusste, dass das völlig überflüssig war.

Alle klatschten und pfiffen, außer Tobin, der wie ein geprügelter Hund aussah.

Merrick drehte sich um und blickte mit arroganter, stolzer Miene zu ihr, doch das konnte sie ihm nicht verdenken.

»Du hast ihn gelehrt, so zu reiten.«

Er schüttelte den Kopf. »So wie er reitet, kann man es niemandem beibringen. Und schon gar nicht in einer Stunde. Sie sind eine Einheit, der Junge und das Pferd.«

»Aber allein hätte er es nie geschafft. Er konnte nicht einmal ein Pferd satteln.«

»Gewiss, das habe ich ihn gelehrt. Es hat eine Ewigkeit gedauert.« Er grinste.

Daraufhin lächelte sie zu Merrick auf und hätte sich liebend gern bei ihm bedankt. Doch Worte schienen nicht stark genug für das, was sie empfand und zum Ausdruck bringen wollte. Er war ein liebenswürdiger Mann und völlig anders als in ihrer Vorstellung. Die Widersprüchlichkeiten, die sie innerhalb eines Tages an ihm entdeckt hatte, brachten sie beinahe aus der Fassung.

Er schien zu wissen, dass sie im Widerstreit mit ihren Gefühlen lag. Das erkannte sie an seinem zärtlichen Blick. Für Sekundenbruchteile glaubte sie, er werde sie erneut in seine Arme schließen. Seine Augen wanderten zu ihren Lippen. Sein Blick offenbarte ihr, dass er sie küssen wollte.

Dann donnerte Thwack an ihnen vorüber. »Mylord!«, brüllte er.

Merrick wirbelte herum.

Thwack preschte über das Feld und entfernte sich von ihnen. In der Tat ritt er in einem weiten Bogen. Dann galoppierte er zurück, und Merrick stellte sich schützend vor sie.

»Bleib stehen, mein Junge!«, brüllte Merrick. »Sofort!«

»Das kann ich nicht! Ihr habt vergessen mir zu zeigen, wie es geht!« Thwack preschte an ihnen vorüber und in die entgegengesetzte Richtung.

Fluchend stürmte Merrick ihm nach.

28

Es war eine althergebrachte Sitte der Druiden, Kräuter in ein Schlüsselloch zu stecken, weil dies Glück bringen sollte. Hätte Clio über das zweite Gesicht verfügt, hätte sie an diesem Abend – noch ehe der Mond aufging – womöglich einen ganzen Thymianbusch in ihre Tür gestopft.

Indes saß sie am Feuer, ihr törichtes Herz quoll über vor Glück, und ihre Gedanken kreisten um Merricks Küsse und Liebkosungen.

Sie seufzte, war ihr doch das Glück beschieden, diesen wundervollen Mann heiraten zu dürfen. Es war, als wären ihre jugendlichen Träumereien tatsächlich in Erfüllung gegangen. Sie war mit einem Mann verlobt, der für andere Verständnis zeigte. Einem Mann, wie sie in den Balladen besungen wurden. Sie hatte seine angenehmen Seiten kennen gelernt, den zärtlichen Geliebten und den väterlichen Gönner, der sich um Thwack gekümmert und diesem seinen Stolz zurückgegeben hatte.

Ganz recht, Merrick de Beaucourt, der Rote Löwe und seines Zeichens Graf von Glamorgan, war ein wahrer Edelmann und ein tapferer Ritter.

Ungefähr eine Stunde nach dem Tagesschlussgebet öffnete er schließlich die Tür zu ihrer Schlafkammer. Sie musste sich beherrschen, um nicht ein Dankgebet gen Himmel zu schmettern. Endlich war er gekommen! Ihr Geliebter.

Reglos verharrte sie am Feuer. Sie war froh um die prasselnde Glut der Eichenscheite statt der schwachen Wärme der Holzkohlenpfanne. Trotzdem war ihr merkwürdigerweise nie kalt, wenn er in ihrer Nähe weilte.

Ihr Haar war feucht, da sie es mit einer besonderen Seife aus Maßliebchen gewaschen hatte, die Gladdys während des letzten Winterneumonds hergestellt hatte und von der diese behauptete, dass sie das Haar heller schimmern ließe als das Sonnenlicht.

Behutsam zog Clio einen Elfenbeinkamm durch ihren langen, feuchten Schopf, um auch die letzte Strähne zu entwirren. Ihr Haar war immer noch zerzaust. Das Warten auf Merrick hatte sie so nervös gemacht, dass sie Dulcie irgendwann fortgeschickt hatte. Und jetzt war sie mit ihrem nassen, wirren Haar und dessen verknoteten Enden beschäftigt.

Sie gemahnte sich, seine Schritte im Raum nicht zu beachten. Sie versuchte es, doch das gelang ihr nicht.

Sie hörte, wie er seine Kleidung ablegte. Das leise Knistern des Stoffs auf der Haut. Seine Schritte auf dem Teppich, dann das leise Schlurfen auf dem Steinboden.

Aus ihrem Augenwinkel bemerkte sie, dass er das Zimmer durchquerte und sein Lederwams nebst Leinenhemd an einen Haken hing. Sie sah Haut, gebräunte, nackte Haut.

Der Kamm glitt ihr aus der Hand. Leise schalt sie sich.

Mit einem Satz war Merrick bei ihr. Er bückte sich und hob den Kamm auf.

Sie musterte seinen entblößten Rücken, die ausgeprägten Muskeln, schimmernde Haut. Sie vergaß zu atmen.

»Dreh dich um.« Sein Blick duldete keinen Widerspruch, was sie vielleicht erzürnt hätte, wenn sie sich nicht sehnsüchtig gewünscht hätte, dass er ihr Haar frisierte. Sie lechzte nach seiner Berührung.

Sie blickte ins Feuer und wartete, versuchte, nicht zu selbstzufrieden zu wirken.

Seine Hände waren voller Zärtlichkeit. Mit langen, sanften Strichen führte er den Kamm durch ihren Schopf. Als der Kamm auf die zerzausten Haarspitzen traf, arbeitete er sich mit einer Behutsamkeit vor, die sie sich von Dulcie gewünscht hätte.

Das Mädchen riss Clio immer wieder riesige Haarbüschel aus, so dass sie ihre Zofe gelegentlich beschuldigte, sie würde ihr irgendwann einen Kahlkopf bescheren.

Erneut bewies Merrick seine sanftmütige Seite, indem er ihr Haar so vorsichtig frisierte, als wäre es eine Kostbarkeit. Er war vollkommen still. Die ganze Zeit über, so als handelte es sich um eine ausgesprochen bedeutsame Mission. Die einzigen Geräusche im Raum stammten von dem schnarchenden Zyklop auf dem Bett. Und dem lauten Pochen ihres aufgeregten, törichten Herzens.

Sie schloss die Lider und lehnte unmerklich den Kopf zurück. Seine Hände gruben sich in ihr Haar, massierten ihre Kopfhaut und ihre Schläfen.

Sie seufzte aufgrund des überaus wonnigen Gefühls.

Plötzlich hielt er inne, seine Hände verkrampften sich in ihrem feuchten Schopf.

Sie schlug die Augen auf, sah mit zurückgebogenem Kopf zu ihm, so dass sie sein Gesicht verkehrt herum wahrnahm. Doch selbst in dieser Haltung konnte sie seine Züge klar erkennen.

Seine Miene war schmerzverzerrt, als hätte sie ihn mit ihrer Faust getroffen.

Sie richtete sich auf und drehte sich um. Da erst bemerkte sie das Begehren in seinen Zügen. Er versuchte es zu verbergen und seine Leidenschaft genauso zu unterdrücken wie sie. Und es schien ihr, dass er dabei genauso erfolglos blieb wie sie.

Sie betrachtete ihn genauer, und was sie sah, gefiel ihr. Sein Gesicht und seine Züge, die sie einst als zu hart empfunden hatte, um anziehend zu wirken, berührten sie jetzt in einer Weise, dass sie schwach wurde, wenn sie ihn nur anschaute.

Seine dunklen Brauen und die klaren, hellen Augen. Die Kinnpartie mit dem dunklen Bartansatz, gelegentlich markant in ihrem Zorn, dann wieder von tiefen Lachfalten durchzogen.

Seine wohlgeformten Lippen, die er aufgrund seiner Anspannung fest zusammenpresste. Dennoch wusste sie, dass sie sinnlich sein konnten und ihr Empfindungen vermittelten, auf die sie nie zu hoffen gewagt hätte.

Wie von einer höheren Macht gezwungen, wandte er den Blick von ihr ab. Blindlings reichte er ihr den Kamm, dann trat er wortlos zu einem ihr gegenüber stehenden Sessel.

Ermattet ließ er sich niedersinken. Er schien sich unwohl zu fühlen und blickte schweigend ins Feuer. Es erweckte den Eindruck, als wäre er Welten von ihr entfernt.

»Ist irgendetwas nicht in Ordnung?«

Mit seinem kurzen, schroffen Auflachen hatte sie nicht gerechnet. »Nicht in Ordnung?« Er schüttelte den Kopf. »Nein, außer dass der morgige Tag für mich nicht schnell genug anbrechen kann.«

»Der morgige Tag?«

»Ganz recht. Morgen.«

»Musst du aufbrechen?« Sie ärgerte sich über den erstickten Klang ihrer Stimme. Genauso gut hätte sie sagen können: *Geh nicht.*

Er wandte sich zu ihr um und maß sie mit seinen Blicken, völlig überrascht und verwirrt von ihren Worten. »Nein, ich breche nicht auf. Der König kommt morgen hierher.«

»Der König kommt hierher?«, wiederholte sie, und ihre Stimme klang plötzlich so schrill, als wäre es nicht ihre, sondern die eines Marktweibs.

»Ganz recht.«

Sie vergaß zu atmen. Gewiss war er übergeschnappt. Anders konnte es nicht sein. Völlig von Sinnen. Der König auf Camrose, ganz sicher nicht. Wie hätte ihr das verborgen bleiben können? Sie harrte seiner Erklärung.

Er äußerte sich nicht, saß einfach nur da.

Schließlich fragte sie: »Was soll das heißen, der König kommt hierher?«

»Seine Majestät, König Eduard.« Merrick lehnte sich in seinem Sessel zurück.

»Eduard?«, wiederholte sie fassungslos.

»Sicherlich hast du von Eduard gehört. Er ist der Sohn von Heinrich und Eleonore, der Mann, der eine Krone trägt, auf einem Thron sitzt und England regiert.« Er richtete sich auf und fügte scherzhaft hinzu: »Er ist mit der Königin vermählt.«

Sie bedachte ihn mit einem vernichtenden Blick. »Du hast mit keinem Wort erwähnt, dass der König kommen wird.«

»Habe ich das nicht?«

»Nein.« Sie stand auf und blickte auf ihn herab. »Das hast du nicht.«

»Ich war mir sicher, es dir berichtet zu haben.«

Sie stemmte ihre Hände in die Hüften. »Du hast mir *nicht* gesagt, dass der König kommen wird.«

»Ich erinnere mich, dir mitgeteilt zu haben, dass sich unsere Vermählung lediglich wegen einer kleinen Sache verzögern werde. An jenem Tag auf der Ringmauer. Das weiß ich ganz genau.«

»Gewiss, das hast du gesagt, aber dabei vergessen zu erwähnen, dass es sich bei dieser ›kleinen Sache‹ um den englischen König handelt.«

»Nun, jetzt weißt du es«, erwiderte er so beiläufig, als würde er vom Wetter reden und nicht von etwas so Bedeutsamem wie einem Besuch des Monarchen. »Er kommt morgen«, setzte er hinzu. »Wegen unserer Hochzeit.«

»Unserer Hochzeit?«

»Ganz recht.« Er musterte sie verwirrt. »Warum bist du so aufgebracht?«

»Du hast keinen Gedanken darauf verschwendet, mir mitzuteilen, dass wir morgen heiraten werden. Und ich bin schließlich die Braut.«

»Nein, denn wir werden nicht morgen heiraten.

Die Vermählung findet erst in einigen Tagen statt. Also, weshalb grämst du dich?«

»Warum hast du mir nichts erzählt?«

»Ich war der festen Überzeugung, es dir gesagt zu haben.«

»Wieso bist du davon überzeugt, mir etwas mitgeteilt zu haben, obwohl es nicht der Fall ist?«

Er schüttelte den Kopf, inzwischen völlig verwirrt. »Ich bin mir nicht sicher, wie ich diese Frage beantworten soll. Ich begreife dich nicht.«

»Willst du mich denn vor meinem König beschämen?«

»Weshalb solltest du beschämt sein, Mylady? Dafür besteht nicht der geringste Anlass. Außerdem kommt der König nicht allein. Die Königin wird ihn begleiten. Sie wird dich bestens unterhalten, genau wie die vielen Höflinge, die in ihrem Gefolge anreisen.«

Daraufhin war sie sprachlos. So dumm konnte er doch nicht sein, oder?

»Wir werden eine standesgemäße Hochzeit feiern«, fuhr er fort, als hätte Clio die bedeutsamste Zeremonie ihres Lebens nichts zu kümmern. »Ich bin ein Graf des Königs und du sein Mündel. Seine Exzellenz, der Erzbischof, wird uns persönlich trauen«, erklärte er voller Stolz.

»Der gesamte Hofstaat? Der Erzbischof…?«

»Gewiss. Nichts, was dich in helle Aufregung versetzen muss. Es sind Menschen wie wir.«

»Bist du von Sinnen?« Sie ging im Zimmer auf und ab und fuchtelte hektisch mit den Armen. Sie konnte es einfach nicht glauben. »Ich habe nichts für sie vorbereitet. Wo werden sie schlafen?« Schlagartig hielt sie inne. »Barmherziger Vater im Himmel, was ist mit dem Essen? Woher sollen wir denn die Vorräte bekommen, um so viele Gäste zu beköstigen?«

»Als Erstes findet morgen eine Jagdgesellschaft statt. Niemand wird verhungern.«

»Du Hornochse! Verstehst du denn gar nichts?«

Er beugte sich in seinem Sessel vor, unvermittelt angespannt und mit finsterem Blick. »Ich weiß lediglich, dass du heute früh nicht genug von mir bekommen konntest.«

Sie errötete.

»Und ich weiß, dass ich nicht länger in diesem Sessel sitzen bleibe, falls du mich noch einmal Hornochse nennst.«

Sie vermochte sich nicht zu beherrschen und fing an zu schluchzen.

»Weinst du?« Er saß da und schien völlig hilflos. »Du weinst.«

Sie schluchzte unaufhörlich. »Wie konntest du mir das antun?«

Er sprang auf und brüllte: »Was, zum Teufel, habe ich denn getan? Ich begreife dich nicht. Jede andere Frau würde es mit Stolz erfüllen, den König auf ihrer Hochzeitsfeier zu wissen. Das ist eine große Ehre.«

»Ich weiß«, schniefte sie. »Aber mich erfüllt es mit Beschämung. Camrose ist noch nicht auf einen Besuch des Königs vorbereitet.«

»Gewiss ist es das. Gestern wurde die Steinbrücke über den neuen und breiteren Graben fertig gestellt. Die Türme sind stärker befestigt. Die Burg verfügt über einen Innen- und einen Außenhof und über zwei eiserne Fallgitter. Ich selbst habe die Ringmauern mit meinen besten Soldaten bemannt – Bogenschützen, den allerbesten. Langbogenschützen, auf den Schutz der Burg geschult. Niemand wird dem König, der Königin oder ihrem Gefolge etwas anhaben können, solange sie auf Camrose weilen. Du solltest stolz sein, Frauenzimmer. Stattdessen stehst du da und bläst Trübsal.«

»Tue ich nicht«, versetzte sie unter Tränen. »Warum in aller Welt hast du mir eigentlich nicht gesagt, dass der König und die Königin kommen werden?«

»Ich dachte, ich hätte es getan!«, schnaubte er.

»Hinaus!« Sie deutete zur Tür.

»Was hast du gesagt?«

»Ich sagte hinaus!«

»Und wenn ich mich weigere?«

Sie warf den Kopf zurück und marschierte zur Tür.

»Wage es ja nicht, diese Tür zu berühren«, warnte er.

Sie funkelte ihn böse an und umfasste den Türknauf.

Er rührte sich nicht, sondern schien fassungslos, dass sie ihn abwies.

Dieser ungehobelte, herzlose Ochse! Sie drehte sich um und packte mit beiden Händen seinen Schwertgürtel. Das Ding schien mehr zu wiegen als sie selbst. Wie konnte ein Mann etwas Derartiges tragen?

Offensichtlich erheitert beobachtete er sie. »Und was hast du damit vor? Willst du mir mein sündiges Herz herausschneiden?«

»Nach dem heutigen Abend, Mylord, bin ich sicher, dass Ihr kein Herz habt.«

»Leg ihn weg, Clio.«

»Du hast mir keine Vorschriften zu machen!«

»Du gehörst mir, Weib.«

»Nein, noch nicht. Du vergisst, dass wir noch nicht vermählt sind.« Sie riss die Türen auf. Er rührte sich nicht, sondern stand lediglich belustigt vor ihr.

Sie stürmte durch die Tür, sein Schwert im Schlepptau.

Sein Gelächter verfolgte sie. »Was hast du denn vor, falls es dir tatsächlich gelingt, diese Waffe zu heben? Ich habe einen Vorschlag«, brüllte er ihr nach. »Du kannst den König damit töten, damit ihm deine schlechte Haushaltsführung verborgen bleibt!«

Daraufhin schlug sie geräuschvoll die Türen zu, zog das Schwert aus der Scheide und steckte die scharfe Klinge durch die beiden Türringe.

So verharrte sie für Augenblicke.

Kurzzeitig versuchte er, die Türen aufzudrücken. Doch aufgrund seines fest in den Eisenringen verankerten Schwerts gab das Holz keinen Zoll nach.

»Was, zum Teufel …?«

Eine längere Gesprächspause trat ein.

»Öffne die Tür, Clio!«

Ungerührt nahm sie eine Fackel von der Wand. Summend drehte sie sich um und schlenderte fröhlich die Stiege hinunter.

»*Weibsstück!*«

Sie blieb stehen, ihr Gesicht befand sich auf einer Höhe mit der unteren Türkante. Schemenhaft nahm sie seine riesigen Füße auf dem Steinboden hinter dem Türspalt wahr.

»Ja, Mylord?«, fragte sie honigsüß.

»Öffne diese Tür.«

»Ich habe einfach zu viel zu tun. Schließlich, Merrick, beehrt uns der König mit seinem Besuch.« Mit diesen Worten verschwand sie.

Die Maid aus dem grünen Wald

(Zweite Strophe)

Oh, bring mich auf dein schönes Schloss.
Lass mich deine Königin sein.
Dann sei dir verheißen prickelnder Wein,
Wie niemals ein Mann ihn genoss.

Aus der Legende von König Alarichs Frau,
alte walisische Sage, 1825 erstmals in Versform
gebracht von John F.M. Dovaston

29

Am folgenden Tag ritten Eduard I., König von England, und seine Königin, die jüngere Eleonore, durch die Tore von Burg Camrose. Goldene Glöckchen klingelten an dem juwelenbesetzten Zaumzeug ihrer prachtvollen Schimmel. Beide Pferde waren beinahe so edel ausstaffiert wie der Monarch und seine Gemahlin.

Herolde waren ihnen vorausgeritten und standen unterdessen auf den Wehrgängen. Ihre Fanfaren mit dem Banner von Eduard Plantagenet verkündeten die Ankunft des englischen Königs und seiner geliebten Königin.

Hinter den königlichen Wachsoldaten wurden die Flaggen mit dem Kreuz auf rotem Untergrund getragen, dem Symbol für das Blut Christi. Der Erzbischof war in Gold und Weiß gehüllt, sein Mantel mit weißem Pelz verbrämt, seine Garde trug vergoldete Rüstungen und mit dem Kreuz geschmückte Umhänge. Ihnen folgten Kardinäle in Scharlachrot und Bischöfe in Weiß und Silber.

Dem schloss sich ein kostbar herausgeputzter Tross von Adligen an, deren edle Damen an ihrer Seite ritten. Sie alle waren in feinste Kleidung gehüllt – schimmerndes Rot, Perlmuttweiß, Smaragdgrün und Saphirblau bestimmten das Bild – und mit den riesigen Edelsteinen geschmückt, die am Hofe der Plantagenets bevorzugt wurden.

Das königliche Gefolge schien kein Ende nehmen zu wollen, wie ein buntes und eindrucksvolles Band erstreckte es sich bis zum Horizont. Mit ihm kamen Wagen und Ochsengespanne, die Geschenke nach

Camrose und für Sir Merrick karrten. Gaben des Königs für den loyalen Lehnsmann, der Lady Clio von Camrose ehelichen würde, die Schutzbefohlene des Regenten.

In jenem Augenblick stand besagte Schutzbefohlene in ihrer ganzen anmutigen Schönheit neben ihrem Verlobten. Niemand, der sie betrachtete, hätte zu erahnen vermocht, was in ihrem klugen Kopf vorging.

Clio unterdrückte den ersten von zwei plötzlichen Impulsen: ein Gähnen, denn sie war die ganze Nacht wach geblieben, um die Burg und die Bediensteten auf den hohen Besuch vorzubereiten. Sie nahm an, dass der König es für gerechtfertigt hielte, sie enthaupten zu lassen, wenn sie all diesem Prunk gelangweilt entgegensähe.

Ihr war klar, dass sie entsprechend beeindruckt wirken sollte. Und das gestaltete sich schwierig, da sie mit einer weiteren plötzlichen Eingebung zu kämpfen hatte: dem Wunsch, dem Grafen des Königs schonungslos vors Schienbein zu treten.

Sie fragte sich, was wohl geschehen würde, wenn sie einfach mit dem Fuß ausholte und …

»Wage ja nicht, daran zu denken«, warnte Merrick, ohne sie eines Blickes zu würdigen.

Sie erstarrte. Konnte der Mann ihre Gedanken lesen?

»Du hast diesen gewissen Blick, Clio.«

»Welchen Blick?«

»Genau den, der immer auf Schwierigkeiten hindeutet, so als wolltest du einen Schlachtruf ausstoßen.«

»Ich weiß nicht, wovon Ihr redet, Mylord.«

»Gebt Euch beeindruckt, *Mylady*, oder Ihr werdet Euren Monarchen und meinen Freund kränken.«

Es gelang ihr, ein schwaches Lächeln auf ihr Gesicht zu zaubern und ihre Pflicht zu erfüllen. Nicht weil Merrick es befohlen hatte, sondern weil sie ihren eigenen Stolz hatte.

Sie würde niemandem offenbaren, was sie empfand. Keiner Menschenseele. Niemand würde je erfahren, dass sie verletzt und beschämt war, weil Merrick sie so ungerecht behandelte.

Es kränkte sie maßlos, dass er sie über den Besuch im Ungewissen gelassen hatte, ja, sie fühlte sich verraten, weil sie anderes von ihm vermutet hatte. Dennoch würde sie stolz erhobenen Hauptes vorgeben, glücklich zu sein.

Sie betrachtete den König, der durch die Tore ritt. Sie hatte diesen Mann nie persönlich kennen gelernt. Lediglich seinen Vater, König Heinrich, und dessen gefürchtete und einflussreiche Gattin, die ältere Eleonore. Dieser Frau hatte sie es zu verdanken, dass sie so rasch vom Königshof verbannt worden war.

Sie wusste einiges über Eduard, einen Mann, der sich als Führer und nicht als Träumer erwiesen hatte. Es wurde behauptet, dass er ein Verfechter der Gerechtigkeit sei und einen scharfen Verstand habe.

Kampftaktik und Kriegsführung hatte er unter Anleitung des berühmten Simon de Montfort erlernt, eines Mannes, dessen verräterische Revolte gegen Heinrich er späterhin niedergeschlagen hatte. Es hieß, dass Eduard die Barone mit überlegenem Führungsgeschick besiegt und de Montfort mit seinen eigenen Waffen geschlagen habe.

Während Clio ihren König musterte, der mit jedem Hufschlag seines prachtvollen Schimmels näher ritt, erstaunte es sie, dass er so blond und anziehend war wie Richard Löwenherz und so groß und stark wie eine englische Eiche.

Eduard ritt mit der Erhabenheit und der majestätischen Ausstrahlung eines wahren Königs auf Camrose ein. In seinen Zügen spiegelte sich das Feuer der Entschlossenheit, und sie zweifelte nicht an Merricks Worten, dass dieser Mann England zu einem starken, ungeteilten Reich machen würde.

Indes bemerkte sie noch etwas anderes in Eduards Haltung, eine Aura, die ihn menschlicher wirken ließ – innere Stärke und Barmherzigkeit, die den menschlichen Glauben an den göttlichen Ursprung von Königen unterstrichen.

Seinen Umhang schmückten drei kauernde Leoparden. Er trug eiserne Beinröhren, die seine langen, sehnigen Waden bedeckten. Sein Bart war kurz geschoren und blond, seine Lippen voll.

Er hatte Wangengrübchen und Lachfältchen um die Augen, was von seinem Humor zeugte. Sein Gesicht war von der Sonne gerötet und verlieh ihm das gesunde Aussehen eines Mannes, der auf eine lange Regentschaft hoffen durfte.

Er ritt in den Innenhof, und Merrick fasste unnachgiebig ihre Hand, als glaubte er, sie könnte so töricht sein und sich davonstehlen.

Sie hielt ihren Kopf stolz erhoben, während sie gemeinsam die wenigen Stufen nahmen, um den König zu begrüßen.

Eduard hob gebieterisch eine Hand, und die Prozession verharrte. Mit der Geschmeidigkeit eines

Kriegers sprang er von seinem Ross, lediglich untermalt vom leisen Klirren der goldenen Sattelglöckchen.

Der König umarmte Merrick so herzlich wie einen lange verschollenen Bruder, drückte ihn fest, während sie einander lachend und mit lautem Schulterklopfen begrüßten.

Sie verstand die Männer nicht. Jeden Augenblick rechnete sie damit, dass sie einander anbrüllen oder sich die Köpfe einrennen würden wie die wilden Keiler in den Wäldern.

War dieser ausgelassene Hüne von einem Mann ihr König? War er nicht allzu menschlich? Der Mann lachte und scherzte mit Merrick.

Als der launige Blick des Regenten auf sie fiel, sank sie in einen tiefen Hofknicks und neigte ehrerbietig den Kopf. Ihre Knie stießen aneinander, und sie atmete tief ein, um etwas dermaßen Erniedrigendem vorzubeugen wie einer Ohnmacht zu seinen Füßen.

»Ah, das also ist Lady Clio.« Seine Stimme klang freundlich und erheitert. Der König nahm ihre Hand, und während sie sich aufrichtete, sah sie zu ihm auf. »Ich denke, meine Mutter – Gott habe sie selig – muss sich geirrt haben, Mylady. Denn mir scheint Ihr beileibe keine ›entsetzliche kleine Teufelsbrut‹ zu sein.«

Eine tiefe Röte schoss in ihre Wangen. Die boshaften Worte der Königin hallten in ihren Ohren.

Eduard bedachte sie mit einem liebenswürdigen Lächeln. »Was hat Euch nur dazu bewogen, ihr schwarze Tinte ins Ölfläschchen zu füllen?«

Clio seufzte. »Mein jugendlicher Übermut, Eure

Majestät.« Sie wollte nicht eingestehen, dass die Königin sich über graue Haare beklagt und verzweifelt auf Abhilfe gesonnen hatte. Clio hatte es für ein Fläschchen Haaröl gehalten und nicht für die Tinktur, die sich die Königin nächtens auf die Augenlider rieb.

»Fast zwei Monate lang sah Mutter wie ein Ungeheuer aus«, amüsierte sich Eduard.

»Schön zu wissen, dass die Jahre deinem Hang zu üblen Scherzen nichts anzuhaben vermochten, mein Schatz«, bemerkte Merrick und legte zärtlich seinen Arm um ihre Schultern. »Noch letzte Nacht hat sie ihren Schabernack mit mir getrieben.«

Sein Schatz? Sie bedachte Merrick mit einem frostigen Blick, der Vergeltung verhieß.

Seine Hand fuhr hoch und zwickte sie in die Nase.

Es ging so schnell, dass sie es kaum fassen konnte, doch sein betont unschuldiger Blick bewies ihr, dass er genau wusste, was er tat. Und beide wussten auch, dass Clio nichts dagegen unternehmen konnte. Er war wie ein ungebärdiger Jüngling, der sich nach Herzenslust austoben durfte.

Kurze Zeit darauf begrüßten sie die Königin und ihr Gefolge. Clio musste lächelnd dastehen, während Merrick mit jedem Gast scherzte und lachte; es war der längste Morgen in Clios bisherigem Leben.

Er tätschelte ihren Kopf wie den eines gehorsamen Hundes, zwickte sie unzählige Male in die Nase. Er kniff ihr in die Wangen, bedachte sie mit sabbernden Küssen und zwickte sie so oft in ihr Hinterteil, dass sie vermutlich wochenlang nicht mehr würde sitzen können.

Und all das unter dem Vorwand zärtlicher Verliebtheit.

Als sie den anderen schließlich ins Burginnere folgten, umschloss Clio energisch seinen Unterarm. »Wenn du noch einmal meinen Kopf tätschelst, fange ich an zu bellen, König hin oder her.«

Merrick lachte nur und tätschelte rasch ihre Wange.

»Ich werde nicht wütend werden, Mylord«, versprach sie mit allem Nachdruck, während sie erhobenen Hauptes an seiner Seite das Herrenhaus betrat. »Aber ich werde es dir heimzahlen.«

Indes ahnte keiner der beiden, dass ihre Vergeltung nur noch eine Frage von wenigen Stunden war.

An jenem Tag bogen sich die Tafeln im großen Saal der Burg Camrose unter goldbraun gebratenem Wildbret und gewürzten Kaninchen. Mit Winteräpfeln gefülltes Wildschwein und Schinken von der Größe eines Brustpanzers wurden auf Zinnplatten hereingetragen, garniert mit gedünstetem Spinat und in Honig gedämpftem Lauch.

Es gab Flunder mit Rosmarinfüllung, Lachs in Dillsauce, marinierten Aal mit roten Holzäpfeln. Die Bäcker hatten die gesamte Nacht damit zugebracht, Fleisch- und Geflügelpasteten und Safranbrot zu backen.

Cremetorten waren mit Früchten, Feigen und köstlichen Rosinen belegt, und vor dem König und seiner Gemahlin stand ein silberner, mit leuchtenden sizilianischen Orangen und reifen Pfirsichen gefüllter Pokal.

Riesige Schüsseln mit Schinkenomelett und

Kirschauflauf standen neben Salzfässchen und Pfefferbehältnissen mit winzigen Silberlöffeln. Kapaune wurden am Spieß gebraten und mit gekochten Wachteleiern serviert.

Vor dem Erzbischof und den anderen Geistlichen standen gesottene, mit Honigfeigen und Apfelspalten gefüllte Pfauen. Das Gefieder des stolzen Vogels war nach der Zubereitung wieder aufgesteckt worden, um ihn in seiner schillernden Farbenpracht zu zeigen. Dann hatte man sie auf so großen Platten angerichtet, dass es zweier Diener bedurfte, sie zu tragen.

Nachdem Merrick sich umgesehen hatte, entschied er, dass Clio eine Närrin sein musste. Dieses Festmahl war eines der prachtvollsten, die er jemals erlebt hatte.

Das erfüllte ihn zugegebenermaßen mit Stolz. Er spähte zu seiner Verlobten, die leichenstarr am Kopfende der Tafel saß.

»Dieses Festmahl macht Camrose alle Ehre«, murmelte Merrick in der Hoffnung, ihr ein wenig zu schmeicheln. »Es besteht kein Anlass zur Beschämung. Du hast dich umsonst gegrämt, Mylady.«

Ihn keines Blickes würdigend, beugte sie sich vor und flüsterte: »Aber wie lange können unsere Speisekammern so viele Vorräte hergeben? Schon heute ist uns das Mehl ausgegangen.«

»Morgen gehen wir erneut zur Jagd. Die Männer werden Fleisch essen wollen«, winkte Merrick ab. »Mehl ist nicht so wichtig.«

Sie bedachte ihn mit einem langen, unergründlichen Blick. »Für mich schon«, zischte sie kaum hörbar.

»Warum ausgerechnet für dich?« Nur mühsam gelang es ihm, seinen Zorn zu unterdrücken.

»Es gibt kein Mehl für die Hochzeitstorte«, murmelte sie und ließ den Kopf hängen, als wollte sie weinen.

Für Augenblicke musterte er ihren Schopf, überrascht, dass sie sich wegen etwas so Törichtem wie einer Hochzeitstorte aufregte. Er verstand die Frauen nicht sonderlich gut. Die kleinsten Dinge bauschten sie zu den größten Katastrophen auf. Als wollte man einen Kinderspaten in eine Kriegswaffe verwandeln.

Er drehte sich um und winkte einem der Bediensteten – dem Oberhaupt der Dienerschaft –, woraufhin dieser in die Hände klatschte und fünf kräftige Männer riesige Braufässer mit Clios letzter Bierabfüllung hereinrollten. Merrick nahm an, dass eine gewisse Ausgelassenheit im Raum vonnöten sei. Clios Freudlosigkeit zu beobachten, hob nicht gerade seine Stimmung. Der König war eingetroffen, und es war an der Zeit zu feiern. Er vermutete, dass Gerstensaft die Zungen lösen würde.

Als die Diener die Fässer öffneten und das Bier in Zinnkrüge umfüllten, bemerkten alle Anwesenden im Saal die Reinheit von Clios Gebräu. Das Bier war so klar wie ein Frühlingsregen, seine Farbe ein satter Goldton wie Sommerhonig.

Eduard würdigte das Bier mit anerkennenden Blicken, und als man ihm erklärte, dass Lady Clio es gebraut habe, nickte er und belohnte sie mit einem goldenen Smaragdring.

»Ein Trinkspruch auf die Braut!«, ereiferte sich jemand an den hinteren Tischen.

»Ganz recht!«

Die Diener huschten durch die Reihen der Gäste, füllten abermals Kelche und Becher mit Lady Clios Bier.

Edward stand auf und hob seinen Kelch. »Auf Lady Clio von Camrose!« Er nahm einen tiefen Schluck Bier, spülte es hinunter und bekam leuchtende Augen.

Alle hielten den Atem an, als der König in seinen Kelch spähte und das Bier begutachtete. Lächelnd hob er den Kopf, dann trank er einen weiteren, größeren Schluck.

»Auf Lady Clio von Camrose!«, brüllten sämtliche Gäste, prosteten sich mit Kelchen und Bechern zu und taten es dem König nach.

»Ganz recht, auf die Dame, die Lady Clio von Camrose heißt«, wiederholte Eduard. »Und die Sir Merrick in die Nase kneift.« Erneut führte er den Kelch an seine Lippen.

Königin Eleonore blinzelte verdutzt, dann drehte sie sich um und musterte ihren Gatten, als wäre ihm ein zweiter Kopf gewachsen. Stirnrunzelnd nippte sie an ihrem Pokal, während sie ihren Angetrauten nicht aus den Augen ließ.

Clio und Merrick tauschten ebenfalls verwirrte Blicke aus.

Achselzuckend nahm Merrick einen weiteren tiefen Schluck von dem Bier, dem besten, das er zeitlebens getrunken hatte. Er neigte sich zu Clio. »Es ist köstlich und fein.« Er brach ab, dann setzte er unwillkürlich hinzu: »Besser als französischer Wein.«

Daraufhin leerte er seinen Kelch. Ein sonderbares

Wärmegefühl strömte von seinem Magen zu den Lenden und bis in den Kopf. Es war, als geriete sein Blut in Wallung. Er bedeutete einem Lakaien, seinen Kelch abermals zu füllen, dann nahm er diesem den Krug aus der Hand und stellte ihn vor sich hin. »Lass ihn hier stehen, du Trampeltier.«

Er stand auf und hob prostend seinen Becher. »Auf meine Braut, die gute, mit ihrem stolzen Edelmute!« Er nahm einen tiefen Zug.

Der Erzbischof war bei seinem dritten Becher Bier angelangt. Er sprang auf und brüllte: »Bei meinem Blute!«

Lautes Gelächter erfüllte den Raum ob dieses schönen neuen Spiels, mit dem der König selbst begonnen hatte. Jeder versuchte, mit einem witzigeren Reim aufzuwarten als sein Vorgänger.

Und so gestaltete sich anschließend das gesamte Festmahl.

Man trank auf Clio, die Braut mit der alabastergleichen Haut. Auf Augen so nett und ein gelungenes Bankett. Auf den gescheiten Kopf mit dem silberblonden Schopf. Auf die Nase, die süße, und auf ihre winzigen Füße.

Doch selbst Merrick war überrascht, als er unvermittelt aufsprang und brüllte: »Auf Lady Clio mit dem Mund voller Frechheiten.«

Er stockte, spähte zu ihr hinunter und freute sich diebisch, dass sie errötete. Er nahm einen tiefen Schluck Bier und musterte die Anwesenden, alle schienen zu warten …

Grinsend hob er abermals seinen Kelch. »Und der bezaubterndsten aller Kehrseiten.«

Wage es nicht, einen ganzen Krug Bier zu trinken.
Denn wenn du dann redest,
wird dein Mund nichts als Unsinn verbreiten.

Papyrus Anastasi IV

»Was hat dich nur dazu bewogen, auf das Hinterteil deiner Braut zu trinken?«, erkundigte sich Roger bei Merrick.

»Es kam mir einfach so in den Sinn«, grummelte Merrick.

Roger lachte lauthals.

»Ruhe!«, knurrte Merrick. Er saß auf der Ringmauer, wo ein kalter Wind blies, und hielt sich seinen schmerzhaft pochenden Schädel, während er sich unaufhörlich dieselbe verflixte Frage stellte. Warum? Welcher Teufel hatte ihn nur geritten? »Schneidet mir die Zunge heraus und fertig.«

»Ich glaube, dass die hübsche Lady Clio diese Aufgabe nur zu gern übernehmen würde, mein Freund.« König Eduard klopfte Merrick auf die Schulter und setzte sich neben ihn.

»Es ist allein deine Schuld«, brummte Merrick. »Wie konntest du nur mit einem so albernen Spiel beginnen?«

Nachdenklich rieb der König sich sein Kinn. »Ich weiß nicht, warum. Es war nicht mein Ansinnen. Es ist einfach geschehen. Als ich allerdings den ersten Vers reimte, fand ich es selber recht amüsant. Und einer der Vorteile der Regentschaft, Merrick, besteht darin, dass du jeden törichten Unfug anzetteln kannst, und keiner denkt sich etwas dabei.«

»Dann sollte Merrick König werden«, fiel ihm Roger ins Wort. »In letzter Zeit hat er mehr Unfug angestellt als wir beide zusammen in unserem ganzen Leben.«

»Hört auf, so zu reden, als wäre ich gar nicht anwesend.«

»Bist du denn anwesend? Wir dachten, du wärest weit weg und träumtest von der bezaubernden Kehrseite deiner Herzdame.«

»Fahr zur Hölle, Roger.«

»Mach ich. Dessen bin ich gewiss. Und ich hoffe, der Pfad der Läuterung ist von nackten und willigen Frauen gesäumt. Es kümmert mich auch nicht, ob ihre Kehrseiten bezaubernd sind.«

Merrick blickte zu seinem Freund. »Ich hoffe, dass dieser Pfad mit ihren Ehemännern gesäumt ist.«

»Hört auf.« Eduard erhob sich und begann, vor Merrick auf und ab zu schreiten.

Das machte Merrick nervös und ihm schwindelte, so dass er auf seine Füße starrte. »Ihr zwei bereitet mir Kopfschmerzen.«

»Wir müssen überlegen«, meinte der König weiterhin einherschreitend. »Du musst irgendetwas tun, um der schönen Lady Clio zu gefallen.«

»Mich in mein Schwert stürzen reicht nicht aus?«

Roger und der König lachten.

Merrick indes fand das keineswegs erheiternd. Ihm war bewusst, dass er seine Verlobte zutiefst gekränkt hatte.

Dennoch hatte sie nichts gesagt und lediglich dagesessen, während der Saal tobte. Er wusste um ihren ausgeprägten Stolz, der schwer angeschlagen war, und das allein durch ihn.

Er war beschämt.

Sie hatte Recht behalten mit ihm. Er war ein Hornochse.

Ein bornierter Hornochse.

Er nahm einen tiefen Atemzug und stand auf, spähte für Augenblicke gen Himmel, während er darauf sann, wie er ihr den verdienten Respekt zollen und die Ehrerbietung bezeugen konnte, die er ihr an jenem Abend so schnöde verweigert hatte. Gedankenverloren betrachtete er seine Füße, als er ihre sämtlichen Gespräche Revue passieren ließ. Dann straffte er sich.

»Ich komme bald wieder«, war alles, was er zu seinen Freunden sagte, dann marschierte er ohne ein weiteres Wort von der Ringmauer und ließ Roger und den englischen König zurück, die seiner hoch aufgerichteten Gestalt nachblickten.

30

Als die Männer zwei Tage darauf abermals zur Jagd aufgebrochen waren, thronte Lady Clios bezauberndes Hinterteil auf einem Strohballen in einem fensterlosen Alkoven auf dem Söller. Es war am späten Nachmittag, und sie führte die Nadel durch den Stickrahmen, ohne ihrer Handarbeit auch nur die geringste Beachtung zu schenken. In diesem Augenblick wünschte sie sich nichts anderes als Einsamkeit und ungestörten Frieden.

Wie jede fürsorgliche Hausherrin hatte sie ihre Schlafkammer dem König und seiner Gemahlin überlassen, während sie und viele der Hofdamen die wenigen Stunden der Nachtruhe zusammengepfercht wie Waisen in der kleinen, fensterlosen Gewölbekammer verbrachten, die gewöhnlich den sie besuchenden Nonnen oder vornehmen Wallfahrern vorbehalten war.

Das Problem bestand darin, dass sie auch die Tagesstunden gemeinsam verbrachten. Aber Clio wusste kaum etwas von diesen Frauen, die einander gut kannten. Sie passte nicht zu ihnen. In ihrer Gesellschaft fühlte sie sich wie eine Heidin in einem Raum voller Christen.

»Beim Blute Christi! Ist mir langweilig.« Lady Sofia, eine junge Cousine des Königs und nicht einmal zwölf Jahre alt, ließ ihre Sticknadel sinken, schwang sich auf einen Stapel dünner Wolldecken und verschränkte trotzig ihre mageren Arme vor der Brust.

»Hör auf zu fluchen, mein Kind«, schalt Königin Eleonore sie. »Du weißt, dass Eduard eine solche Ausdrucksweise nicht schätzt.«

»Warum eigentlich nicht?«, meinte Sofia widerborstig. »Neben Raufen und Spucken habe ich die treffendsten und einfallsreichsten Flüche von ihm gelernt.«

»Er ist ein Mann. Von einflussreichen Männern erwartet man, dass sie fluchen.«

»Ich wünschte, ich wäre ein Mann«, seufzte Sofia. »Männer dürfen zur Jagd gehen und unbekleidet schwimmen und stundenlang ohne Hut in der Sonne reiten. Ich möchte endlich etwas Farbe.« Stirnrunzelnd zwickte sie in die helle Haut ihrer Oberarme. »Ich bin leichenblass.«

Eine weitere Dame mit wallendem rotem Haar und milchweißer Haut sah auf und warf ein: »Als ich gestern Abend mit Sir Roger FitzAlan einen Spaziergang unternahm, erzählte er mir, dass die Heilige Kirche den Frauen den Aufenthalt in der Sonne verbietet.«

»Ganz recht«, versetzte eine schwarzhaarige Hofdame. »Sir Roger, mit dem ich gestern auf seinem Streitross ausritt, behauptete, der Heilige Vater persönlich habe gesagt, dass das Sonnenlicht das Haar ausbleichen würde, und da das Haar aus dem Gehirn sprießt, kann das unseren Verstand schädigen.«

»Wie töricht«, widersprach die junge Sofia verdrossen. »Du glaubst doch sicherlich nicht an diesen Unsinn, oder? Wenn das Haar tatsächlich aus dem Gehirn sprießen würde, wären alle Männer kahl.«

Über ihre jugendliche Schlagfertigkeit lachten alle Frauen in der kleinen Kammer.

»Und das aus dem Munde eines Kindes«, murmelte die Königin mit einem bezaubernden Lächeln, welches bewies, dass Eleonore von Kastilien einen feinsinnigen Humor besaß, im Gegensatz zu der älteren Eleonore, ihrer verbitterten Schwiegermutter.

»Ich wünschte, ich wäre ein König«, seufzte Clio mit Bedauern in der Stimme und blickte in die zuckenden Flammen der neben ihr stehenden Kerzen.

»Ich auch«, bekräftigte Sofia. »Dann könnte ich alles tun, was ich will. Wenn ich König wäre, würde es niemand wagen, mir etwas vorzuschreiben.«

Eleonore schmunzelte. »Wenn du König wärst, mein Kind, würde dein gesamtes Leben aus Vorschriften bestehen.«

»Das kümmert mich nicht.« Hochmütig schob Sofia ihr Kinn vor. »Ich würde sie nicht beachten und stattdessen tun, was mir gefällt.«

»Ah, ich verstehe. Genau wie jetzt«, bemerkte Eleonore.

Alle lachten, denn es war allgemein bekannt, dass Lady Sofia ein eigenwilliges Mädchen war, das den König mit seinem Ungehorsam zur Verzweiflung brachte.

Selbst Sofia musste ein spitzbübisches Lächeln unterdrücken.

Es blieb Clio nicht verborgen, dass diese Königin Eleonore die aufsässige Sofia trotz ihrer jugendlichen Torheiten keineswegs vom Königshof verbannte.

Ihr eigener Besuch bei Hofe schien so weit zurückzuliegen. Die Jahre waren unendlich langsam dahingegangen, und doch hätte sie nicht sagen können, wo all die Jahre geblieben waren. Clio beschlich das Gefühl, dass sie fortwährend auf irgendetwas gewartet hatte, das bedeutsam für ihr Leben wäre.

Sie schwieg und führte nachlässig ihre Nadel durch das Stickmuster. Diese Tätigkeit lenkte sie wenigstens davon ab, dass sie sich wie ein Pflasterstein in einem Raum voller Juwelen vorkam.

Die Königin drehte sich um und warf Clio einen raschen Blick zu, dann vertiefte sie sich abermals in ihre Handarbeit.

Während die anderen Frauen offenherzig über Männer und Freiheiten, Reichtum, Vermählungen und die neuesten Skandale plauderten, erhob sich die Königin geräuschlos und trat zu dem Kandelaber, wo Clio schweigend an ihrer Stickerei arbeitete.

Clio sah auf und bedachte die Königin mit einem schwachen Lächeln.

Eleonore straffte ihre Schultern und klatschte in die Hände. »Lasst uns allein, meine Damen. Geht vor den Söller und erfreut euch dort an weiteren Klatschgeschichten. Ich sehne mich nach einem ruhigen Gespräch mit der Braut.«

Die Frauen zogen sich zurück, mit Ausnahme von Lady Sofia, die Clio und die Königin beobachtete – für eine Zwölfjährige viel zu scharfsichtig. »Darf ich bleiben?«

»Nein«, meinte die Königin schroff.

»Warum nicht?«

»Ich muss mit Lady Clio über ihre Vermählung sprechen.«

»Warum?«

»Das geht dich nichts an.«

»Oh, ich verstehe. Du willst mit ihr über die Bettgeschichten reden.« Durchtrieben lächelnd erhob sich Sofia.

»Hinaus!« Eleonore deutete auf die Tür.

»Diese Geheimniskrämerei verstehe ich nicht.« Sofia marschierte zur Tür. »Johann und Heinrich haben mir alles erzählt.«

»Ich muss ein ernstes Wort mit meinen Söhnen reden«, murmelte Eleonore.

»Ich bin fest entschlossen, den Schleier zu nehmen.« Mit einem energischen Kopfnicken unterstrich Sofia diese Ankündigung. »Lieber werde ich eine Braut Christi und lebe im Kloster, als dass ich mir das von einem Mann antun lasse!«

Daraufhin lachte Eleonore. »Eduard hat anderes

mit dir vor, mein Kind. Obschon mein Gatte vermutlich häufiger mit dem Gedanken spielt, dass unser Erlöser eine Braut wie dich verdient hat. Allerdings rate ich dir, diesen ganzen Unsinn mit dem Kloster zu vergessen. Das wird nicht geschehen.«

»Es würde dir nicht gefallen, Sofia. Ich selber habe in einem Konvent gelebt«, räumte Clio ein. »Es war noch langweiliger, als hier auf dem Söller mit den anderen Hofdamen zu sticken.«

»Nichts könnte langweiliger sein als Handarbeit«, grummelte Sofia und schlenderte durch die Kammer. An der Tür blieb sie stehen. »Sollte mein Cousin Eduard einen Gatten für mich erwählen, dann hoffe ich, dass er die richtige Wahl trifft. Einen Mann, der mir auch ebenbürtig ist, denn ich nehme beileibe nicht jeden. Er muss galant sein und tapfer und ritterlich. Er muss mich vergöttern.« Sofia verschwand, doch dann spähte sie noch einmal um die Ecke. »Und ich bleibe dabei – selbst ein vom englischen König handverlesener Gemahl wird mir mit seinem kleinen Freund nicht zu nahe treten!«

»Sofia!«

Das Mädchen war endgültig verschwunden.

Kopfschüttelnd stand Eleonore da.

Clio lachte. Sie konnte sich nicht mehr beherrschen. Schließlich hatte sie früher dieselben Gedanken gehegt.

Eleonore setzte sich zu ihr. »Sie ist jung und übermütig. Eduard behauptet, dass sie ihn mit ihren romantischen Vorstellungen und ihrem Freiheitsdrang noch in den Wahnsinn treiben wird.«

»Ich erinnere mich, dasselbe empfunden zu haben«, gestand Clio. »Beseelt von dem jugendlichen Glauben an Ritterlichkeit und Ehre und Galanterie.«

Unterdessen schienen ihr diese Gedanken nicht mehr so bedeutsam zu sein. Es gab andere Dinge, die sie von ihrem zukünftigen Gemahl erwartete. Dinge, die wichtiger waren, wie Liebe und Respekt.

»Ihr seid unglücklich.« Eleonore maß sie mit ihren Blicken.

Clio zuckte die Achseln. Sie wusste nicht, was sie darauf antworten sollte. Sie war tatsächlich unglücklich. Im Grunde genommen war sie verängstigt, verwirrt und fühlte sich hundsmiserabel.

»Empfindet Ihr denn nichts für den Grafen?«

Abermals zuckte sie mit den Schultern.

»Vergesst einfach, dass ich die Königin bin, und sagt mir die Wahrheit. Ich bitte Euch darum. Es ist wichtig.«

Clio bemühte sich, gegenüber der Königin Vorteilhaftes herauszustellen. »Er ist tapfer und wohlhabend und er kann sehr anziehend sein, wenn er nicht gerade Befehle brüllt.«

»Verstehe.« Eleonore sah aus, als wollte sie lächeln, tat es dann aber nicht. »Was noch?«

»Er reitet gut.«

»Verstehe.«

»Er hat mich vor den walisischen Geächteten gerettet und mich gepflegt, bis ich wieder genesen war.«

Eleonore nickte, während sie andächtig lauschte. »Meint Ihr, Ihr könntet ihn lieben?«

»Er küsst gut«, gestand Clio und errötete bei dem Gedanken an seine alles erkundenden Lippen.

»Was gefällt Euch nicht an ihm?«

»Er ist ein eigensinniger, hochmütiger, gefühlloser Dickschädel.«

Eleonore nickte verständnisvoll. »Verstehe. Also wollt Ihr ihn nicht heiraten.«

»Nein«, erwiderte Clio, dann stockte sie. »Doch, um ehrlich zu sein.« Sie seufzte. »Oh, ich weiß nicht, was ich will. Nun ja, ich möchte ihn wegen seiner Lippen heiraten.«

Eleonore warf den Kopf zurück und lachte herzlich. Dann nahm sie Clios Hand. »Ich denke, ich verstehe.«

»Ja?«

Sie nickte. »Eduard und ich wurden vermählt, als ich zehn und er fünfzehn Jahre alt war. Wir hatten uns nie zuvor gesehen. Es war eine Übereinkunft zwischen Heinrich und meinem Bruder Alfonso.«

»Also hattet auch Ihr keinen Einfluss auf Eure Eheschließung.«

»Mein Bruder liebt mich. Er ist ein gebildeter und aufgeklärter Mensch. Zu Hause hatten wir eine Bibliothek, die viele Bücher arabischer Astronomen enthielt. Darüber hinaus förderte er Literaten und Komponisten und Naturwissenschaftler. Unser Schloss war voller neuer Erfindungen – Instrumente zur Bestimmung der Gestirne, Sonnenuhren, Wasseruhren, ja sogar ein Zeitmesser aus Quecksilber. Überall traf man auf faszinierende Dinge. Wie dem auch sei, er erklärte Heinrich, dass er der Vermählung nicht zustimmen werde, solange er Eduard nicht begutachtet habe.«

»Ihn begutachten? Den Kronprinzen?« Clio kicherte.

Auch Eleonore lachte; dann beugte sie sich zu Clio vor und murmelte: »In Wahrheit beabsichtigte er damit, dass ich ihn mir ansehen sollte und mich aus freien Stücken mit der Verbindung einverstanden erklärte. Er wollte nicht, dass ich einem Mann versprochen wurde, den er nicht achten konnte. Die Familie meines Gemahls …«, sie stockte, sann auf die passenden Worte.

»Ich verstehe«, bemerkte Clio. »Johann war ein schlechter König und auch ein unangenehmer Zeitgenosse.«

»Ganz recht, und Heinrich, Eduards Vater, hatte schon einmal sein Wort gebrochen. Zugunsten von Eleonore von Poitou hatte er seinerzeit den Bund mit meiner Mutter gelöst. Mein Bruder war besorgt um mein Lebensglück.«

»Ihr habt Euch einverstanden erklärt, den Kronprinzen zu heiraten?«

»Ganz recht. Ich hielt ihn für den anziehendsten jungen Mann, der mir je begegnet war. Auf einem spanischen Schlachtross ritt er in Burgos ein, hünenhaft und langbeinig, mit flachsblondem Haar und diesen faszinierend blauen Augen. Er saß aufrecht im Sattel. Ich denke, er war der stolzeste Recke, den ich jemals sah. Sein steifer Waffenrock verlieh ihm Würde, und er trug hohe Stiefel aus feinstem Leder. Und er sprach feurig und voller Leidenschaft.« Sie seufzte. »Ich stimmte zu. Oh, ich gab ihm unumwunden mein Jawort. Und ich habe es nie bereut.«

»Es ist allgemein bekannt, dass der König Euch verehrt.«

»Das war nicht immer so.« Unverhohlen musterte

sie Clio. »Ihr scheint überrascht.«

»Nun, ich dachte, es wäre eine Liebesheirat gewesen.«

Eleonore schüttelte den Kopf. »Was weiß eine Zehnjährige von der Liebe oder, in diesem Fall, ein fünfzehnjähriger Prinz? Während er darauf wartete, dass ich zur Frau heranreifte, war er der aufrührerische Befehlshaber junger Ritter. Ich gebar ihm zwei Kinder, bevor er sich in mich verliebte. Ich war zwanzig und erinnere mich noch ganz genau an den Tag, als es geschah. Ich traf in Dover ein, und als ich von Bord ging, erkannte ich es in seinen Zügen.«

Aufgrund der Erinnerung hielt sie inne, und Clio harrte schweigend ihren weiteren Ausführungen. Diese Geschichte gefiel ihr.

»Ich will Euch damit sagen, dass die Liebe nicht vom Himmel fällt. In der Tat ist es meist völlig anders. Das Leben ist nicht wie die Kindheitsträume, die wir von Rittern und höfischer Liebe haben. Das ist lediglich Legende, aber nicht die wahre Liebe. Dahinter verbirgt sich so viel mehr.«

»Ich glaube, ich vermag Euch nicht zu folgen«, murmelte Clio.

»Die Liebe muss reifen. Es fällt mir schwer, das in Worte zu kleiden. Aber ich weiß, dass sie hier drinnen ist.« Sie legte eine Hand auf ihr Herz. »Für einen Mann ist es kein Einfaches, eine Frau zu lieben. Ich denke, uns fällt es leichter, weil wir einen Mann nicht verstehen müssen, um ihn zu lieben. Wir lieben ihn um seiner selbst willen, auch wenn uns manches an ihm nicht behagt. Frauen sind in der Lage, Männer mit all ihren Fehlern zu lieben.«

»Und die Männer uns Frauen nicht?«, warf Clio

ein.

»Für einen Mann ist es anders. Ich denke, irgendwann werdet Ihr das verstehen.« Sie erhob sich. »Aber ich habe genug gesagt. Unterdessen hat Lady Sofia vermutlich allen von ihrem Vorhaben erzählt, das Keuschheitsgelübde abzulegen. Besser ich finde sie, bevor Heinrich von ihrem albernen Geschwätz erfährt. Sonst wird er das Mädchen noch mit seinem ärgsten Widersacher vermählen.«

Clio stand auf und reichte der Königin ihre Hand. Sie sank in ihren tiefsten Hofknicks und senkte ehrerbietig den Kopf. »Habt Dank.«

Eleonore blieb stehen, blickte auf ihre ineinander verschlungenen Hände und nickte. Dann zog sie Clio hoch und nahm ihre andere Hand. »Ich wünsche mir eine Freundin, Lady Clio. Selbst am Königshof, wo ich von meinen Hofdamen umgeben bin, vermag ich nur mit wenigen offen zu reden und nur den wenigsten zu trauen.«

Clio lächelte, und eine lebenslange Freundschaft war besiegelt.

Die Maid aus dem grünen Wald
(Vierte Strophe)

So werde ich nun dein Eheweib,
Durch diesen heiligen Eid,
Und was auch komme in Freud und Leid,
Der Schwur gilt auf alle Zeit.

Aus der Legende von König Alarichs Frau

31

Clio stand vor dem polierten Messingspiegel, einem kleinen, aber wertvollen Teil ihrer riesigen Aussteuer. Sie empfand es als seltsam, ihr Ebenbild an der Wand zu betrachten, statt sich in einem silbernen Wasserspiegel zu begutachten.

Am Morgen hatte Dulcie ihr das Haar mit dem Morgentau gewaschen, der vor Sonnenaufgang die Wiesen bedeckte. Dann hatte sie Clios noch feuchten Schopf mit Süßmandelöl eingerieben und auf die Beteuerungen der alten Gladdys verwiesen, dass ihr Haar den Glanz der Sterne am Sommerhimmel übertreffen und sie damit gewiss das Herz ihres Gatten erobern werde.

Ihre Zofe verfiel zunehmend in Schwärmerei, vor allem nachdem ein anziehender, junger rothaariger Barde mit Nachtigallenstimme nach Camrose gekommen war, um die prachtvolle Hochzeitsfeier des Grafen mit seinem Gesang zu untermalen.

Noch am Abend zuvor hatte Clio bemerkt, wie Dulcie und der junge Mann in einer dunklen Ecke im Burghof verschwanden. Sie hatte Dulcies Kichern gehört.

Sie wandte den Blick von ihrer verträumt wirkenden Zofe und begutachtete abermals ihr Spiegelbild. Sahen die anderen sie auch so?

Und Merrick?

Sie war sich nicht im Klaren darüber, was sie von dem jungen, ernst dreinblickenden Gesicht halten sollte, das ihr entgegenspähte. Sie war sich gar nicht bewusst gewesen, dass sie so aussah.

Ihr Haar war wundervoll, das musste selbst sie

eingestehen, von heller und ungewöhnlicher Farbe. Sie hatte immer geglaubt, es wäre von einem gelblichen Ton wie Flachs, und das war beileibe keine Seltenheit.

Aber es war nicht flachsfarben, sondern beinahe so hell wie das kostbare weiße Mehl, das sie sich sehnlichst für einen angemessenen Hochzeitskuchen wünschte.

Sie verharrte, begutachtete ihre Züge, ihre schmale, wohlgeformte Nase und das tiefe Grübchen in ihrem Kinn. Hatte man sie dort als Säugling verletzt?

Das Kinn ihres Vaters hatte eine ähnliche Vertiefung aufgewiesen. Sie erinnerte sich, dass sie als kleines Mädchen einmal auf seinem Schoß gesessen und ihn gefragt hatte, woher das Loch in seinem Kinn stamme. Daraufhin hatte er gelacht und ihr erklärt, dass es von der Waffe eines Wikingers herrühre. Als sie es berührte und zu weinen anfing, hatte er sie liebevoll umarmt.

Was für ein merkwürdiges Gesicht sie doch hatte ... Jeder Zug Teil ihres Erbes: Das Kinn von ihrem Vater. Die Nase von ihrer Mutter. Haar und Augen wie ihre Großmutter. Den Eigensinn ihres Großvaters. Sie erinnerte sich an die beiläufigen Bemerkungen, die ihre Eltern zu Lebzeiten im Scherz gemacht hatten.

Für Augenblicke fühlte sie sich einsam, und ein schwacher, verletzlicher Teil ihres Selbst sehnte sich danach, dass ihre Eltern an diesem Tag bei ihr weilen könnten.

Ein lautes Klopfen an der Tür riss sie aus ihren Gedanken. »Ja?«

Dulcie schlüpfte in ihre Kammer. Sie musterte die in ein dünnes Leinenunterkleid gehüllte Clio, die mit noch immer feuchtem, gelöstem Haar dasaß, und durchquerte zungenschnalzend den Raum.

Im Handumdrehen zerrte Dulcie einen Elfenbeinkamm so gewaltsam durch ihr Haar, als wollte sie ihr den Teufel austreiben.

»Autsch, Dulcie, pass doch auf. Ich bezweifle, dass Merrick eine glatzköpfige Braut schätzen würde.«

»Aber uns bleibt nur noch wenig Zeit, Mylady. Ihr solltet längst unten sein und auf Eurem Brautpferd sitzen. Wie ich hörte, ist der Graf bereits in der Kapelle.«

»Sei nicht so gereizt. Der Graf wird damit rechnen, dass ich mich verspäte.« Sie gähnte und streckte sich.

»Wenn ich den Grafen heiratete, würde ich nicht so herumtrödeln.«

»Wenn du den Grafen heiraten würdest, hätte ich keine schlaflose Nacht verbracht.«

»Ihr habt schlecht geschlafen?«

Clio zuckte lediglich die Achseln.

»Fürchtet Ihr Euch, Mylady?«

Ihr Inneres rebellierte, und sie fühlte sich, als wäre ihr Kopf völlig leer. Gewiss, irgendetwas geschah mit ihr.

»Braucht Ihr … einen Rat?«

»Einen Rat?« Clio runzelte die Stirn.

»Für die vor Euch liegende Nacht.« Dulcie wich ihrem Blick aus. »Für Eure Hochzeitsnacht.«

Clio musterte Dulcies ernstes, rosiges Gesicht und prustete los. Dulcie fuhr fort, den Kamm durch

Clios Haar zu zerren, als wäre das die wichtigste Aufgabe überhaupt.

»Dulcie.« Clio umklammerte die Hand mit dem Kamm und hielt sie fest.

Daraufhin sah das Mädchen sie an.

Clio versuchte, ein ernstes und entsetztes Gesicht aufzusetzen, genau wie Schwester Agnes. »Du bist nicht verheiratet. Ist da zufällig etwas, das du mir sagen solltest?«

Dulcie wurde hochrot im Gesicht – wie ein schimmernder Herbstapfel. »Ich höre Dinge, die die Leute einer Dame wie Euch nicht erzählen würden.«

»Was hast du gehört?«

»Vieles. Dinge, die Euch entsetzen werden, Mylady.«

»Verstehe.« Clio stockte, einerseits aus Neugier, andererseits aus Unsicherheit, ob Dulcie mehr über die Begehrlichkeiten eines Mannes wusste als sie. »Hast du mit einem Mann geschlafen?«

Verschreckt bekreuzigte sich Dulcie. »Nein, Mylady. Ich schwöre Euch, ich bin eine Jungfrau.«

Was konnte eine Jungfrau der anderen berichten? Kam das nicht dem Versuch gleich, einen Engel nach der Sündhaftigkeit zu fragen?

Clio beschloss, sie zu prüfen. »Hast du davon gehört, dass Männer mit ihren Zungen küssen?«

Ihre Zofe errötete zunehmend und starrte auf ihre Zehenspitzen. »Gewiss. Im Mai, auf dem letzten Jahrmarkt, hat David, der Schafscherer, seine Zunge in meinen Mund gesteckt.«

»Was ist mit dem Barden?«

Dulcies Kopf schoss hoch, dann lächelte sie verhalten. »Er auch.«

Für Augenblicke schwiegen beide verlegen. Clio spielte mit den Bändern ihres Unterkleids. »Hast du davon gehört, dass ein Mann auch anders küssen kann, ich meine, dass seine Lippen und seine Zunge an anderen Stellen verweilen?«

Das Mädchen legte die Stirn in Falten. »An welchen Stellen?«

»An deinen Brüsten.«

Heftig schüttelte Dulcie den Kopf. »Die sind für die Säuglinge, Mylady, und nicht für Euren Gatten. Jemand hat Euch Lügengeschichten aufgetischt.«

Clio unterdrückte ein Lächeln und beschloss, Dulcie nichts von den anderen Stellen zu erzählen, die Merrick so gern küsste. Die Zofe würde das niemals glauben. In Wahrheit hätte Clio es selber nicht geglaubt, wenn man es ihr erzählt hätte.

Sie empfand eine gewisse Beruhigung, denn ihr war nicht mehr so bang ums Herz wie zuvor.

Sie fühlte sich etwas besser, ihre Aufregung legte sich. Sobald sie mit Merrick verheiratet war, würden sie die Freiheit besitzen, sich zu küssen, wann immer sie es wollten.

Sie lächelte verstohlen, während Dulcie ihr langes Haar an den Schläfen flocht, die beiden dünnen Zöpfe zurückfrisierte und mit einem silbernen Haarband an ihrem Hinterkopf befestigte.

Dann erhob sie sich, und Dulcie streifte ihr eine weiße Samtrobe mit silbernen Kordeln und blassgrauem Pelzbesatz über. Gemeinsam zogen sie ihr Haar aus dem Ausschnitt, bis es lang und glatt ihre Kniekehlen umschmeichelte.

Auf ein leises Klopfen an der Tür öffnete Dulcie. Königin Eleonore trat ein.

»Ah, wie ich sehe, komme ich zur rechten Zeit.« In ihren Händen hielt sie einen reizenden und kunstvoll geschmiedeten Silbergürtel mit einer Perlenschnalle. »Das ist ein Geschenk von Eduard.«

»Er ist wunderschön«, meinte Clio ehrfürchtig, da sie noch niemals ein so prachtvolles Stück gesehen hatte.

»Und das ist von mir.« Eleonore befestigte einen kleinen Silberdolch mit einer filigranen Scheide an einer Seite des Gürtels. Der juwelenbesetzte Dolch hing an einer Kette, aufreizend und geheimnisvoll.

Als Clio aufblickte, bemerkte sie das Aufblitzen in den Augen ihrer Freundin. »Wie herrlich durchtrieben.« Beide lachten.

Auf ihren Kopf setzte die Zofe das Diadem, das mit winzigen Perlentropfen besetzt war, die an die Tränen einer Fee erinnerten. Lange silberne Bänder schmückten den Reif und fielen über ihr gelöstes Haar.

»Ihr seht reizend aus, Mylady.«

»Sie hat Recht, Clio.« Eleonore lächelte. »Jeder Mann, ob verheiratet oder nicht, wird sich heute wünschen, an Sir Merrick Stelle zu sein.«

Erstaunt über ihr Lob versuchte Clio zu scherzen. »Nur heute? Werden sie Mylord nicht auch an anderen Tagen beneiden?«

»Das habe ich damit nicht gemeint, und das weißt du auch.«

»Gewiss, ich scherze. Denn ich fühle mich nicht anders als sonst. Ich bin immer noch dieselbe. Prachtvolle Kleider, aufreizende, juwelenbesetzte Dolche und riesige Perlentropfen vermögen daran nichts zu ändern.«

Eleonore nickte. »Du bist eine Braut. Und heute ist ein ganz besonderer Tag. Ein Tag, von dem jede Frau träumt und dem sie voller Erwartung entgegenfiebert.«

»Also sollte ich nie glücklicher sein? Sollte ich dann nicht von den Türmen rufen, dass heute ein ganz besonderer Tag ist?«

»Ich denke, dass du vielleicht…« – die Königin suchte nach Worten – »willensstärker bist als die meisten anderen Frauen. Die Damenwelt würde sich glücklich schätzen, wenn der Graf sie nur anschaute, von einer Vermählung gar nicht zu reden.«

Clio überlegte, wie sie sich fühlen würde, wenn Merrick eine andere heiratete. Unwillkürlich ballte sie ihre Hände zu Fäusten und runzelte die Stirn.

Daran hatte sie weder gedacht, noch gefiel ihr diese Vorstellung. Eigentlich sah sie Merrick so, als gehöre er ihr allein.

»Ich dachte mir, dass dich das für ihn einnehmen könnte.« Eleonore lachte. »Du siehst aus, als wolltest du jemanden den Hals umdrehen.«

»Tatsächlich?«

»Das weißt du doch genau.«

Das Lachen befreite. Es war schön, diese Frau zur Freundin zu haben.

»Clio?«

»Ja?«

»Du wirst glücklich werden. Da bin ich sicher.«

Clio war sich keineswegs sicher, sie wünschte sich Eleonores Zuversichtlichkeit.

»Es ist doch nur, dass du die Gewissheit haben willst, das tun zu können, was dir gefällt. Ich kann mir durchaus vorstellen, dass der Gedanke an eine

Verbindung mit einem Mann wie Merrick schwierig ist. Er ist ein starker Mensch, der es gewohnt ist, seinen Willen durchzusetzen.«

»Das ist er gewiss. Aber auch ich bin es gewohnt, meinen eigenen Willen durchzusetzen.«

»Das habe ich nicht gesagt.« Eleonore schmunzelte und verriet damit, dass sie selbiges gedacht hatte.

»Dass ich eigensinnig bin?«

»Auch das habe ich nicht gesagt.« Sie schmunzelte noch immer.

»Nein, aber Merrick. Und damals war er beileibe nicht begeistert von mir.«

»Komm.« Die Königin hakte sich bei Clio ein und führte sie zur Tür. »Vertraue mir. Jetzt wird er es sein.«

Die Herolde des Königs stießen ins Horn. Schlagartig war es still, erwartungsfrohes Schweigen erfüllte die laue Luft.

Starr und hünenhaft stand Merrick vor den Toren der Kapelle. Unvermittelt wurde ihm das Aufsehenerregende dieser Zeremonie bewusst, das Ritual und die Bedeutung des Ehesakraments, und zum ersten Mal in seinem Leben empfand er Unbehagen, im Mittelpunkt eines solchen Prunks zu stehen.

Für Sekundenbruchteile beschlich ihn ein ihm unbekanntes Gefühl des Respekts und der Kameradschaft für Eduard, der seine Krönung so hervorragend durchgestanden hatte.

Merrick versuchte, sich zu entspannen, doch es gelang ihm nicht.

Selbst dann nicht, nachdem er die reine Luft in tiefen Zügen eingeatmet hatte – durch seine Nase und nicht durch den Mund –, so dass es keiner bemerkte. Er fühlte sich beklommen, Schweißperlen bedeckten seine Kopfhaut und tropften ihm in den Nacken. Sein Stolz zwang ihn, kühl und gelassen aufzutreten.

Es war eine Verletzlichkeit, die ihn beinahe bestürzte, seine Reaktion auf diesen Tag – auf diese eine Frau. Weil er seine Schwäche nicht zu verbergen wusste. Das verärgerte ihn und vermittelte ihm das Gefühl, als zöge er ohne Rüstung in die Schlacht.

Er war ein Krieger, ein Ritter, ein Gefolgsmann seines Königs. Zum Teufel, er war ein Graf. Und doch fühlte er sich wie ein Feigling, der bei den ersten Anzeichen von Unannehmlichkeiten Reißaus nimmt.

Abermals holte er tief Luft, obschon er am liebsten den Kopf zurückgeworfen und seinen lautesten Schlachtruf ausgestoßen hätte. Irgendetwas, das die lastende Stille durchbrochen hätte, die ihm ewig zu währen schien.

Doch dann ertönte es so unvermittelt, dass sein Herzschlag beinahe aussetzte – das Geräusch, auf das er unbewusst lauschte. Der entfernte, helle Klang von silbernen Glöckchen.

Ein Seufzen ging durch die Menge, und ihm stockte der Atem, als wäre seine Brust von einem Fausthieb getroffen.

Sie ritt auf einem schneeweißen Ross auf ihn zu, einem Geschenk des Königs und gleichzeitig Symbol ihrer Unschuld.

Ja, sinnierte er, sie ist noch immer eine Jungfrau … so könnte man sagen. Er lächelte unmerklich und von einer inneren Ruhe beflügelt, als er zu ihr spähte. Unversehens fühlte er sich nicht mehr so allein gelassen wie zuvor.

Mähne und Schweif des zierlichen Schimmels waren mit silbernen Bändern und Glöckchen geschmückt, mit silbernen Fäden durchwirkter Stoff schmückte einen Brautsattel, dessen gebleichtes Leder so hell war wie die Wolken am Himmel.

Die Menge, die noch Augenblicke vorher die Burgtore gesäumt hatte, teilte sich und bildete eine Gasse inmitten des Innenhofs, die geradewegs zu ihm und zu den riesigen, bogenförmig gewölbten Toren der Kapelle führte.

Die Silberglöckchen klirrten und klingelten und erfüllten die Luft mit ihrem zauberhaften Klang, so wie die Singvögel die Menschen an schönen, friedvollen Sommertagen aufwecken.

Um ihn herum begannen die Menschen zu singen:

Bring meine Liebste zu mir.
O Mägdelein mein,
Eine Braut wird sie sein.

Weißes Ross, weißes Ross,
Mein Herz ist dir geweiht,
O Mägdelein mein,
Für alle Ewigkeit.

Er lauschte dem Lied, einer getragenen Ballade, deren Worte und Bedeutung er sich zum ersten Mal vergegenwärtigte. Er hatte anderen Hochzeiten beigewohnt, dieselben Worte schon als Jüngling gesungen.

Dennoch hatte es für ihn nie einen Unterschied gemacht, ob er diese Verse sang oder das Ave Maria und das Vaterunser sprach. Worte, die er so oft und gedankenlos wiederholt hatte.

Deren tieferer Sinn hatte ihm nie etwas bedeutet. Bis jetzt.

Leicht benommen und verwirrt verharrte er, von Empfindungen übermannt, die er liebend gern verdrängt hätte. Das Ross brachte sie näher zu ihm. Das Glockengeläut wurde lauter und eindringlicher. Jetzt sah er ihr Gesicht ganz deutlich.

Gütiger Gott, war sie schön.

Und er stellte mit einer gewissen Belustigung und auch egoistischer Erleichterung fest, dass sie furchterfüllter wirkte als er.

Ihr Haar war aus dem Gesicht frisiert, und sie trug das juwelengeschmückte Diadem, das er in Rom für sie hatte anfertigen lassen; die winzigen Perlentropfen betonten das Grün ihrer Augen. Jene riesigen, strahlenden Augen, die ihn in seinen Träumen und auch bei Tag verfolgten, wie es noch keiner Frau gelungen war und auch niemals gelänge.

Ihr weißes Samtkleid erinnerte an die Farbe der Wolken, die über den Anhöhen schwebten, die Kordeln und Bänder aus reinem Silber funkelten wie verheißungsvolle Sternschnuppen.

Seine Gedanken kreisten um jene längst vergangene Nacht in der Wüste, als er und die anderen Ritter all die Sterne betrachtet hatten, die vom Himmel fielen. Eine Nacht, eine auf geheimnisvolle Weise überwältigende Nacht, an die er sich erinnerte, als wäre es erst gestern gewesen.

In diesem Augenblick zauste eine sanfte Brise ihr

langes silberblondes Haar und wehte einzelne Strähnen über ihre Schultern, ließ sie wie schimmernde Kaskaden über den weißen Sattel strömen. Die Vorstellung, dass sie seine Gemahlin werden und zu ihm gehören würde, lähmte ihn beinahe.

Dann war sie bei ihm, spähte zu ihm hinunter in der Erwartung, dass ihr gemeinsames Leben begann. Er trat vor und legte seine Hände um ihre Taille. Ihre Miene entspannte sich, und sie schien nicht mehr so furchterfüllt. Daraufhin lächelte er, denn der Gedanke, dass sie sich in seiner Gegenwart sicherer fühlte, erfüllte ihn mit Stolz.

Als er sie vom Pferd hob, legte sie ihre Hände auf seine Schultern. Für Sekundenbruchteile begegneten sich ihre Blicke, die alle Empfindungen in ihrer unbekannten Tiefe spiegelten, dass der Austausch beinahe qualvoll war. Es war ein wahrhaft verhängnisvoller Augenblick, der Merrick einen ungeahnten inneren Stich versetzte.

Nach wie vor leicht benommen, konzentrierte er sich aufs Äußerste und hob sie sanft auf die Stufen zur Kapelle. Er wartete, atmete zweimal tief ein, dann blickte er zu ihr hinunter und streckte seine Hand aus. Gemeinsam schritten sie in die Kapelle, wo der Erzbischof sie erwartete, um ihnen das heilige Sakrament der Ehe zu erteilen.

Das Sonnenlicht spiegelte sich in einem der Fenster und blendete ihn aufgrund seiner Helligkeit für Momente, und doch spielte es keine Rolle, selbst wenn er blind wäre, denn vor seinem geistigen Auge hatte er nur noch ihr Bild.

Und in vielen Jahren, wenn sein Blick und seine Glieder geschwächt wären, sein schwarzes Haar ergraut und seine Enkelkinder fast erwachsen, würde sich Merrick so deutlich an diesen Augenblick erinnern, als wäre er von Gottes eigener Hand in sein Gedächtnis eingemeißelt.

Ihre strahlenden Augen, ihr Lächeln, das auf geheimnisvolle Weise zwischen ihnen geknüpfte Band – das alles ließ ihn zum ersten Mal in seinem Leben begreifen, was für ein Gottesgeschenk Adam zuteil geworden war und welche Liebe der Allmächtige der von ihm geschaffenen Kreatur entgegenbrachte, denn Er hatte ihm Wertvolleres als Gold oder Reichtum und Macht geschenkt, nämlich das Wundervollste aller Dinge.

Er hatte ihm ein Weib gegeben.

32

An jenem Tag machte Clio eine bedeutsame Erfahrung als Braut. Von allen wurde sie geküsst, verwöhnt, zum Tanz gebeten, gedrückt und geherzt. Von allen – mit Ausnahme ihres Gatten.

Und sie lernte noch etwas. Zwei Tage vor ihrer Vermählung war ihr Gemahl ausgeritten, um im gesamten Landstrich Weizenmehl aufzuspüren.

Seine Augen hatten merkwürdig aufgeblitzt, als die Dienerschaft einen riesigen Kuchen hereingetragen hatte – aus Weißmehl gebacken und mit frischen Walderdbeeren belegt. Ein vergoldeter Vogelbauer mit weißen Tauben krönte die Hochzeitstorte, ein außergewöhnliches Symbol romantischer Liebe.

Merrick hatte ihr Gesicht beobachtet, als der Kuchen serviert wurde, während die Gäste applaudierten und lautstark ihr Entzücken bekundeten. Sie sah es in seinen Augen, er hatte es für sie getan. Das war über die Maßen bezaubernd und verwirrte sie, vermittelte ihr ein sonderbar beklemmendes Gefühl, andererseits jedoch wünschte sie sich seine Nähe, um ihm zu danken.

Sie wusste, dass er ein seltsamer Mensch war, der den Stolz seiner Gemahlin achtete. Ihr war danach zumute, etwas so Törichtes zu tun wie in Tränen auszubrechen.

Glücklicherweise wurde sie abgelenkt, da in diesem Augenblick zwölf Akrobaten einen Fächer in Form eines Pfauenschwanzes bildeten.

Sie glitt durch eine der Seitentüren und hastete durch einen engen Flur in Richtung Burgküche. Nur noch wenige Schritte, und sie befand sich im Freien, um die frische Luft in tiefen Zügen einzuatmen.

In der Ferne schimmerte ein bernsteinfarbener Mond, der so riesig und nah schien, dass sie ihre Hand ausstrecken und ihn berühren wollte.

Sie hörte die Hochzeitsgesellschaft, das ausgelassene Gemurmel und die Musik. Sie hatte genug von Tanz und Gelächter und wollte sich nicht mehr von einem Mann zum anderen herumreichen lassen, zu einem Kuss, einer Umarmung oder auch nur, damit ihr diese Tölpel auf die Füße traten.

Obschon sie wusste, dass er unweit von ihr stand und sie beobachtete, hielt sie die Augen geschlossen, selbst als sie die Wärme seines Körpers spürte, da er näher kam.

Etwas Sanftes kitzelte ihre Wange. Sie nahm den

süßen Duft einer Rose wahr. »Hmmm. Ich liebe Rosenduft, Merrick.«

Er schwieg und doch bemerkte sie sein schwaches Lächeln, als sie ihn beim Namen nannte.

»Du hast mir einen Kuchen geschenkt.«

»Ja«, flüsterte er. »Hat er dir gefallen?«

»Ja«, hauchte sie. »Ich danke dir. Das war das schönste und kostbarste Hochzeitsgeschenk.«

Er lachte leise. »Du bist die einzige mir bekannte Frau, die einen Kuchen aus Weizenmehl für ihr kostbarstes Hochzeitsgeschenk halten würde.«

Lächelnd entschied sie, ihm nicht zu enthüllen, dass es seine Aufmerksamkeit und die Rücksichtnahme auf ihren Stolz waren, die ihr so viel bedeuteten.

Behutsam streifte seine Hand mit der Rose ihre Lippen, ihre Wangenknochen, ihre Lider.

Sanft wie eine Feder. Die Berührung eines Liebenden.

»Hör nicht auf«, flüsterte sie.

Statt der Rosenknospe berührten sie seine Lippen.

Sie liebte seine Lippen, seinen Mund, seinen Geschmack. Er küsste sie genauso sanft, wie er sie mit der Rose liebkost hatte. Sie schmeckte das süße, milde Apfelweinbukett auf seinen Lippen.

Als er seinen Platz an der Hochzeitstafel einnahm, hatte er eindeutig zum Ausdruck gebracht, dass er starke Getränke ablehne. Hochzeit hin oder her. Sie nahm an, dass seine Zurückhaltung etwas mit der vor ihnen liegenden Nacht zu tun haben müsse.

»In diesem Augenblick, meine süße Gemahlin«, flüsterte er mit seiner wohlklingenden Stimme,

»kann es keine andere Frau auf Erden geben, die so schön ist wie du.«

Seltsam, dass in seinem Tonfall Empfindungen mitschwangen, die sie bis dahin nie bemerkt hatte. Ein tiefes Gefühl der Ehrfurcht vermischt mit einem glühenden Begehren, dass ihn innerlich zu verzehren schien.

Sie hielt die Lider weiterhin geschlossen und ließ sich von seinen Lippen liebkosen, die so sanft und zärtlich waren wie der Flügelschlag eines Schmetterlings.

Sie sehnte sich danach, ihn zu berühren, und öffnete ihre Lippen, wollte seine Zärtlichkeit auskosten, sie als süße Erinnerung an ihren Hochzeitstag in ihrem Herzen bewahren.

Er stöhnte ihren Namen, zog sie von der Wand fort und an seinen Körper. Seine heißen, geöffneten Lippen umschlossen ihren Mund.

Sie umschlang seinen starken Nacken und klammerte sich an ihn, fuhr mit ihren Händen durch sein dichtes schwarzes Haar, hielt ihn so fest, dass ihr Kuss inniger wurde.

Ihre Zunge glitt in seinen Mund, erkundete seine Zähne, seine Zunge und seine Lippen und erwiderte stürmisch seinen Kuss. Er streichelte ihre Hüften, hob sie hoch und presste sie heftig an seine Lenden.

Sein Mund glitt zu ihrem Ohr, seine Zunge spielte mit ihrem Ohrläppchen. Dann streifte sie sein kühler Atemhauch, und eine wohlige Gänsehaut lief ihr über den Rücken.

Sie stöhnte seinen Namen, wünschte sich, dass er aufhören solle, ihre Ohren zu liebkosen, und flehte insgeheim, er möge damit fortfahren.

Als er den Kopf hob, spürte sie das kalte Gemäuer an Schultern und Hüften. Er stemmte sie mit seinem Körper gegen die Wand, drückte und schmiegte sich mit langsamen, kreisenden Bewegungen an sie, bis sie am liebsten in ihn hineingekrochen wäre.

Seine Hände tasteten sich zu ihren Beinen vor, schoben ihr Gewand hoch und legten ihre Schenkel um seine Hüften, so dass er seine harte Männlichkeit an sie pressen konnte.

Es war ein so herrliches Gefühl, dass sie sich rhythmisch mit ihm bewegte, mehr und mehr von ihm wollte.

Er berührte sie überall. Seine Finger umkreisten und neckten die Spitzen ihrer Brüste durch den weichen Samtstoff, streichelten ihre entblößten Schenkel und Lenden.

Immerfort ihren Namen stöhnend, tastete sich seine Hand zu ihrer Scham vor, streichelte sie, bis sie dahinschmolz, ihr Fleisch feucht und erregt vor Wollust.

Sie hatte das Gefühl, dort vor Lust zu zerschellen, wollte die Berührung seiner Finger, seines Mundes und, oh Gott, seiner Zunge spüren.

Als er seine Hand fortzog, kam sie sich verloren und hilflos vor. Er zerrte an den Bändern ihres Unterkleides. Leise fluchend hielt er unvermittelt inne. Keuchend rang er nach Luft, seinen Kopf an das kalte Mauerwerk gelehnt.

»Gütiger Himmel«, murmelte er atemlos. »Ich kann dich doch nicht an der Mauer nehmen.«

»Das kümmert mich nicht«, hauchte sie, von einem so starken Begehren übermannt, dass sie ihren Stolz vergaß und nicht mehr warten mochte. »Tu es einfach. Jetzt, Merrick. Nimm mich jetzt.«

Er stöhnte ihren Namen.

»Tu es«, zischte sie.

»Clio …«

Sie griff in sein Haar und zwang ihn, sie anzusehen. »Verflucht. Nimm mich jetzt.«

Das Nächste, woran sie sich erinnerte, war, dass er sie von der Mauer fortzog. Beinahe hätte sie laut aufgekreischt, als er sie über seine breite, feste Schulter warf und durch den Hof marschierte.

»Merrick«, flüsterte sie rau, »lass mich runter.« Sie versuchte sich ihm zu entwinden, sah nur sein Rückgrat und seine Kehrseite.

»Pssst.«

»Merrick!«

Er trat die Stalltür auf und strebte zum hinteren Teil der Scheune. Dann erkletterte er die kurze Leiter zum Heuboden.

»Was hast du vor? Wohin bringst du mich?«

Er warf sie in das weiche, duftende Heu und fing an, sich seiner Kleidung zu entledigen, während er vor ihr stand.

»Ich nehme dich im Heu.«

Sie prustete los und streifte ihre Schuhe ab, als wollte sie ihn damit bewerfen.

Sein Oberkörper war nackt, und er drehte sich um, löste die Bänder seiner Beinkleider und streifte sie ab.

Wie sie ihn in diesem Lendenschurz liebte.

Sie machte sich an ihrem Silbergürtel zu schaffen, aber er beugte sich zu ihr hinunter und löste ihn im Handumdrehen. Er zog ihr das Gewand über den

Kopf, dann ging er in die Knie und betrachtete sie für einen unendlich langen Augenblick.

Es machte sie heiß und feucht, wenn er sie so ansah, als wollte er sie mit seinen Blicken verzehren. Er packte den Saum ihres Unterkleides und zerriss es so unvermittelt, dass sie seufzte und unbewusst danach griff.

»Nein«, erklärte er mit seiner tiefen, kehligen Stimme.

Dann beugte er sich über sie und küsste sie lange und innig. Ihre Hände streichelten seinen Rücken und zogen ihn zu sich hinunter. Sie zerrte an den Bändern seines Lendenschurzes, und es gelang ihr, eine Seite zu öffnen.

Lachend wälzte er sich auf ihr, bis er endlich völlig entblößt dalag – bereit für sie. »Berühre mich«, hauchte er an ihrem Ohr, ehe er sie erneut liebkoste.

Ihre Hand berührte ihn, spürte etwas seltsam Stählernes und streichelte dessen Spitze.

Es ist zu groß, dachte sie, sich nicht bewusst, dass sie sich laut geäußert hatte, bis Merrick erstarrte. Dann lachte er. »Genau das sind die Worte, die jeder Mann hören will, Eheweib.«

»Ich finde das keineswegs belustigend.« Sie rüttelte ihn bei den Schultern. »Ich will es sehen.«

»Du willst es sehen?« Er lachte noch herzerfrischender.

Sie schob ihr Kinn vor, schmollte, weil er über sie lachte. »Es ist mein Recht. Ich bin deine Frau.«

Er hielt eine Hand hoch, unterdessen versuchte er, seinen törichten männlichen Lachanfall zu bezähmen. Schließlich biss er die Zähne zusammen, rollte von ihr herunter und legte sich neben sie auf den Rücken, um ihre Neugier zu befriedigen.

Für eine lange Weile betrachtete sie sein intimstes Stück. Schließlich spähte sie stirnrunzelnd zwischen ihre Beine. »Ich glaube nicht, dass …«

Dann wich sie kopfschüttelnd zurück.

33

»Nein, das wirst du nicht tun, Eheweib.« Merrick hastete über den Heuschober und packte sie bei den Knöcheln.

»Ich hab' es mir anders überlegt.« Sie bedachte ihn mit einem ernsten, durchdringenden Blick.

Aufgrund ihres törichten Hochmuts hätte er fast gelacht. »Du kannst deine Meinung nicht ändern.«

»Ich werde den Schleier nehmen«, erwiderte sie mit einer ihm unverständlichen Herablassung.

»Clio.« Er versuchte, nicht zu lachen. »Du bist mit mir vermählt.«

»Wir können die Eheschließung für nichtig erklären lassen.«

Sein erster Gedanke war, sie anzubrüllen, dass niemand, nicht einmal der verfluchte Papst, es wagen werde, seine Ehe zu annullieren. Doch dann sah er, dass sie wahrhaft verängstigt war und dass ihr Verhalten nicht weiblicher Widersprüchlichkeit entsprang. In ihren Augen spiegelte sich nackte Furcht.

Er hatte die Erfahrung gemacht, dass eine kleine Herausforderung, irgendeine Spitzfindigkeit dafür sorgen würde, dass sie auf ihn einging, für gewöhnlich ohne Arg oder Bangen. Also spannte er sie auf die Folter, bis er schließlich fragte: »Ist das dieselbe Person, die mich noch vor weniger als einer halben Stunde anflehte, sie an der Burgmauer zu nehmen?«

Mit stolz gerecktem Kinn erwiderte sie: »Ich flehe nie um irgendetwas.«

»Doch.«

»Niemals.« Heftig schüttelte sie ihren prachtvollen Schopf. Sie stritt es ab, als wollte sie sich selbst von ihrer Lüge überzeugen.

Da wusste er, dass er sanft und nachgiebig sein musste, wollte er ihr Vertrauen gewinnen. Er mäßigte seine Stimme. »Ich verspreche, ich werde zärtlich zu dir sein.«

Ihr Blick vermittelte ihm, dass sie ihm keinen Glauben schenkte.

»Ich gebe dir mein Wort.«

Sie glaubte ihm nicht, obschon ihm ein kurzes Aufflackern in ihren Augen bewies, dass sie es zu gern gewollt hätte.

»Wir werden ein Abkommen treffen«, schlug er vor.

»Was für ein Abkommen?«

»Wenn ich etwas mache, das dir nicht gefällt, dann gebietest du mir Einhalt, und ich höre sofort auf.«

Nachdenklich nagte sie an ihrer Unterlippe. »Wirst du das?«

»Gewiss.«

»Du gibst mir dein Ehrenwort als Ritter?«

»Du hast meinen heiligen Eid darauf.«

Sie musterte ihn, als suche sie in seinen Zügen

nach der Wahrheit, die ewige Zweiflerin. Dann warf sie wie so oft einen verstohlenen Blick auf seinen Unterleib. Hätte sie geahnt, was ihre Augen ihm verrieten, wäre sie vor Beschämung im Erdboden versunken. Seine stolze und törichte Gemahlin.

»Du brauchst mir lediglich Einhalt zu gebieten. Das ist alles, dann höre ich sofort auf.« Er beugte sich vor, ihre Knöchel nach wie vor umfangend. »Ich schwöre es dir.«

Sie unternahm keinen Versuch, sich ihm zu entwinden, als er sich ihr näherte, also küsste er zärtlich ihre Lippen.

Er zwang sie zu nichts, stattdessen versiegelte er ihren Mund mit dem zartesten und süßesten aller Küsse.

Sie blinzelte, als er den Kopf neigte und ihr Gesicht betrachtete. Er merkte sogleich, dass sie immer noch unschlüssig war.

Sein Mund streifte ihre Wange und ihre Schläfe und glitt zu ihrem Ohr. »Ich gebe dir mein Wort«, flüsterte er.

»Oh, Merrick«, seufzte sie von Zweifeln gepeinigt, »ich möchte dir so gern glauben.«

»Ich verspreche ... ich verspreche dir ...« Seine Zunge benetzte ihre Lippen, dann presste er seinen Mund auf den ihren und streifte sanft die feuchte Haut.

Das schien das Eis zu brechen.

Sie stöhnte, ihre Hände glitten abermals in sein Haar, zogen seinen Kopf dicht an den ihren, dann küsste sie ihn voller Begehren.

Beider Lippen verschmolzen gierig und sehnsüchtig. Seine Hand glitt unter ihren geschmeidigen

Körper, zog sie zurück in das duftende Heu, während er sich auf seine Oberarme stützte.

Ihre Leidenschaft wurde stärker und hemmungsloser, wie schon zuvor. Ein solches Verlangen hatte er noch bei keiner Frau verspürt, und das war ungewohnt und neu und verwirrend für ihn.

Bald wälzten sie sich im Heu, fochten lustvoll mit ihren Küssen, ihren Umarmungen, Berührungen und ihrem Begehren.

Sie lag auf ihm, ihr Mund und ihre Zunge beflügelten seine Sinne. Er fasste ihre Taille und zog sie auf seinen Körper, umfing eine ihrer Brüste mit seinen Lippen und saugte daran.

Lustvoll stöhnend warf sie den Kopf zurück. Ihr Haar fiel auf seine Arme und seinen Brustkorb, schmiegte sich an seine Rippen wie ein seidenes Band.

Ihr Haar brachte ihn beinahe um den Verstand, und er koste mit Lippen und Zunge ihre andere Brust und lauschte ihrem seligen Stöhnen.

Er warf sie auf den Rücken und bahnte sich mit seinen Küssen den Weg zu ihrem Bauch, dann wieder zu ihren Brüsten und zurück. Während er sie liebkoste, schien die Zeit still zu stehen, und es gab nichts außer Haut und Küssen und befreiendem, lustvollem Stöhnen.

Sein Mund wanderte über ihren Hüftknochen, die alabastergleiche Haut ihres Nabels und ihre weichen, warmen Schenkelinnenseiten. Dann zog er sie an seine Lippen und liebkoste ihre Mitte, schmeckte ihre verlockende Weiblichkeit. Ihr Geschmack und ihr Duft raubten ihm die Sinne, ließen seine Zunge tiefer und schneller kreisen.

Sie krallte ihre Fäuste in sein Haar und schrie: »Hör nicht auf.«

Er spürte, wie ihre Schenkel zuckten, und schmeckte den salzigen Tau ihrer Ekstase auf seiner Zunge, die tief in ihre intimsten Zonen vorgedrungen war.

Wieder und wieder erreichte sie ihren Höhepunkt, bis sie mit jedem Atemhauch seinen Namen wisperte.

Als ihre Leidenschaft verebbte, legte er seinen Kopf auf ihren Bauch und versuchte, wieder zur Beherrschung zurückzufinden. Er spürte die Tränen, die in seine Augen traten, und konnte es nicht fassen.

Sie war seine Frau, zartfühlend und unberührt und doch so leidenschaftlich, wie er es sich stets erträumt hatte. Er grub seinen Kopf in ihren duftenden Nacken, beschämt wegen seiner Tränen und erschüttert, dass sie sie sehen könnte.

Sie streichelte seinen Nacken und seine Schultern. So verharrten die beiden, nackt, wie Gott sie schuf, frei, sich hemmungslos zu lieben.

Und ein Gefühl bemächtigte sich ihrer: eine liebevolle Zärtlichkeit, die ein stärkeres Band zwischen ihnen knüpfte als die reine Lust. Stärker als die körperliche Liebe.

Er küsste sie mit geschlossenen Lidern, seine Hüften drängten zwischen ihre Schenkel. Über sie gebeugt, berührte er sie lediglich mit seiner harten, pulsierenden Spitze. »Sieh mich an.«

Sie schlug die Augen auf.

Er bemerkte ihr Erstaunen und ihr verwirrtes Stirnrunzeln. Das begriff er nicht, bis sie seinen Namen hauchte und mit einem Finger über seine feuchte Wange strich.

Er dachte nicht mehr an seine Tränen, sondern atmete tief ein, um seine Verunsicherung und Benommenheit zu verbergen. »Soll ich aufhören?«

Sie schüttelte den Kopf.

Zögernd und behutsam drang er in sie ein und hielt inne, als er ihre Jungfräulichkeit ertastete und in ihre unvermittelt geweiteten Augen sah.

»Es wird schmerzen.«

»So wurde mir berichtet«, murmelte sie mit kehliger Stimme.

»Du sagst mir, wann ich mich bewegen soll. Oder was du möchtest. Ich tue nichts ohne dein Einverständnis.«

Sie schien unendlich lange über ihre Antwort nachzusinnen.

Er meinte zu sterben. Aber bei Gott, es wäre die sinnlichste Art, sein Leben auszuhauchen.

Fortwährend musterte sie sein Gesicht, als suche sie dort nach Antworten. Sie hob ihre Hände und strich zärtlich entlang seiner Augenbrauenränder.

Diese verfluchten Tränen waren immer noch da, rannen durch ihre Finger.

Sie bedachte ihn mit dem holdesten Lächeln, das ihm je beschert worden war; es verhieß ihm auch ohne Worte: *Ich vertraue dir.*

Ihr Mund berührte seine Lippen, ihre Hände umschlossen sein Kinn. Zärtlich strichen ihre Fingerspitzen über seinen angespannten Nacken, ihre Handflächen massierten seine muskulösen Schultern und glitten zu seinem Rücken.

Ihre kurzen Nägel kreisten auf seinen Hüften, seinem Gesäß. Bei ihrem nächsten Atemzug schloss sie die Lider und stemmte ihre Hüften gegen ihn. Seine pulsierende Spitze durchtrennte den Wall ihrer Unschuld.

Er war derjenige, der überrascht nach Luft rang.

Sie blieb stumm, doch ihr Atem ging in kurzen, keuchenden Stößen.

Er wollte, konnte sich nicht bewegen. Sie war so heiß, so geschmeidig und glutvoll, dass er sich wie ein unerfahrener Jüngling in ihr ergoss, als wäre sie die erste Frau für ihn.

In jenem Augenblick, da sie sich ihm so hemmungslos und willig ergab, wusste er, dass er der glücklichste Mann auf Erden war, weil er sie besaß. Diese Frau liebte er mehr als alles auf der Welt. Und Merrick war bewusst, dass er sich von seinem Leben nicht mehr erhoffen durfte.

»Ich liebe dich, mein Eheweib. Ich liebe dich, ich liebe dieses Gefühl, dich zärtlich und glutvoll zu spüren. Gütiger Himmel, in dir zu sein ist berauschender als all meine Träume«, gestand er stockend.

Da lächelte sie ihn an, wissend und mit einem verschleierten, entrückten Blick in ihren smaragdgrünen Augen, als wären auch ihre Träume neben der Wirklichkeit verblasst. Sie küsste ihn, legte all ihre Empfindungen in diese eine Zärtlichkeit.

Nach langen begehrlichen Minuten hob sie den Kopf und maß ihn mit Blicken, die keine Furcht mehr bargen. »Du hast dein Versprechen nicht eingehalten.«

»Was?« Er erstarrte. Bei Gott, hatte er sein Wort gebrochen?

Schließlich trat ein durchtriebenes Funkeln in ihre Augen. Dann schwang sie aufreizend ihre Hüften und schenkte ihm ein herausforderndes, kokettes Lächeln. »Ich habe dich nie um Einhalt gebeten.«

34

Am nächsten Morgen stand Clio auf den Stufen zum Herrenhaus, während ihr frisch angetrauter Gemahl etwas abseits von ihr leise mit Roger und König Eduard sprach, der seine Heimreise nach London antrat.

Von Zeit zu Zeit spähte sie verstohlen zu Merrick, konnte sie doch nicht anders. Es war beinahe so, als rechne sie damit, aus einem Traum hochzuschrecken.

Doch diesmal erhaschte Merrick ihren Blick, und seine Mundwinkel verzogen sich zu einem wissenden, verschlagenen Lächeln. Ihr Magen prickelte, und sie fühlte, dass sie errötete.

Für Sekundenbruchteile neigte sie den Kopf, denn nachdem sie am Vorabend in den Saal zurückgekehrt waren, hatten alle sie aufgezogen. Die meisten Bemerkungen hatten sich auf das Heu bezogen, das aus Merricks Wams herausstach und sich in ihrem langen Haar verfangen hatte.

Glücklicherweise öffneten sich in diesem Augenblick die Saaltüren, die Königin trat ins Freie und erteilte ihren Zofen und Hofdamen Anweisungen. Als sie fertig war, drehte sie sich um und half Clio, die in einem tiefen Hofknicks verharrte, lächelnd auf. Eleonore wirkte wahrhaft königlich und anmutig, das dunkelrote Gewand aus Damast und der pelzverbrämte Umhang unterstrichen ihren dunklen Teint.

Mit einem verschmitzten Ausdruck in ihren schwarzen südländischen Augen musterte sie Clios Schopf; dann beugte sie sich vor und flüsterte: »Wie ich sehe, ist das Heu verschwunden.«

Daraufhin lachten beide. Clio fand, dass sie Eleonore wirklich mochte, denn sie war liebenswert und nicht im Mindesten überheblich oder abweisend. Für Clio war diese aus dem Ausland stammende Königin die erste wahre Freundin in ihrem ganzen Leben.

Und sie erkannte noch etwas sehr Bedeutsames. Sie hatte einen Mann geheiratet, den sie liebte, eine starke Persönlichkeit, die ihr Werte vermittelt hatte, die sich nicht an Reichtümern messen ließen – innere Werte wie Liebe, Glück und Verständnis.

Sie war glücklich, überglücklich. In Eleonore hatte sie eine wahre Freundin gefunden, einen unermesslichen Schatz.

»Du wirst mir fehlen«, enthüllte Eleonore ihr, und ihre Worte sprachen Clio aus der Seele.

Sie umarmten sich, dann trat Eleonore zurück, weiterhin Clios Hände umfassend. »Versprich mir, dass du nach Canterbury kommst. Ich möchte, dass du unser Schloss in Leeds kennen lernst, unser wahres Zuhause. Es ist nicht so riesig und prunkvoll wie die Londoner Residenz, aber wunderschön.« Dicht an sie gelehnt flüsterte sie: »Eduard weiß es noch nicht, aber ich habe Pläne für einen hübschen maurischen Garten, wie in Kastilien.«

»Nell?«, rief Eduard mit seiner lauten, durchdringenden Stimme. »Wie ich sehe, tuschelst du mit unserer neuen Gräfin. Worüber?«

Die Königin blickte zu ihrem Gatten, ein Bild der Unschuld. »Ich? Ach, nicht der Rede wert.«

Ganz offensichtlich glaubte er ihr nicht, deshalb lächelte sie ihn an und murmelte in leisem Spanisch.

Der König brach in schallendes Gelächter aus. Er schlenderte zu ihnen und blickte auf Clio hinunter.

Merrick begleitete ihn und trat an ihre Seite. Sie spürte seine Hand, die ihren Rücken streichelte und tiefer glitt, wo sie warm und besitzergreifend verharrte.

Fast hatte sie Bedenken, in das anziehende Gesicht ihres Gatten zu schauen, wusste sie doch nie, welche Gefühlsregungen sie dort erwarteten. Da sie sich jedoch nicht zu bezähmen vermochte, riskierte sie einen raschen Blick.

Er verzehrte sie mit seinen Augen.

Sie liebte diesen Blick.

»Hört mir zu, Gräfin«, sagte der König soeben in gestrengem und erhabenem Ton. »Falls Ihr nicht Sorge tragt für meinen besten Gefolgsmann, Lord Merrick, werde ich meine Mutter herschicken müssen, um Euch in Euren standesgemäßen, hausfraulichen Pflichten zu unterweisen.«

Die andere Eleonore. Da sei Gott vor! Eine entsetzliche Vorstellung. Clio fühlte sich plötzlich unwohl.

»Eduard!«, schalt Eleonore. »Sieh sie dir doch nur an. Das arme Mädchen. Allein die Erwähnung deiner Mutter lässt ihr das Blut in den Adern gefrieren.«

»Ja«, bekräftigte der Monarch. »Diese Wirkung scheint Mutter auf viele zu haben.«

»Die Gräfin ist eine junge Braut und sollte sich nicht grämen. Hör auf, sie zu necken.«

»Ich werde Euch meine Mutter ersparen. Grämt Euch nicht.« Eduard schlang einen Arm um die Schultern der Königin. »Stattdessen werde ich meine Mutter bitten, uns in Leeds zu besuchen.«

Eleonore fluchte leise auf Spanisch, woraufhin der König laut und herzhaft lachte. »Will denn keiner meine liebenswerte Mutter?«

Alle schwiegen, und das Schweigen sagte mehr als tausend Worte: niemand wollte etwas mit Eleonore von Poitou zu schaffen haben.

In diesem Augenblick trat die alte Gladdys vor das Portal des Haupthauses. Sie blieb stehen, legte den Kopf mit der langen Hakennase schief und schielte zu den Anwesenden, die sich auf den Stufen und im Innenhof versammelt hatten – König, Königin, Adlige und Klerus.

Nun, sie wäre in der Lage, Heinrichs Eleonore in die Schranken zu verweisen.

Sie stand da, Rücken und Hände gegen die Türen gepresst wie eines der aufreizenden Milchmädchen; ihr Blick ruhte auf Roger. Durchtrieben lächelnd zwinkerte sie ihm zu.

Der König beugte sich zu Merrick. »Was ist denn mit ihrem Auge?«

Leicht belustigt spähte Merrick zu Clio. »Nichts, außer dass sie es auf Roger geworfen hat.«

Daraufhin wandte sich der König zu Roger Fitz-

Alan, einem seiner tapfersten und ergebensten Ritter.

Aber Roger war verschwunden.

Merrick stand neben seiner Gemahlin und betrachtete die königliche Prozession, die über die fernen Anhöhen ritt, eine farbenprächtige Traube erschöpfter Hochzeitsgäste schloss sich der königlichen Garde an.

Den Schluss bildeten die fahrenden Künstler: Gaukler und Musikanten, müde Barden und heisere Minnesänger, die Akrobaten mit ihren langen Stangen und die umtriebigen Wahrsager, ihre Taschen gefüllt mit den am Vorabend verdienten Münzen. Sie waren auf dem Weg zu dem riesigen Jahrmarkt, der auf den ausgedehnten Wiesen von Yorkshire stattfinden sollte.

»Komm.« Merrick umfasste Clios Schultern und führte sie die Stufen hoch. »Wir haben noch viel zu tun.«

Sie schien verdutzt und etwas niedergeschlagen, so als hätte ihr einziges gemeinsames Vergnügen in der Hochzeitsnacht bestanden und als gäbe es jetzt nur noch Pflichten in ihrem Leben.

»Bist du wieder mit dem Baumeister verabredet?« Ihre Stimme klang schneidend, während sie hölzernen Schrittes auf die Türen zuschritt.

Beinahe musste er über sie lachen. Aber er war nicht so töricht. Stattdessen schloss er das Portal hinter ihnen und verharrte für einen langen, nachdenklichen Augenblick. Schließlich waren sie allein in der Eingangshalle.

Er neigte sich dicht an ihr Ohr und flüsterte: »Gütiger Himmel, ich dachte schon, sie würden nie aufbrechen.«

Sie blickte so unvermittelt zu ihm auf, dass ihm leicht ums Herz wurde.

Grinsend fasste er ihre Hand und zog sie die Stufen hinauf.

Sie lachte überglücklich, beeilte sich, mit ihm Schritt zu halten. »Es geziemt sich nicht, so von deinem Lehnsherrn, dem mächtigsten Mann ganz Englands zu sprechen.«

»Es gibt Zeiten, da erfreut man sich der Gesellschaft von Freunden und Königen, und Zeiten, da man allein sein möchte.« Er strebte zu ihrer Schlafkammer. »Jetzt ist nicht der richtige Zeitpunkt für Gäste.«

»Ich schätze die Königin.«

»Sie ist eine liebenswerte Frau, und Eduard vergöttert sie«, erklärte er. »Trotzdem bin ich froh über ihren Aufbruch.«

Sie erreichten den Treppenabsatz und blieben schlagartig stehen.

Der Weg war versperrt von unzähligen Hochzeitsgeschenken, die sich bis hinauf zum Söller türmten.

»Großer Gott, sieh dir das an.«

Ihr Blick fiel auf goldene Platten und silberne Kelche, Krüge und Truhen mit Stoffen, Edelsteinen und Pelzen. Wandbehänge und kostbare Damastseide, zarten Batist und fein gesponnenes Leinen. Es sah aus, als hätte man einen Palast geplündert.

»Es ist so viel.« Clio war überwältigt.

Die meisten Geschenke stammten vom Königshof und dem Monarchen, der es sich nicht hatte nehmen lassen, Clio mit einer zusätzlichen und überaus prächtigen Aussteuer auszustaffieren.

Merrick hätte beinahe laut gelacht. Jahre zuvor hatte er an Turnierkämpfen teilnehmen müssen, um den Sold seiner Männer zahlen zu können. Es gab Zeiten, da war er völlig mittellos gewesen, und doch hatten seine Männer ihm die Treue gehalten. Und jetzt war er einer der reichsten Männer im gesamten Königreich.

Indes, das Merkwürdige daran war, dass ihn Reichtum und fürstliche Gaben nicht länger kümmerten. Er brauchte sie nicht als Anreiz, damit er Clio ehelichte. Selbst Camrose, einstmals seine vorrangige Siegestrophäe, war ihm mittlerweile einerlei.

Ihm war deutlich bewusst, dass er mit Freuden jeden Ritter besiegt hätte, nur um die Gunst gewährt zu bekommen, Clio zu heiraten, selbst wenn sie in Sack und Asche einhergekommen wäre.

Augenblicke später nahm er sie in seine Arme, bahnte sich den Weg zur Schlafkammer und schritt durch die Türen, die er mit dem Fuß zutrat.

Clios mollige Zofe wirbelte herum und stieß einen verschreckten Seufzer aus, sobald sie die beiden bemerkte.

»Lass uns allein!«, befahl er mit einem Nicken zur Tür. »Sofort!«

»Merrick!«, schalt Clio scherzhaft.

»Warte!« Er musterte seine Gattin. »Habe ich dein Begehren missverstanden, Eheweib? Willst du, dass sie uns beobachtet? Uns vielleicht Gesellschaft leistet?«

Seine Worte hingen im Raum.

Blitzartig wurden die Türen aufgerissen und zugeschlagen.

Er lachte laut und heftig. »Deine Zofe bewegt sich geschwinder als Roger.«

Clio gab ihm einen Klaps auf die Schulter. »Du bist entsetzlich.«

»Gewiss, aber ich wette, sie wird uns nicht stören, sollte sie denken, dass es mich nach einem Techtelmechtel zu dritt gelüstet.«

»Drei Leute?«, schnaubte sie. »Lass diese üblen Scherze.«

Er lächelte nur, als er ihren eigensinnigen und doch ungläubig-naiven Blick erhaschte.

»Hältst du mich wirklich für so einfältig?«

»Eher nicht.« Er bemühte sich, ernsthaft und betroffen dreinzublicken.

»Es ergibt keinen Sinn. Für die dritte Person gibt es nichts zu tun.«

Er hob Clio auf das Bett und warf sich mit seinem Körper auf sie, entschlossen, das Gespräch zu beenden, da es überflüssig war. Nur sie allein zählte für ihn.

Er senkte den Kopf und küsste sie, wie sie es sich den ganzen Morgen erträumt hatte, lange und sinnlich und voller Gefühl.

Lange Zeit hatte er geglaubt, dass eine Frau ihm niemals wichtig sein könnte. Sein Dasein bestimmten der Krieg, Schlacht und Ehre.

In seinem Leben hatte es keine Zärtlichkeit gegeben – keine Frau, die ihm irgendetwas bedeutet hätte, seit er im Alter von sechs Jahren von seiner Mutter fortgeholt worden war. Vermutlich war sie die einzige Frau gewesen, der er nahe gestanden hatte.

Obschon sie ihn geboren hatte, lebte sie lediglich in seiner Erinnerung fort. Ein Schatten der Vergangenheit mit schwarzem Haar und sanfter Stimme, mehr nicht.

Als er späterhin das faszinierende Wunder der Liebe mit seiner Gemahlin teilte, war es so gewaltig, dass er von seinen Empfindungen übermannt wurde. Er versuchte, ihre Seele in Schwingungen zu versetzen, sie mit seinem Geist zu durchdringen und sie für alle Ewigkeit aneinander zu binden, wusste er doch, dass sein Leben bedeutungslos gewesen war ohne sie.

Die Legende vom Bierweib

Mein Weib war eine Brauerin,
Ich bracht ihr Gerstenkorn,
Sie braute daraus Zauberbier,
Das hat sie nun davon.
Denn keiner hätte es geahnt,
Das Wunder des Gebräus,
Sie tranken es,
Ohne zu murrn,
Und ohne auch gemahnt.

– Walisische Weise aus dem 13. Jahrhundert

35

Wie im Fluge verging die Zeit. Bald schon öffneten sich die leuchtend bunten Knospen der Frühlingsblumen zu ihrer vollen Pracht, dann säumten sonnengelbe Butterblumen die satten Sommerwiesen.

Erst am Tag zuvor hatte Clio das erste bunte Laub an den Kirschbäumen auf der Straße nach Osten bemerkt. Am letzten Markttag hatten die Dorfbewohner einen Schwarm wilder Gänse beobachtet, die nach Süden flogen. Wieder einmal wechselte die Jahreszeit, so wie sich das Leben auf Camrose verändert hatte.

Der breite Burggraben und die Steinbrücke waren fertig gestellt. Zwischen Hauptturm und Graben befanden sich zwei Mauern, jede mit riesigen eisernen Fallgittern und unzähligen Schießscharten versehen. Merrick war über die Maßen zufrieden gewesen.

Das gesamte alte Gemäuer und die Holzwände waren befestigt worden, die Wehrgänge zum Schutz der Bogenschützen, Pechwerfer und auch der Wachtposten verstärkt.

Die meisten der von Merrick angestrebten Baumaßnahmen waren ausgeführt worden oder standen kurz vor dem Abschluss. Die Steinmetze und Zimmerleute hatten damit begonnen, das Haupthaus zu vergrößern, indem sie das Gebäude um einen Ostflügel erweiterten; die Pläne sahen Schlafkammern mit Kaminen und andere behagliche Räume vor, die die gräfliche Familie und ihre gelegentlichen Gäste beherbergen sollten.

An den Landesgrenzen war es ruhig geblieben,

obschon von einem Aufruhr im Norden berichtet wurde und von einigen kleineren Zwischenfällen im Süden des Landes. Nachdem Merrick einer baulichen Veränderung der Garnison zugestimmt hatte, musste er zur Küste aufbrechen, um den dringend benötigten Nachschub in Empfang zu nehmen: Mörtel und Steine, Eisen und Eichenholz – Schiffsladungen aus England, die in Cardiff gelöscht wurden.

So kam es gelegentlich vor, dass Clio durch die Burg schlenderte und es nicht fassen konnte, dass dies ihr Heim war, Camrose, das die Waliser einst geplündert hatten.

Genau wie in ihrer Jugend erblühte Camrose zu prachtvoller Schönheit, die weiß getünchten Wände waren mit kostbaren Gobelins geschmückt, die Fußböden mit feinsten türkischen und maurischen Teppichen.

Ihre Hochzeitsgeschenke nahmen überall in der Burg Ehrenplätze ein: ein Vogelbauer aus Messing mit Turteltauben stand in einer Nische auf dem Söller, eine Urne aus mundgeblasenem, venezianischem Glas schmückte ein Fenster mit kunstvoll geschliffenen Scheiben, und wenn man hindurchsah, schien der spätsommerliche Augusthimmel seltsam verklärt.

Das alte, grob gezimmerte Mobiliar, Betten, Tische und Bänke sowie der frühere Hausrat waren an Bedienstete und Dorfbewohner verschenkt worden. Kupfertöpfe und riesige Kessel zierten die Küchensimse, neue, schmiedeeiserne Herde säumten die Wände der Backstube, sieben Bratspieße wurden von mechanischen Räderwerken mit Gewichten angetrieben und drehten mit Leichtigkeit eine Rinderseite.

Bruder Dismas kehrte von einer Wallfahrt nach Rom zurück; inzwischen war er der Inbegriff eines Märtyrers, erfüllt von Aberglaube und päpstlichen Verlautbarungen.

Er verweigerte jede Speise, die Walnüsse enthielt, schließlich war jedermann bekannt, dass Hexen und Geister im Schatten ebendieser Bäume verweilten. Seit zwei Wochen hüllte er sich ausschließlich in blaue Roben, da Hexen diese Farbe nicht ausstehen konnten, war sie doch das Abbild des Himmels.

Während der Abwesenheit des Mönchs hatte die alte Gladdys den bedauernswerten Sir Roger zur Zielscheibe ihres Schabernacks auserkoren, und es verging nicht eine Woche, ohne dass nicht der eine oder andere eine scherzhafte Begebenheit zum Besten gab, wie sie Sir Roger FitzAlan umgarnte und peinigte.

Kurz vor seinem gemeinsamen Aufbruch mit Merrick tauchte er eines Abends in einem kostbaren, neuen königsblauen Wams zum Nachtmahl auf. Augenblicke später stolzierte die alte Gladdys blinzelnd und mit aufgeplustertem Haar in den Rittersaal, umhüllt von einem himmelblauen Gewand. Unverdrossen ließ sie sich neben Roger nieder.

Und heute wurde Clio von gleißendem Sonnenlicht geweckt, das durch das neue Westfenster hereinströmte, welches Merrick für ihre gemeinsame Schlafkammer ausgewählt hatte. Unversehens setzte sie sich auf, warf ihr langes Haar zurück und legte die Stirn in Falten.

Wie spät war es?

Sie spähte zu der Quecksilberuhr, die Eleonore ihr zum Namenstag geschenkt hatte und die auf einem kleinen Ebenholztisch mit Onyxplatte stand. Sie blinzelte zu der Uhr, aufgrund des hellen Sonnenlichts geblendet.

Es war bereits spät. Sie rieb sich die Augen. Sie hatte den halben Tag verschlafen.

Stimmt irgendetwas nicht mit mir?

Seit zwei Wochen war sie ständig müde, selbst wenn sie früh zu Bett ging.

Sie wollte sich erheben, doch der Raum drehte sich vor ihren Augen. Rasch setzte sie sich wieder, schüttelte den Kopf, dann sank sie zurück auf das Bett, bis sich das Schwindelgefühl legte.

Die Zimmertür wurde geöffnet, fiel leise ins Schloss, doch sie sah nicht auf, sondern lag einfach da, ihren Arm schützend über die Augen gebettet.

Die Schritte im Raum waren leichtfüßig, nicht schwer wie die Merricks.

Es ist Dulcie, dachte sie, dann vernahm sie das leise Plätschern von Wasser.

Sie hob den Arm und spähte durch die Kammer.

Es war ihre Zofe.

Tief einatmend richtete sie sich auf und stützte sich auf ihre Ellbogen.

Dulcie musterte sie scharf und voller Missfallen, als hätte sie eine Todsünde begangen, indem sie verschlafen hatte.

Sie nicht weiter beachtend, reckte und streckte sich Clio herzhaft gähnend.

Auf diese Weise belebt, räumte sie ein: »Ich bin so entsetzlich müde.«

»Ich begreife nicht, warum, da Ihr doch die meiste

Zeit des Tages und der Nacht schlaft.« Ihre Zofe klang schnippisch. Anscheinend vermisste sie den Barden, der die Hochzeitsgäste unterhalten hatte.

»Ich weiß.« Clio seufzte schwach. »Vielleicht liegt es daran, dass Merrick fort ist. Ich schlafe besser, wenn er hier ist.«

»Dann schlaft Ihr noch weniger«, versetzte Dulcie.

Ihre Zofe hatte Recht. Zwischen ihren Liebesakten fanden sie nie mehr als zwei Stunden Schlaf.

So saß sie da, hoffnungsfroh und doch ungewiss, ängstlich, ihrer freudigen Erregung Ausdruck zu verleihen. Vielleicht erfüllte sich ihr Wunsch nach einem Kind. Tief in ihrem Herzen jedoch fürchtete sie, erneut enttäuscht zu werden. Ja, sie bangte beinahe, dass sie es sich zu sehr wünschte.

Nach längerem Schweigen fragte sie: »Glaubst du, ich könnte froher Hoffnung sein? *Endlich*?« Sie sehnte sich so sehr danach, Merrick ein Kind zu schenken. Ihr gemeinsames Kind, ein Symbol ihrer Liebe.

Während der vergangenen sechs Monate nach ihrer Eheschließung hatte sie gehofft und gefleht, doch mit jedem Neumond zerschellten ihre Hoffnungen, da ihr Körper keinerlei Anzeichen einer Schwangerschaft zeigte.

»Ihr könnt nicht empfangen haben. Ihr hattet gerade den Monatsfluss.«

»Ja.« Nun, dann wusste sie nicht, was mit ihr los war. Dieses Gefühl der Erschöpfung und Lustlosigkeit. Nach einem weiteren beklommenen Seufzen – wie so vielen im Verlauf der letzten Monate – wusch sie sich und kleidete sich an, entschlossen, etwas zu tun, das ihre Schwermut zerstreute.

Bei Sonnenuntergang hatte Clio einige Fässer frischen Biers gebraut. Diesmal hatte es länger gedauert, denn nur sie und die alte Gladdys arbeiteten in der Brauerei. Seit Frühlingsanfang verbrachten Thud und Thwack die meiste Zeit mit den Knappen und den anderen Rittern, die die beiden unter ihre Fittiche genommen hatten.

Nach wie vor wollte sie das sagenumwobene Bier der Pikten brauen, hatte aber nur mäßigen Erfolg. Einmal hatte sie angenommen, dem Rätsel auf der Spur zu sein, als alle, die ihr Gebräu genossen hatten, anfingen zu niesen.

Sogar Merrick. Später stellte sich heraus, dass einer der Küchenjungen versehentlich von dem kostbaren Pfeffer in die Bierkrüge gestreut und das aus lauter Angst niemanden eingestanden hatte.

Für den heutigen Brauvorgang hatte die alte Gladdys die Wasserbottiche ringförmig angeordnet, wie die heiligen Steine auf den westlichen Anhöhen. Dann hatte sie Kräuter und andere Zutaten nach ihren Wirkstoffen sortiert und ob sie bei Tag oder in der Nacht blühten.

Beim lauten Geläut der Abendglocken schrak Clios Kopf hoch. Wieder einmal war sie eingedöst. Stirnrunzelnd spähte sie durch den Raum.

Die alte Gladdys saß auf einem Schemel und flocht Körbe aus Weidenruten.

»Wie lange habe ich geschlafen?«

Gladdys zuckte die Achseln. »So lange, wie es Euren Körper danach verlangte.«

An jenem Tag war sie zum dritten Mal eingeschlummert. »Ich wünschte, ich wüsste, was mir fehlt.«

»Das wisst Ihr nicht?« Die Alte warf den Kopf zurück und lachte. »Verheiratet mit einem Zuchtstier von einem Mannsbild, und Ihr könnt Euch wirklich nicht denken, was los ist?« Sie schüttelte ihren gekräuselten weißen Schopf. »Törichtes Mädchen.«

»Ich hatte gerade meinen Monatsfluss. Ich kann nicht guter Hoffnung sein.«

»Manche Frauen haben ihren Monatsfluss bei jeder Mondwende, bis sie ihr Kind gebären.«

»In der Tat?«

Die Alte nickte.

»Wie kann ich dann erfahren, ob ich empfangen habe?«

Die alte Frau musterte sie für eine lange Weile. »Steht auf.«

Clio erhob sich. Die alte Gladdys stand auf und umkreiste sie dreimal, unterdessen rieb sie sich ihr Kinn und beäugte Clios Bauch.

Dann streckte sie ihren knochigen Finger aus und stach in deren Brustwarze.

»Autsch!« Clio griff nach ihrem Busen. »Warum hast du das getan?«

»Eure Brust ist empfindlich?«

Clio nickte.

»Und Ihr seid ständig müde?«

»Ganz recht.«

»Hier, spuckt in meine Hand.«

»Warum?«

»Tut es.«

Clio gehorchte.

Die alte Frau rieb ihre Handflächen aneinander, dann wischte sie sie an einem Tuch ab, das sie aus einem an ihrem Gewand befestigten Lederbeutel nahm. Sie schlenderte zu den abkühlenden Braukesseln und schwenkte das Tuch über der Holzkohle, während sie ein walisisches Lied sang.

Als das Tuch Feuer fing, wirbelte sie herum und warf es mitten in den Raum.

»Beeilt Euch!« Sie winkte Clio zu sich. »Tretet das Feuer mit Eurem linken Fuß aus.«

Clio hastete zu ihr und trat das Feuer aus.

Gladdys bückte sich und starrte unendlich lange auf die Asche, dann blickte sie zu Clio auf. »Drückt auf Eure andere Brust.«

Clio tat, wie ihr geheißen, und verzog das Gesicht.

»Schmerzt sie ebenfalls?«

»Ja.«

Gladdys richtete sich auf. »Ihr tragt ein Kind unter dem Herzen, das um die Osterzeit das Licht der Welt erblicken wird.«

Clio betete, dass sie richtig gehört hatte und nicht träumte. »Wirklich?«

»Gewiss.«

Schwankend zwischen Unglaube und Zuversicht stand Clio da.

»Warum meintet Ihr, nicht guter Hoffnung zu sein?«

Clio musterte das faltige Gesicht der Alten. »Vielleicht deshalb, weil ich kein einziges Feuer mit meinem linken Fuß ausgetreten habe?«

Die Alte kicherte gackernd. »Ihr seid nicht so einfältig wie viele andere.«

»Bitte, sag mir die Wahrheit. Ich muss es wissen.«

Gladdys bedachte sie mit einem ernsten, zuversichtlichen Blick. »Ihr seid guter Hoffnung.«

»Dulcie hat behauptet, ich könne nicht empfangen haben«, grummelte Clio.

»Hat sie das? Woher will sie das denn nur wissen, eine Jungfrau, die jeden beschwört, dass ihm die Ohren abfallen werden, falls er bei Vollmond küsst.«

Daraufhin musste sogar Clio lachen. Seit neuestem verbrachte Dulcie einfach zu viel Zeit mit Bruder Dismas.

»Ich habe sieben Söhne und drei Töchter geboren«, enthüllte Gladdys voll Stolz. »Trotzdem hatte ich weiterhin meinen Monatsfluss.«

»Du hast Kinder?«

Die alte Gladdys grinste lediglich durchtrieben und zwinkerte ihr schelmisch zu. »Sir Roger weiß gar nicht, was ihm entgeht.« Dann lachte sie.

Merrick und seine Truppen und Wagen zogen über die steile Straße, die das Tal durchschnitt. Es war bereits spät, eine mondlose Nacht. Er war müde und erschöpft, und statt über diese finsteren Gipfel zu reiten, hätte er lieber daheim mit seiner Gemahlin das Bett geteilt. Schließlich war er viel zu lange von Clio getrennt gewesen.

Roger schloss zu ihm auf.

»Sitzt das Wagenrad wieder fest?«

»Ja. Es lag lediglich daran, dass die Ladung verrutscht war.«

Stirnrunzelnd straffte Merrick die Zügel. »Welcher verfluchte Narr hat übersehen, dass es sich um Mörtel handelt? Ich werde ihm den Hals umdrehen, weil er seine Arbeit nicht ordentlich verrichtet hat.«

Roger musterte ihn vielsagend. »Welcher Narr?«

»Ganz recht«, schnaubte Merrick.

»Ich reite neben ihm.«

»Was redest du da?«

»Du hast das Beladen überwacht. Soweit ich mich entsinne, lauteten deine Worte: ›Wenn ich diese verdammten Idioten nicht beaufsichtige, dann wird nichts richtig gemacht.‹«

Merrick sagte kein Wort. Das war auch besser so, denn er erinnerte sich genau. Nachdem er für Augenblicke in brütendes Schweigen verfallen war, brummte er: »Ich bin müde.«

»Morgen Abend bist du zu Hause, und ich hoffe, dass du bis übermorgen damit aufhörst, allen Männern Befehle zuzubrüllen und jedem den Kopf abzureißen, der es wagt, dir auch nur eine Frage zu stellen.«

»Ich muss zurück nach Camrose.«

»Glaube mir, Merrick, wir alle wollen dich wieder dort wissen.« Minutenlang ritt Roger neben ihm.

Keiner der beiden sprach. Es gab nichts zu erörtern. Sie mussten nur reiten. Ein weiterer Tag, und sie würden zu Hause sein.

Im Hintergrund vernahmen sie unvermittelt lauten Hufschlag. Sowohl Merrick als auch Roger strafften die Zügel und drehten sich um.

Sir Isambard preschte mit atemberaubender Geschwindigkeit auf sie zu. Er hatte sein Schwert gezogen und rief Merricks Namen.

Kaum eine Sekunde darauf surrte ein Pfeil durch die Luft. Er traf den betagten Gefolgsmann genau im Nacken. Der Ritter stöhnte auf. Sein Pferd scheute und warf ihn ab.

»Verteilt euch!«, brüllte Merrick, denn plötzlich tauchten Horden von Walisern hinter den Felsen auf.

Es war ein Hinterhalt.

36

Am folgenden Nachmittag wurde das Bier in Fässer abgefüllt. Auf Clios Geheiß holte der Mundschenk das frische Bier, das in der Milchküche lagerte, und servierte es zum Nachtmahl. Seitdem Merrick und viele seiner Gefolgsleute fort waren, verliefen die Mahlzeiten im Rittersaal wesentlich ruhiger als sonst.

Da ihre Gegenwart die Männer einzuschüchtern schien, nahm Clio das Nachtmahl in ihrer Kammer ein. Sie sorgte dafür, dass alle herzhaft zulangten, dann überließ sie sie ihren Männergesprächen von Schlachten und Jagden und ›dem wahrhaft einzigen harten Brocken, der je entkommen war‹, sei es nun ein Lachs, ein Hirsch oder ein unbezwingbarer Widersacher.

Sie war immer noch müde und hatte kaum Appetit. Ihr war übel, schwindlig und unwohl, und bei Sonnenuntergang ging sie zu Bett und lag da, starrte auf ihren Bauch, als müsste er sich vor ihren Augen runden.

Da sie Zyklops Schnarchen vernahm, beugte sie sich vor und spähte unter das Bett. »Zyklop?«

Er öffnete das eine Auge und starrte sie an. »Merrick ist fort. Du bist in Sicherheit. Kommst du?« Sie klopfte auf die Matratze, und er kroch hervor, sprang auf das Bett und rollte sich neben ihrer Schulter zusammen. Seufzend sank ihr Kopf auf die seidenen Kissen.

Während sie ihn streichelte, schnurrte er ihr ins Ohr. Das Geräusch besänftigte sie, da es das von unten heraufdringende Gelächter der Männer ausblendete.

Unendlich lange starrte sie auf ihren Bauch. Kaum zu glauben, dass in ihr neues Leben heranwuchs. Ein Lebewesen. Ein Kind. Ein winziges Geschöpf, ein Keim von Merrick und ihr.

War es ein Junge oder ein Mädchen? Würde ihr Kind blaue oder grüne Augen haben? Einen blonden Schopf oder schimmerndes Haar von mitternächtlicher Schwärze?

»Wie siehst du aus?«, fragte sie ihren Bauch. »Hallo, da drinnen. Ich bin deine Mutter.«

Behutsam streichelte sie ihre Magengegend, so wie eines Tages den Rücken ihres Babys.

»Ich werde jeden Abend mit dir plaudern, mein Kind. Lass mich dir von deinem Vater erzählen. Er ist … hm … überaus anziehend mit schwarzem Haar und blauen Augen und dem wundervollsten Mund, solange er nicht Befehle bellt.«

Sie schmunzelte. »Du wirst sehr stolz auf ihn sein, denn er ist der tapferste Ritter im ganzen Land. Der König hat ihn zum Grafen ernannt. Dem Grafen von Glamorgan. Aber besser bekannt ist er als der Rote Löwe, und alle fürchten ihn. Außer mir und vielleicht Sir Roger und König Eduard. Du wirst sie mögen, sie werden deine Paten. Doch zurück zu deinem Vater. Ich kenne ihn auf eine Weise, die du noch kennen lernen wirst. Er ist ein gütiger, zärtlicher Mann, aber unnachgiebig, und er wird alles für dich tun. Er ist beileibe kein einfacher Mensch; dennoch besitzt er die einzigartige und wundervolle Gabe, dich mit jeder Faser seines Kriegerherzens zu lieben.«

Sie fing an zu weinen, und die Tränen brannten in ihren Augen. Sie legte eine Handfläche auf ihren Bauch, hoffte, dass sie irgendetwas fühlen würde, ein Zucken, einen Herzschlag, einen Tritt, und sie wünschte sich, dass Merrick bei ihr wäre, um ihm zu enthüllen, was sie vollbracht hatten, und um sein Gesicht zu sehen.

Schließlich hatte sie ein Geschenk für ihn. »Nun, mein Kind«, murmelte sie. »Schlaf schön. Oh, fast hätte ich es vergessen. Ich gebe dir mein Wort, dass ich dir keine Schlaflieder vorsingen werde. Ich glaube, das wäre grausam für dich, da du bleiben und lauschen müsstest und nicht weglaufen könntest. Ich singe so schlecht, dass du es dir womöglich noch anders überlegen könntest, ob du in einen solchen Lärm hineingeboren werden willst. Heiliger Strohsack! Gerade kommt mir ein entsetzlicher Gedanke.«

Sie kratzte sich am Kinn. »Ich hoffe nur, dass du meine Stimme nicht erbst. Mein armer, kleiner Liebling.«

Sie seufzte. »Gute Nacht, mein Kind. Gute Nacht.« Sie schloss die Augen, dann murmelte sie: »Sei dir gewiss, dass du geliebt wirst.«

Und bevor die Männer das erste Bierfass geleert hatten, war Clio eingeschlummert.

In dem Augenblick, als Merrick über die Anhöhe ritt, ahnte er bereits, dass etwas im Argen lag. In der Ferne nahm er die Umrisse von Camrose wahr, aber kein einziges Licht.

Selbst aus dieser Entfernung müsste er die Fackeln der Wachtposten sehen. Er rieb sich die aufgrund des Schlafmangels brennenden Augen. Er war erschöpft und zerschunden nach dem blutigen Kampf, den sie im Tal ausgefochten hatten. Neben Sir Isambard hatte er weitere Verwundete in die Karren gebettet.

Und ihm war bewusst, dass seine Männer ebenso müde und hungrig waren wie er und die schützende Zuflucht der Burg herbeisehnten.

»Was ist denn?« Roger schloss zu ihm auf.

»Sieh dir das an.«

Rogers Blick folgte dem seinen. »O Gott …«

Eine Sekunde später gab Merrick seinem erschöpften Streitross die Sporen und preschte wie der Teufel in Richtung der stockfinsteren Burg.

Merrick trommelte gegen das Tor, doch der Wächter rührte sich nicht. Er brüllte hinauf zu den Wehrgängen, erhielt aber keine Antwort.

»Wie, zum Teufel, sollen wir hineingelangen?«, drängte Roger.

Nachdenklich stapfte Merrick auf und ab. Was, zur Hölle, ging da drinnen vor? Er blieb stehen, starrte auf den Wehrturm und rieb sich sein stoppliges Kinn.

Dann baute er sich vor dem Tor auf und trat mit voller Wucht dagegen. Als sich immer noch nichts rührte, wandte er sich zu seinen Männern. »Schlagt so viel Krach, wie ihr könnt. Brüllt, johlt, klirrt mit den Schwerten.« Er wandte sich an Roger. »Komm, hilf mir, wir müssen so laut wie irgend möglich gegen diese verdammte Tür hämmern.«

Es währte nicht lange, bis das Guckloch einen winzigen Spalt geöffnet und schwacher Kerzenschein und ein schwarzes Auge sichtbar wurden.

Es war die alte Gladdys.

»Entriegle die Tür, Alte. Ich bin es, Sir Merrick.«

»Das sehe ich«, murrte sie. »Haltet Ihr mich für blind und taub?«

»Beeil dich. Ich habe Verwundete bei mir.«

»Ist Sir Roger verletzt?«

»Nein«, knurrte Merrick.

Als Roger leise aufstöhnte, packte Merrick ihn. »Tritt einen Schritt vor«, zischte er, »sonst fessle ich dich und überlass dich ihr. Und jetzt rede mit ihr.«

»Ich bin es, Sir Roger FitzAlan.«

Augenblicke später bewegte sich der Bolzen, und die Kette wurde gelöst. Dann sprang die Tür auf.

Aufgebracht stapfte Merrick durch die Tore. »Was ist hier los? Wo ist die Garde? Die Wachtposten? Warum brennt keine einzige Fackel?« Er riss eine Fackel aus ihrer Eisenhalterung, tauchte sie in die darunter stehende Ölkanne und zündete sie an.

»Roger. Geh zum Tor und hol die Männer herein. Bring die Verwundeten in den Saal.« Für Sekundenbruchteile verharrte er und sah sich um. Es war, als wäre die Burg menschenleer und verlassen.

»Da ist einer von Euren Wachtposten.« Die alte Gladdys deutete in einen dunklen Winkel.

Merrick leuchtete mit seiner Fackel.

Es war der Torwächter. Er hockte auf dem Boden, wenige Schritte von ihm entfernt.

Auf der Suche nach Blutspuren trat Merrick näher, da er annahm, der Mann sei tot. Sein Rücken lehnte am Mauerwerk, als hätte er dort gestanden und wäre einfach zusammengesackt. Sein Kopf hing zur Seite.

Er war nicht tot. Er schnarchte.

Merrick brüllte: »Wach auf!«

Nichts geschah, als hätte er keinen Ton gesagt, geschweige denn, einen Befehl gebrüllt.

»Wach endlich auf!« Schonungslos stieß Merrick ihn mit seinem Fuß an. Der Mann rührte sich nicht.

Roger hatte die Zugbrücke geöffnet, und seine erschöpften Männer strömten ins Innere. Die Wagen mit den fünf Verwundeten rumpelten hinterdrein.

Merrick drehte sich um und stürmte durch das nächste Tor; er verharrte bei jedem Wachtposten, doch alle Männer schliefen tief und fest. Er stieß die Türen zum Rittersaal so heftig auf, dass sie gegen die Wände prallten und in den Angeln knirschten.

Dann entflammte er die Wandfackeln mit der von ihm mitgebrachten, und Licht durchflutete den Raum.

An den Tischen, wo einige zu Abend gespeist hatten, schlummerten seine Männer, die Burgwachen und auch die Bediensteten. Einige hatten den Kopf auf ihre Arme gebettet, andere lagen auf den Bänken ausgestreckt.

Es war, als hätte man sie samt und sonders vergiftet.

Er hastete die Stufen zu ihrer Schlafkammer hinauf. Er fürchtete sich beinahe davor, die Türen zu öffnen. Bangte, dass sie von demjenigen verletzt oder entführt worden sein mochte, der auch seine Männer außer Gefecht gesetzt hatte.

Doch als er den Raum durchquerte und zu dem Bett strebte, bemerkte er ihre Gestalt. Sie schlief, genau wie die anderen. Mit einem friedvollen, entseelten Lächeln auf ihren Zügen. Er berührte ihre Schulter, um sicherzugehen, dass sie noch lebte und seine Augen ihn nicht trogen.

Die Waliser hätten angreifen und alle gefangen nehmen können. Und seine Männer, die seine Gemahlin beschützen sollten, hätten währenddessen selig geschlummert. Irgendjemand hatte das hier angezettelt. Die Waliser konnten immer noch jeden Augenblick zum Angriff übergehen.

Er stürmte die Stiege hinunter und in den Hof, brüllte den erschöpften Männern, die ins Innere ritten, Befehle zu. Keiner der Wachtposten würde aufwachen, deshalb mussten seine ermatteten Gefolgsleute die Stellung halten, während er und Roger angestrengt erörterten, wie das geschehen konnte.

37

Es war noch dunkel, als Clio sich im Bett aufsetzte, verwirrt, da sie von einem lauten Hüsteln geweckt worden war. Sie blinzelte, dann klarte ihr Blick auf.

Sie starrte zu ihrem Gatten.

Im schwachen Lichtschein einer glimmenden Fackel kauerte er in einem Sessel am Fußende ihres Bettes. Er hatte seine langen Beine ausgestreckt und die Knöchel übereinander geschlagen. Mit den Fingerspitzen tippte er an seine verkniffenen Lippen, seine Augen schienen frostig und stählern und würdigten sie keines Blickes.

So hatte sie ihn nur einmal zuvor erlebt – auf der Lichtung, als die Waliser sie angegriffen hatten.

»Merrick?« Sie warf die Decken beiseite und glitt aus dem Bett.

Er schwieg und rührte sich nicht. Er war schmutzig und zerschunden, so als hätte er sich den Weg durch Wales erkämpfen müssen.

»Bist du verletzt? Was ist geschehen?« Sie trat zu seinem Sessel und musterte ihn. Er starrte weiterhin auf das leere Bett.

»Die Waliser haben uns überfallen.« Er ließ seine Hände sinken, drehte langsam den Kopf. Er sah sie an. Sah sie einfach nur an. Mit frostigem Blick.

Sie legte eine Hand auf seinen Arm. »Was hast du?«

Sein Schweigen und seine Anspannung wurden unerträglich, legten sich beklemmend über den Raum und erfüllten sie mit einem Gefühl der Schwäche und Ohnmacht. Schützend schlang sie die Arme um ihren Körper, da er sie ganz offensichtlich nicht in seine Arme schließen wollte.

»Was war in dem von dir gebrauten Bier?« Er rührte sich nicht.

Sie legte die Stirn in Falten. »Lediglich Gerstenmalz, Wasser, Hefe und verschiedene Kräuter und Aromen. Nichts, was irgendeinen Schaden angerichtet hätte.«

»Keinen Schaden angerichtet?« Er lachte erbittert auf. »Ganz recht, Mylady. Niemand kam zu Schaden.« Er erhob sich und baute sich vor ihr auf, ließ sie klein und hilflos erscheinen. »Stattdessen schliefen alle Wachtposten, Soldaten und Diener tief und fest, so dass ich auf einer unbeleuchteten und unbewachten Burg einritt.«

Er sah aus, als wollte er etwas zertrümmern.

Sie schrak zurück. »Du bist wütend auf mich.«

»Ich wage nicht, dich zu berühren, Eheweib, aus Angst, dass ich dich schütteln könnte, bis dir die Zähne locker werden.« Er bedachte sie mit einem zornfunkelnden Blick. »Hast du eine Vorstellung, was hätte geschehen können? Zunächst dachte ich, die Waliser hätten sämtliche Burgbewohner vergiftet. Jeder hätte die Mauern bezwingen, die Burg erobern und alle niedermetzeln können. Begreifst du das nicht?«

»Es tut mir Leid.« Selbst für ihre Ohren klang diese Äußerung leer und nichtssagend. Dennoch war sie aufrichtig gemeint, auch wenn die Worte in Wahrheit bedeutungslos waren. Sie vermochten nichts an dem zu ändern, was geschehen war.

Vom Hof drangen Schreie zu ihnen herauf. Ein glutroter Lichtstrahl flammte vor den Fenstern auf. Sie wirbelte herum.

»Ich habe ihnen befohlen, die Brauerei in Schutt und Asche zu legen.«

»Was hast du?«

»Du wirst nicht länger Bier brauen.«

»Aber Merrick, bitte …«

Er hob eine Hand. »Kein Wort mehr. Ich kann nicht bleiben.« Seine Stimme klang so unerbittlich, als habe er kein Erbarmen mit ihr. »Ich habe Verwundete in meinem Tross. Sir Isambard hat es am schlimmsten erwischt. Er hat so viel Blut verloren, dass sein Leben auf Messers Schneide steht.«

Tränen kullerten über ihre Wangen. »Lass mich ihnen helfen«, rief sie. »Bitte, lass mich dir helfen.« Flehentlich streckte sie eine Hand aus.

Er kehrte ihr den Rücken und marschierte zur Tür. »Ich denke, du hast schon genug angerichtet.« Mit diesen Worten verschwand er.

Sie stand da, unfähig sich zu rühren, und weinte bitterlich. Ihre Brust hob und senkte sich, geschüttelt von hemmungslosem Schluchzen.

Unvermittelt hielt sie den Atem an, sah zu ihrem flachen Bauch und legte ihre Handfläche darauf.

Augenblicke später lag sie auf ihrem Bett, den Kopf in den Kissen vergraben. Nie, nie würde sie die Gelegenheit bekommen, ihm von ihrem Baby zu erzählen.

Die darauf folgenden Tage brachte Clio damit zu, die Verwundeten zu pflegen. Merrick hatte sie seit jenem denkwürdigen Abend nicht mehr zu Gesicht bekommen.

Man sprach davon, dass plündernde walisische Horden auch Ruthin in der Nähe von Clwyd angegriffen hätten und dass der Graf von Chester seine Männer zu den Waffen rief, um möglichen Kampfhandlungen im Norden vorzubeugen.

Innerhalb weniger Stunden hatte Merrick neue Truppen bewaffnet und sie in mehrere Gefechtseinheiten unterteilt, von denen einige die südlichen Grenzen bewachen, andere wiederum das walisische Lager ausspähen sollten.

Clio strich sich eine feuchte Haarsträhne aus der

Stirn, während sie auf dem Rand eines Feldbetts saß und den Verband auf Sir Isambards Halswunde wechselte. Er war schwach und bleich aufgrund des Blutverlusts, doch das Schlimmste war überstanden, und er würde gewiss nicht sterben.

Die alte Gladdys hatte ihr geholfen, die Verletzten mit Heilkräutern und Tees zu behandeln, die sie kräftigten und frisches Blut bildeten. Einige Männer gingen bereits wieder ihren Pflichten nach. Sir Isambard war als Einziger zu schwach, um aufzustehen.

Der alte Ritter beobachtete ihre Bewegungen mit seinen scharfsichtigen, aber gütigen Augen. »Ihr habt sanfte Hände, Mylady.«

Sie bedachte ihn mit einem matten Lächeln, denn das war alles, was sie in ihrer Niedergeschlagenheit zuwege brachte. »Ich würde nie jemandem Schaden zufügen.« Sie stockte, dachte an das Bier und wie wütend Merrick auf sie gewesen war. »Jedenfalls nicht wissentlich.«

»Er war wütend wegen Eures Biers.«

Sie nickte.

»Ich kenne Euren Gatten schon seit vielen Jahren, seit er als junger Ritter in Frankreich von Turnier zu Turnier zog. Er ist sehr aufbrausend, aber gerecht. Sein Groll währt nie lange, insbesondere, so denke ich, gegen Euch, Mylady. Er war zornig, weil er um Euch besorgt war. Er hat uns alle verrückt gemacht, dass wir uns in Cardiff mit dem Beladen der Wagen beeilten, damit er hierher zurückkehren konnte.«

»Ich wünschte, es wäre wahr.«

»Es ist wahr. Und Camrose war beileibe nicht der Grund, weshalb er zurückkehren wollte. Lasst ihm Zeit. Sein Zorn wird verrauchen.«

Gedankenversunken fragte sie: »Aber kann ich jemals sein Vertrauen zurückgewinnen?«

»Ich glaube nicht, dass Ihr es je verloren habt.«

Sie schüttelte lediglich den Kopf. »Ich hoffe, Ihr habt Recht. Und jetzt trinkt das.« Sie hob eine Tasse mit warmem Kressetee an seine Lippen.

Er trank ihn, die faltigen Lider fest zusammengepresst. Wie ein kleiner Junge und nicht wie ein gestandener Ritter. »Bei allen Heiligen! Dieses ekelhafte Zeug schmeckt wie Dreck.«

»Ganz recht, aber es ist Eurer Genesung förderlich. Und jetzt ruht Euch aus.« Sie erhob sich, eine Hand in ihren schmerzenden Rücken gestemmt. Sie fühlte sich ausgelaugt und geschwächt.

Gemächlichen Schrittes schlenderte sie durch den Saal und zur Tür hinaus. Die Sonne stand hoch am Himmel, und die Wachfanfare ertönte. Ihr Herz schlug höher in der Hoffnung, dass Merrick zurückkehrte.

Sie raffte ihre Röcke und strebte durch den inneren Burghof. Die Torwache zog das äußere Fallgitter hoch. Neugierig reckte sie den Kopf.

Doch es waren lediglich Heuwagen, die Futter für das Vieh auf der Burg herankarrten. Enttäuscht aufseufzend fragte sie sich, wann Merrick wohl zurückkehrte.

Würde er Tage fortbleiben? Wochen? Keiner wusste es.

Sie drehte sich um und schlenderte durch den Hof. In der Milchküche lagerten noch einige Kräuter, aus denen sie einen Aufguss für Sir Isambards nächsten Verband zubereiten wollte.

Ein Schrei ließ sie herumwirbeln.

Einer der Heuwagen fing Feuer. Pferde scheuten. Der Burghof war ein einziges Chaos. Karren stürzten. Männer brüllten.

Glimmendes Heu flog durch die Luft. Sie packte sich eines der Mädchen, dessen Gewand in hellen Flammen stand.

Sie rollten über den Boden und in eine Ecke bei den Stallungen.

Wie glühender Regen stob das Heu von den Karren.

Unversehens war der Hof plötzlich mit Walisern gefüllt, Plünderern mit gezückten Dolchen und angelegten Langbogen, und sie schossen und zielten auf alles, was sich bewegte. Andere stürmten mit entzündeten Fackeln über den Hof und setzten alles in Brand.

Rauch erfüllte die Luft. Sie lag am Boden, ihre Arme um die schreiende Frau geschlungen.

Walisische Rebellen waren in Camrose eingedrungen.

Er verbarg sich in dem dürren Geäst der Kirschbäume vor den Toren der Burg, starrte auf die Flammen und den Rauch, der zum Himmel stieg. Er harrte dem Einbruch der Dämmerung.

Noch wenige Minuten zuvor war Thud im Inneren der Burg gewesen und hatte sich in einem Schrank versteckt. Während die Plünderer die Burg durchsuchten, war er durch das Loch zur Latrinengrube gekrochen und harrte dort aus.

Von dort beobachtete er, wie sie einige Knappen und Pagen zusammentrieben. Thwack war unter ihnen, an Händen und Füßen angekettet, so dass er bei jedem Schritt stolperte und von den Walisern mit Tritten gepeinigt wurde.

Thud hatte gewartet, bis sie vorüberzogen und niemand mehr in Sicht war, dann kroch er über die niedrige Mauer und sprang in den Burggraben.

Am Saum des Wassers hatte er gewartet, bis er durch das Gras zu den Bäumen huschen konnte.

Als die Nacht schließlich hereinbrach, glitt er von dem Ast und rannte nach Nordosten.

38

Finstere Nacht hüllte die Berge ein, an deren Ausläufern Merrick sein Lager aufgeschlagen hatte. Ihre Hetzjagd war umsonst gewesen – von den Rebellen fehlte jede Spur.

Bis weit nach Norden hatten sie das Gebiet durchstreift. Morgen würden sie in Richtung Süden abdrehen, nach Camrose.

Merrick teilte die Wachtposten ein, dann zog er sich in sein Zelt zurück. Tobin schlief auf einer Pritsche, Merricks schweres Kettenhemd wie eine Decke über sich gebreitet.

Merrick blieb stehen, streifte Wams und Leinenhemd ab, dann setzte er sich auf sein eigenes Feldbett und zog seine Stiefel aus. Er beugte sich vor, blies die einzige Kerze aus und legte sich nieder; die Hände hinter dem Kopf verschränkt, starrte er ins Leere.

Sobald er die Lider schloss, sah er seine schluchzende, flehende Gemahlin vor sich.

Ich flehe nie um etwas.

Er erinnerte sich dieser prahlerischen und hochmütigen Worte aus ihrem Munde. Wie sie ihr Kinn gereckt hatte, um zum Ausdruck zu bringen, dass sie sich von ihm nicht einschüchtern ließ.

Er verabscheute den Gedanken, dass sie ihn angefleht hatte, dass er es so weit hatte kommen lassen. Inzwischen fand er, dass er wegen des Biers zu grob mit ihr gewesen war.

Er wusste, warum. Wie ein schwärmerischer Jüngling hatte er sich danach gesehnt, zu ihr zurückzukehren. Er war wütend auf sich selbst, weil er sie so sehr begehrte und entsprechend töricht handelte. Deshalb hatte er den Fehler bei ihr gesucht und sie gemaßregelt, obschon er im Grunde seines Herzens um ihre Sicherheit besorgt war.

Manchmal war er ein Narr. Ein Tor, der seine Frau liebte.

Clio bewegte sich mit äußerster Vorsicht. Um nicht entdeckt zu werden, kroch sie so geräuschlos wie eben möglich entlang der östlichen Wehrmauer.

Sämtliche von Merricks Männern, die Bediensteten und Handwerker, Männer, Frauen und Kinder waren in Ketten gelegt oder gefesselt und in die Kapelle gesperrt worden, selbst die Verletzten.

Sie hatte gesehen, wie sie Sir Isambard hineingetrieben hatten; es bedurfte ihrer gesamten Willenskraft, nicht laut aufzuschreien, voller Angst, dass seine Wunde erneut bluten könnte, als sie ihn brutal die Stufen hinaufzerrten.

Waliser schwärmten wie Ameisen durch die Burg, versuchten sie aufzuspüren, fanden andere, brüllten und wüteten auf ihrer hektischen Suche. Sie wussten nicht, dass sie ihre Sprache verstand.

Ihr Anführer war David ap Gruffydd, ein Mann, der mit König Eduard Friedensverhandlungen geführt hatte, vor kurzem aber seinem Treueid abgeschworen und sich erneut mit seinem Bruder verbündet hatte, Llewelyn ap Gruffydd, dem Enkel des berüchtigten Llewelyn.

Die Waliser verfolgten den Plan, die Festungen an den entscheidenden Stützpunkten im Grenzgebiet zurückzuerobern. Ap Gruffydd erklärte seinen Männern, dass er die Gräfin lebend wollte. Merricks Gemahlin würde als Geisel dienen und als Werkzeug, um dem Roten Löwen und seinen Truppen eine weitere Falle zu stellen.

Wie ein böses Omen lief ihr eine Gänsehaut über den Rücken, als ihr Anführer im Namen aller Waliser erklärte, dass er diese Burg niemals aufgeben werde, auch nicht, wenn sie belagert werde.

An eine der Wehrmauern gekauert, hob sie den Kopf und spähte in die Ferne. Sie sah die dunklen Felder rings um Camrose und betete für Merricks Sicherheit. Flehte, sie möge in der Lage sein, sich zu verbergen und auszuharren, bis sie ihm ein Zeichen geben oder sich an den Wachen vorbeischleichen und eines der Tore öffnen könnte.

Er war ihr Leben, bedeutete ihr alles auf dieser Welt, und sie musste ihm zu erkennen geben, dass sie ihn liebte. Sie musste sein Vertrauen zurückgewinnen. Sie würde alles tun, damit er und seine Männer nicht in einen weiteren Hinterhalt hineinritten.

Wenn es ihr gelang, bis zu ihrer Rückkehr in dem

Versteck auszuharren, dann könnte sie ihnen ein Zeichen geben und die Tore öffnen, bevor die Waliser sie gefangen nahmen.

Camrose war wahrhaftig so befestigt, wie Merrick es gewollt hatte. Ohne Unterstützung von innen würde er die Burgmauern niemals bezwingen können. Und er würde bis zum letzten Atemzug kämpfen, ehe er den Walisern das Feld überließ.

Als der Wind auffrischte und düstere Wolken vorüberzogen, schmiegte sie sich zum Schutz vor den Regentropfen an das Mauerwerk, wohlwissend, dass ihr keine Wahl blieb, war sie doch seine einzige Hoffnung.

Es regnete die ganze Nacht und klarte auch nicht auf, als Merrick das Lager abbrechen ließ und den Abzug befahl. Als die Sonne langsam hinter den nebelverhangenen Bergen auftauchte, vernahm er den Schrei eines Wachsoldaten.

Mit gezücktem Schwert trat Merrick aus seinem Zelt. Ein Pferd preschte ins Lager, ein kleiner, durchnässter Bursche hing an dessen Mähne. Jemand schnappte die hängenden Zügel und brachte das Ross zum Stehen.

Merrick packte Thud, bevor er vom Pferd fiel, klatschnass und stinkend wie ein Abwassergraben.

Der Knabe rang nach Atem, blinzelte und sah verwirrt zu ihm auf. »Sir Merrick?«

»Ganz recht, mein Junge. Ich bin's. Was ist geschehen?«

»Die Waliser haben Camrose eingenommen!«

Merrick fluchte. »Lady Clio .... Ist sie in Sicherheit?«

»Ich weiß es nicht. Vermutlich haben die Waliser alle gefangen genommen. Ich entkam, stibitzte ein Pferd und ritt hierher.«

»Kümmert euch um den Jungen. Und packt. Wir müssen aufbrechen!« Merrick blickte nach Südwesten, in Richtung Camrose. Und Clio. Mit drohend geballten Fäusten stand er da, sein Kopf dröhnte. Er holte tief Luft, dann heulte er so inbrünstig wie ein in die Falle gegangener, wutschnaubender Wolf.

Mit beiden Händen rammte er sein Schwert in den schlammigen Boden, dann kniete er nieder und senkte den Kopf. Bei seinem Leben schwor er, sie zu retten.

Clio bewegte sich mit äußerster Vorsicht. Sie befand sich in der Nähe der Kapelle und der Wendeltreppe, die von einer niedrigen Brüstung zur Kammer des Geistlichen führte, wo Bruder Dismas hauste. Hier war es ruhig, außer dem Wachtposten vor den Kapellentüren hatte sie niemanden bemerkt.

Behutsam pirschte sie sich vor, jedes Verdacht erregende Geräusch vermeidend. Fast hatte sie den Treppenabsatz erreicht, als sie das Brüllen vernahm. Hinter ihr.

»Da ist sie!« Clio wirbelte herum. Drei Waliser stürmten auf sie zu. Sie drehte sich um und rannte. Unversehens glitt sie aus und stolperte.

Ihr Kopf prallte auf den harten Stein. Schmerz durchzuckte sie, und sie taumelte, von Stufe zu Stufe zu …

Sie vernahm einen lauten Schrei. Von Entsetzen durchdrungen.

Gütiger Himmel, er klang wie aus ihrem Munde. Das war ihr letzter Gedanke.

39

Mehr als eine Woche lang hatten sie versucht, auf Camrose einzudringen. Es gelang ihnen nicht. Kein Angriff konnte die Mauern erschüttern. Männer fanden den Tod, und aus dem Burginnern drang kein Wort. Nichts.

David ap Gruffydd wollte jedoch nicht verhandeln.

Es währte nur zwei Tage, bis die anderen Gefechtseinheiten zu Merrick aufschlossen; Abgesandte machten sich auf den Weg zu Eduard und den benachbarten Lehnsherren, um Unterstützung zu erbitten. Es schien, dass auch andere Burgen belagert wurden.

Merrick hatte die letzten Stunden damit verbracht, seine Strategie zu überdenken. Nichts schien erfolgversprechend. Es war bereits spät, kurz vor dem Tagesabschlussgebet.

Sein Knappe brachte ihm das Abendbrot, dann ließ ihn dieser auf sein Geheiß hin allein. Merrick drehte sich um und warf einen Blick auf das Tablett. Darauf standen ein Becher und ein Schüssel mit Eintopf. Er verschmähte das Essen und hob den Becher an seine Lippen.

Jähes Entsetzen übermannte ihn.

Er war mit Bier gefüllt.

Seine Kehle war wie betäubt, er beugte sich vor

und entledigte sich seines Mageninhalts, würgte unablässig.

Schließlich wischte er sich den Mund, straffte sich und stand wie zu Stein erstarrt. Seine Hände hingen schlaff hinunter. Wozu waren sie noch gut? Er vermochte Schwert, Keule und Streitaxt zu schwingen, und doch konnte er seine Gemahlin nicht befreien.

Er hatte das Gefühl, sämtlicher Lebensgeister beraubt zu sein.

Das Atmen wurde ihm zur Qual. Die Luft blähte seinen Brustkorb auf. Ein Gefühl blinder Wut keimte in ihm auf, bemächtigte sich seiner, dass er Mühe hatte, nicht laut zu schreien.

Von Verzweiflung übermannt, trat er aus seinem Zelt, sehnte sich nach der Kühle der Nacht. Er stand da und blickte zu Camrose empor, der Trutzburg, die er befestigt hatte, dass sie unbezwingbar wurde.

Der Stolz seines Königs.

Der Niedergang seines Herzens.

Die grausame Erkenntnis traf ihn mit der Schärfe eines Schwerts: er konnte nicht in die Burg eindringen, um seine Frau zu retten. Das Anwesen, das er zu ihrer Sicherheit in ein Bollwerk verwandelt hatte, sperrte ihn jetzt aus und trennte sie voneinander.

In dem fernen Turm nahm er einen Lichtstrahl wahr, der ihn magisch anzog. Er marschierte über das Feld, vorbei an schlafenden Männern, durch den Morast und entlang der erlöschenden Glut der Lagerfeuer.

Sein Blick hing wie gebannt an dem seltsam entfernten Turmlicht, denn wie weit er sich auch immer vorwagte, es kam nie näher.

Er glaubte, am Fenster einen Schatten auszumachen. Schemenhaft vor dem hellen Licht.

War es Einbildung? Er wusste es nicht.

Er wünschte und hoffte, dass sie es wäre, die dort seiner harrte.

Nur ein Zeichen, er brauchte lediglich ein Zeichen, dann würde er wissen, dass sie in Sicherheit war.

Verzweiflung und Hilflosigkeit marterten ihn, das unterschwellig bohrende Gefühl des Verlusts und die Qual der Ungewissheit.

Der Verstand ist grausam; er treibt ein böses Spiel. Für Augenblicke träumt man, seine Liebste in den Armen zu halten. Man kann sie schmecken, riechen, ihre Stimme hören, ihre Berührung spüren. Man erwacht schweißgebadet, weil man sich so sehr danach verzehrte, dass es kein Traum, sondern Wirklichkeit sein möge.

Dann erkennt man die Realität.

Sie war da, weit fort und doch so nah. Hilflos.

Und er war hier. Ohnmächtig, irgend etwas zu tun.

Merrick verharrte für eine unendlich lange Weile, sann darüber nach, dass er sie im Zorn verlassen hatte.

Schließlich wurde der Lichtkegel schwächer, dann erlosch er und ließ den Turm wie einen riesigen, gespenstischen Schatten erscheinen.

Er schloss die Augen, um die aufs Neue in ihm aufwallenden Empfindungen auszublenden. Mutlos ließ er den Kopf hängen.

In seiner ausweglosen Lage fiel er im Morast auf die Knie, neigte den Kopf über seine entschlossen gefalteten Hände und flehte zu Gott, ihm noch eine weitere Chance zu geben.

Für Clio, seine Clio. Er betete für die Frau, die ihm mehr bedeutete als die Luft zum Atmen, ja sein eigenes Leben.

In der folgenden Nacht brachten sie den Mönch zu ihm. Bruder Dismas weinte und klagte. Als er Merrick sah, taumelte er und fiel schluchzend auf die Knie.

Er jammerte, dass sie ihn zu dem Roten Löwen geschickt hätten. Er solle ihm ein Geschenk von David ap Gruffydd überreichen.

In seinen Händen hielt er ein blutdurchtränktes Gewand.

Merrick starrte darauf.

Er kannte das Kleid. Es war das hässliche gelbe Ding, das Clio an jenem denkwürdigen ersten Tag auf der Burg getragen hatte. Er vermochte den Blick nicht abzuwenden, fühlte sich wie in einem Alptraum, aus dem es kein Entrinnen gab.

Das Blut. Rot und klebrig haftete es an der Robe seiner Gemahlin. Immer noch zuversichtlich, dass das Leben nicht so grausam war, wie es den Anschein erweckte, hoffte er, dass sie das Gewand vielleicht jemandem geborgt hatte … ihrer Zofe, egal, wem.

»Sie ist tot, Mylord«, schluchzte Bruder Dismas. »Sie ist tot.«

»Wer?«

»Ich sah, wie sie die Treppe hinabstürzte. Sie strauchelte und fiel wie eine Strohpuppe. Und dann der grässliche Anblick. Sie lag dort in einer riesigen

Blutlache.« Er hob das Gewand und schüttelte es vor Merricks Augen. »Sie hat das Kind verloren. All das Blut und das Baby.«

»Ein Baby?« Merrick packte den Mönch an seiner Soutane und zerrte ihn vom Boden hoch. »Wer?« Zur Hölle mit diesem verfluchten Mann! »Wer ist tot?« Er schüttelte ihn so grob, dass der Priester vor Schreck verstummte.

Bruder Dismas starrte ihn nur an, als könne er seinen Augen nicht trauen.

»Wer?«, wiederholte Merrick.

»Es tut mir Leid, Mylord, Eure Gemahlin. Ich schwöre es beim Heiligen Kreuz, es war Lady Clio.«

40

Die alte Gladdys huschte durch die Kammer, in der Clio gefangen gehalten wurde.

Sie hatte das Kind verloren. Sie wusste es nicht, zumindest nicht mit aller Deutlichkeit. Sie erinnerte sich nur, dass sie vor Schmerz geschrien hatte, wie von quälendem Alpdrücken gepeinigt, und dass die alte Gladdys sie geschlagen und zum Schweigen gemahnt hatte. Dann hatte die Alte sich um sie gekümmert und ihren Bauch wieder und wieder massiert.

Sie hatte Clio nicht wehtun wollen, sondern darum gefochten, sie vor dem Verbluten zu retten. Und diesen Kampf hatte die Alte gewonnen.

Seither vergingen die Tage für Clio zu schnell, wenn sie schlief, und zu langsam, wenn sie wachte. Einmal war sie aus dem Bett geschlüpft und auf eine

Bank geklettert, um durch eine hohe Schießscharte ins Freie zu blicken.

Auf den Feldern rings um Camrose bemerkte sie die Lagerfeuer von Merricks Männern. Sie nahm die schemenhaften Umrisse eines Zeltes wahr und wusste, es war seines.

Er war dort draußen. So nah. Und ihr doch so fern. Die Gewissheit, dass er da war, erfüllte sie mit dem winzigen Spross neuer Zuversicht, und sie legte sich gehorsam wieder in ihr Bett.

Sie spähte zu der alten Gladdys. »Ich habe ihn enttäuscht, nicht wahr?«

»Euren Gatten?«

Sie nickte. »Ich konnte ihm nicht helfen. Mein Plan ist gescheitert, und darüber hinaus habe ich als seine Gemahlin versagt.« Sie starrte auf die Hand, die auf ihrem Leib ruhte, wo neues Leben in ihr herangereift war. Das Kind, dem sie versprochen hatte, ihm niemals Schlaflieder vorzusingen. Sie spürte die erneut aufwallenden Tränen, dann hob sie den Kopf und murmelte: »Ich habe das Baby verloren.«

»Ihr habt ihn nicht enttäuscht. Was auch immer geschehen ist, Mylord liebt Euch nicht wegen der Kinder, die Ihr ihm gebären könntet.«

Clio richtete sich auf und beugte sich zu der Alten vor. »Gladdys. Bitte, sag es mir. Werde ich weitere Kinder bekommen können?« Sie fing an zu weinen. »Bitte! Du musst es wissen. Ich flehe dich an! Gib mir einen Rat, wie einst Gerdie, der Gänsemagd. Bitte sag mir, dass ich Mylord einen Sohn oder eine Tochter schenken kann.«

»Ihr habt ein Mädchen verloren«, enthüllte Gladdys. Ehe sie sich abwandte, bemerkte Clio das Mitgefühl in ihren altersschwachen Augen.

Ihr Blick war für Clio beinahe unerträglich. »Oh, gütiger Himmel, bitte … Sag mir, dass ich ihm eine weitere Tochter gebären werde.«

Das Schweigen hing bedeutungsschwanger im Raum – so grauenvoll wie ein Leichnam am Galgen.

Die alte Waliserin sah sie mitleidig an. »Das kann ich nicht. Ich wünschte, es wäre so, aber ich kann es Euch nicht sagen.« Sie drehte sich um und klopfte an die verschlossene Tür. Der Wachtposten ließ sie hinaus.

Augenblicke später hörte Clio, wie der Riegel einrastete, und sie war wieder allein.

Sie schlang die Arme um ihren zierlichen Körper und schaukelte hin und her, so wie sie ihr Kind in den Schlaf gewiegt hätte.

Ihre Brust wurde von einem heftigen Schluchzen geschüttelt. Sie biss die Zähne zusammen, zitterte am ganzen Körper. Sie wiegte sich schneller und hektischer, als könnte sie damit die entsetzliche Wirklichkeit abschütteln.

So verharrte sie für eine lange Weile; von unsäglichem Schmerz und Kummer übermannt, schien ihr Verstand auszusetzen. Es war, als ob sie im Nichts schwebte, lediglich durchdrungen von unerträglicher Qual.

Schließlich sank sie ermattet und müde auf ihr Bett zurück und kauerte sich schützend zusammen.

Die Knie an ihre Brust gepresst, blieb sie liegen, als könnte sie das Kind beschützen, das sie bereits verloren hatte.

Sie vergrub ihr Gesicht in den Kissen und weinte

bitterlich, bis der Schlaf sie schließlich von ihrer Pein erlöste.

Bei Sonnenaufgang fanden sie ihn schlafend im Morast vor.

»Merrick! Steh auf.«

Stöhnend richtete Merrick sich auf und legte schützend einen Arm über seine Augen. Er fluchte inbrünstig.

»Verdammt!«, schnaubte Roger. »Sieh mich an.«

»Kannst du mich nicht in Frieden lassen, Roger?«

»Damit du dich deinem Selbstmitleid hingibst? Ich denke nicht. Steh auf! Deine Frau braucht dich jetzt.«

»Meine Frau ist tot.«

»Deine Frau ist im Turm eingesperrt.«

Er hob seinen Arm und blinzelte zu Roger. »Woher willst du das wissen?«

»Ich weiß es, weil diese hässliche alte Hexe es mir gesagt hat. Sie ist geflohen und zu uns gekommen. Sie behauptet, Clio lebend gesehen und sie selber gepflegt zu haben.«

»Sie ist entkommen und hat meine Frau nicht mitgebracht?«

»Allein konnte sie Clio nicht befreien, sonst hätte sie Verdacht erregt. Sie wird bewacht.«

Merrick vergrub den Kopf in seinen Armen und atmete tief und gequält ein.

Sie lebt. Dem Allmächtigen sei Dank. Unendlicher Dank. Sie lebt.

»Merrick?«

Er spürte, wie Roger seine Schulter berührte, und wandte ihm sein tränenfeuchtes Gesicht zu.

»Ja?« Seine Stimme klang gedämpft und rau, von heftigen Gefühlen überwältigt.

»Komm, mein Freund. Alles wird gut werden. Sie lebt.«

Merrick nickte, schluckte gepresst und versuchte zu seiner gewohnten Beherrschung zurückzufinden.

Roger legte seinen Arm um Merricks Schultern. Dann bedachte er ihn mit einem zuversichtlichen Blick. »Wir haben einen Weg gefunden, wie wir in die Burg eindringen können.«

Vorsichtig und geräuschlos kroch Merrick durch den Tunnel. Seine Muskeln waren angespannt wie ein Langbogen. Von Zeit zu Zeit musste er sich zum Atmen zwingen. Ihm war klar, dass ein falscher Schritt, das kleinste Geräusch ihren Plan zum Scheitern verurteilen konnte.

Es war nicht ungefährlich, unter der Burg zu graben, besonders jetzt, da der Wassergraben verbreitert worden war. Ein Einsturz des Mauerwerks war denkbar, vor allem an dem heiklen Punkt, wo die Ostmauer noch nicht fertig gestellt war.

Eine winzige Öffnung. Eine Stelle, welche die alte Druidin gefunden und zur Flucht genutzt hatte.

Als er sie sah und hörte, dass Clio tatsächlich noch lebte, hätte er die alte Hexe am liebsten geküsst.

Jetzt tastete er sich in dem engen Tunnel vor, der teilweise nicht einmal von Holzbohlen gestützt wurde, hielt die Fackel vor sich und duckte sich in den gewundenen Gängen, die kaum breit genug waren, um auf Händen und Füßen hindurchzukriechen.

Von oben drangen die Schlachtrufe der kämpfenden Männer zu ihm. Es waren seine Soldaten, die einen vermeintlichen Angriff anzettelten, um die Waliser abzulenken, so dass er und Roger durch den Tunnel ins Burginnere gelangen konnten.

Sie schwiegen, wollten jegliches Geräusch vermeiden, das sie verraten mochte. Die Holzpfosten, die sie benutzten, um das Gewölbe an einigen Stellen abzustützen, waren alt und morsch, doch das war alles, was ihnen in der Kürze der Zeit blieb.

Sie mussten rasch handeln.

Jahrelang hatten er und Roger Seite an Seite gekämpft, jeder kannte die Bewegungen und Überlegungen des anderen nur zu genau. Diese Erfahrung kam ihnen auch diesmal zugute. Sie brauchten nicht zu sprechen, unbeirrt verfolgten sie ihren Plan und strebten zum Ende des Tunnels.

Als Merrick mit einer kleinen Hacke behutsam den letzten Rest Erdreich abklopfte, war der gefährlichste Augenblick gekommen. Der Lehm war trocken und festgebacken von der Hitze und legte sich als feiner Staub auf sein Gesicht und seine Augen.

Die Staubwolke reizte seine Lungen, er wollte husten und konnte es nicht, da die walisischen Wachen nur Schritte von ihnen entfernt waren und leise redend durch den Innenhof patrouillierten.

Er drehte sich zu Roger um und legte einen Finger an seine Lippen, deutete in Richtung der Wachtposten. Er zückte seinen Dolch und schob ihn zwischen die Zähne, dann hievte er sich aus dem Loch, glitt über den Rand und kroch bäuchlings entlang der Fundamente der Ostmauer, vorbei an den beiden Wachen.

Als sie außer Hörweite waren, wandte er sich an Roger. »Befreie die Männer aus der Kapelle. Ich kümmere mich um Clio. Ich gebe dir ein Zeichen, sobald sie in Sicherheit ist. Dann versuchst du, die Tore von innen zu öffnen.«

Roger nickte, und sie trennten sich.

Er nahm den Weg über die Seitentreppe, wich den Blicken der Wachtposten aus, indem er sich in dunklen Winkeln verbarg. Er strebte zu dem neuen Flügel des Herrenhauses, in dem die kleine Waffenkammer untergebracht war.

Die beiden Wachen übermannte er mit Leichtigkeit, dann benutzte er deren Schlüssel zum Öffnen der Tür.

Als diese aufsprang, verharrte er und hielt Ausschau nach seiner Gemahlin. Sie saß auf dem Bett, flocht ihr Haar und blickte jählings auf, ihre Miene so entsetzt und fassungslos wie die seine.

Er hätte sich lieber seinen Schwertarm abschlagen lassen, als dass er den Blick von ihr riss.

»Merrick!« Ihre Stimme war kaum mehr als ein Flüstern, und nur mühsam erhob sie sich von dem schmalen Feldbett.

Er wusste nicht, wer von ihnen beiden zuerst losstürmte, doch hatte er sie endlich wieder in seinen Armen. Er wirbelte sie herum, preschte mit gezücktem Dolch voran, während sie seinen Nacken umklammert hielt, und nahm die Stiege schneller, als er je in seinem Leben gerannt war.

Sie stürmten über den Hof, und er zog sie mit sich in den Tunnel. »Duck dich«, flüsterte er, dann folgte er ihr in die Finsternis.

Er griff nach einer Fackel, die in der Tunnelwand

steckte, und gab Roger und seinen Männern ein Zeichen. Dann kroch er zurück zu Clio. »Kannst du laufen? Gehen? Was ist?«

Sie blickte ihm in die Augen und nickte. Weinte stumme Tränen. Keiner sprach von dem Kind.

Er packte sie, und sie bewegten sich tastend und kriechend durch den Tunnel. An einigen Stellen zerrte er sie einfach mit sich.

Einmal kreischte sie auf, und Lehm und Felsbrocken lösten sich von der Decke. Wasser aus dem Burggraben sickerte durch das Erdreich.

Er zog sie fest an sich, während er auf Knien weiterkroch. »Es ist nicht mehr weit.«

Schließlich schob er sie vor sich. Er bemerkte das Ende des Tunnels. »Schau. Dort.« Als er nach vorne deutete, krabbelte sie weiter.

Dann drehte sie sich zu ihm um. »Wir haben es geschafft!« Ihr Blick glitt nach oben. Sie hielt den Atem an.

Er spürte, wie das Erdreich über ihnen ins Wanken geriet.

Die Decke stürzte ein.

»Lauf, Clio! Lauf!«

»Merrick!«, kreischte sie.

Er tastete sich durch das Geröll, das auf ihn niederprasselte, fühlte ihren Körper. Sie hatte sich zu ihm umgewandt.

»Nein!«, brüllte er, bevor Wasser und Schlamm in seinen Mund drangen.

So fest er konnte, schob er sie zum Ende des Tunnels. Dann traf ihn ein Schwall Wasser mit einer solchen Wucht, dass er nur mehr undurchdringliche Schwärze wahrnahm.

41

Den Kopf auf ihre Armbeuge gebettet, die Hände zum stummen Gebet gefaltet, saß Clio auf dem klobigen Holzstuhl neben Merricks Bett.

Sie hätte nicht zu sagen gewusst, wie viel Zeit vergangen war.

Stunden? Tage? Sie erinnerte sich an das Sonnenlicht bei Tag und die Kühle der Nacht, aber das war auch alles. Sie hatte an seiner Seite gesessen, gewacht und gebetet, bis die Zeit bedeutungslos für sie geworden war.

Merrick jedoch wachte nicht auf. Er lag da, weder tot noch lebendig. Sein Gesicht trug noch immer die Spuren der Verletzungen, die er sich beim Einsturz des Tunnels zugezogen hatte.

Manche behaupteten, dass es zu lange gedauert habe, bis man ihn aus den Trümmern befreite. Sie erinnerte sich, wie jemand sagte, er sei so gut wie tot, denn seine Seele habe ihn bereits verlassen.

Sie weigerte sich aufzugeben. Und sie drohte jedem, der etwas anderes behauptete, die Augen auszukratzen.

Er hatte eine Platzwunde auf der Wange und dunkle Blutergüsse auf Schläfen, Stirn, Kinn und Hals. Sein Gesicht war angeschwollen. Seine Lippen waren so kreidebleich, als wären sie mit Raureif überzogen. Blut und Schmutz klebte an seinem Haar.

Allerdings hatte er kein Fieber. Anderenfalls hätte sie wenigstens die Hoffnung gehegt, dass er dem irdischen Leben näher wäre als seinem himmlischen Schöpfer.

Sie nahm ein Leinentuch von dem neben dem Bett aufgeschichteten Stapel, tauchte es in eine kleine Schüssel Wasser, die auf dem Nachttisch stand. Sie befeuchtete seine Lippen, dann wischte sie ihm behutsam Blut und Schmutz von Gesicht und Hals, Brust und Armen. Und seinen Füßen.

Ihre Gedanken kreisten abermals um jene Nacht, als er sie zum ersten Mal verführt und ihr erklärt hatte, er sei jetzt der Herr im Haus. Sie erinnerte sich, dass sie ihre Zehen verglichen hatte. Als sie sie diesmal betrachtete, stockte ihr beinahe der Atem.

Sie brauchte lange, um ihre zitternden Hände zu beruhigen. Dann tauchte sie vorsichtig das Tuch ins Wasser und säuberte sein Gesicht und seinen Hals aufs Neue.

Sie wrang das Tuch aus und legte es zurück; dann beugte sie sich zu ihm hinunter und berührte mit ihren Lippen die seinen. Unendlich sanft.

Er atmete. Sie schmeckte seinen Atem. Merricks Atem. Sein Brustkorb hob und senkte sich unmerklich, sein Atem ging flach, kaum spürbar.

Es war, als wäre er in einen tiefen Schlaf gesunken, aus dem er vielleicht nie wieder erwachte. Sie saß da und beobachtete seine Atemzüge, voller Furcht, ihn aus den Augen zu lassen. Denn sie hatte entsetzliche Angst, dass er das Atmen einstellte, sobald sie den Blick von ihm abwandte.

Sämtliche Lebenskraft entwich seinem Körper. Langsam und unaufhaltsam.

Sie fasste seine Hand. Hielt sie fest, streichelte sie, dann wand sie ihre Finger um die seinen. So verharrte sie für lange, lange Zeit, versuchte krampfhaft, ihn zu halten.

Im Stillen redete sie sich ein, dass er, solange sie sich berührten, solange sie seine Hand hielt, bei ihr weilte, am Leben war.

»Merrick«, wisperte sie, »ich liebe dich. Ich liebe dich. Verlass mich nicht. Kämpfe, mein Krieger. Gib den entscheidendsten Kampf deines Lebens nicht auf. Tu es für mich. Für uns. Mein geliebter Merrick, bitte kämpfe.«

Sie hielt seine Hand an ihr Herz, presste seine Handfläche auf ihre Wange, hoffte, ihm Kraft zu verleihen. Diese Idee entsprang ihrer tiefen Verzweiflung.

Je länger sie dort saß, umso mehr glaubte sie, was die anderen behauptet hatten: sie vermochte ihn nicht zurückzuholen.

Sie drückte seine Hand und betrachtete sein Gesicht auf der Suche nach einer Regung. Doch wie fest sie seine Hand auch drückte, er rührte sich nicht. Was sie auch sagte, er gab keine Antwort.

Sie fing an zu weinen. Tränen rannen über ihre Wangen und hinterließen feuchte Spuren, ihr herzzerreißendes Schluchzen erfüllte den Raum.

Es waren die Tränen, die sich zuvor nicht hatten einstellen wollen. Als er verschüttet gewesen war. Als sie wie Besessene gegraben hatten, um ihn zu finden und aus dem Schlamm und Wasser des Burggrabens zu befreien.

Die Tränen wollten ihr nicht kommen, weil sie so entsetzliche Angst um ihn gehabt hatte, dass sie nicht zu weinen wagte. Bis jetzt.

Ich höre dich, mein Schatz. Ich höre dein Schluchzen. Du klingst so weit fort – eine Jungfrau, die ein grausames

Schicksal in einen Turm eingesperrt hat, und ich finde keinen Weg, dich zu erreichen. Aus irgendeinem Grund kann ich mich nicht rühren.

Ein Ritter, der sich nicht bewegen kann. Warum? Ich schlage Schlachten. Aber ich kann nicht kämpfen, wenn ich mich nicht rühren kann. Mein Körper gehorcht mir nicht mehr. Ich vermag ihn nicht zu spüren. Ich weiß nicht, wo meine Hände sind. Weiß nicht, wo meine Beine sind. Ich kann nicht sprechen. Es ist, als wäre mein Kopf nicht länger Teil meines Körpers, als bliebe mir nur noch die Ohnmacht.

Aber das ist nicht wahr. Ich bin hier. Meine Clio. Weine nicht. Noch bin ich hier.

Die Dienerschaft tuschelte über sie, als wäre sie diejenige, die den Verstand verloren hatte. Es kümmerte sie nicht – und das alles nur, weil sie sein Haar waschen wollte. Schmutz und Blut entfernen wollte, die es nach wie vor bedeckten. Zeugnis davon gaben, was er durchlitten hatte.

Sie weigerte sich, ihn so liegen zu lassen. Sie stellte einen Krug Wasser auf den Tisch und bückte sich, um ein ihr entglittenes Tuch aufzuheben.

Ein leises Pochen an der Tür.

»Herein«, sagte sie, während sie sich zurücklehnte und sich das Haar aus dem Gesicht strich.

Roger trat ein.

»Ist irgendetwas?«, erkundigte sie sich.

Er bedachte sie mit einem Lächeln, dann trat er an das Bett. Dort blieb er stehen und betrachtete Merrick für eine lange Weile, sein Gesicht zeigte keine Regung. »Jemand sagte, du wollest sein Haar waschen.« Wenigstens lachte er nicht über sie.

»Ganz recht.« Sie goss warmes Wasser in eine hölzerne Waschschüssel.

»Ich dachte, du könntest Hilfe gebrauchen.«

Sie sah zu ihm auf. »Danke. Das kann ich. Hebst du seine Schultern für mich an? Ja, genau so.«

Während Roger ihn festhielt, goss sie Wasser über sein Haar und seifte es ein, bis es wieder so schwarz glänzte wie das Gefieder eines Raben. Als sie fertig war, stellte sie den Krug beiseite und trat zurück.

Roger frottierte sein Haar. Als er ihren Blick erhaschte, errötete er peinlich berührt. Er reichte ihr das Handtuch. »Hier. Vermutlich solltest du das tun.«

Sie lächelte. »Ich danke dir.«

Schulterzuckend musterte er Merrick. »Nicht der Rede wert.« Er wandte sich zum Gehen.

»Roger?«

Sein Blick schweifte zu ihr.

»Meine Worte, meine Dankbarkeit gelten nicht allein deiner Mithilfe.« Sie deutete auf Merricks feuchten Schopf. »Was ich damit zum Ausdruck bringen will, ist, dass ich dir danke, weil du dich um ihn kümmerst.«

Roger nickte und verschwand ohne ein weiteres Wort.

Sie schloss die Lider; ermattet von der Anstrengung legte sie ihren Kopf auf das Bett.

Erst als sie wieder erwachte, bemerkte sie, dass seine Augen geöffnet waren.

42

Daraufhin wurden die angesehensten Londoner Ärzte zu Rate gezogen. Merrick war wach. Wenigstens erweckte es den Anschein, denn gelegentlich schlug er die Augen auf.

Wenn man ihn aufrichtete, zeigte er schwache Regungen. Er vermochte Flüssigkeiten wie Suppe oder mit Wasser vermischten Wein zu trinken und war in der Lage, seine Notdurft zu verrichten.

Aber er sprach nicht. Sein Blick wirkte teilnahmslos und leer.

Clio stand neben dem Bett und starrte die Ärzte an.

Sie wollten seinen Schädel öffnen.

Ihm den Schädel öffnen! Beiläufig erklärten sie ihr, dass sie Löcher in seinen Kopf bohren wollten, um sein Gehirn zu beleben.

Sie vermochte nicht zu glauben, was sie da hörte. »Seid Ihr des Wahnsinns?«

»Ihr seid eine Frau, Mylady, und deshalb könnt Ihr nicht nachvollziehen, was wir für das einzig Richtige halten.« Der Leibarzt des Königs, den der fürsorgliche Eduard geschickt hatte, war ein aufgeblasener Narr.

»Und was genau kann ich nicht nachvollziehen?«

Der Mann lachte über sie. »Meine Worte wären reine Zeitverschwendung.«

»Erklärt es mir trotzdem. Der König hat es so gewollt. Sehe ich das richtig?«

Er errötete, da er nur ungern daran erinnert wurde, wer ihn geschickt hatte. Als er seufzte, hätte sie ihm am liebsten den Schädel aufgebohrt.

»Der Graf hat einen Hirnschlagfluss erlitten.« Einer der fünf Assistenten, die ihn begleiteten, hielt ihm ein Maßband hin und deutete auf eine Markierung.

»Was ist das?«

»Ich habe sein Haar gemessen, Mylady.«

»Es ist allgemein bekannt, dass das Haar dem Gehirn entsprießt.« Einer von ihnen erklärte ihr das, als hätte sie selber keines.

Der andere zeigte ihr das Maßband. »Schaut her, dort war meine erste Markierung und hier ist die jetzige. Wie Ihr seht, wächst sein Haar kaum. Das ist der Beweis, dass sein Gehirn Schaden genommen hat.«

Sie verschränkte ihre Arme vor der Brust. »Ich habe sein Haar geschnitten. Auf diese Weise gestaltete sich das Waschen einfacher.«

Flüsternd steckten die Männer ihre Köpfe zusammen.

»Das ist gewiss unnötig. Ihr dürft mir glauben, wenn ich sage, dass das Haar von Mylord hervorragend wächst.«

Die Blicke, die die Ärzte austauschten, waren, gelinde gesagt, verächtlich. Sie glaubten ihr nicht, hielten sie für eine Lügnerin und eine hirnlose Närrin, die nicht in der Lage war, die von ihnen gestellte Diagnose hinsichtlich Merricks Leiden zu verstehen.

Von plötzlichen Zweifeln gepeinigt, fragte sie sich: Was ist, wenn sie Recht haben? Gnade ihr Gott, was wäre, wenn diese blasierten Wichtigtuer Recht behielten?

Lange und durchdringend maß sie die umstehenden Quacksalber, die ihr erklärten, dass sie Löcher in den Schädel ihres Gatten zu bohren beabsichtigten.

Nein, wehrte sich ihr gesunder Menschenverstand. Niemals.

Den Blick auf die Männer geheftet, deutete sie zur Tür. »Hinaus.«

»Aber Mylady, der König selber hat uns geschickt. Er ist Sir Merricks Lehnsherr und Freund und möchte ihn in bester medizinischer Obhut wissen.«

»Gewiss würde Edward nicht wollen, dass Ihr Löcher in den Schädel seines Freundes bohrt. Und jetzt hinaus mit Euch.«

Eine Woche später traf ein anderer Mann ein, ein weiterer Arzt. Er schien ihr befähigter, bis sie am nächsten Morgen das Zimmer betrat und Merrick bedeckt mit Blutegeln vorfand.

Wie eine gereizte Löwin durchquerte Clio das Zimmer und zupfte die ekelerregenden Geschöpfe von Merricks Armen. »Ich sagte, rührt ihn nicht an!« Sie warf mit den Blutegeln nach ihm. »Ihr werdet weder seinen Schädel aufbohren noch irgendwelches Getier auf seine Haut setzen! Ihr werdet ihn nicht anrühren! Habt Ihr mich verstanden?« Sie wollte den Mann packen, doch er wich behände zurück.

Die Arme um ihren zornbebenden Körper geschlungen, brauste sie auf: »Hinaus mit Euch! Auf der Stelle!«

Die Geschicke der Zeit muteten seltsam an, so als hätte der Winter eingesetzt und diese eingefroren. Beinahe unbewusst verrichtete Clio ihre täglichen

Pflichten. Sie badete ihn jeden Morgen, bevor sie ihn fütterte und ankleidete. Sie verbrachte viel Zeit mit ihm und wies Roger und Sir Isambard an, ihn ins Freie zu tragen, wann immer die Tage sonnig und warm waren.

Einmal hatte sie die beiden sogar gebeten, ihn auf sein Streitross zu setzen. Sie tat alles Erdenkliche, damit er zu ihr zurückkehrte. Sie glaubte sich ihrem Ziel nah. So nah.

Wenn es ihr zuviel wurde, dachte sie an Alltägliches: Die Teppiche mussten ausgeklopft werden. Die hungrigen Jagdhunde brauchten ihr Futter. Das schmutzige Leinen sollte gewaschen werden.

Sie dachte an das Vieh, das geschlachtet, gehäutet und für den Winter eingesalzen werden musste. Sie konzentrierte sich auf die einfachsten Dinge. Denn solange sie sich ablenkte, kreisten ihre Überlegungen nicht um ihre Empfindungen.

Wie eine Schlafwandlerin verrichtete sie ihr Tagwerk, über jedes Gefühl, jeden Schmerz erhaben, denn dieser Schicksalsschlag war einfach viel zu entsetzlich für sie, als dass sie ihn überhaupt begriff.

Sie musste sich ihm auf ihre Weise stellen. Und sie musste kämpfen, von Tag zu Tag, jede Stunde, denn wenn sie aufgab, dann würde sie die Ungeheuerlichkeit des Ganzen unabänderlich verschlingen.

Nachts schlief sie bei ihm. Sie wollte ihm nahe sein. Deshalb legte sie ihren Kopf auf seine Brust, lauschte seinem Herzschlag. Das gab ihr neue Hoffnung, den Strohhalm, an den sie sich klammerte, wenn ihr die ganze Welt zu entgleiten schien.

Manchmal erinnerte sie sich an jene Zeit, da sie Merrick noch nicht kannte, als er nur ein Ritter gewesen war, der sie in all den Jahren vergessen hatte.

Sie schämte und grämte sich. All jene Bedenken, die sie wegen ihres gemeinsamen Lebens gehegt hatte. Keinen Gedanken hatte sie darauf verschwendet, dass etwas Derartiges eintreten könnte.

Er war leibhaftig hier und atmete, doch sein Verstand und seine Lebensgeister regten sich nicht. Eines Abends lag sie neben ihm und hauchte seinen Namen wie jede Nacht. »Dein Herz schlägt noch, mein Geliebter. Ich weiß es. Ich fühle es.«

Wie jedes Mal harrte sie dem Klang seiner Stimme, jedoch vergebens. Sie bettete ihren Kopf auf seine Brust und murmelte: »Er ist hier. Hier bei mir. Aber gütiger Gott im Himmel, warum, oh, warum weiß er selber nichts davon?«

Ich höre dich. Ich kann dich verstehen. Einmal nahm ich den Duft der Rose wahr, mit der du meine Nase und meine Lippen gestreift hast. Und ich erinnere mich, dass ich dich in unserer Hochzeitsnacht auf dieselbe Weise geneckt habe.

Manchmal spüre ich deine Berührungen, so wie jetzt, wenn du dein Haupt auf meine Brust bettest. Ich fühle deine Tränen. Stets verspüre ich deinen Kummer. Ich trage dich hier, in meinem Herzen.

Ich will dich nicht verlassen. Ich möchte bleiben. Ich wünsche mir, dich aufs Neue zu lieben. Ich will es, aber es gelingt mir nicht. Ich versuche es, aber das alles scheint so weit fort von mir.

Bitte, Clio. Gib nicht auf.

Der erste Schnee fiel, doch am Lauf der Dinge änderte sich nichts. Auf Burg Camrose ging das Leben weiter wie bisher, denn Merricks Männer kannten ihren Herrn gut. Sie wussten um seine Befehle, und da er nicht unter ihnen weilte, übernahmen sie das Kommando in seinem Sinne.

Selbst Tobin war gereift. Er achtete Thud und Thwack und verlangte das auch von den anderen Knappen. Er lehrte sie mit derselben Geduld, die Merrick an den Tag gelegt hätte.

In jenem Herbst war Tobin de Clare gewachsen, nicht nur an Größe und Kraft, sondern auch geistig und menschlich. Er hatte seinen jugendlichen Hochmut abgelegt und war ein Mann geworden.

Der Knappe besuchte Merrick von Zeit zu Zeit; zu Anfang hatte er geweint, doch mittlerweile setzte er sich an sein Bett und plauderte in der gleichen Weise mit ihm wie Clio. Allmählich mochte sie ihn und die anderen.

Sämtliche seiner Gefolgsleute kamen, um Merrick zu sehen. Sie behaupteten, es sei ihre Pflicht, da seine Gemahlin, eine kleine Frau, nicht aufgeben wollte. Was waren das für Männer, wenn sie nicht an ihn glaubten?

Es gelang ihr sogar, Bruder Dismas und seine Salbungen mit geweihtem Öl, seine Gebete und seine Messen für Merricks Genesung zu ertragen.

Jeden Tag, jede Nacht redete sie mit Merrick. Sie erzählte ihm von ihren Träumen und ihrer Kindheit. Sie schilderte ihm all die Mühen, die ihr Vater auf sich genommen hatte, um ihre Seele zu läutern.

Sie versuchte sich an ihre Mutter zu erinnern und ihm von ihr zu erzählen. Sie erfand Geschichten, die sich um seine Kindheit rankten – aus ihrem Blickwinkel natürlich.

Doch Merricks Zustand veränderte sich nicht. Die Tage verstrichen, der Winter kam und ging, der Frühling brach an. Mit Ausnahme des Wetters änderte sich nichts in Clios Leben.

An einem der herrlichen Frühlingstage mit Sonnenschein und Vogelgezwitscher lag Zyklop zusammengerollt neben Merrick, und vor den Fenstern schien sich die Welt in ihrer ganzen Schönheit zu entfalten.

Clio indes hatte seit dem Aufstehen das Gefühl, dass irgendetwas nicht stimmte. In ihrem Innern wütete unbändiger Zorn, und sie fauchte die Bediensteten an und legte sich mit jedem an, der ihr zu nahe trat.

Im Verlauf des Tages wurde sie wortkarg und schwermütig. Sie hatte keinen Appetit. Schließlich sperrte sie sich in Merricks Kammer ein, wollte allein sein mit ihm. Sie setzte sich auf das Bett und frisierte ihr verfilztes Haar, als wollte sie sich damit strafen.

Der Kamm verfing sich, und sie wurde wütend. Fluchend stand sie auf und schleuderte den Elfenbeinkamm durch das Zimmer.

Er prallte vor das Mauerwerk und zerbrach.

Sie stand da und starrte darauf. Erneut fiel ihr ein, wie Merrick ihr Haar in jener so weit zurückliegenden Nacht gekämmt hatte. Sie hastete durch den Raum und hob das zerbrochene Elfenbein auf, drückte es an ihre Brust und weinte. Dann sank sie von bitterlichem Schluchzen geschüttelt zu Boden.

Kurz nach Sonnenuntergang flammte in der Ferne

ein Licht auf. Sie erhob sich und schlenderte zum Fenster, drückte die Glasscheibe auf und spähte zu den Bergen im Osten.

Dort brannten Freudenfeuer. Riesige Freudenfeuer. Es war Ostern.

Sie schloss die Lider. Ostern.

Ihr Baby wäre Ostern geboren worden. Die Tochter, die sie nun nie haben würde.

Sie starrte auf den zerbrochenen Kamm.

Er schien für all das zu stehen, was sie in ihrem Leben verloren hatte. Ihre Eltern, ihr Kind und ihren Gatten. Ihr Leben schien vor ihren Augen zu zerbrechen.

Sie trat an das Bett. Merrick lag da, die Augen geöffnet, der Blick leer.

»Wach auf!«

Er rührte sich nicht.

»Verflucht, wach auf!« Sie packte seine Schultern und schüttelte ihn heftig. »Wach auf! Ich schaffe es nicht allein! Unser Kind! Wir haben unser Kind verloren. Du wirst mir das nicht antun. In diesem Zustand wirst du nicht bleiben. Das lasse ich nicht zu. Wach auf! Du bist mein Gemahl. Ich möchte unsere gemeinsamen Kinder gebären. Du schuldest mir ein Baby. Wenigstens eins! Mit schwarzem Haar und blauen Augen und Temperament! Merrick! Hör auf damit!«

Sie weinte um ihr Kind, ihren Mann, um ihre Mutter und ihren Vater, um alle, die sie verloren hatte.

Sie schrie, bis sie heiser wurde.

Sie zertrümmerte Gegenstände. Sie riss die Gobelins von den Wänden und zerstörte alles, was ihr in die Finger kam.

Minutenlang wütete sie in dem Raum, ruinierte Möbel und Geschirr und schöne Ziergegenstände.

Schließlich beruhigte sie sich; mit wogender Brust und zitternden Händen stand sie inmitten des Raums, sie schluchzte, weil sie dem nicht Einhalt gebieten konnte. Dann starrte sie zu ihren leeren Händen, warf sich auf das Bett und umschlang Merrick.

Sie schmiegte sich an ihn. »Merrick, mein Geliebter. Bitte … ich brauche dich.«

Völlig ermattet sank sie in einen bleiernen Schlaf.

»Was macht diese verfluchte Katze auf meinem Bett?«

Für Augenblicke lag Clio schläfrig da und versuchte sich zu sammeln. Wie stets spürte sie die Wärme von Merricks Brustkorb. Seufzend glitt ihre Hand nach oben, ertastete seinen Herzschlag.

»Eheweib! Versuch nicht, mich abzulenken. Ich habe dir eine Frage gestellt.«

Mein Gott, sie hatte etwas vernommen. Den Grafen Isegrim.

Dann ein wütendes Fauchen und ein dumpfer Aufprall.

Clio schoss hoch. »Zyklop, was fällt dir ein?«

Mit zuckendem Schweif hockte der Kater auf dem Boden und zeigte seine scharfen Krallen. Er fauchte etwas an, was sich hinter ihrem Rücken befinden musste.

»Ich habe dir doch gesagt, dass du ihn von meinem Bett fernhalten sollst.«

»Merrick?« Sie drehte sich um und starrte zu ihrem Gatten. Runzelte die Stirn. »Merrick?« Sie trat dicht neben ihn, prüfte seine Augen. Sie blickten alles andere als teilnahmslos.

»Ja?« Seine Stimme klang mürrisch.

»Du bist wütend.«

Er verschränkte die Arme vor der Brust. »Ich habe dich gebeten, diesen Kater vom Bett zu verscheuchen! Das verfluchte Vieh hat mich gekrallt.« Verdrossen spähte er zu seiner Schulter. Dann blickte er auf. Seine finstere Miene hellte sich auf. Er streckte eine Hand aus und berührte mit den Fingerspitzen ihre Wange. »Du weinst ja.«

Sie nickte, unfähig, etwas zu sagen.

»Komm her.« Er breitete die Arme aus, und sie sank an seine Brust. »Hör auf zu weinen.« Er tätschelte ihre Schulter.

»Du bist wieder da. O Gott, du bist wieder bei uns.«

Er hob ihren Kopf an und blickte ihr in die Augen. »Ich war nie fort. Ich könnte dich nicht verlassen, Eheweib. Du hast es selber gesagt. Du brauchst mich.«

Dann küsste er sie.

Ich küsse sie
Mit geöffneten Lippen,
Und ich bin trunken
Ohne ein Bier.

– Lied des Harfenisten, Ägypten, Mittleres Reich

Epilog

Bis zur Geburt ihres ersten Kindes währte es drei Jahre – drei lange Jahre, gemessen an Clios ungeduldigem Naturell. Doch als der leuchtende Klatschmohn am Wiesenrain blühte, erblickte Eduard Arthur Julius de Beaucourt an einem herrlichen Frühlingstag das Licht der Welt.

Seine Mutter beharrte darauf, seine Zehen zu begutachten. Einen solchen Unfug hatte Merrick noch nie gehört … Babyzehen zu untersuchen. Sie erklärte sie für vollkommen, genau wie die seines Vaters, was diesen lediglich noch mehr verwirrte, da Clio ihn seines Wissens noch nie als ›vollkommen‹ bezeichnet hatte.

Allerdings wusste er um ihre Liebe, die so vollkommen war, dass sie im siebten Himmel schwebten.

Im Verlauf der nächsten zehn Jahre gebar Clio ihm fünf weitere Söhne, allesamt mit Zehen, die ihre Mutter mit ›Gardemaß‹ umschrieb.

Roger John, der Zweitgeborene, hatte genau wie sein ältester Bruder schwarzes Haar und grüne Augen. Beide waren kräftige Burschen, von scharfem Verstand und verwegener Kühnheit. Sie sollten als zwei der berühmtesten Ritter in die englische Geschichte eingehen.

Ihnen folgten William August und Gerald Philip, beide blond mit Merricks blauen Augen und beredt wie ihre Mutter. Sie waren die Gelehrten, interessierten sich mehr für Experimente und Erfindungen denn für Pferde und Turniere. Die beiden Letztgeborenen waren Thomas Mark und Griffin David. Auf Burg Camrose allerdings besser bekannt unter ihren Spitznamen Strolch und Scharlatan.

Sie waren so unterschiedlich wie Tag und Nacht, doch in ihren Köpfen brauten sich die wundervollsten Ideen zusammen … zumeist Schabernack.

Jahre später, als Merricks Blick getrübt und seine Glieder gebrechlich waren, das Haar ergraut – etwas, das er seinen beiden jüngsten Söhne anlastete –, und als seine Enkel durch die Säle von Camrose stürmten, besann er sich noch immer auf das Geschenk, das ihm vor langer Zeit zuteil geworden war.

Es war ihm in so frischer Erinnerung, als hätte der Allmächtige selbst es in seinen Verstand eingemeißelt. Er drehte sich um und sah zu seiner Gemahlin, bemerkte den Blick in ihren Augen, das Lächeln auf ihren Lippen, spürte das geheimnisvolle Band, das sie aneinander knüpfte, die Begehrlichkeit, mit der er sie zu küssen vermochte und dann trunken war ohne den Genuss von Gerstensaft.

Er war der glücklichste aller Männer, denn er wusste dieses Gottesgeschenk zu würdigen. Der Schöpfer hatte ihm etwas Kostbareres als Gold oder Reichtum oder Macht gegeben, nämlich das wundervollste aller Dinge.

Er hatte ihm diese Frau geschenkt.

Liebe Leserinnen und Leser,

eine der ersten Fragen, die an Schriftsteller herangetragen wird, lautet: »Woher beziehen Sie Ihre Ideen?« Um aufrichtig zu sein, entwickeln sich diese Ideen auf merkwürdigste Weise: im Selbstgespräch, während man gerade irgendeiner prosaischen Tätigkeit nachgeht, wie beispielsweise dem Zähneputzen; auf einer Fahrt durch bezaubernde Landschaften; oder, wie im Falle dieses Buches, nach einer Bierwerbung.

Im Besonderen möchte ich einige Personen hervorheben, die mir wertvolle Hinweise für Wildes Glück geliefert haben. Die hervorragenden Medizinerinnen der Ärzteschaft von San Ramon sowie Oberschwester Eileen Dreyer, Autorin und Expertin – die mir dankenswerterweise geduldig meine Fragen beantworteten und auch dann nicht kapitulierten, als ich auf ›Komazustände im Mittelalter‹ zu sprechen kam.

Mein besonderer Dank gilt meinem Schwager Gerry Stadler, der irgendwann einmal in weiser Voraussicht vier Jahre lang Latein lernte. Ein riesiges Dankeschön an Beth Rowe für ihre inhaltlichen Vorschläge, an die beiden Susans – Susan Wiggs und Susan Elizabeth Phillips – für ihre zündenden Geistesblitze. Sie alle halfen mir, einige wirklich zauberhafte Ideen zu entwickeln. Ohne sie wäre dieses Buch nicht zustande gekommen.

Ich danke meiner Tochter, indem ich ihr diesen

Titel widme, dem wunderbaren Pocket-Team – Amy Pierpont, Kate Collins und natürlich meiner Lektorin, Linda Marrow, deren Umsicht, Verständnis und Kreativität mich entscheidend unterstützten.

Historische Anmerkungen:

Die Legende von dem in diesem Buch erwähnten, wirkungsvollen Heidebier existiert. Es wird berichtet, ›dass im Verlauf der Menschheitsgeschichte kein Gerstensaft so viel Spekulation und Neugier erzeugt hat wie das vergessene Heidebier der Pikten‹.

Als erstes auf den britischen Inseln gebrautes Bier war dieser Piktentrank berühmt für seine bewusstseinserweiternde Wirkung.

Die geheimnisvolle Rezeptur geriet – genau wie die Pikten – irgendwann im vierten Jahrhundert in Vergessenheit. Gerüchten zufolge soll Heidebier allerdings noch bis ins neunte Jahrhundert in einigen abgeschiedenen Gegenden Britanniens gebraut worden sein.

Interessanterweise hat die moderne Wissenschaft eine seltene Art der Roten Glockenheide lokalisiert, deren Inhaltsstoffe ähnliche Wirkung haben wie LSD. Man vermutet, dass diese Pflanze ›der magische Bestandteil‹ des Gebräus war.

Die von uns praktizierte Fingerhaltung mit dem nach oben gestreckten Daumen stammt von den Brauern, die damit zum Ausdruck brachten, dass der Brauvorgang abgeschlossen war. Im Mittelalter wurde Bier vielfach von Frauen gebraut. Dieses Gewerbe gehörte zu den wenigen, mit denen sich ehrbare Frauen ihren Lebensunterhalt verdienen und ihre Unabhängigkeit wahren konnten.

Der in diesem Buch erwähnte Aberglaube entspricht im Übrigen der damaligen Sichtweise, einschließlich aller Bezüge zu Haarfarben und der Kirchenphilosophie hinsichtlich der Frau. Witzig, nicht wahr, dass Blondinenwitze so alt sind wie die Menschheit selbst?

All denjenigen, die den Charakteren in einem Buch nur höchst ungern Lebewohl sagen, wird es diesmal erspart bleiben. Späterhin ist eine Fortsetzung von *Wildes Glück* geplant, und Clio, Merrick und einige andere werden Nebenrollen in Sir Roger FitzAlans Geschichte haben. Dann werden wir erfahren, ob er das Araberpferd jemals wiederfindet und was geschieht, wenn er schließlich auf den Dieb trifft.

Bis zum nächsten Buch wünsche ich Ihnen alles Gute und hoffe, dass Ihre Tage von Lachen und Liebe erfüllt sind und von all den Dingen, die unser Leben so wundervoll gestalten.

Ihre
Jill Barnett